Visão a partir de lugar nenhum

Visão a partir de lugar nenhum

Thomas Nagel

Tradução
SILVANA VIEIRA

Revisão técnica
EDUARDO GIANNETTI DA FONSECA

Martins Fontes
São Paulo 2004

Esta obra foi publicada originalmente em inglês com o título
THE VIEW FROM NOWHERE.
Copyright © 1986 by Thomas Nagel.
This translation of The View From Nowhere, *originally published in English in 1986,*
is published by arrangement with Oxford University Press, Inc.
Esta tradução de The View From Nowhere, *publicada originalmente em inglês em 1986,*
é publicada por acordo com Oxford University Press, Inc.
Copyright © 2004, Livraria Martins Fontes Editora Ltda.,
São Paulo, para a presente edição.

1ª edição
abril de 2004

Tradução
SILVANA VIEIRA

Revisão técnica
Eduardo Giannetti da Fonseca
Acompanhamento editorial
Luzia Aparecida dos Santos
Preparação do original
Renato da Rocha Carlos
Revisões gráficas
Letícia Braun
Solange Martins
Dinarte Zorzanelli da Silva
Produção gráfica
Geraldo Alves
Paginação/Fotolitos
Studio 3 Desenvolvimento Editorial

Dados Internacionais de Catalogação na Publicação (CIP)
(Câmara Brasileira do Livro, SP, Brasil)

Nagel, Thomas
 Visão a partir de lugar nenhum / Thomas Nagel ; tradução Silvana Vieira ; revisão técnica Eduardo Giannetti da Fonseca. – São Paulo : Martins Fontes, 2004. – (Coleção mesmo que o céu não exista)

Título original: The view from nowhere.
Bibliografia.
ISBN 85-336-1968-5

1. Ética 2. Mente e corpo 3. Objetividade 4. Vida I. Título. II. Série.

04-1552   CDD-121.4

Índices para catálogo sistemático:
1. Conhecimento objetivo : Epistemologia :
   Filosofia   121.4
2. Objetividade : Estruturas do conhecimento :
   Epistemologia : Filosofia   121.4

Todos os direitos desta edição para o Brasil reservados à
Livraria Martins Fontes Editora Ltda.
Rua Conselheiro Ramalho, 330/340 01325-000 São Paulo SP Brasil
Tel. (11) 3241.3677 Fax (11) 3105.6867
e-mail: info@martinsfontes.com.br http://www.martinsfontes.com.br

Índice

Agradecimentos XI

I. Introdução 1
II. A mente 17
   1. Objetividade física 17
   2. Objetividade mental 23
   3. Outras mentes 27
   4. A consciência em geral 32
   5. A incompletude da realidade objetiva 37
III. Mente e corpo 43
   1. Teoria do aspecto dual 43
   2. O eu como objeto privado 50
   3. Identidade e referência pessoal 58
   4. Parfit 68
   5. Kripke 73
   6. Pan-psiquismo e unidade mental 78
   7. A possibilidade de progresso 82
IV. O eu objetivo 87
   1. Ser alguém 87
   2. Um diagnóstico semântico 93
   3. A visão sem centro 98
V. O conhecimento 109
   1. Ceticismo 109

2. Anticeticismo 116
3. Autotranscendência 121
4. Epistemologia evolucionista 127
5. Racionalismo 134
6. Visão dupla 140
VI. Pensamento e realidade 149
1. Realismo 149
2. Idealismo 153
3. Kant e Strawson 164
4. Wittgenstein 174
VII. Liberdade 183
1. Dois problemas 183
2. Autonomia 188
3. Responsabilidade 199
4. A liberdade segundo Strawson 206
5. O ponto cego 210
6. O envolvimento objetivo 216
7. A moral como liberdade 223
VIII. Valor 229
1. Realismo e objetividade 229
2. Anti-realismo 237
3. Desejos e razões 247
4. Tipos de generalidade 252
5. Prazer e dor 259
6. O excesso de objetivação 270
IX. Ética 273
1. Três tipos de relatividade quanto ao agente .. 273
2. Razões da autonomia 277
3. Valores pessoais e imparcialidade 284
4. Deontologia 292
5. Agentes e vítimas 299
6. Progresso moral 308
X. Viver moral e viver bem 315
1. A questão de Williams 315

2. Antecedentes 322
   3. Cinco alternativas 325
   4. O moral, o racional e o supererrogatório ... 333
   5. Política e conversão 341
XI. Nascimento, morte e o sentido da vida 347
   1. A vida 347
   2. Sentido 358
   3. Morte 373

Bibliografia 387
Índice remissivo 397

Para A.L.H.

Agradecimentos

Este livro foi iniciado em 1978-79, durante um período sabático da Universidade de Princeton, e concluído em 1984-85, por ocasião de um sabático da Universidade de Nova York – com o apoio financeiro, em ambos os casos, da National Endowment for the Humanities. Os capítulos 2, 8 e 9 foram escritos com base nas Tanner Lectures, proferidas em maio de 1979 no Brasenose College, Oxford, e publicadas sob o título "The Limits of Objectivity" em *The Tanner Lectures on Human Values*, volume I. O capítulo 4 tem origem numa contribuição que fiz a *Knowledge and Mind*, livro em homenagem a Norman Malcolm. Uma versão anterior do capítulo 7 foi apresentada em agosto de 1981 no Simpósio Internacional de Filosofia realizado em Oaxaca sob o patrocínio do Instituto de Investigaciones Filosóficas.

Muitos amigos, colegas e alunos tiveram influência em minhas reflexões. Além das referências a eles que faço no texto, quero agradecer aqui a Rogers Albritton, Thompson Clarke, Ronald Dworkin, Gilbert Harman, Shelly Kagan, Frances Myrna Kamm, John Rawls, Thomas M. Scanlon, Samuel Scheffler, Barry Stroud, Peter conta o outro, e como ambos devem governar, em conjunto, o pensamento e as ações de cada pessoa, seria obtido algo equivalente a uma visão de mundo. O que tenho a dizer sobre essas questões não apresenta suficiente unidade para merecer tal título; um dos meus argumentos será que, com freqüência, a busca de uma concepção altamente unificada da vida e do mundo leva a equívocos filosóficos – a reduções falsas ou à recusa em reconhecer parte do que é real.

Ainda assim, quero descrever um modo de enxergar o mundo e viver nele que seja adequado a seres complexos sem um ponto de vista naturalmente unificado. Ele se baseia num esforço deliberado de justapor ao máximo de sua força as visões interna e externa – ou objetiva e subjetiva – a fim de obter a unificação quando for possível e de reconhecer claramente quando não for. Em vez de uma visão de mundo unificada, o que temos é a interação desses dois tipos de concepção que se relacionam com dificuldade e o esforço essencialmente interminável de conciliá-los. O impulso transcendente é uma força ao mesmo tempo criativa e destrutiva.

Acho natural conceber a vida e o mundo dessa maneira – incluindo nisso os conflitos entre os pontos de vista e o desconforto causado pelos obstáculos à sua integração. Certas formas de perplexidade – por exemplo, com respeito à liberdade, ao conhecimento e ao significado da vida – parecem conter mais penetração do que qualquer uma das supostas soluções a esses problemas. As perplexidades não resultam de equívocos quanto ao modo como se operam a linguagem ou o pensamento, e de forma alguma se espera alcançar uma pureza kantiana ou wittgensteiniana, a ser conquistada por meio da neutralização de certos deslizes tentadores no emprego da razão ou da linguagem.

INTRODUÇÃO

A objetividade é um método para chegar ao conhecimento. As crenças e atitudes é que são objetivas na acepção primária. Somente por derivação chamamos de objetivas as verdades a que podemos chegar dessa maneira. Para obter um conhecimento mais objetivo de algum aspecto da vida ou do mundo, recuamos de nossa visão inicial acerca dele e formamos uma nova concepção que tenha por objeto essa visão e sua relação com o mundo. Em outras palavras, nos inserimos no mundo a ser compreendido. A antiga visão passa então a ser considerada uma aparência, mais subjetiva que a nova visão, em relação à qual pode ser retificada ou confirmada. O processo pode repetir-se, resultando numa concepção ainda mais objetiva.

Ele nem sempre produzirá um resultado, e às vezes creditaremos a ele um resultado que não teve: nesse caso, como advertiu Nietzsche, chegaremos a uma objetivação falsa de um aspecto da realidade sobre o qual não se pode obter maior conhecimento a partir de um ponto de vista mais objetivo. Embora haja uma ligação entre objetividade e realidade – a única coisa que justifica buscarmos o conhecimento mediante tal afastamento das aparências é a suposição de que nós e nossa aparência formamos parte de uma realidade mais ampla –, nem toda realidade será mais bem compreendida quanto maior for a objetividade com que olharmos para ela. Aparência e perspectiva são partes essenciais do que existe e, em alguns aspectos, são mais bem compreendidas a partir de um ponto de vista menos distanciado. O realismo endossa as pretensões de objetividade e distanciamento, mas só pode sustentá-las até certo ponto.

Ainda que, por conveniência, eu vá falar amiúde de dois pontos de vista, o subjetivo e o objetivo, e embora os vários pontos em que essa oposição se encontra tenham muito em comum, a distinção entre as visões mais subjetivas e mais objetivas é uma questão de grau e abrange um amplo espectro. Uma visão ou forma de pensar é tanto mais objetiva do que outra quanto menos depende dos aspectos específicos da constituição do indivíduo e de sua posição no mundo ou do caráter do tipo particular de criatura que ele é. Uma forma de conhecer será tanto mais objetiva quanto maior for a variedade de tipos subjetivos para os quais ela é acessível – ou seja, quanto menos ela dependa de capacidades subjetivas específicas. Um ponto de vista que é objetivo, em comparação com a visão pessoal de um indivíduo, pode ser subjetivo em comparação com um ponto de vista teórico ainda mais afastado. O ponto de vista da moral é mais objetivo que o da vida privada, porém menos objetivo que o ponto de vista da física. Podemos pensar na realidade como um conjunto de esferas concêntricas que se revelam progressivamente à medida que aos poucos nos afastamos das contingências do eu. Isso ficará mais claro quando discutirmos a interpretação da objetividade em relação a setores específicos da vida e do conhecimento.

Ofereço aqui uma defesa e também uma crítica da objetividade. Ambas são necessárias na presente atmosfera intelectual, pois a objetividade é ao mesmo tempo subestimada e superestimada, às vezes pelas mesmas pessoas. É subestimada pelos que não a consideram um método de apreender o mundo tal como é em si mesmo. É superestimada por quem acredita que ela, por si só, pode fornecer uma visão completa do mundo, substituindo as visões subjetivas a partir das quais se desenvolveu. Esses erros estão vinculados: ambos se originam de um sentido de realidade insuficientemente robusto e de sua independência de qualquer forma particular de conhecimento humano.

INTRODUÇÃO

Por trás da validade e dos limites da objetividade está a idéia fundamental de que somos criaturas pequenas num mundo grande, do qual temos apenas um entendimento muito parcial, e de que a forma como apreendemos as coisas depende tanto do mundo como de nossa constituição. Podemos aumentar nosso conhecimento do mundo acumulando informações que se encontram num determinado nível – pela observação extensiva a partir de um certo ponto de vista. Mas só poderemos elevar nosso conhecimento a um novo nível se examinarmos a relação entre o mundo e nós mesmos, responsável por nossa compreensão anterior, e formarmos uma nova concepção que inclua uma apreensão mais imparcial de nós mesmos, do mundo e da nossa interação com ele. A objetividade permite-nos, assim, transcender nosso ponto de vista particular e desenvolver uma consciência mais ampla que abranja o mundo de maneira mais completa. Tudo isso se aplica a valores e atitudes bem como a crenças e teorias.

Todo avanço objetivo cria uma nova concepção do mundo que inclui o próprio indivíduo e sua concepção anterior; inevitavelmente, portanto, acarreta o problema de o que fazer com a visão mais antiga e mais subjetiva e como combiná-la com a nova. Uma sucessão de avanços objetivos pode levar-nos a uma nova concepção da realidade que deixe cada vez mais para trás a perspectiva pessoal ou meramente humana. Mas, se o que buscamos é entender o mundo todo, não podemos esquecer esses pontos de partida subjetivos indefinidamente; nós e nossas perspectivas pessoais pertencemos ao mundo. A busca da objetividade encontra um limite quando se volta para o eu e tenta abarcar a subjetividade em sua concepção do real. A resistência desse material à apreensão objetiva requer que se modifique a forma da objetividade e também que se reconheça que ela não pode, por si só, oferecer uma imagem completa do mundo ou uma postura definitiva perante ele. Tanto o conteúdo de uma visão objetiva quanto suas pretensões a ser completa são inevitavelmente afetados pela tentativa de combiná-la com a visão que temos a partir de onde estamos. O contrário também é verdadeiro; quer dizer, o ponto de vista subjetivo e suas pretensões se modificam ao tentarem coexistir com o objetivo. Muito do que tenho a dizer refere-se às possibilidades de integração; discutirei a forma apropriada de objetividade, bem como seus limites, no que tange a uma série de questões. Mas também indicarei os aspectos em que os dois pontos de vista não encontram uma integração satisfatória, e acredito que nesses casos o caminho correto não é conceder vitória a algum deles, mas ter clara em nossa mente a oposição entre ambos, sem excluir nenhum elemento. Além da possibilidade de que esse tipo de tensão venha a gerar algo novo, é melhor estar ciente dos modos pelos quais vida e pensamento estão separados entre si, se de fato é assim que as coisas são.

A tensão entre interno e externo permeia a vida humana, mas é particularmente proeminente na geração de problemas filosóficos. Irei me concentrar em quatro tópicos: a metafísica da mente, a teoria do conhecimento, a liberdade humana e a ética. Mas o problema tem manifestações igualmente importantes no que diz respeito à metafísica do espaço e do tempo, à filosofia da linguagem e à estética. Na verdade, provavelmente não existe nenhum setor da filosofia em que ele não desempenhe um papel significativo.

A ambição de ir além de nós mesmos tem limites evidentes, mas nem sempre é fácil saber onde se loca-

INTRODUÇÃO

lizam ou quando foram transgredidos. Pensamos, com razão, que a tentativa de distanciar-nos de nossa perspectiva inicial é um método indispensável para ampliar nossa compreensão do mundo e de nós mesmos, para aumentar nossa liberdade de pensar e agir e para nos tornarmos melhores. Mas, sendo quem somos, não podemos ir totalmente além de nós mesmos. Não importa o que façamos, continuamos como subpartes do mundo, com acesso limitado à verdadeira natureza do resto dele e de nós mesmos. Não há como saber quanta realidade se encontra fora do alcance da objetividade presente ou futura ou de qualquer outra forma concebível de compreensão humana.

A própria objetividade leva ao reconhecimento de que suas capacidades são provavelmente limitadas, já que em nós ela é uma faculdade humana e que somos seres visivelmente finitos. A forma radical desse reconhecimento é o ceticismo filosófico, no qual o ponto de vista objetivo corrói a si próprio com os mesmos procedimentos que usa para questionar a perspectiva pré-reflexiva da vida cotidiana quanto à percepção, ao desejo e à ação. O ceticismo é a dúvida radical sobre a possibilidade de chegar a qualquer tipo de conhecimento, liberdade ou verdade ética, dado que estamos contidos no mundo e é impossível nos criarmos a nós mesmos a partir do nada.

Uma das minhas preocupações será examinar a atitude adequada perante essas diferentes formas de ceticismo, visto que não podemos descartá-las sob a alegação de serem absurdas sem adotarmos análises da verdade, da liberdade e do valor que não sejam reducionistas e espúrias. De maneira geral, creio que o ceticismo é esclarecedor e não pode ser refutado, mas isso não invalida a busca da objetividade. Vale a pena tentar submeter nossas crenças, ações e valores à influência de um ponto de vista mais impessoal, ainda que não se possa assegurar, de uma perspectiva mais externa, que isso não se revelaria uma ilusão. Em todo caso, parece que não temos outra alternativa senão tentar.

O limite da objetividade ao qual dedicarei mais atenção decorre diretamente do processo de afastamento gradual por meio do qual a objetividade é alcançada. A geração de um ponto de vista objetivo se dá pelo abandono de uma perspectiva mais subjetiva, individual ou mesmo meramente humana; contudo, existem coisas sobre o mundo, a vida e nós mesmos que não podem ser entendidas de maneira adequada a partir de um ponto de vista de máxima objetividade, por mais que ele possa ampliar nossa compreensão inicial. Muitas coisas estão essencialmente atreladas a um ponto de vista particular, ou a um tipo de ponto de vista, e a tentativa de oferecer uma descrição completa do mundo em termos objetivos, distanciados dessas perspectivas, leva inevitavelmente a reduções falsas ou à negação categórica da existência de certos fenômenos cuja realidade é patente.

Essa forma de cegueira objetiva é mais visível na filosofia da mente, em que se defende amplamente uma ou outra teoria externa do mental, desde o fisicalismo até o funcionalismo. O que motiva essas opiniões é a suposição de que aquilo que tem existência real deve poder ser compreendido de certa maneira – que a realidade é, em sentido estrito, realidade objetiva. Para muitos filósofos, o caso exemplar de realidade é o mundo descrito pela física, ciência em que alcançamos nosso máximo distanciamento da perspectiva especificamente humana sobre o mundo. Mas é justamente por essa razão que a física está fadada a não conseguir descrever o caráter irredutivelmente subjetivo dos processos mentais conscientes, quaisquer que sejam suas estreitas relações com o funcionamento físico do cérebro. A subjetividade da consciência é uma característica irredutível da realidade – sem a qual nem a física nem coisa alguma seria possível –, e ela deve ocupar um lugar tão fundamental quanto a matéria, a energia, o espaço, o tempo e os números em qualquer visão de mundo digna de crédito.

Os modos pelos quais os fenômenos mentais se relacionam com o cérebro e a identidade pessoal com a persistência biológica do organismo são questões que não podem agora ser solucionadas, mas suas possibilidades são matéria propícia à especulação filosófica. Creio já estar claro que qualquer teoria correta da relação entre mente e corpo alteraria radicalmente nossa concepção geral do mundo e exigiria uma nova compreensão dos fenômenos hoje considerados físicos. Embora as manifestações da mente que nos são evidentes sejam locais – dependem de nosso cérebro e de estruturas orgânicas similares –, a base geral desse aspecto da realidade não é local, devendo-se presumir que seja inerente aos elementos gerais que constituem o universo e às leis que os governam.

Também a ética padece de um excesso de objetividade. A objetividade é a força motriz da ética tanto quanto da ciência: permite-nos desenvolver novas motivações quando assumimos um ponto de vista que se afasta do de nossos desejos e interesses puramente pessoais, assim como, na esfera do pensamento, nos permite desenvolver novas crenças. A moral confere forma sistemática à vontade objetiva. Escapar de si mesmo, porém, é uma questão delicada tanto no que diz respeito aos motivos como no que tange à crença. Quando se vai longe demais, pode-se chegar ao ceticismo ou ao niilismo;

aquém disso, há também a tentação de privar o ponto de vista subjetivo de qualquer função independente na justificativa da ação.

Algumas teorias morais impessoais aceitam esta conclusão, sustentando que deveríamos tentar nos transformar, tanto quanto possível, em instrumentos voltados para a busca do bem geral, concebido de maneira objetiva (ainda que nossos próprios interesses, junto com os dos outros, tenham parte na definição desse bem). Mas, embora a transcendência do ponto de vista pessoal na ação seja a mais importante força criativa na ética, acredito que seus resultados não podem sobrepor-se totalmente ao ponto de vista pessoal e suas motivações pré-reflexivas. O bem, assim como a verdade, inclui elementos irredutivelmente subjetivos.

A questão é como combinar valores objetivos e subjetivos no controle de uma vida individual. Eles não podem coexistir lado a lado sem interferência mútua, e parece impossível outorgar autoridade a qualquer deles na decisão dos conflitos que surgem entre eles. Esse problema é a contrapartida análoga, na ética, do problema metafísico de combinar, em alguma concepção de um mundo único, as características da realidade que se revelam a diferentes perspectivas em diferentes níveis de subjetividade ou objetividade. Uma teoria realista e antirreducionista de qualquer coisa depara, invariavelmente, com um problema desse tipo. O problema mente-corpo é um exemplo, e o problema de como objetivar a ética para a vida humana individual é outro. Um terceiro é o problema do significado da vida, que surge porque somos capazes de assumir um ponto de vista a partir do qual nossas preocupações pessoais mais aflitivas parecem insignificantes.

O que de fato acontece na busca da objetividade é que se permite prevalecer um certo elemento de si mesmo, o eu impessoal ou objetivo, que pode escapar às contingências específicas do ponto de vista pessoal. Refugiando-se nesse elemento, distancia-se do resto e desenvolve-se uma concepção impessoal do mundo e, tanto quanto possível, dos elementos do eu do qual se distanciou. Isso gera o novo problema da reintegração, o problema de como incorporar esses resultados à vida e ao autoconhecimento de um ser humano comum. O sujeito tem de *ser* a criatura que ele submeteu ao exame imparcial e tem de *viver*, em sua totalidade, no mundo que se revelou a uma fração extremamente destilada de si mesmo.

É necessário combinar o reconhecimento de nossa contingência, de nossa natureza finita e de nossa inclusão no mundo com a ambição de transcendência, por mais limitado que seja nosso sucesso em alcançá-la. A atitude certa, em filosofia, é aceitar metas que só de maneira fragmentada e imperfeita podemos atingir, e não podemos ter certeza nem mesmo de que atingiremos tal coisa. Isto significa, em particular, não abandonar a busca da verdade, ainda que por fim, se o que desejamos é a verdade e não simplesmente algo para dizer, nos reste menos ainda a dizer. A busca da verdade requer mais do que imaginação: requer a produção e a definitiva eliminação de possibilidades alternativas até que, idealmente, reste apenas uma, e também uma prontidão habitual para atacar as próprias convicções. Esse é o único modo de chegar à crença real.

Trata-se, em alguns aspectos, de um trabalho deliberadamente reacionário. Há uma veia significativa de idealismo na filosofia contemporânea segundo a qual o que existe e o modo como as coisas são não podem, em princípio, extrapolar o que poderíamos conceber. Essa visão herda o tosco apelo do positivismo lógico, embora tal versão em particular do idealismo seja obsoleta. Parece que a filosofia regularmente gera pronunciamentos de que o que os filósofos do passado tentavam fazer era impossível ou absurdo, e que um exame adequado das condições do pensamento nos fará perceber que todas essas profundas indagações sobre sua relação com a realidade são irreais.

A filosofia também está contaminada por uma tendência mais ampla da vida intelectual contemporânea: o cientismo. O cientismo é uma forma especial de idealismo, pois designa um tipo de conhecimento humano para lidar com o universo e o que se pode apreender dele. Em sua modalidade mais míope, ele supõe que tudo o que existe deve poder ser compreendido mediante teorias científicas como as que desenvolvemos até hoje – a física e a biologia evolucionistas são os paradigmas atuais –, como se nossa época não fosse apenas mais um elo da corrente.

Por causa justamente de seu predomínio, essas atitudes estão maduras para uma crítica. É claro que parte da oposição a elas é tolice: o anticientismo pode degenerar numa rejeição à ciência – embora seja essencial para defender a ciência contra a apropriação indevida. Mas esses excessos não nos devem dissuadir de uma revisão para baixo, desde há muito tempo necessária, da auto-estima intelectual hoje prevalecente. A suposição de que os métodos já existentes resolverão problemas para os quais não foram designados gera um enorme desperdício de tempo; muitas hipóteses e sistemas de pensamento, na filosofia e em outras áreas, baseiam-se na bizarra opinião de que nós, neste momento da história, dispomos das formas elementares de compreensão necessárias para entender absolutamente tudo.

Acredito que os métodos necessários para entender a nós mesmos ainda não existem. Assim, este livro contém uma grande quantidade de especulação sobre o mundo e o modo como nos encaixamos nele. Parte dela parecerá extravagante, mas o mundo é um lugar estranho, e somente a especulação radical nos dá alguma esperança de encontrar algum candidato à verdade. É claro que isso não é o mesmo que encontrar a verdade: se a verdade é nossa meta, devemos nos resignar em alcançá-la num âmbito muito limitado e sem ter certeza disso. Redefinir a meta para garantir que ela seja amplamente alcançada, mediante várias formas de reducionismo, relativismo ou historicismo, é uma forma de satisfação de desejos cognitivos. A filosofia não pode refugiar-se em ambições reduzidas. Ela está em busca da verdade eterna e universal, ainda que saibamos que não vamos alcançá-la.

A questão de como combinar a perspectiva externa dessa embaraçosa porém inevitável atividade com a perspectiva interna é apenas outro exemplo de nosso ubíquo problema. Mesmo os que consideram a filosofia algo real e importante sabem que se encontram num estágio inicial e específico do desenvolvimento filosófico, limitados por suas próprias capacidades intelectuais primitivas e contando com as revelações parciais de umas poucas figuras expressivas do passado. Assim como julgamos que os resultados a que elas chegaram estão equivocados em aspectos fundamentais, devemos presumir que mesmo os melhores esforços de nossa época parecerão cegos no final. Essa falta de segurança deve ser parte integrante da empresa, não algo que requer um argumento histórico para produzir-se. Precisamos também reconhecer que as idéias filosóficas são agudamente sensíveis ao temperamento e aos anseios individuais. Onde as provas e os argumentos são escassos demais para determinar um resultado, a lacuna tende a ser preenchida por outros fatores. O sabor e a motivação pessoais na versão de realidade de cada grande filósofo são inconfundíveis, e o mesmo é verdadeiro com respeito a muitos esforços mais modestos.

Mas não podemos nos deixar levar por esse ponto de vista: não podemos nos ocupar do tema, nem entender a obra de outros, a partir de uma perspectiva externa, com uma disposição clínica ou historicista. Uma coisa é reconhecer as limitações que inevitavelmente decorrem do fato de ocuparmos determinada posição na história da cultura; outra coisa é converter essas limitações em não-limitações pela adesão a um historicismo que afirma não existir verdade alguma, exceto a que é interna a um ponto de vista histórico particular. Creio que aqui, como em outras circunstâncias, não podemos escapar ao conflito entre pontos de vista. O absurdo faz parte do território, e precisamos estar dispostos a lidar com ele.

Ainda que os problemas filosóficos fossem meras manifestações de nossa situação histórica particular ou das formas acidentais de nossa linguagem, provavelmente não conseguiríamos nos livrar deles. Se você está dentro de algo como a linguagem, a visão externa não suplanta a visão interna nem a torna menos séria. (Não posso ler a expressão "é compreendido de"* sem me desagradar, embora seja de esperar que, daqui a cem anos, a força do uso impróprio irá granjear-lhe respeitabilidade gramatical e um lugar nos melhores dicionários.) O reconhecimento da contingência objetiva de uma linguagem em nada diminui sua realidade normativa

---

* No original, *is comprised of*, do verbo *comprise*, que significa "consistir em", "compor-se de", "conter", "incluir", "compreender". O uso na forma passiva, tal como citado pelo autor, consagrou-se popularmente, embora seja desabonado pela norma culta da língua inglesa. (N. do T.)

INTRODUÇÃO

para os que vivem nela. Mas a filosofia não é como uma linguagem particular. Suas fontes são pré-verbais e, com freqüência, pré-culturais, e uma de suas tarefas mais difíceis é exprimir sem perda, na forma de linguagem, problemas que, embora não formulados, são intuídos.

A história dessa disciplina é uma contínua descoberta de problemas que desnorteiam os conceitos existentes e os métodos de solução correntes. A todo momento deparamos com a questão de quanto podemos nos afastar da segurança relativa de nossa linguagem atual sem correr o risco de perder totalmente o contato com a realidade. Em certo sentido, estamos tentando escalar nossas mentes pelo lado de fora, num esforço que alguns considerariam insano e que eu considero filosoficamente fundamental. A interpretação historicista não elimina os problemas filosóficos, assim como os diagnósticos iniciais dos positivistas lógicos ou dos analistas lingüísticos tampouco os eliminaram. Na medida em que essas teorias da negação por problemas filosóficos têm influência, elas meramente ameaçam empobrecer por um tempo o cenário intelectual ao inibir a expressão séria de certas questões. Em nome da libertação, esses movimentos têm nos oferecido a repressão intelectual.

Mas resta uma questão. Se as teorias do cativeiro histórico ou da ilusão gramatical não são verdadeiras, por que alguns filósofos se sentiram curados de seus problemas metafísicos com essas formas de terapia? Meu contradiagnóstico é que muitos filósofos estão fartos do assunto e se alegram de poder se livrar de seus problemas. A maioria de nós, por momentos, acha que esse assunto não tem solução, mas alguns reagem à sua insolubilidade acatando a sugestão de que a empresa é mal concebida e que os problemas são irreais. Essa atitude torna-os receptivos não somente ao cientismo, mas a teorias metafilosóficas deflacionárias, como o positivismo e o pragmatismo, que propõem elevar-nos acima das velhas contendas.

Isso vai além do desejo habitual de transcender nossos predecessores, pois inclui uma rebelião contra o próprio impulso filosófico, tido como humilhante e irrealista. É natural sentir-nos vítimas da filosofia, mas essa reação defensiva vai longe demais. Assemelha-se à raiva infantil e resulta num esforço inútil de crescer antes da hora, antes que se tenha passado pelas confusões essenciais que fazem parte da formação e pelas esperanças exageradas que é preciso experimentar para entender alguma coisa. A filosofia é a infância do intelecto, e uma cultura que tente evitá-la jamais crescerá.

Há uma persistente tentação a converter a filosofia em algo menos difícil e mais superficial do que é. Trata-se de uma disciplina extremamente difícil, que não foge à regra geral de que os esforços criativos raramente são bem-sucedidos. Não me sinto à altura dos problemas abordados neste livro. Eles me parecem exigir uma ordem de inteligência totalmente diferente da minha. Outros que tentaram abordar as questões centrais da filosofia reconhecerão essa sensação.

II
A mente

1. OBJETIVIDADE FÍSICA

Nosso ponto de partida natural é a posição que ocupamos no mundo. Uma das mais fortes motivações filosóficas é o desejo de obter uma imagem abrangente da realidade objetiva, já que é fácil supor que esta é a única coisa que realmente existe. Mas a própria noção de realidade objetiva já nos garante que tal imagem não conterá tudo; somos nós mesmos o primeiro obstáculo a essa ambição.

Admitindo que o mundo pode ser compreendido de maneira objetiva – a partir de um ponto de vista que independe da constituição deste ou daquele ser senciente ou tipo de ser senciente –, de que maneira os seres sencientes se encaixam nele? A pergunta pode ser dividida em três. Primeira: será que a própria mente possui um caráter objetivo? Segunda: qual é sua relação com os aspectos físicos da realidade cuja qualidade objetiva é menos duvidosa? Terceira: como se explica que uma das pessoas no mundo seja *eu*?

É nessa ordem que vou discorrer sobre essas questões, ao longo deste capítulo e no próximo. A segunda pergunta se refere ao problema mente-corpo. A terceira

– sobre como é possível ser alguém em particular – expressa da forma mais pura a dificuldade de encontrar lugar no mundo para si mesmo. Como é possível? Seremos de fato, você ou eu, o tipo de coisa que poderia ser uma criatura em particular no mundo? Começarei, contudo, com a primeira questão, sobre se a mente pode ou não ser entendida objetivamente. Ela está na base do problema mente-corpo, que surge porque certas características da vida mental constituem um obstáculo às ambições de uma concepção muito importante de objetividade. Sem entendermos essa concepção e sem examinarmos com cuidado suas pretensões, não poderemos fazer nenhum progresso no problema mente-corpo.

Por conveniência, vou me referir a ela como concepção *física* da objetividade. Não é a mesma coisa que nossa idéia acerca do que é a realidade física, mas se desenvolveu como parte de nosso método para chegar a um entendimento mais verdadeiro do mundo físico, um mundo que se apresenta a nós inicialmente, se bem que de modo um tanto impreciso, por meio da percepção sensorial.

O desenvolvimento ocorre em estágios, e cada um deles oferece uma imagem mais objetiva que a anterior. O primeiro passo é perceber que nossas percepções são fruto da ação das coisas sobre nós, dos efeitos que elas têm sobre nossos corpos, eles próprios partes do mundo físico. Uma vez que as mesmas propriedades físicas que nos causam percepções através de nossos corpos também produzem efeitos diferentes sobre outras coisas físicas e podem existir sem causar nenhuma percepção que seja, o passo seguinte é entender que sua verdadeira natureza deve ser destacável de sua aparência perceptual e não precisa assemelhar-se a ela. O terceiro passo é tentar formar uma concepção dessa verdadeira natureza que seja independente da aparência que ela tenha para nós ou para outros tipos de perceptores. Significa, então, não apenas não pensar o mundo físico a partir de nosso próprio ponto de vista particular, mas tampouco pensar nele a partir do ponto de vista da percepção humana mais geral: não pensá-lo tal como ele se apresenta aos nossos olhos, ao nosso tato, ao nosso olfato, ao nosso paladar ou aos nossos ouvidos. Essas qualidades secundárias desaparecem então de nossa imagem do mundo externo, e pensamos nas qualidades primárias subjacentes, tais como forma, tamanho, peso e movimento, em termos estruturais.

Essa estratégia tem se mostrado extremamente frutífera. As teorias e explicações que utilizam conceitos desvinculados do ponto de vista específico da percepção humana ajudaram a expandir amplamente o entendimento do mundo físico. Nossos sentidos fornecem a evidência a partir da qual começamos, mas esse entendimento tem um caráter tão independente que poderíamos obtê-lo mesmo que não tivéssemos nenhum de nossos sentidos, desde que fôssemos racionais e capazes de entender as propriedades matemáticas e formais da concepção objetiva do mundo físico. Poderíamos até, em certo sentido, compartilhar nosso entendimento da física com outras criaturas que tivessem uma percepção bastante diferente das coisas – desde que elas também fossem racionais e soubessem aritmética.

O mundo descrito por essa concepção objetiva não é apenas destituído de centro; é destituído também, de certo modo, de atributos. Embora as coisas contidas nele tenham propriedades, nenhuma dessas propriedades é um aspecto perceptual. Todas foram relegadas à mente, um domínio ainda a ser explorado. O mundo físico, tal como se supõe que seja, não contém nenhum ponto de vista e nada que possa apresentar-se apenas a um ponto de vista particular. O que quer que esteja contido nele pode ser apreendido por uma consciência racional geral que obtenha suas informações mediante um ponto de vista perceptual qualquer a partir do qual ela veja o mundo[1].

Por mais poderosa que essa alvejada concepção física da objetividade tenha demonstrado ser, enfrenta dificuldades quando apresentada como método para buscar um entendimento completo da realidade. Pois o processo teve início quando notamos que o modo pelo qual as coisas se apresentam a nós depende da interação de nossos corpos com o resto do mundo. Ficamos, porém, sem nenhuma explicação para as percepções e os pontos de vista específicos que, embora abandonados por serem irrelevantes para a física, parecem existir, juntamente com os de outras criaturas – sem mencionar a atividade mental de formar uma concepção objetiva do mundo físico, que não parece ela própria suscetível de análise física.

Diante desses fatos, poderíamos pensar que a única conclusão concebível seria a de que há mais coisas com respeito à realidade do que a concepção física da objetividade é capaz de dar conta. Mas, por incrível que pareça, isso não é óbvio para todo mundo. O mundo físico exerce uma atração tão irresistível, e de tal maneira tem dominado as idéias acerca do que existe, que se tentou forjar tudo segundo sua forma e negar a realidade de qualquer coisa que não possa reduzir-se a ele. O resultado é que a filosofia da mente está povoada de posições extremamente implausíveis.

---

1. Há uma excelente exposição dessa idéia em Williams (7), pp. 64-8. Ele a denomina concepção *absoluta* de realidade.

Argumentei, em outra ocasião[2], contra as várias formas de reducionismo – behaviorista, causal ou funcionalista – oferecidas por aqueles que buscavam fazer da mente um lugar seguro para a objetividade física. Todas essas teorias são motivadas por um critério de realidade epistemológico – ou seja, só existe o que pode ser conhecido de determinada maneira. Mas é inútil tentar analisar os fenômenos mentais de modo que eles se revelem como parte do mundo "externo". As características subjetivas dos processos mentais conscientes – ao contrário de suas causas e efeitos físicos – não podem ser apreendidas pela forma purificada de pensamento que é própria para lidar com o mundo físico que jaz sob as aparências. Não apenas sensações puras, mas também estados mentais intencionais – por mais objetivo que seja o seu conteúdo –, devem ser capazes de manifestar-se na forma subjetiva para estar na mente.

O programa reducionista que predomina no trabalho atual da filosofia da mente está totalmente mal orientado, pois se baseia na suposição infundada de que uma concepção particular de realidade objetiva esgota tudo o que existe. Acredito que as tentativas atuais de entender a mente por meio de analogias com os computadores feitos pelo homem, que podem desempenhar com excelência algumas das mesmas tarefas externas realizadas pelos seres conscientes, serão afinal reconhecidas como uma enorme perda de tempo. Os verdadeiros

---

2. Nagel (3). Nunca é tarde demais para um reconhecimento; assim, devo assinalar que, dois anos antes, Timothy Sprigge propusera que a condição essencial da consciência é que deve haver "algo que seria como ser" a criatura em questão (Sprigge, pp. 166-8). E em 1950 B. A. Farrell perguntava: "Como seria ser um morcego?", embora tenha descartado a dificuldade ao optar pelo materialismo. (Quando escrevi, não tinha lido Sprigge e me esquecera de Farrell.)

princípios fundamentais da mente só serão descobertos – se é que virão a sê-lo – por meio de uma abordagem mais direta.

Contudo, limitar-se a negar a possibilidade da redução psicofísica não põe fim ao problema. Há também a questão de como conceber a inclusão dos processos mentais subjetivos no mundo tal como realmente é. E há ainda a questão de se é possível entendê-los objetivamente de alguma outra maneira. O fisicalismo, embora inaceitável, tem atrás de si um impulso mais amplo, ao qual ele dá uma expressão distorcida e, em última análise, contraproducente. Trata-se do impulso de encontrar uma forma de pensar o mundo tal como é, de modo que tudo o que há nele, não apenas os átomos e os planetas, possa ser considerado do mesmo modo real: não apenas um aspecto do mundo tal como se apresenta a nós, mas algo que *realmente está ali*.

Penso que o fraco que hoje se tem pela redução fisicalista se explica, em parte, pela ausência de uma noção de objetividade menos empobrecida e redutiva para completar o projeto de construir uma imagem abrangente do mundo. A objetividade da física era viável: continuava a gerar cada vez mais conhecimento mediante a sucessiva aplicação às propriedades do mundo físico que as primeiras aplicações haviam descoberto.

É verdade que os recentes avanços na física levaram algumas pessoas a acreditar que, ao fim e ao cabo, ela talvez seja incapaz de fornecer uma concepção acerca do que realmente existe, independentemente da observação. Mas não desejo argumentar que, já que a idéia de realidade objetiva tem mesmo de ser abandonada por causa da teoria quântica, poderíamos ir até o fim e admitir a subjetividade do mental. Ainda que, como pensam alguns físicos, não se possa dar à teoria quântica uma interpretação que permita descrever os fenômenos sem fazer referência a um observador, o observador indispensável não precisa ser um membro de alguma espécie particular como a humana, que vê e percebe as coisas de um modo extremamente peculiar. Isto não nos obriga, portanto, a deixar entrar todo o espectro da experiência subjetiva.

O problema central não é se devemos ou não admitir pontos de vista na explicação do mundo *físico*. Seja qual for a resposta a essa pergunta, ainda estaremos diante de um problema independente sobre a mente. Os próprios fenômenos da consciência constituem o mais claro desafio à idéia de que é a objetividade física que dá forma geral à realidade. Não pretendo, em resposta a isso, abandonar inteiramente a idéia da objetividade, mas antes sugerir que a interpretação física não é a única possível.

2. OBJETIVIDADE MENTAL

Mesmo reconhecendo a existência de perspectivas distintas e irredutíveis, o desejo por uma concepção unificada do mundo persiste. Se não podemos realizá-lo de uma forma que elimine as perspectivas individuais, podemos indagar até que ponto será possível realizá-lo se admitirmos tais perspectivas. As pessoas e outros seres conscientes fazem parte da ordem natural, e seus estados mentais fazem parte do modo como é o mundo em si. Da perspectiva de um tipo de ser, as características subjetivas dos estados mentais de outro tipo de ser muito diferente não são acessíveis nem por meio da imaginação subjetiva, nem por meio do tipo de representação objetiva que capta o mundo físico. A questão é se essas lacunas podem ser preenchidas, pelo menos em parte, por outra forma de pensar que reconheça perspectivas diferentes e as conceba não por meio da imaginação. Um ser com total flexibilidade imaginativa poderia projetar-se diretamente em cada possível ponto de vista subjetivo e não precisaria de tal método objetivo para pensar em toda a gama de possíveis vidas interiores. Como não podemos fazer isso, seria útil se tivéssemos um meio de acesso mais independente a outras formas subjetivas.

Há uma indicação disso no que diz respeito a nossas próprias mentes. Presumimos que nós mesmos não somos apenas partes do mundo, tal como ele se evidencia a nós. Mas, se somos partes do mundo tal como ele é em si, devemos ser capazes de nos incluir – nossas mentes e nossos corpos – numa concepção que não esteja vinculada exclusivamente ao nosso ponto de vista. Devemos, em outras palavras, ser capazes de pensar em nós mesmos a partir de fora – mas em termos mentais, não físicos. Tal resultado, se fosse possível, seria descrito como um conceito objetivo de mente.

O que pretendo é explicar como seria, seguindo esse raciocínio, um entendimento natural objetivo da mente – um entendimento tão objetivo quanto for compatível com a subjetividade essencial do mental. Acredito que ele tenha origem no conceito comum de mente, mas que pode ser desenvolvido para além disso. A questão é: até onde?

Em termos práticos, não faço idéia de até onde se pode chegar. Mas creio que não haja objeções em princípio a tal desenvolvimento e que essa possibilidade deve já ser incorporada em nossa concepção de nossas próprias mentes. Penso que podemos incluir-nos, com experiências e tudo, num mundo que seja concebível não a partir de um ponto de vista especificamente humano, e que podemos fazer isso sem reduzir o mental ao físico. Mas acho também que qualquer concepção desse tipo será necessariamente incompleta. E isso significa que a busca de uma concepção objetiva de realidade tropeça em limites não só de ordem prática, limites que não poderiam ser superados por nenhuma inteligência meramente objetiva, por mais poderosa que fosse. Por fim, direi que isso não é motivo para alarme filosófico, pois não há razão para supor que o mundo, tal como é em si, deve poder ser entendido objetivamente, mesmo num sentido mais amplo. Algumas coisas só podem ser entendidas de dentro, e o acesso a elas dependerá de quanto pode viajar nossa imaginação subjetiva. É natural querermos alinhar – tanto quanto possível – nossa capacidade de conhecimento objetivo, imparcial, com a realidade, mas não devemos ficar surpresos se a objetividade revela-se essencialmente incompleta.

A meta de tal entendimento, a meta mais profunda que ele compartilha com os pontos de vista reducionistas que eu rejeito, é ultrapassar a distinção entre aparência e realidade mediante a inclusão da existência de aparências numa realidade elaborada. Nada então será deixado de fora. Mas essa realidade expandida, como a realidade física, não tem centro. Embora as características subjetivas de nossas mentes estejam no centro de *nosso* mundo, devemos tentar concebê-las como uma simples manifestação do mental num mundo que não se abre especialmente para o ponto de vista humano. Admito que se trata de uma tarefa paradoxal, mas me parece que vale a pena tentar.

O primeiro requisito é pensar em nossas mentes como meros exemplos de algo geral – da mesma maneira que estamos habituados a pensar em coisas e eventos particulares do mundo físico como exemplos e manifestações de algo geral. Devemos pensar na mente como um fenômeno para o qual o exemplo humano não é necessariamente central, embora nossas mentes estejam no centro do nosso mundo. A idéia fundamental por trás do impulso objetivo é a de que o mundo não é o nosso mundo. Podemos trair essa idéia se convertemos a compreensibilidade objetiva em um novo padrão de realidade. Isso é um erro, porque o fato de a realidade se estender para além do que está disponível à nossa perspectiva original não significa que toda ela esteja disponível a alguma perspectiva transcendente que possamos alcançar daqui. Desde que evitemos esse erro, porém, é legítimo deixar-nos mover pela esperança de estender nosso entendimento objetivo a tudo o que pudermos da vida e do mundo.

Quando falo de um conceito geral da mente, não me refiro a um conceito antropocêntrico que concebe todas as mentes por analogia com a nossa. Refiro-me a um conceito sob o qual nós mesmos figuramos como ocorrências – sem nenhuma sugestão de que sejamos as ocorrências centrais. Portanto, minha oposição à redução psicofísica difere fundamentalmente daquela da tradição idealista ou fenomenológica. Quero pensar na mente da mesma forma que penso na matéria, como um atributo geral do mundo. Em cada caso, estamos familiarizados com certas ocorrências em nosso pequeno contexto espaço-temporal (embora, no caso da matéria, não apenas com essas ocorrências). Em cada caso, não há garantias de quanto nossa compreensão pode exceder o conhecimento inicial mediante processos de abstração, generalização e experimentação. O caráter necessariamente incompleto de um conceito objetivo da mente parece bastante claro. Mas também não há razão para supor que tudo o que diz respeito ao mundo *físico* pode ser compreendido por um possível desenvolvimento de nossa concepção física da objetividade: afinal de contas, a ciência física é apenas uma operação de nossa mente, e não temos razão para supor que as capacidades de nossa mente nesse aspecto, ainda que notáveis, correspondam plenamente à realidade.

Em ambos os casos, um entendimento ampliado, na medida em que possamos alcançá-la, não apenas nos dá acesso a coisas que estão fora de nosso contexto imediato, como também aumenta nosso conhecimento das coisas com as quais já estamos familiarizados e a partir das quais tem início a investigação. Isso é evidente no caso dos objetos físicos familiares, que agora todos concebemos em termos de física e química, e não apenas de maneira fenomenológica ou instrumental. Quanto aos fenômenos mentais, nosso entendimento objetivo ainda está por desenvolver-se e talvez nunca chegue a ir muito longe. Mas a idéia de tal visão objetiva, como resultado da busca de uma concepção geral da mente, é propiciar-nos um modo de pensar que também possamos trazer de volta ao nosso contexto e aplicar a nós mesmos.

3. OUTRAS MENTES

O problema de situar-nos num mundo do qual não somos o centro surge na filosofia numa versão mais simples, independentemente da ambição de formar uma concepção geral não-idealista da realidade. Apresenta-se, no âmbito individual, como o problema das outras mentes. Pode-se dizer que o problema mais amplo da objetividade mental é análogo, no âmbito dos tipos mentais, ao problema que as outras mentes representam para os indivíduos: não "Como posso conceber outras mentes além da minha?", mas "Como podemos conceber mentes que, no plano subjetivo, sejam incomensuráveis com as nossas?". Nos dois casos, para situar-nos num mundo destituído de centro, precisamos conceber-nos como ocorrências de algo mais geral.

O interessante problema das outras mentes não é o problema epistemológico de como posso saber que as outras pessoas não são zumbis. É o problema conceitual de como posso *entender* a atribuição de estados mentais aos outros. E este, por sua vez, é o problema de como posso conceber minha própria mente como apenas um exemplo, entre muitos, dos fenômenos mentais existentes no mundo.

Cada um de nós é o sujeito de várias experiências, e para entender que existem também outras pessoas no mundo precisamos ser capazes de conceber experiências das quais não somos o sujeito: experiências que não estão presentes para nós. Para fazer isso, é necessário ter uma concepção geral dos sujeitos das experiências e situar-se nela como um exemplo. Não se pode fazer isso ampliando a idéia do que sentem, de maneira imediata, os corpos de outras pessoas, pois, como observou Wittgenstein, isso apenas lhe dará uma idéia de que seus corpos experimentam sensações, mas não das sensações que *eles* experimentam.

Embora todos sejamos criados com a concepção geral requerida que nos permite acreditar genuinamente em outras mentes, o modo como essa concepção opera constitui um problema filosófico sobre o qual há muitas opiniões. O problema é que as outras pessoas parecem ser parte do mundo externo, e as suposições empiristas sobre o significado têm levado vários filósofos à opinião de que a atribuição de estados mentais aos outros deve ser analisada em termos da evidência comportamental, ou como parte de alguma teoria explicativa acerca do que produz o comportamento observável. Infelizmente, isso parece sugerir que as atribuições mentais não têm na primeira pessoa o mesmo sentido que na terceira.

É evidente que deve haver alguma alternativa à suposição de que qualquer coisa que se diga sobre as outras pessoas tem de ser interpretada de maneira que a situe firmemente no mundo externo conhecido, compreensível por meio da concepção física de objetividade. Isso leva direto ao solipsismo: a incapacidade de dar sentido à idéia de outras mentes reais além da nossa.

De fato, o conceito comum de mente contém o germe de uma forma inteiramente diferente de conceber a realidade objetiva. A idéia de outras mentes não fará sentido para nós se a interpretarmos de tal modo que ela se torne ininteligível quando tentarmos aplicá-la a nós mesmos. Quando concebemos a mente dos outros, não podemos negligenciar o fator essencial, ou seja, o ponto de vista: em vez disso, devemos generalizá-lo e pensar em nós mesmos como um ponto de vista entre outros. A primeira etapa da objetivação do mental é cada um de nós ser capaz de apreender a idéia de todas as perspectivas humanas, inclusive a nossa, sem privá-las de seu caráter de perspectivas. É o análogo, no caso da mente, de uma concepção de espaço físico destituída de centro, na qual nenhum ponto ocupa posição privilegiada.

O germe de um conceito objetivo de mente é a capacidade de ver nossas próprias experiências do lado de fora, como eventos no mundo. Se isso é possível, então os outros também podem conceber esses eventos e podemos conceber as experiências dos outros, também pelo lado de fora. Para pensar dessa maneira usamos não uma faculdade de representação externa, mas uma idéia geral dos pontos de vista subjetivos da qual imaginamos uma ocorrência particular e uma forma particular. Até aqui o processo não envolve nenhuma abstração das formas gerais da nossa experiência. Ainda pensamos na experiência em termos do ponto de vista conhecido que compartilhamos com outros seres humanos. A única coisa que a concepção externa da mente requer é o uso imaginativo desse ponto de vista – um uso que se encontra parcialmente presente na memória e na expectativa de nossas próprias experiências.

Podemos, no entanto, ir mais além, pois o mesmo método básico nos permite pensar em experiências que não podemos imaginar. Representar uma experiência externamente imaginando-a de maneira subjetiva é análogo a representar uma configuração espacial objetiva imaginando-a visualmente. Usa-se como meio a aparência comum. O que é representado não precisa assemelhar-se à representação em todos os aspectos. Deve ser representado em termos de certas características gerais da experiência subjetiva – universais subjetivos –, cujas ocorrências, em alguns casos, são familiares à experiência do indivíduo. Porém, a capacidade de formar conceitos universais em qualquer área capacita-nos não apenas a representar a situação presente de um ponto de vista externo, mas a pensar em outras possibilidades que não experimentamos e que talvez nunca experimentemos diretamente. Assim, o conceito pré-teórico de mente envolve um tipo de objetividade que nos permite ir um pouco além de nossas próprias experiências e das que são exatamente iguais a elas.

A idéia é que o conceito de mente, embora vinculado à subjetividade, não se restringe ao que pode ser entendido em termos de nossa própria subjetividade – ao que podemos traduzir nos termos da nossa experiência pessoal. Em nossa concepção do mundo real, por exemplo, incluímos as vidas mentais de outras espécies – *in*imagináveis do ponto de vista subjetivo –, sem distorcer sua subjetividade por meio de uma redução behaviorista, funcionalista ou fisicalista. Sabemos que existe algo ali, algo dotado de perspectiva, mesmo que não saibamos do que se trata ou como pensar sobre ele. A questão é se esse reconhecimento nos permitirá desenvolver um modo de pensar sobre ele.

Há uma possibilidade, evidentemente, de que esse processo específico não possa avançar além desse ponto. Podemos ter um conceito de mente que seja geral o bastante para nos permitir escapar ao solipsismo e ao etnocentrismo, mas talvez não possamos transcender as formas gerais da experiência humana e o ponto de vista humano. Graças à flexibilidade da imaginação humana, esse ponto de vista nos permite conceber experiências que não tivemos. Será, contudo, que nos permite isolar o conceito de mente da perspectiva humana?

A questão é se pode existir um conceito geral de experiência que se estenda muito além do nosso ou de qualquer coisa que se assemelhe a ele. Mesmo que exista, pode ser que não sejamos capazes de entendê-lo, exceto em abstrato, assim como hoje, presumivelmente, somos incapazes de compreender conceitos da realidade física objetiva que serão desenvolvidos daqui a cinco séculos. Mas a possibilidade de que tal conceito exista seria motivo suficiente para tentar formulá-lo. No que diz respeito à mente, traçar os limites da objetividade tão perto do nosso ponto de vista corriqueiro só se justificaria se estivéssemos convencidos, de antemão, de que a coisa toda não faz sentido.

4. A CONSCIÊNCIA EM GERAL

Até onde vejo, a única justificativa para aceitar tais limites seria uma razão wittgensteiniana – ou seja, de que tal ampliação ou esforço de generalização do conceito de mente nos afasta das condições que dão significado ao conceito. Não sei se Wittgenstein de fato faria essa objeção, mas parece ser um desdobramento natural de sua posição. Ele observou que, embora os conceitos de experiência se apliquem, na primeira pessoa, a partir de dentro – e não a partir de evidências comportamentais, circunstanciais ou de qualquer outro tipo –, eles também exigem critérios externos. Para fazerem algum sentido quando aplicados a alguém na primeira pessoa, devem também ser aplicáveis a esse alguém e aos outros em situações circunstanciais e comportamentais que não estejam presentes apenas no âmbito privado. Para ele, isso era conseqüência da condição geral de publicidade que deve ser satisfeita por todos os conceitos, e que, por sua vez, se origina de uma condição que deve ser satisfeita por qualquer tipo de regra: a de que deve haver uma distinção objetiva entre segui-la e violá-la, distinção que só se pode fazer se for possível comparar a prática do indivíduo com a de sua comunidade.

Tenho dúvidas quanto ao último "só" e, embora não tenha nenhuma teoria alternativa a oferecer, acho arriscado tirar conclusões a partir do argumento "De que *outro* modo poderia ser?". Mas não pretendo negar que os conceitos de experiência que utilizamos para falar de nossas mentes e das mentes de outros seres humanos se ajustam, em maior ou menor grau, ao modelo descrito por Wittgenstein. Contanto que Wittgenstein não seja entendido – como penso que não deve ser – como afirmando que o comportamento é o que realmente existe, e que os processos mentais são ficções lingüísticas –, sua opinião de que as condições para atribuir uma experiência à primeira e à terceira pessoas estão inextricavelmente ligadas num único conceito público parece-me correta no que diz respeito ao caso comum[3].

A questão é se o conceito de experiência pode ser ampliado além dessas condições sem perder todo o conteúdo. Uma resposta negativa limitaria nossa reflexão sobre a experiência ao que podemos atribuir a nós mesmos e aos outros segundo os modos especificados. A objeção é que, para além desses limites, a distinção entre aplicação correta e incorreta do conceito não está definida e, portanto, a condição de significância não é satisfeita.

Numa passagem bastante conhecida (seção 350), Wittgenstein diz que não posso estender a aplicação dos meus conceitos mentais aos outros dizendo simplesmente que eles experimentam o mesmo que eu com freqüência experimento. "É como se eu dissesse: 'Com certeza você sabe o que significa *São cinco horas aqui*; então você também sabe o que significa *São cinco horas no sol*. Quer dizer que, quando são cinco horas, é a mesma hora lá que aqui.'" Essa é uma boa resposta para alguém que tenta explicar ao que se refere quando diz que o fogão sente dor. Mas ela poderia ser utilizada para argumentar contra todas as tentativas de estender o conceito para além do âmbito dos casos em que sabemos como aplicá-lo? Será que o conceito geral de experiência perde de fato todo o conteúdo quando se tenta usá-lo para pensar sobre casos em que não podemos,

---

3. Wittgenstein (2), seções 201 ss. Sobre a posição que ocupam os critérios em Wittgenstein e por que eles não são oferecidos como *análises* de significado, ver Kripke (2).

agora e talvez nunca, aplicá-lo de maneira mais específica? Acho que não. Nem todos os casos são semelhantes a esse da hora no sol. Esse exemplo é muito mais extremo, pois apresenta uma contradição direta com as condições que determinam a hora do dia – a saber, a posição da superfície da Terra em relação ao Sol. Mas a generalização do conceito de experiência para além de nossa capacidade de aplicá-lo não *contradiz* a condição de aplicação que ele busca transcender, mesmo que alguns exemplos, como o de atribuir dor a um fogão, ultrapassem os limites da inteligibilidade.

Sem dúvida, *se* uma pessoa tem o conceito de um tipo de estado mental consciente e também tem esse estado mental com certa freqüência, ela será capaz de aplicá-lo de dentro e de fora, tal como descreve Wittgenstein. Se não fosse capaz, isso seria um indício de que ela não tinha o conceito. Mas não atribuímos esses estados somente a criaturas que têm conceitos mentais: nós os atribuímos também a crianças e animais e pensamos que nós mesmos teríamos experiências ainda que não tivéssemos a linguagem. Se achamos que a existência de muitas das experiências que podemos relatar não depende da existência desses conceitos, por que não podemos conceber, indo mais longe, que existam tipos de experiência acerca dos quais não temos, e talvez nunca tenhamos, uma concepção completa e a capacidade de atribuí-los à primeira e à terceira pessoas?

Examinemos primeiro os casos em que há forte evidência de que a experiência está presente, sem saber qual é a sua natureza e sem poder esperar um dia obter uma compreensão de sua natureza que inclua a capacidade de auto-atribuição. É o que acontece pelo menos com algumas das experiências de todos os animais cuja estrutura e comportamento apresentam pouca semelhança com os nossos. Em cada caso há uma sólida evidência externa de vida interior consciente, mas apenas uma limitada aplicação de nossos conceitos mentais – conceitos gerais, na sua maior parte – para descrevê-la[4].

O que leva a esse resultado é o conceito pré-filosófico comum de experiência. Não é que simplesmente o deixamos para trás e prosseguimos com a *palavra*. E a extensão não é parte de uma linguagem privada, mas uma idéia natural compartilhada pela maioria dos seres humanos com respeito a que tipos de coisas ocupam o mundo ao seu redor. Penso que somos forçados a concluir que todas essas criaturas têm experiências específicas que não podem ser representadas por nenhum dos conceitos mentais dos quais poderíamos ter um entendimento na primeira pessoa. Isso não significa que não possamos pensar neles dessa maneira geral, ou talvez de modo mais detalhado mas sem a compreensão na primeira pessoa – desde que continuemos a considerá-los como experiências subjetivas em vez de meras disposições comportamentais ou estados funcionais.

Em princípio, porém, acho que podemos avançar um pouco mais. Podemos usar os conceitos gerais de experiência e de mente para especular sobre formas de vida consciente cujos sinais externos não podemos identificar com segurança. Existe provavelmente muita vida no universo, e talvez só tenhamos condição de identificar apenas algumas de suas formas, pois simplesmente seríamos incapazes de interpretar como comportamento as manifestações de criaturas muito diferentes de nós. Com certeza tem algum significado a especulação de que tais criaturas existem e têm mentes.

---

4. Os céticos deveriam ler Jennings.

Esses usos do conceito geral de mente ilustram uma etapa teórica que é corriqueira em outras esferas. Podemos formar a idéia de fenômenos que não sabemos como detectar. Uma vez formulada a concepção de uma nova partícula física, definida em termos de um conjunto de propriedades, essas propriedades podem então permitir que se desenvolvam experimentos que irão possiblitar que sejam detectadas. Desse modo, o progresso da descoberta física há muito tempo se converteu na formulação de conceitos físicos que só se aplicam mediante sofisticadas técnicas de observação e não por meio da percepção normal ou da simples medição mecânica.

Somente um verificacionista dogmático negaria a possibilidade de formular conceitos objetivos que estão além de nossa atual capacidade de aplicá-los. O objetivo de chegar a uma concepção do mundo que não nos situe no centro requer a formulação de tais conceitos. Somos apoiados, nesse objetivo, por uma espécie de otimismo intelectual: a crença de que possuímos uma capacidade ainda não esgotada para conhecer o que ainda não concebemos e que podemos pôr essa capacidade para funcionar se nos desapegarmos de nosso entendimento presente e tentarmos alcançar um ponto de vista de ordem mais elevada que a explique como parte do mundo. Mas devemos também reconhecer que o mundo provavelmente ultrapassa nossa capacidade de entendê-lo, por mais longe que possamos ir, e esse reconhecimento, que é mais forte do que a mera negação do verificacionismo, só pode ser expresso em conceitos gerais cuja extensão não se limita ao que em princípio poderíamos conhecer.

Dá-se o mesmo com a mente. Aceitar a idéia geral de uma perspectiva sem limitá-la às formas com que estamos familiarizados, subjetivamente ou de outra maneira, é a precondição para buscarmos modos de conceber tipos particulares de experiência que não dependam da capacidade de ter essas experiências ou de imaginá-las subjetivamente. Deve ser possível investigar, dessa forma, a estrutura qualitativa de alguma percepção que não temos, por exemplo, observando criaturas que a têm – ainda que o entendimento que possamos ter seja apenas parcial.

Mas, se pudéssemos fazer isso, deveríamos também ser capazes de aplicar a mesma idéia geral a nós mesmos e, assim, analisar nossas experiências de tal maneira que pudessem ser entendidas sem que fosse preciso tê-las. Isso constituiria um tipo de ponto de vista objetivo com relação a nossas próprias mentes. Se pudéssemos alcançá-lo, seríamos capazes de ver nossas mentes não apenas como parte do mundo humano, o que já podemos fazer com respeito aos nossos corpos. E isso serviria a um objetivo humano natural, pois é natural buscar um entendimento geral da realidade, incluindo a nós mesmos, que não dependa do fato de *sermos* nós mesmos.

5. A INCOMPLETUDE DA REALIDADE OBJETIVA

Na busca desse objetivo, no entanto, ainda que se obtenha pleno êxito, algo inevitavelmente irá se perder. Se tentarmos entender a experiência a partir de um ponto de vista objetivo diferente daquele do sujeito da experiência, então, mesmo que continuemos a reconhecer sua condição de perspectiva, não seremos capazes de apreender suas qualidades mais específicas, a menos que possamos imaginá-las subjetivamente. Não saberemos exatamente que sabor ovos mexidos têm para uma barata, mesmo que desenvolvamos uma detalhada fenomenologia objetiva do paladar das baratas. Quando se trata de valores, objetivos e formas de vida, o abismo pode ser ainda mais profundo.

Assim, nenhuma concepção objetiva do mundo mental poderá incluí-lo por completo. Nesse caso, porém, pode-se indagar qual é o sentido de buscar tal concepção. O objetivo era situar as perspectivas e seus conteúdos num mundo visto a partir de nenhum ponto de vista particular. Acontece que alguns aspectos dessas perspectivas não podem ser plenamente compreendidos recorrendo-se a um conceito de mente objetivo. Contudo, se alguns aspectos da realidade não podem ser capturados numa concepção objetiva, por que não esquecer a ambição de capturar da realidade o máximo possível? O mundo simplesmente *não é* o mundo que se revela a um único ponto de vista altamente abstrato que pode ser perseguido por todos os seres racionais. E, se a objetividade total não é possível, o propósito de capturar numa rede objetiva o máximo que se puder da realidade não faz sentido e não se justifica.

Não acho que isso proceda. A busca de uma concepção de mundo que não nos coloque no centro é uma expressão de realismo filosófico, sobretudo se não presume que tudo o que é real está ao alcance dessa concepção. A realidade não é apenas a realidade objetiva, e qualquer concepção objetiva de realidade deve incluir o reconhecimento de sua própria incompletude. (Essa é uma ressalva importante às pretensões de objetividade em outras áreas também.) Mesmo que uma concepção objetiva e geral de mente fosse desenvolvida e incorporada à concepção física de objetividade, ela teria de incluir a ressalva de que cada uma das perspectivas experienciais e intencionais com que ela lida só pode ser entendida a partir da experiência interna ou pela imaginação subjetiva. Um ser com total capacidade imaginativa poderia entendê-la por completo a partir de si, mas não um ser comum que utilizasse um conceito objetivo de mente. Ao dizer isso, não desistimos da idéia de como é realmente o mundo, independentemente do modo como ele se apresenta a nós ou a qualquer um de seus ocupantes individuais. Desistimos apenas da idéia de que isso coincide com o que se pode conhecer objetivamente. O mundo tal como é inclui as aparências, e não há um único ponto de vista a partir do qual todas elas possam ser plenamente conhecidas. Uma concepção objetiva de mente reconhece que as características de nossas mentes que não podem ser objetivamente apreendidas são exemplos de uma subjetividade mais geral, da qual há outros exemplos que também se encontrem além de nossa compreensão subjetiva.

Isso equivale a rejeitar o idealismo com respeito à mente. O mundo não é o meu mundo, ou o nosso mundo – nem mesmo o mundo mental é assim. Essa é uma rejeição particularmente inequívoca do idealismo, pois afirma a realidade de aspectos do mundo que não podem ser apreendidos por nenhuma concepção que eu possa ter – nem mesmo o tipo de concepção objetiva com a qual transcendemos o domínio das aparências iniciais. Pode-se ver aqui que o fisicalismo se baseia, em última instância, numa forma de idealismo: um idealismo de objetividade restrita. A objetividade, seja de que tipo for, não é o teste de realidade. É apenas um modo de entender a realidade.

Ainda assim, mesmo que o conhecimento objetivo seja apenas parcial, vale a pena tentar ampliá-lo, por uma razão simples. A busca de um entendimento objetivo da realidade é a única maneira de expandir nosso conhecimento do que existe para além da aparência que ela tem para nós. Mesmo que tenhamos de reconhecer a realidade de coisas que não podemos apreender objetivamente, bem como a subjetividade inelutável de alguns aspectos de nossa própria experiência que só podemos apreender subjetivamente, a busca de um conceito objetivo de mente faz parte da busca geral de conhecimento. Desistir de buscá-lo porque não pode ser completo seria o mesmo que desistir de formular axiomas matemáticos porque não podem ser completos.

Ao tentar explicar como incluir as mentes no mundo real que simplesmente existe, fiz uma distinção entre realidade e realidade objetiva e também entre objetividade e concepções particulares de objetividade. A concepção física da objetividade é inadequada para fomentar nosso conhecimento da mente; e mesmo o tipo de objetividade apropriado para esse propósito não nos permitirá formar uma idéia completa de toda a diversidade de perspectivas mentais incompatíveis. Essas conclusões na filosofia da mente sugerem um princípio mais geral que se aplica também a outras áreas: deve-se buscar o tipo de objetividade adequado ao assunto que se tenta entender, e mesmo o tipo certo de objetividade talvez não esgote completamente o assunto.

O problema de conciliar as visões de mundo subjetiva e objetiva pode ser abordado de qualquer um dos dois lados. Se começo pelo lado subjetivo, deparo com o tradicional problema do ceticismo, do idealismo ou do solipsismo. Dada a minha perspectiva pessoal da experiência, como posso formar uma concepção do mundo que seja independente da minha percepção dele? E como posso saber que essa concepção está correta? (A pergunta também pode ser feita do ponto de vista da perspectiva humana coletiva, em vez do ponto de vista da perspectiva individual.) Se, por outro lado, começo pelo lado objetivo, o problema é como acomodar, num mundo que simplesmente existe e não tem uma perspectiva central, qualquer uma das seguintes coisas: (a) eu mesmo; (b) meu ponto de vista; (c) o ponto de vista de outros eus, semelhantes e não-semelhantes; e (d) os objetos dos vários tipos de juízo que parecem emanar dessas perspectivas.

Essa segunda versão do problema é a que mais me interessa. É o reverso do ceticismo, porque o *dado* é a realidade objetiva – ou a idéia de uma realidade objetiva –, e o problema, ao contrário, é a realidade subjetiva. Ainda que não seja plenamente reconhecida, essa abordagem tem sido muito influente na recente filosofia analítica. Ela se ajusta bem à tendência em direção à ciência física como paradigma de conhecimento.

Se admitimos, contudo, sob a pressão do realismo, que existem coisas que não podem ser entendidas dessa maneira, então é preciso buscar outros modos de conhecimento. Um deles é enriquecer a noção de objetividade. Mas insistir em que a descrição correta de um fenômeno é, em todos os casos, a mais objetiva e distanciada levará provavelmente a conclusões redutivas. Argumento que o apelo sedutor da realidade objetiva repousa num equívoco. Ela não é o dado. A realidade não é somente a realidade objetiva. Às vezes, no âmbito da filosofia da mente e também em outros, afastar-se o máximo possível da perspectiva pessoal não conduzirá à verdade.

III
Mente e corpo

1. TEORIA DO ASPECTO DUAL

Se acreditamos que uma verdadeira concepção do mundo mental, por mais objetividade que ela alcance, deve admitir a natureza irredutivelmente subjetiva da mente, ainda nos falta encaixar a mente no mesmo universo em que se encontra esse mundo físico que pode ser descrito de acordo com a concepção física de objetividade. Nossos corpos, e particularmente nosso sistema nervoso central, pertencem a esse mundo físico, assim como os corpos de todos os outros organismos capazes de atividade mental. Temos razão para crer que existe uma ligação muito estreita entre a vida mental e o corpo e que nenhum evento mental pode ocorrer sem que se produza uma mudança física no corpo – no caso dos vertebrados, no cérebro – de seu sujeito.

Nada é singular na composição física de nossos corpos; a única coisa incomum é sua estrutura química e fisiológica. Um organismo animal é composto de elementos comuns que se compõem, por sua vez, de partículas subatômicas encontradas em todo o universo físico conhecido. Portanto, pode-se construir um corpo humano vivo a partir de suficiente quantidade de qualquer coisa

— livros, tijolos, ouro, pasta de amendoim, piano de cauda. É preciso apenas recombinar adequadamente os componentes básicos. O único modo de reproduzir essa recombinação é pelo processo biológico natural de nutrição e crescimento, a começar pela concepção, mas isso não altera o fato de que os materiais podem vir de qualquer lugar.

Dado nosso entendimento objetivo da realidade física, a questão que se apresenta é: de que maneira essa complexa combinação de materiais físicos básicos dá origem não apenas às extraordinárias capacidades físicas do organismo mas também a um ser dotado de mente, de ponto de vista e de um amplo espectro de experiências subjetivas e capacidades mentais — nenhuma das quais pode ser assimilada à concepção física de realidade objetiva? Se nenhuma forma de reducionismo psicofísico é correta, o que resta?

Uma das respostas é que um organismo físico, por si só, obviamente não pode ter uma mente: não há como construir subjetividade com 90 quilos de partículas subatômicas. É preciso adicionar alguma outra coisa, que pode, se assim quiser, ser chamada de alma e que é a portadora das propriedades mentais, o sujeito dos estados, processos e eventos mentais. Por mais estreita que seja sua interação com o corpo, trata-se de algo distinto.

Quando se adota essa forma de dualismo, é geralmente sob a alegação de que deve ser verdadeira; e quando se a rejeita é sob a alegação de que não pode ser verdadeira. Pessoalmente acredito que, embora concebível que o dualismo mente-corpo seja verdadeiro, é implausível. Existem alternativas melhores, ainda que até o momento não se tenha pensado na melhor. No capítulo anterior, argumentei que a realidade não se reduz à realidade física. Contudo, a relação entre o mental e o físico é provavelmente mais íntima do que seria caso o dualismo fosse verdadeiro.

A principal objeção ao dualismo é que ele postula uma substância não-física adicional sem explicar como *ela* pode sustentar os estados mentais subjetivos, enquanto o cérebro não. Mesmo que cheguemos à conclusão de que os eventos mentais não são eventos meramente físicos, não significa que possamos explicar seu lugar no universo invocando um tipo de substância cuja única função é propiciar-lhes um meio. Há dois pontos em questão aqui. Primeiro, postular tal substância não explica como ela pode ser o sujeito dos estados mentais. Se houvesse uma coisa destituída de massa, energia e dimensões espaciais, isso ajudaria a entender como poderia haver algo que se parecesse com *ser* essa coisa? A dificuldade real é explicar a atribuição de estados essencialmente subjetivos a algo que pertence à esfera objetiva. Segundo, se pudemos encontrar um lugar no mundo para os estados mentais associando-os a uma substância não-física, não há até agora nenhuma razão para pensar que não poderíamos igualmente encontrar um lugar para eles em algo que também tenha propriedades físicas.

O fato de que os estados mentais não são estados físicos porque, ao contrário destes, não podem ser objetivamente descritos não significa que devem ser estados de alguma coisa diferente. A falsidade do fisicalismo não requer substâncias não-físicas. Requer apenas que haja coisas verdadeiras sobre os seres conscientes que não possam, dada sua natureza subjetiva, ser reduzidas a termos físicos. Por que o fato de o corpo possuir propriedades físicas não seria compatível com o fato de possuir também propriedades mentais – graças a uma interdependência muito estreita de ambas? (Talvez, como pensava Spinoza, as propriedades sejam em última instância uma coisa só, mas isso teria de ocorrer num nível mais profundo que o mental ou o físico.) Suponho que deva considerar também a tese da "ausência de posse", segundo a qual os eventos mentais não são propriedades nem modificações de algo, mas simplesmente ocorrem, não numa alma nem no corpo – embora tenham uma relação causal com o que acontece no corpo. Mas não considero inteligível esse modo de ver. *Alguma coisa*, com o potencial de ser afetada pelas manifestações mentais, deve existir previamente para que um fósforo, ao ser aceso, produza uma experiência visual no perceptor. Esse potencial deve ter uma base preexistente: experiências, assim como as chamas, não podem ser criadas do nada. É claro que esse "meio" poderia ser de qualquer tipo: poderia ser até uma alma mundial que a tudo permeia, o equivalente mental do espaço-tempo, ativada por certos tipos de atividade física, qualquer que seja o lugar onde ocorram. Sem dúvida, o modelo correto nunca foi formulado.

Contudo, quero seguir uma trilha menos arriscada. A aparente intimidade da relação entre o mental e suas condições físicas, e também o contínuo apego à metafísica da substância e do atributo, fazem com que eu me incline para um tipo de teoria do aspecto dual. Isso se deve provavelmente à falta de imaginação, mas ainda assim quero explorar as possibilidades e os problemas de uma teoria desse tipo. É provável que não seja mais do que uma inquietação pré-socrática, mas acho que será útil ver o que acontece se tentarmos refletir sobre a mente nesses termos[1].

---

1. Embora nem sempre seja claro o que se deve considerar uma teoria do aspecto dual, vários filósofos contemporâneos têm sustentado versões dessa visão, entre eles Strawson (1), Hampshire (2), Davidson (2) e O'Shaughnessy.

Falar sobre uma teoria do aspecto dual é, em grande medida, um aceno de mão. Nada mais do que dizer, imprecisamente, onde a verdade pode estar situada, mas não o que ela é. Se pontos de vista são características irredutíveis da realidade, não há nenhuma razão evidente para que não pertençam a coisas que têm peso, ocupam espaço e são compostas de células e, em última instância, de átomos. Pode-se formular essa visão dizendo que o cérebro tem propriedades não-físicas, mas isso é apenas uma etiqueta para indicar a posição, e deve-se ter o cuidado de reconhecer que ela, por si só, em nada aumenta nosso conhecimento mais do que a proposição de uma substância não-física. A questão principal – como alguma coisa no mundo pode ter um ponto de vista subjetivo – permanece sem resposta.

Quero falar de certos problemas que a teoria do aspecto dual enfrenta. Por trás de todos eles há um que realmente não sei como formular. Apesar da minha defesa da ontologia mental no capítulo anterior, não consigo afastar a sensação de que Wittgenstein talvez estivesse certo quando escreveu, numa passagem que se tornou famosa, que a manobra decisiva no truque da invocação era falarmos de estados e processos mentais deixando o seu caráter indefinido – mais adiante aprenderemos mais sobre eles (Wittgenstein [2], seção 308). Pode ser um total engano acreditar que podemos saber mais sobre a verdadeira constituição dos pensamentos e sensações, assim como sobre a verdadeira constituição do calor ou da luz. Há algo profundamente suspeito nessa tarefa de encaixar perfeitamente pontos de vista subjetivos num mundo espaço-temporal de coisas e processos, e qualquer teoria do aspecto dual está comprometida com esse objetivo e essa imagem – a imagem das aparências como parte da realidade.

Mas não sei dizer o que estaria errado com ela. A mente, afinal de contas, é um produto biológico. Quando o gato ouve a campainha da porta, isto *deve* ser algo que acontece, literalmente, na sua cabeça, não apenas na sua mentezinha peluda. Seja como for, não atacarei diretamente esse problema ainda não formulado, que constitui problema tanto para o dualismo ou o fisicalismo como para a teoria do aspecto dual – já que eles também são motivados pelo desejo de uma concepção integrada de realidade única na qual o mental e o físico se situem numa clara relação entre si.

Em vez disso, discutirei alguns problemas que dizem respeito mais especificamente à teoria do aspecto dual – problemas sobre a inteligibilidade da visão de que uma coisa pode ter dois conjuntos de propriedades essenciais mutuamente irredutíveis, o mental e o físico. Diz a teoria que somos organismos subjetivos, mas isso naturalmente suscita dúvidas. Como é possível que eu seja um objeto físico complexo? Como é possível que minha identidade subjetiva seja determinada, ao longo do tempo, pela identidade objetiva do organismo? Como é possível que as experiências sejam inerentes a algo que tem partes físicas? Como é possível que as sensações tenham propriedades físicas? Dadas as características que identificam a mente – seu tipo especial de unidade, num certo momento e com o passar do tempo, e a subjetividade de seus estados –, não fica claro de que maneira pode haver lugar para as características objetivas adicionais que a teoria do aspecto dual afirma que ela também possui.

A irredutível subjetividade do mental pode fazê-lo parecer radicalmente independente de todo o resto; assim, se rejeitamos o reducionismo psicofísico, somos obrigados a negar qualquer ligação necessária entre o mental e o físico. Mas a redução não é a única forma de ligação, e algumas das coisas que podem dar a impressão de que o mental é independente de todo o resto são ilusórias.

Há dois tipos de problemas aqui, e ambos derivam da subjetividade do mental. Um deles tem a ver com a atribuição, a entidades e eventos mentais, de propriedades que não são acarretadas por conceitos mentais. O outro se relaciona com propriedades que parecem incompatíveis com os conceitos mentais. É evidente que é mais fácil lidar com o primeiro tipo de problema do que com o segundo, pois não há razão para que um conceito necessariamente inclua todas as propriedades essenciais da coisa à qual se aplica. Portanto, ao lidar com problemas que parecem pertencer ao segundo tipo, vale a pena indagar se não pertenceriam ao primeiro. Penso que em alguns casos, mas não em todos, é possível resolver as aparentes incompatibilidades entre o subjetivo e o físico e que nossos conceitos mentais deixam espaço para essa possibilidade.

Os conceitos mentais, como todos os demais, têm sua própria forma de objetividade, que lhes permite ser aplicados, com o mesmo sentido, por diferentes pessoas, em diferentes situações, a diferentes sujeitos. Os fenômenos mentais pertencem ao mundo, e um dado sujeito mental ou estado mental pode ser identificado a partir de diferentes posições no mundo. A despeito de sua subjetividade, eles se situam na ordem objetiva. De fato, alguns conceitos mentais descrevem de maneira muito direta o aspecto subjetivo de circunstâncias objetivamente observáveis – tais como os conceitos de ação, percepção e orientação. Gareth Evans (cap. 7) assinala que podemos estar cientes dessas coisas sem ter de identificar seu sujeito, tal como podemos fazer com fenômenos mais "internos". Claramente ações têm aspectos tanto físicos quanto mentais.

No entanto, esse tipo de objetividade não responde à pergunta sobre se o tipo de teoria do aspecto dual que descrevi pode estar correto – ou seja, se o cérebro poderia ser o sujeito dos estados mentais. Precisamos examinar se a objetividade que caracteriza os sujeitos mentais e os fenômenos mentais subjetivos *como tais* deixa aberta a possibilidade de que sejam caracterizados também por propriedades fisicamente objetivas como as que o cérebro possui. Ela com certeza não implica nada parecido. Tendo traçado, no capítulo anterior, uma distinção fundamental entre objetividade física e objetividade mental, devemos considerar que se trata de um problema sério.

Proponho abordá-lo examinando primeiro um conceito mental particularmente difícil, o da identidade pessoal no decurso do tempo. Chegarei finalmente ao tradicional problema mente-corpo – o problema da relação entre processos mentais e processos cerebrais. Mas a questão da identidade pessoal é um bom ponto de partida, dada a vividez com que o eu pode parecer bastante independente de todo o resto: perfeitamente simples e puramente subjetivo. Ela nos permitirá apresentar e criticar argumentos de conceptibilidade em favor da independência do mental, que também aparecem em outra parte.

2. O EU COMO OBJETO PRIVADO

Quando o olhamos de dentro para fora, o conceito do eu parece suspeitamente puro – puro demais. O eu é o objeto privado por excelência, que parece não ter ligações lógicas com coisa alguma, mental ou física. Quando examino minha própria vida individual a partir de dentro, parece que minha existência futura ou passada – a existência do mesmo "eu" que o presente – não depende de nada exceto de si mesma. Para captar minha própria existência, parece suficiente usar a palavra "eu", cujo significado se revela inteiramente no momento em que é utilizada. "Sei o que quero dizer com 'eu'. Quero dizer *isto!*" (assim como se poderia pensar que o conceito de uma qualidade fenomenológica como a doçura é totalmente captado pelo pensamento "o mesmo que *isto*").

Parece então que minha natureza – pelo menos conceitualmente – é independente não apenas da continuidade física, mas também de todas as outras condições mentais subjetivas, como a memória e a semelhança psicológica. Nessa perspectiva, pode parecer impossível analisar se um estado mental passado ou futuro é meu ou não recorrendo a alguma relação de continuidade, psicológica ou física, entre esse estado e meu estado presente. A migração do eu de um corpo para outro parece concebível, ainda que não seja de fato possível. Como também é concebível a persistência do eu depois de uma ruptura total da continuidade psicológica – como na fantasia da reencarnação sem memória. Se todas essas coisas são realmente possíveis, eu não posso ser um organismo: devo ser um receptáculo mental puro, desprovido de atributos.

A identidade aparentemente estrita, perfeita e indecomponível do eu seduziu alguns a objetivar sua existência postulando uma alma também independente, designada expressamente para esse propósito e caracterizada, sob outros aspectos, de maneira negativa. Tal coisa, porém, parece inadequada para sustentar o peso da identidade pessoal, que parece fugir a todas as tentativas de definição. Podemos observar isso nas clássicas discussões sobre a identidade pessoal entre Locke, de um lado, e Reid e Butler, de outro. Cada um dos dois lados parece estar certo ao rejeitar o outro, mas errado em suas teorias positivas.

Locke (cap. 27) parece ter razão ao afirmar que uma separação do mesmo eu em relação à mesma alma ou ao mesmo corpo é concebível. Expressa-se aqui a verdade de que o eu não pode ser definido como um tipo de objeto, físico ou não-físico, devendo ser entendido como sendo a mesma consciência subjetiva[2]. O que Locke alegava é que, se postularmos que a alma é o indivíduo que confere identidade ao eu, ela será descartada como irrelevante para a efetiva aplicação dessa idéia. Kant faz uma observação semelhante no terceiro paralogismo (Kant [1], pp. 362-6).

Por outro lado, Butler[3] e Reid[4] parecem ter razão ao afirmar que a inalterabilidade do eu não pode ser adequadamente definida em termos da continuidade da memória. E mesmo as análises mais sofisticadas no que diz respeito à continuidade psicológica qualitativa parecem não captar a essência da idéia de mesma consciência, que parece algo adicional e de modo algum complexo. A descontinuidade do eu parece compatível com qualquer grau de continuidade do conteúdo psicológico e vice-versa. Mas Reid e Butler estão errados em pensar que, portanto, o eu deve ser uma substância não-física. Afinal, isso também faz parte da ordem objetiva. Uma consciência individual pode depender, para

---

2. Ver Wachsberg, cap. 1.
3. Apêndice 1, "Of Personal Identity".
4. "Of Memory", cap. 4.

sua existência, de um corpo ou de uma alma, mas sua identidade é essencialmente a de um sujeito psicológico e não tem correspondência com nenhuma outra coisa – nem mesmo com outra coisa psicológica.

Ao mesmo tempo, parece ser algo determinado e não-convencional. Ou seja, a questão sobre qualquer experiência futura, "Será minha ou não?", parece exigir uma clara resposta positiva ou negativa (ver Williams [2]). E a resposta deve ser determinada pelos fatos, não por uma decisão opcional, e motivada por fatores externos, sobre como utilizar uma palavra ou até que ponto é conveniente dividir o mundo em pedaços (como seria possível com a "mesma nação", o "mesmo restaurante" ou o "mesmo automóvel").

Parece que somos levados à conclusão de que todos os meus estados mentais têm a característica irredutível e indecomponível de serem meus e que isso não apresenta nenhuma ligação essencial com nada que pertença à ordem objetiva, nem há qualquer ligação entre esses estados ao longo do tempo[5]. Mesmo que haja uma dependência causal em relação a alguma outra coisa – por exemplo, de que meu cérebro continue a existir –, não há como descobrir isso com base na idéia do eu. Se uma experiência futura será minha ou não, é uma questão que exige uma resposta clara e não oferece nenhum indício de como determinar qual é essa resposta, ainda que todos os outros fatos sejam conhecidos.

Deve haver algo errado com essa imagem, mas não é fácil dizer o que é ou sugerir uma imagem melhor que admita ligações essenciais entre a identidade pes-

---

5. Madell aceita essa conclusão. O que une todas as minhas experiências, diz ele, é o simples fato de que todas elas têm a propriedade irredutível e indecomponível de serem minhas.

soal e alguma outra coisa. Como outros conceitos psicológicos, o conceito corrente do eu engendra ilusões filosóficas às quais é difícil resistir sem cair em erros que são, no mínimo, igualmente ruins e com freqüência mais frívolos.

A aparente impossibilidade de identificar o eu ou estabelecer uma ligação essencial entre ele e outra coisa decorre da convicção cartesiana de que sua natureza se revela totalmente à introspecção e que nossa concepção subjetiva imediata da coisa, em nosso próprio caso, contém tudo o que é essencial a ele, caso pudéssemos extraí-lo. Acontece, porém, que não podemos extrair nada, nem mesmo uma alma cartesiana. A própria esterilidade e aparente completude do conceito não deixa espaço para a descoberta de que ele se refere a algo que possui outros atributos essenciais que figurariam numa descrição mais abrangente do que eu realmente sou. A identificação de mim mesmo com uma coisa objetivamente permanente, seja ela qual for, parece estar excluída de antemão.

O primeiro passo para resistir a essa conclusão é negar que o conceito de mim mesmo, ou qualquer outro conceito psicológico, é ou poderia ser tão puramente subjetivo quanto o considera o pressuposto cartesiano. Como disse antes, ao citar um famoso trecho de Wittgenstein, mesmo os conceitos subjetivos têm sua própria objetividade. No capítulo anterior, discuti a possibilidade de ampliar a idéia da objetividade mental para além do âmbito dos fenômenos mentais com que estamos subjetivamente familiarizados, mas quero me concentrar aqui na objetividade mais limitada que caracteriza até mesmo esses conceitos mentais comuns, inclusive o de identidade pessoal, que todos podemos aplicar a nós mesmos na primeira pessoa.

Alguns dos mais radicais experimentos da imaginação que levam à aparente separação do eu em relação a todo o resto resultam de delírios do poder conceitual. É um erro – embora um erro natural – pensar que posso compreender um conceito psicológico como o de identidade pessoal examinando meu conceito de eu na primeira pessoa, isolado do conceito mais geral de "alguém" do qual a forma na primeira pessoa é essencialmente "eu". Acrescentaria apenas que não se pode obter do conceito de uma pessoa todas as condições da identidade pessoal: não se pode chegar a elas *a priori*.

O conceito de "alguém" não é uma generalização do conceito de "eu". Nenhum pode existir sem o outro, nenhum é anterior ao outro. Para que um indivíduo possua o conceito de um sujeito da consciência, é preciso que, em certas circunstâncias, ele seja capaz de identificar a si mesmo e os estados em que se encontra sem observação externa. Mas essas identificações devem corresponder, de maneira geral, às que os outros e o próprio indivíduo podem fazer a partir da observação externa. Nesse aspecto, o "eu" é igual a outros conceitos psicológicos, aplicáveis a estados dos quais seus sujeitos podem estar cientes sem a evidência observacional que os outros utilizam para atribuir-lhes esses estados.

No entanto, como acontece com outros conceitos, não podemos inferir de imediato a natureza da coisa em questão a partir das condições necessárias para que tenhamos o conceito. Assim como a adrenalina existiria mesmo que ninguém jamais tivesse pensado nela, os estados mentais conscientes e os eus permanentes poderiam existir mesmo que seus conceitos não existissem. Uma vez que temos esses conceitos, nós os aplicamos a outros seres, reais e possíveis, que não os possuem. A pergunta natural (e traiçoeira) torna-se então:

que coisas *são* essas, independentemente dos conceitos que nos permitem referir-nos a elas? Em particular, que eu é esse que posso reidentificar sem a evidência da observação que os outros utilizam para reidentificá-lo? O problema, no que diz respeito ao eu e às sensações, é como evitar o erro da falsa objetivação ou da objetivação errônea de algo que não se amolda à concepção física de realidade objetiva.

Deve existir uma noção de objetividade que se aplique ao eu, a qualidades fenomenológicas e a outras categorias mentais, pois está claro que faz sentido a idéia de que posso estar enganado com respeito à minha própria identidade pessoal ou à qualidade fenomenológica de uma experiência. Posso ter a falsa lembrança de haver feito um comentário espirituoso que, na verdade, foi feito na minha presença por outra pessoa; posso ter a falsa idéia de que certa coisa que saboreio hoje tem para mim o mesmo sabor que tinha ontem; posso pensar que sou alguém que não sou. Nesse âmbito, como em outros, há uma distinção entre aparência e realidade. Somente a objetividade subjacente a essa distinção deve ser entendida como objetividade sobre algo subjetivo – objetividade mental, não física.

No caso da sensação, a própria realidade é uma forma de aparência, e a distinção é entre a aparência real e a aparência aparente. Isso não pode ser captado por algo que seja exatamente igual a um objeto comum ou uma propriedade física, a não ser que seja visível somente a uma pessoa. Mas sua descrição correta é extremamente difícil, pois as condições de objetividade na aplicação dos conceitos psicológicos não entram de forma visível em cada aplicação desses conceitos, especialmente na primeira pessoa. Elas estão ocultas porque os conceitos parecem perfeitamente simples.

Quando um conceito mental parece simples e indecomponível, há uma tentação filosófica a interpretá-lo como referindo-se a algo de acesso privado *cuja* aparência é a aparência subjetiva do eu ou da inalterabilidade fenomenológica. Considero convincente a argumentação de Wittgenstein, nas *Investigações*, de que se interpretamos os conceitos mentais dessa maneira a coisa privada torna-se irrelevante, o que revela a existência de erro na interpretação (seções 200-300, aproximadamente). Ele apresenta esse argumento com relação às sensações: o propósito era demonstrar que os termos para as sensações não eram nomes de atributos ou objetos de experiência privados, tais como seriam, supostamente, os dados sensoriais. A similaridade ou diferença de sensações é a similaridade ou diferença de aparências sensoriais, não de algo que transparece.

O argumento é, em parte, uma *reductio*: mesmo que toda sensação fosse a percepção de um objeto ou atributo privados, a sensação não seria a coisa em si, mas o modo específico pelo qual ela se apresenta a nós. Mesmo que o objeto mudasse, a sensação seria a mesma se parecesse a mesma. O objeto torna-se assim irrelevante para a operação do conceito. (Isto não implica, necessariamente, a incorrigibilidade de nossas sensações, já que pode haver divergência entre uma aparência e nossas crenças com respeito a ela. É à própria aparência que o termo que denota a sensação se refere.)

O outro aspecto do argumento – o argumento geral da linguagem privada – é complexo demais para ser discutido aqui de maneira adequada. Wittgenstein afirma que não poderia existir nenhum conceito relativo a um objeto de experiência necessariamente privado – ou seja, um tipo de coisa que, em princípio, apenas uma pessoa pudesse detectar –, visto que não poderia haver nenhuma distinção entre a correta e a incorreta aplicação sincera de tal conceito: isto é, nenhuma distinção entre o único usuário do conceito obedecer à regra ou desviar-se dela ao aplicá-la. Todos os conceitos, inclusive aqueles sobre a aparência que as coisas têm para nós, devem admitir essa distinção. A regra para seu uso não pode se reduzir à aplicação sincera que o usuário individual dá a eles. Do contrário, ele nada *está dizendo sobre* a coisa quando aplica o termo a ela. Ao utilizar um termo para dar significado a alguma coisa, devo ser capaz de intuir a possibilidade de que meu uso efetivo do termo tenha se desviado desse significado sem que eu me dê conta. Senão, meu uso não produz nenhum significado além dele próprio.

Wittgenstein acredita que os conceitos psicológicos cumprem a condição de serem governados por regras objetivas, devido à ligação que existe entre a atribuição à primeira e à terceira pessoas. Esse é o tipo de objetividade apropriado ao que é essencialmente subjetivo.

Aceitemos ou não sua descrição positiva, com sua famosa obscuridade e reticência, considero correta sua observação de que os conceitos mentais são *sui generis*. Referem-se não a objetos privados como almas e dados sensoriais, mas a pontos de vista subjetivos e suas modificações – embora o alcance dos fenômenos mentais não se limite aos que podemos identificar subjetivamente. A questão é como aplicar ao problema da identidade pessoal essa idéia geral de que os conceitos mentais não se referem a objetos de consciência logicamente privados.

3. IDENTIDADE E REFERÊNCIA PESSOAL

Identidade não é similaridade. As condições de objetividade para as sensações não podem ser diretamente transferidas para o eu, pois não é uma qualidade fenomenológica das minhas experiências que elas sejam minhas, e aqui, como acontece com outras categorias de coisas, a similaridade qualitativa não é uma condição nem necessária nem suficiente da identidade numérica. Ainda assim, a identidade do eu deve caracterizar-se por algum tipo de objetividade, do contrário a questão subjetiva de se uma experiência futura será minha ou não, não terá sentido: *nada* fará que uma resposta seja certa ou errada. Que tipo de objetividade pode ser essa?

Dois tipos de resposta são possíveis. Um deles explica a identidade do eu recorrendo a outros conceitos psicológicos, tornando assim sua objetividade dependente da deles. É o grupo de explicações no qual a identidade pessoal está relacionada com uma ou outra forma de continuidade psicológica – concebida em sentido abrangente para incluir ação, emoção e intenção, bem como pensamento, memória e percepção. O outro tipo de resposta trata a identidade pessoal como um conceito psicológico independente, de modo que o eu é algo subjacente às continuidades psicológicas onde estas existem, mas não apresenta nenhuma condição necessária ou suficiente que possa ser especificada em termos dessas continuidades.

É esse segundo tipo de resposta que defenderei. Seja o que for que nos digam sobre a continuidade do conteúdo mental entre dois estágios da experiência, continua sem resposta do ponto de vista lógico a questão de se eles têm o mesmo sujeito ou não. Além disso, o fato de que eu poderia ter levado uma vida mental completamente diferente, desde o meu nascimento, claramente faz parte da idéia que tenho da minha identidade. É o que teria acontecido, por exemplo, se ao nascer eu tivesse sido adotado e criado na Argentina. A pergunta é: como essa idéia do mesmo sujeito pode satisfazer as condições de objetividade próprias de um conceito psicológico? Como pode expressar uma identidade que é subjetiva (não apenas biológica), mas, ao mesmo tempo, admite a distinção entre a correta e a incorreta auto-identificação?

Mesmo que tal coisa não possa ser definida em termos de continuidades psicológicas, estará estreitamente vinculada a elas. A maior parte das minhas auto-reidentificações, e também das minhas reidentificações pelos outros, refere-se a estágios que a memória, a intenção etc. relacionam direta ou indiretamente ao presente. Mas aqui, como em outras esferas, a realidade pode divergir das evidências. A idéia que tenho de mim é a idéia de algo com que a memória e a continuidade externamente observável da vida mental têm uma relação baseada na evidência – algo que pode, ao mesmo tempo, reidentificar-se subjetivamente na memória, na expectativa e na intenção, e que os outros, pela observação, podem reidentificar como a mesma pessoa, mas que *é* algo que existe por si mesmo. Em outras palavras, rejeito a visão de que a pessoa é meramente o sujeito lógico ou gramatical de predicados mentais e físicos atribuídos com base nas condições habituais. Essas condições constituem apenas evidências, não critérios, da identidade pessoal.

A questão é saber se essa extensão do conceito para além da evidência fornecida pela introspecção e pela observação e da correlação entre elas permite-nos interpretá-lo como referência a algo com características adicionais – algo dotado de natureza própria. Em caso afirmativo, então essas características podem fornecer condições adicionais de identidade pessoal que talvez determinem uma resposta para a pergunta de se alguém será eu nos casos em que a evidência psicológica habitual não oferece resposta definida. A idéia é que as condições comuns de aplicação do conceito indicam que ele se refere a alguma coisa mais cuja essência, no entanto, ele não capta.

Isso só é possível sob a hipótese de que o conceito de eu não nos revela totalmente que tipo de coisas somos nós. Mas essa hipótese parece-me verdadeira. A idéia que temos de nós mesmos é uma idéia cuja exata extensão é determinada, em parte, por coisas que não conhecemos necessariamente pelo simples fato de ter o conceito, ou como condição para tê-lo: nossa verdadeira natureza e o princípio de nossa identidade podem estar parcialmente ocultos de nós. Essa é uma situação bastante conhecida no que diz respeito a outros conceitos. É obviamente verdadeira quando se trata de descrições precisas, e Kripke e Putnam sustentam que ela se aplica também aos nomes próprios e aos termos que designam classes naturais, mesmo quando não possam ser analisados como descrições precisas disfarçadas[6]. É mais difícil aceitá-la, no entanto, quando se trata do eu, por causa da aparente inteireza subjetiva dessa idéia. Como o conceito de "ouro", ou o de "gato", ou o de "Cícero", ela não parece ter, de imediato, nenhuma lacuna que possa ser preenchida por descobertas sobre a verdadeira constituição interna da coisa. Nada parece corresponder aqui à nossa idéia geral acerca de um tipo de substância ou ser vivo cuja natureza completa desconhecemos. A idéia do eu não parece ser uma especificação parcial de alguma coisa.

---

6. Kripke (1); Putnam (1); ver Searle, para a discussão de que esse ponto de vista não requer um desvio tão grande, como muitas vezes se supõe, da tradição de análise de sentido e referência de Frege.

De maneira geral, quando um termo se refere a algo cuja verdadeira natureza não é plenamente capturada pelas condições subjetivas para a aplicação do termo, essas condições, não obstante, ditarão que tipo de coisa no mundo determina a verdadeira natureza do referente. Antes do progresso da química, o ouro já se referia a um tipo de metal, e isso determinava que espécies de descobertas futuras sobre sua composição material revelariam a verdadeira natureza do ouro. Determinava, de maneira específica, que certas propriedades comuns e observáveis do ouro teriam de ser explicadas por sua verdadeira natureza, e que as explicações teriam de ser uniformes para diferentes amostras de ouro, em termos do que compunha todas elas.

O que poderia, no caso de nós mesmos, desempenhar a mesma função que a idéia de um "tipo de metal" ou "tipo de substância material"? Os sujeitos da experiência não se assemelham a coisa alguma. Embora tenham propriedades observáveis, a coisa mais importante sobre eles é que são sujeitos, e, se desejamos poder identificá-los com alguma coisa na ordem objetiva, são suas propriedades mentais subjetivas que devemos explicar. Como no caso do ouro, existe também uma suposição de generalidade – de que o eu, no meu caso, é algo do mesmo tipo que é para as outras pessoas.

Sugiro que o conceito do eu está aberto ao "completamento" objetivo desde que se possa encontrar alguma coisa que transponha o hiato entre subjetivo e objetivo. Ou seja, o conceito encerra a possibilidade de referir-se a algo com outras características objetivas essenciais além das incluídas no próprio conceito psicológico – algo cuja permanência objetiva esteja entre as condições necessárias da identidade pessoal –, mas apenas se esse referente passível de descrição objetiva for, num sentido forte, a base para esses atributos subjetivos que tipificam o eu permanente.

Aqui entra em cena a teoria do aspecto dual. O conceito do eu obviamente não implica a veracidade dessa teoria. Implica apenas que, se é mesmo uma referência, deve referir-se a algo essencialmente subjetivo, que com freqüência pode ser identificado sem nenhuma observação na primeira pessoa e de maneira observacional na terceira pessoa – sendo o lócus permanente dos estados e atividades mentais e o veículo para transitar por continuidades psicológicas conhecidas quando estas ocorrem. No tocante ao *conceito*, esse algo poderia revelar-se uma série de coisas quaisquer ou coisa alguma. Mas, se a teoria do aspecto dual está correta, trata-se então, na verdade, do cérebro intacto – normalmente encontrado em certo tipo de animal vivo, mas do qual, em princípio, não pode se separar. Eu poderia perder tudo, menos meu cérebro operante, e ainda assim ser eu, e seria até mesmo possível, por uma monstruosidade da engenharia genética, criar um cérebro que nunca tivesse sido parte de um animal, mas fosse, não obstante, um sujeito individual.

Repito que o que se oferece aqui não é uma análise do conceito do eu, mas uma hipótese empírica sobre sua verdadeira natureza. Meu conceito de mim mesmo contém a lacuna para tal completamento objetivo, mas não a preenche. Eu sou qualquer indivíduo permanente na ordem objetiva que subjaz às continuidades subjetivas dessa vida mental que chamo de minha. Mas um tipo de identidade objetiva só pode responder às perguntas sobre a identidade do eu se a coisa em questão for o portador dos estados mentais e, também, a causa de sua continuidade quando há continuidade. Se meu cérebro preenche essas condições, então o núcleo do eu – o que é essencial à minha existência – é meu cérebro operante. Na prática, o restante do meu corpo está integralmente vinculado a ele e também faz parte de mim, de modo que não sou apenas meu cérebro: peso mais que um quilo e meio, meço mais que quinze centímetros, tenho um esqueleto etc. Mas o cérebro é a única parte minha sem a qual não poderia sobreviver, caso fosse destruída. O cérebro, mas não o resto do animal, é essencial ao eu.

Deixe-me expressar isso, com um certo exagero, como a hipótese de que sou meu cérebro; e deixemos de lado, por ora, os problemas que poderiam surgir quanto ao que se deve considerar como o mesmo cérebro (por exemplo, quanto a sua dependência da inalterabilidade do organismo). Tudo indica que o cérebro intacto parece ser responsável pela preservação da memória e de outras continuidades psicológicas e pela unidade da consciência. Se, além disso, os estados mentais são, eles próprios, estados do cérebro – que, portanto, é mais do que um sistema físico –, então o cérebro é um forte candidato a ser o eu – embora deva admitir que ele não satisfaz todas as condições intuitivas relativas à idéia do eu.

Seja eu o que for, sou, na verdade, a sede das experiências da pessoa TN e de sua capacidade de identificar e reidentificar a si mesma e a seus estados mentais, na memória, na experiência e no pensamento, sem depender do tipo de evidência observacional que os outros precisam usar para compreendê-la. Para que eu seja uma pessoa, é necessário que eu tenha essa capacidade, mas não que eu saiba o que a torna possível. De fato, não sei nada de forma detalhada sobre o que é responsável por ela, e os outros tampouco precisam sabê-lo para saber que sou uma pessoa. Quanto ao conceito que os outros têm de mim e à concepção que tenho de mim mesmo como eu, a possibilidade da minha identificação subjetiva de mim mesmo poderia depender de uma alma, ou da atividade de uma parte do meu cérebro, ou ainda de algo que nem sequer consigo imaginar. Se dependesse de uma alma, então minha identidade seria a identidade dessa alma, desde que a alma, ao ocupar TN, permaneça na condição que lhe permita passar pelas experiências de TN e que a capacita a identificar a si mesma e seus estados de maneira subjetiva. Se ela assim permanecesse após a morte do corpo, eu poderia existir depois da morte. (Talvez pudesse até mesmo existir sem ter memória da minha vida atual.)

Se, por outro lado, minha vida mental depende inteiramente de certos estados e atividades do meu cérebro, e se alguma forma da teoria do aspecto dual está correta, então o que eu sou é o cérebro quando se encontra nesses estados (não apenas em seus estados físicos), e é inconcebível que eu sobreviva à destruição do meu cérebro. No entanto, talvez eu não saiba que isso é inconcebível, pois talvez não conheça as condições da minha própria identidade. Esse conhecimento não é fornecido pela minha idéia subjetiva de mim mesmo, tampouco é fornecido pela idéia que os outros têm de mim. A idéia deixa em aberto algo que precisa ser descoberto.

Trata-se de uma questão familiar, tomada das idéias de Kripke sobre a referência. A essência daquilo a que um termo se refere depende do que o mundo realmente é, não apenas do que precisamos saber para usar e entender o termo. Posso entender e ser capaz de aplicar o termo "ouro" mesmo sem saber o que é de fato o ouro – que condições físicas e químicas uma coisa deve apresentar para que seja ouro. Minha idéia pré-científica do ouro, até mesmo meu conhecimento das características perceptíveis pelas quais identifico amostras de ouro, inclui uma lacuna a ser preenchida pelas descobertas empíricas acerca de sua natureza intrínseca. De modo semelhante, posso entender e ser capaz de aplicar o termo "eu" a mim mesmo sem saber o que realmente sou. Como diz Kripke, o que uso para *fixar a referência* do termo não me diz tudo sobre a natureza do referente.

Isso pode dar origem àquelas ilusões, que discutimos antes, sobre a natureza independente do eu em relação a todo o resto. Já que não sei o que realmente sou, parece possível, no que concerne ao que eu *de fato* sei – epistemicamente possível, portanto –, que eu seja qualquer uma de várias coisas (alma, cérebro etc.) que possa sustentar minha capacidade de auto-identificação subjetiva. Várias descrições da minha verdadeira natureza, e portanto várias condições da minha identidade ao longo do tempo, são compatíveis com meu conceito de mim mesmo como eu, pois esse conceito deixa em aberto a verdadeira natureza daquilo a que se refere. Isso é igualmente verdadeiro quanto ao conceito que outras pessoas têm de mim como eu, já que é verdadeiro quanto ao conceito de um eu ou sujeito contínuo da consciência em geral.

Ora, isso poderia me levar a pensar que posso imaginar-me sobrevivendo à morte do meu cérebro mesmo que isso seja inimaginável. Por outro lado, talvez me leve igualmente a pensar que posso imaginar-me sobrevivendo à destruição da minha alma – ou de qualquer outra coisa. O que imagino talvez seja possível em relação ao que sei sobre minha natureza, mas talvez não seja possível em relação à minha verdadeira natureza. Nesse caso, não terei imaginado a mim mesmo sobrevivendo à morte do meu cérebro; apenas terei confundido a possibilidade epistêmica com a possibilidade metafísica. Ao tentar conceber minha sobrevivência após a destruição do meu cérebro, não conseguirei referir-me a mim mesmo em tal situação se eu de fato sou meu cérebro. Ainda que conceba uma alma que sobreviva, com as lembranças que lhe são próprias, à morte do meu corpo, isso não será o mesmo que conceber minha própria sobrevivência se eu não for, de fato, uma alma[7].

É o erro de pensar que meu conceito de mim mesmo pode, por si só, revelar as condições objetivas da minha identidade que leva à noção vertiginosa de que a identidade pessoal é totalmente independente de todo o resto, de modo que até mesmo seria possível que você e eu trocássemos de eu ainda que *nenhuma* outra mudança ocorresse, nem física, nem psicológica, nem em qualquer outro aspecto. Contudo, acrescentar as condições de aplicação do conceito na segunda e na terceira pessoas tampouco completa a especificação de sua referência. O fato de que eu possa reidentificar pessoas olhando-as, acompanhando seus movimentos e ouvindo o que dizem não significa que conheça sua verdadeira natureza. Não a conheço (embora possa fazer conjeturas a respeito), a menos que conheça não apenas o que as faz ser o organismo que são, mas também o que as torna capazes de um autoconhecimento subjetivo, não observacional, que se prolonga ao longo do tempo. Sem essa informação, o conceito de identidade pessoal não me dirá o que sou nem o que elas são.

---

7. Cf. Williams (1), p. 44: "Pelo menos com respeito ao eu, a imaginação é uma coisa ardilosa demais para fornecer um caminho confiável para a compreensão do que é logicamente possível."

4. PARFIT

Essa forma de abordar a identidade pessoal tem seus problemas. Se o que somos depende não apenas de nosso conceito de nós mesmos mas também do mundo, surge a possibilidade de que nada no mundo satisfaça perfeitamente o conceito. O melhor candidato pode ser, em vários aspectos, deficiente.

Até que ponto nossa verdadeira natureza poderia ser distinta de nossa concepção intuitiva de nós mesmos? Para ser mais específico, será que a hipótese de que sou meu cérebro requer que se abandonem as características centrais da minha concepção de mim mesmo – e, sendo assim, isso lançará dúvida sobre a hipótese? Se o cérebro é o melhor candidato para o que sou, talvez o melhor candidato não seja bom o bastante; nesse caso, a conclusão apropriada seria que o eu que intuitivamente pensamos ser não existe.

Os problemas que tenho em mente são os mesmos que levaram Derek Parfit a concluir que o conceito pré-reflexivo mais natural do eu não se aplica a nós. Dizer que sou, em essência, o meu cérebro – não como definição, mas como algo de fato – não soluciona os agudos enigmas que ele propôs sobre a aparente e singular simplicidade e indivisibilidade do eu.

Parfit começa descrevendo uma concepção natural do eu que ele denomina Visão Simples[8]. Segundo essa visão, nada pode ser eu, a menos que (a) estabeleça uma resposta totalmente clara à questão de se determi-

---

8. Esse termo aparece em Parfit (1), e eu o usarei aqui por conveniência, embora o tratamento muito mais elaborado de Parfit (2) faça distinção entre vários e diferentes pontos de vista não-reducionistas. Ver p. 350-1, por exemplo.

nada experiência – passada, presente ou futura – é minha ou não (a condição tudo ou nada); e (b) exclua a possibilidade de que duas experiências, ambas minhas, ocorram em sujeitos que não são idênticos entre si (a condição um a um). Subjetivamente, essas parecem ser características essenciais e indiscutíveis de mim mesmo.

Mas o cérebro é um órgão complexo, nem simples, nem indivisível. Embora não haja exemplos de reposição gradual de suas células ao longo do tempo – por enxerto, por exemplo –, existem exemplos notórios de divisão cerebral por comissurotomia, com impressionantes efeitos psicológicos[9]. Como assinala Parfit, se minha sobrevivência depende de que meu cérebro continue funcionando, parece que eu poderia sobreviver como dois eus distintos, não idênticos entre si, o que violaria a condição um a um. De modo semelhante, observou ele, se as células do meu cérebro pudessem ser gradualmente repostas, com a conseqüente e gradual transformação da minha personalidade e das minhas lembranças, então uma experiência futura poderia pertencer a alguém em relação a quem não haveria *nenhuma resposta* à pergunta de se era eu ou não, o que violaria a condição tudo ou nada (Parfit [2], seções 84-6).

O próprio Parfit conclui que as condições do conceito comum de identidade pessoal não podem ser satisfeitas se tais coisas forem possíveis. Nosso conceito comum está tão atrelado à Visão Simples, que só pode aplicar-se se a vida mental de cada um de nós tiver um sujeito que torne tais coisas impossíveis – algo como uma alma simples, indivisível. Se, como parece ser o caso, o sujeito de nossas vidas mentais é um cérebro complexo e divisível, então ele não é um portador ade-

---

9. Parfit (2), seção 87. Discuti esses casos em Nagel (2).

quado da identidade do eu e deveríamos adotar uma visão mais complexa de nossa própria natureza. Ele sugere que desviemos nossa preocupação especial e auto-interessada da identidade do órgão que sustenta nossas vidas mentais e que nos ocupemos, em vez disso, com as próprias continuidades psicológicas, não importa onde sejam produzidas, que podem aplicar-se a diferentes graus e não precisam ser um a um.

Acredito, porém, que o que importa é a causa real – mesmo que não satisfaça às condições da Visão Simples. Essa seria uma daquelas situações em que algumas de nossas crenças mais importantes sobre o referente de um de nossos conceitos talvez sejam falsas, sem que daí decorra que tal coisa não existe. Em circunstâncias comuns, o cérebro satisfaz às condições um a um e tudo ou nada, mas não necessariamente. Não obstante, para mim parece ser algo sem o que eu não poderia sobreviver – de modo que, se se produzisse uma réplica minha que fosse fisicamente diferente de mim mas tivesse uma continuidade psicológica comigo, embora meu cérebro tivesse sido destruído, ela não seria eu, e sua sobrevivência não seria tão boa (para mim) quanto minha sobrevivência. Isso supõe que se pode descobrir, por meios empíricos, uma resposta para a pergunta do que eu realmente sou que demonstre ser falsas algumas das minhas crenças mais fundamentais sobre que tipo de coisa sou eu[10].

---

10. Minha opinião é bastante semelhante à de Mackie, exceto pelo fato de que ele a recomenda como uma reforma conceitual, incompatível com nosso presente conceito de identidade pessoal. Ele acha também que poderia seguir-se uma reforma ulterior, caso se revelasse que poderíamos produzir réplicas físicas e psicológicas exatas de pessoas: nesse caso, mesmo a identidade cerebral poderia deixar de figurar como condição da identidade pessoal. Ver Mackie (1), pp. 201-3.

Difícil é saber se a resposta que proponho demonstra a falsidade de crenças tão fundamentais a ponto de se desqualificar. O cérebro não garante uma resposta única e absolutamente definitiva à questão de se algum dos centros de consciência existentes no passado ou no futuro são meus ou não. A possibilidade de que ele seja dividido ou parcialmente substituído implica isso. É difícil, portanto, internalizar a concepção de que sou idêntico ao meu cérebro: se me dissessem que meu cérebro está prestes a se dividir e que a metade esquerda será deprimida e a direita, eufórica, minhas expectativas subjetivas não poderiam tomar forma alguma, pois minha idéia de mim mesmo não admite divisibilidade – nem as emoções de expectativa, medo e esperança.

Se estou pronto a abandonar a Visão Simples por causa dessa resistência, por que não aderir totalmente a Parfit e abandonar a identificação do eu com a causa subjacente típica da vida mental – considerando a continuidade psicológica, a despeito de como ela seja mantida, como o que realmente importa? Qual é a vantagem de continuar a identificar a mim mesmo como uma *coisa* cuja sobrevivência não precisa ser nem na base do um a um, nem do tudo ou nada? Por que não é suficiente identificar-me como pessoa na acepção mais fraca, na qual esta é o sujeito dos predicados mentais mas não algo de existência separada – mais semelhante a uma nação do que a um ego cartesiano?

Na verdade, não tenho resposta para isso, exceto a resposta, que incorre em petição de princípio, de que uma das condições que o eu deve satisfazer, se possível, é a de ser algo em que ocorram o fluxo de consciência e as crenças, desejos, intenções e traços de caráter que eu tenho – algo abaixo dos conteúdos da consciência, que possa sobreviver até mesmo a uma ruptura radical na continuidade da consciência. Se tal coisa não existisse, a idéia de identidade pessoal seria uma ilusão; mas não estamos nessa situação. Mesmo que não se possa encontrar nada que preencha essa função e cumpra a condição da Visão Simples, o cérebro, com suas problemáticas condições de identidade em certos casos, é ainda melhor que nada. E a hipótese de que sou o meu cérebro é possível, uma vez que não é descartada pelo fato de parecer subjetivamente concebível que eu me mude para um cérebro diferente. Isso somente parece concebível, na medida em que o é, dentro dos limites do que me diz meu conceito incompleto de mim mesmo; e essa não é uma base segura para determinar o que é possível. Se uma teoria do aspecto dual está correta, então não é possível que minha vida mental continue em outro cérebro[11].

---

11. Não fiz jus aqui à exaustividade proustiana dos argumentos de Parfit. Entre outras coisas, ele comenta, na seção 98, sobre algumas observações contidas num esboço anterior deste capítulo, que desde então eu abandonei – observações relativas a possíveis "pessoas em série", cujos corpos são destruídos e freqüentemente reconstituídos como réplicas. Disse ali que era razoável que elas considerassem a replicação como sobrevivência, embora não pudéssemos fazer isso. Parfit responde que podemos escolher os tipos de seres que pensamos ser – e define "Fênix Parfit" como o indivíduo que ele é e que *sobreviveria* à replicação. É uma sugestão inventiva, mas deve haver limites objetivos à liberdade de reinterpretar a si mesmo, ou ela se tornará fútil. Não posso derrotar a morte identificando-me como "Proteu Nagel", o ser que sobrevive, se é que *alguém* sobrevive. "Fênix Parfit" parece-me também um abuso, embora um abuso claramente menor, do privilégio de escolher a própria identidade.

Mas acho também agora que as próprias pessoas em série, se fossem de origem humana, poderiam simplesmente ser iludidas a pensar que sobrevivem à replicação – e, como nós, não teriam direito a ter de si mesmas o conceito de "Fênix". (Para discussão de alguns casos relacionados, ver Shoemaker, seções 10 e 16.)

5. KRIPKE

Deixe-me retornar, finalmente, ao problema mente-corpo numa concepção mais ampla. Algo análogo a essas conclusões sobre o eu aplica-se às relações entre os eventos mentais e o cérebro em geral. Embora o conceito de evento mental indique que se trata de algo irredutivelmente subjetivo, permanece a possibilidade de que seja também algo físico, pois o conceito não nos revela tudo sobre ele.

Uma conseqüência disso é que o argumento de conceptibilidade que Kripke apresenta contra o materialismo (Kripke [1], pp. 144-55) não pode provar que os eventos mentais não são também eventos físicos, no sentido requerido pela teoria do aspecto dual. Como, pela definição de Kripke, a teoria do aspecto dual não é uma forma de materialismo (ela não sustenta que uma descrição física do mundo seja uma descrição completa dele), os argumentos de Kripke não se dirigiram especificamente contra ela. Além disso, em suas opiniões sobre a necessária ligação entre identidade pessoal e origem biológica, o próprio Kripke parece aproximar-se de uma teoria do aspecto dual (ver p. 224, nota).

Contudo, a teoria do aspecto dual afirma que os processos mentais são idênticos aos processos físicos e, portanto, poderia ser considerada vulnerável aos argumentos modais que militam contra a forma materialista da identidade. Na verdade, ela é imune a esses argumentos e permite-nos explicar como ilusões de contingência as premissas modais das quais eles dependem. As razões disso remetem à própria teoria da referência de Kripke.

Kripke afirma que posso imaginar uma dor de cabeça que ocorra sem estar associada a nenhum estado cerebral; e, como isso não pode ser explicado como imaginação de algo que apenas dá a sensação de dor de cabeça mas não é, há fortes razões para acreditar que uma dor de cabeça realmente pode existir sem um estado cerebral e, portanto, que ela não pode ser um estado cerebral.

Mas a aparente conceptibilidade de que ocorra um evento mental sem um correspondente evento cerebral talvez se deva ao fato de que os conceitos mentais apreendem apenas um aspecto da mente. Se eu pudesse *saber* que é concebível que minha atual experiência visual ocorra sem que tenha lugar nenhum evento particular no meu cérebro, então poderia saber que os dois não são idênticos. Mas não posso saber isso com base simplesmente no meu conceito de experiência visual ou no fato de ter a experiência. Uma experiência visual é um estado cujas propriedades fenomenológicas me permitem identificá-la sem a observação externa de mim mesmo, mas isso não significa que conheço toda a sua natureza. Se é, de fato, uma atividade do cérebro – ao mesmo tempo fenomenológica e física –, então não posso conceber que ocorra sem o cérebro, e a convicção de que posso concebê-la de tal forma é mero produto de uma confusão entre a possibilidade epistêmica e a possibilidade metafísica.

Quanto aos conceitos comuns de dor ou de experiência visual, pode ser que não tenham nenhuma propriedade essencial que não seja mental. Mas esses conceitos talvez não incluam todas as propriedades essenciais dos fenômenos. Na verdade, pode ser impossível que um evento mental não tenha também propriedades físicas, ainda que não possamos formar uma concepção de tal vínculo necessário. Se isso é verdade, então a ilusão de que posso imaginar minhas experiências presentes ocorrendo sem um cérebro não precisa ser explicada como a imaginação de alguma outra coisa que *é* possível (como Kripke sugere que seria necessário para obstruir o argumento). Pode ser nada mais que uma tentativa mal sucedida de imaginar algo que não sei se é *impossível* – uma tentativa que eu, portanto, não sei que é mal sucedida.

De modo semelhante, é fácil supor que posso conceber que, quando outras pessoas se encontram exatamente na mesma condição física que eu quando sinto dor, sentem algo totalmente diferente ou não sentem coisa alguma. Mas isso talvez não seja concebível, pois as condições físicas e a experiência subjetiva podem ser dois aspectos da mesma coisa. Meu conceito e minha experiência pessoal de dor não podem me dizer se sua independência de um estado cerebral é concebível ou se ela não é.

De maneira geral, a opinião de Kripke sobre como devemos desfazer uma ilusão de conceptibilidade é restritiva demais. Se algo é de fato impossível e, no entanto, parecemos ser capazes de concebê-lo, isso não significa necessariamente que estamos concebendo alguma outra coisa semelhante que *é* possível. Talvez estejamos concebendo possibilidades que nada têm de real, mas não conseguimos perceber isso porque desconhecemos certas verdades necessárias sobre as coisas em que estamos pensando.

Não temos, no momento, nenhuma concepção de como um evento ou objeto isolado poderia ter aspectos físicos e fenomenológicos, ou de como, se os tivesse, poderiam estar relacionados. Mas nossas idéias de dor, raiva, experiência auditiva ou visual garantem-nos um conhecimento tão completo da natureza dessas coisas – mesmo quando somos nós mesmos a passar por elas – quanto nossos conceitos de ouro, tigre ou digestão.

Há uma importante diferença, no entanto, entre os conceitos psicológicos e outros de ordem natural. Como assinala Kripke, a referência de "calor" ou "ouro" é fixada originalmente pelos atributos contigentes dessas coisas – como as sentimos ou que aspecto têm para nós, onde são encontradas etc. A referência de "dor", porém, é fixada não por um atributo contingente da dor, mas por seu caráter fenomenológico intrínseco, pela sensação que ela causa. Isso faz diferença no processo de descobrir mais sobre a natureza da coisa. Se fixamos uma referência mediante algum atributo contingente, o que descobrimos sobre a natureza essencial do referente só estará relacionado a esse atributo de maneira contigente. Mas se, como no caso da dor, nosso conceito original já distingue a coisa por um atributo essencial, então as descobertas ulteriores sobre sua natureza terão de ser sobre coisas vinculadas de maneira mais íntima com esse atributo.

Não estou certo quanto ao caráter exato do vínculo. Vamos supor, como parece inevitável, que, de acordo com a teoria do aspecto dual, tanto as propriedades mentais quanto as físicas de um evento mental sejam propriedades essenciais dele – propriedades que não poderiam lhe faltar. Pode uma coisa ter duas propriedades essenciais distintas que não estejam necessariamente vinculadas entre si? Isso parece possível se as duas propriedades são aspectos diferentes de uma única essência. Por exemplo, um tigre é essencialmente um mamífero e também um carnívoro, mas essas duas propriedades nem sempre estão vinculadas. Estão associadas no caso do tigre porque ambas são partes da natureza essencial da sua espécie – um tipo particular de mamífero que só pode viver de certos tipos de alimento e que tem outras características essenciais também. Supomos que esses atributos tenham uma correlação mais estreita que os componentes de um sanduíche de pasta de amendoim com geléia ou de um quarteto de cordas.

Presume-se que algo semelhante teria de ser verdadeiro se os processos mentais tivessem propriedades físicas. Eles não poderiam simplesmente *ser justapostos*. Ambos devem ser componentes essenciais de uma essência mais fundamental. Quanto ao vínculo entre eles, parece provável que, num mundo racionalmente projetado, as propriedades mentais no mínimo sobreviriam às físicas – um tipo particular de processo físico seria uma condição suficiente, mas não inevitavelmente necessária, de um tipo particular de processo mental. Poderia haver também algumas ligações necessárias ocorrendo nas duas direções – por exemplo, certos processos físicos poderiam ser ao mesmo tempo necessários e suficientes para o que eu chamo de sabor de chocolate.

Por que é que admitir a possibilidade de ligações necessárias entre o físico e o mental não entra em conflito com minha afirmação *a priori* de que o mental não pode ser reduzido ao físico, nem analisado em termos físicos? (Devo a pergunta a Michael Gebauer.) A resposta é que a redução psicofísica requer uma ligação necessária mais direta que a vislumbrada aqui. Em primeiro lugar, se os aspectos mentais e físicos de um processo são manifestações de algo mais fundamental, o mental não precisa acarretar o físico, nem o contrário, mesmo que ambos sejam acarretados por esse outro algo. Mais interessante é o caso em que a única base possível de determinado processo mental é algo que também tem propriedades físicas específicas – e vice-versa. Existe, então, uma identidade necessária entre o processo mental e o físico, mas não é o tipo de identidade certa para fundamentar a tradicional redução psicofísica, pois ela se dá pelo elo intermediário de um termo mais básico – nem mental, nem físico –, do qual não temos nenhuma concepção.

Não podemos ver diretamente uma ligação necessária entre a dor fenomenológica e um estado cerebral fisiologicamente descrito, se é que ela existe, assim como não podemos ver diretamente a ligação necessária entre a elevação da temperatura e a pressão de um gás a um volume constante. No último caso, a necessidade da ligação só se torna clara quando descemos ao nível da descrição molecular: até então, ela aparece como uma correlação contingente. No caso psicofísico, não temos idéia de se tal nível mais profundo existe, ou o que poderia ser; porém, mesmo que exista, a possibilidade de que a dor esteja necessariamente associada a um estado cerebral nesse nível mais profundo não nos permite concluir que a dor pode ser diretamente analisada em termos físicos ou mesmo neutros.

Mesmo que existisse tal nível mais profundo, poderíamos estar permanentemente impedidos de obter uma compreensão geral dele. Ele teria aspectos subjetivos e objetivos, e, embora as manifestações físicas objetivas estivessem ao alcance de nossa compreensão, as manifestações subjetivas teriam de ser tão variadas quanto a variedade de organismos conscientes possíveis. Nenhuma criatura de nenhum tipo subjetivo particular poderia esperar entender todas elas, e uma compreensão geral dependeria de quanto se poderia apreender por meio do que chamei de conceito objetivo geral de mente.

6. PAN-PSIQUISMO E UNIDADE MENTAL

Não pretendo dar a impressão de que a teoria do aspecto dual é totalmente inteligível e que a questão de saber se ela é verdadeira ou não é apenas empírica. Embora tenha seus atrativos como meio de unificar os elementos radicalmente díspares que dão origem ao problema mente-corpo, ela tem também o odor levemente nauseabundo de algo preparado no laboratório metafísico.

Uma conseqüência inquietante de tal teoria é que ela parece levar a uma forma de pan-psiquismo – uma vez que as propriedades mentais do organismo complexo devem resultar de certas propriedades de seus componentes básicos, devidamente combinadas: e essas não podem ser propriedades meramente físicas pois, do contrário, quando combinadas, elas produzirão apenas outras propriedades físicas. Se uma porção de 90 quilos de qualquer matéria do universo contém os ingredientes necessários para construir uma pessoa, e se negamos tanto o reducionismo psicofísico quanto uma forma radical de propriedade emergente, então tudo, reduzido a seus elementos, deve ter propriedades protomentais[12].

Quais poderiam ser essas propriedades e como se combinariam para formar os estados mentais com que estamos familiarizados? É já bastante difícil conceber um organismo que tenha estados mentais e um ponto de vista. Mas que tipo de propriedades os átomos poderiam ter (mesmo quando são parte de uma rocha) que pudessem ser classificadas de protomentais; e de que maneira *quaisquer* propriedades dos componentes químicos de um cérebro se combinariam para formar uma vida mental?

---

12. Esse argumento é apresentado de maneira mais completa em Nagel (4), cap. 13.

O problema combinatório e a aparente bizarrice de atribuir propriedades "mentais" a átomos de carbono são aspectos de uma única dificuldade conceitual. Não podemos, por ora, entender como um evento mental poderia compor-se de miríades de eventos protomentais menores recorrendo ao modelo que usamos para compreender como um movimento muscular é composto de miríades de eventos fisioquímicos no nível molecular. Carecemos de um conceito para a relação entre as partes e o todo no âmbito da mente. O mental pode ser divisível no tempo, mas não podemos concebê-lo, no sentido comum, como divisível no espaço. No entanto, se os eventos mentais ocorrem num organismo fisicamente complexo e espacialmente extenso, eles devem ter partes que correspondam, de alguma maneira, às partes do organismo no qual ocorrem e aos processos orgânicos de que dependem os diferentes aspectos da vida mental. Deve haver um equivalente mental para o volume espacial e a complexidade espacial[13].

Uma mente individual parece de tal forma unificada que se torna difícil imaginar isso: tudo o que acontece nela num dado momento parece estar simultaneamente presente – presente, por assim dizer, para um único sujeito. É claro que isso é uma espécie de mito, como podemos ver ao examinar a distração comum e as sensações e pensamentos que ocorrem na periferia da consciência[14], sem mencionar as síndromes de desconexão radical produzidas por lesões cerebrais, quando a fala e a visão, ou a visão e o tato, perdem a comunicação entre si na mesma pessoa – ou quando a metade

---

13. Ver Stanton, pp. 76-9, para uma discussão relacionada.
14. Para uma complexa teoria quase espacial da estrutura da mente, ver O'Shaughnessy, especialmente cap. 14.

esquerda do campo sensorial perde o contato com a metade direita. Mas a unidade da consciência, ainda que incompleta, coloca um problema para a teoria de que os estados mentais são estados de algo tão complexo como o cérebro. O pan-psiquismo é apenas uma manifestação particularmente surpreendente desse problema.

Se os eventos mentais são radicalmente complexos, como as contrações musculares, então haverá processos microscópicos ocorrendo em subpartes arbitrariamente pequenas do cérebro, que, combinados, constituem os conhecidos processos mentais globais. Já é impossível entender isso no caso macroscópico das duas metades cerebrais. Quando o corpo caloso é seccionado, o funcionamento isolado de cada metade parece produzir uma vida mental reconhecível. Embora o que acontece em cada metade do cérebro intacto seja provavelmente diferente do que acontece nas metades quando separadas, ainda assim deve ser algo quase mental. E deve ser algo que, quando somado ao que acontece na outra metade, constitui uma vida mental integral! Mas o que, afinal, poderia ser isso? Podemos fazer a mesma pergunta não importa quanto fatiemos o cérebro. Esse problema é basicamente o mesmo que o de entender as propriedades protomentais de componentes mais diminutos do sistema nervoso central.

Podemos entender os "componentes" de um processo ou experiência mental num nível puramente mental. Podemos analisar um som, um sabor ou uma emoção em aspectos fenomenológicos ou psicológicos. Podemos analisar o campo visual ou nossas sensações corporais nos termos espaciais *fenomenologicamente* adequados. Mas todas essas complexidades aparecem dentro da estrutura da unidade subjetiva. Não podemos basear nesses modelos a compreensão da complexidade espacial objetiva.

Esse é um exemplo da dificuldade de atribuir estados mentais a algo também dotado de propriedades físicas: como é possível que uma unidade mental tenha partes físicas? A pergunta talvez se baseie em falsas suposições sobre a relação parte-todo. Porém, é exatamente por causa de sua impossibilidade que essa, na minha opinião, parece ser uma das questões mais promissoras a investigar, se desejamos gerar idéias novas sobre o problema mente-corpo.

7. A POSSIBILIDADE DE PROGRESSO

O que precisamos é algo que não temos: uma teoria que conceba os organismos conscientes como sistemas físicos compostos de elementos químicos, que ocupem lugar no espaço e tenham também uma perspectiva individual do mundo e, em alguns casos, capacidade de autoconsciência. De algum modo que não entendemos, nossas mentes e corpos ganham existência quando esses materiais se combinam e organizam da maneira adequada. A estranha verdade, ao que parece, é que certos sistemas físicos complexos biologicamente gerados – dos quais cada um de nós é um exemplo – têm grande quantidade de propriedades não-físicas. Uma teoria integrada da realidade deve explicar isso, e acredito que, se e quando chegarmos a ela – o que provavelmente levará séculos –, nossa concepção do universo sofrerá alterações tão radicais como nunca se viu até hoje.

Talvez me considerem excessivamente pessimista quanto à capacidade da física em fornecer uma compreensão completa da realidade. Muitas vezes ouvi dizer, com um sério tom de recomendação, que devemos esperar uma compreensão física da mente baseada em premissas indutivas. Afinal, a física e a química já explicaram muita coisa – como atestam seus êxitos recentes na biologia. E somos, inegavelmente, organismos físicos; temos agora explicações bioquímicas parciais da hereditariedade, do crescimento, do metabolismo, do movimento muscular etc. Por que não esperar para ver o que a física e a bioquímica nos dirão sobre a verdadeira natureza da mente?

Os exemplos citados de progresso científico são impressionantes, mas não os únicos. Acho que outro tipo de exemplo, mais pertinente a esse tema, pode ser encontrado dentro da própria física, que teve de passar por mudanças para incluir os fenômenos eletromagnéticos. Isso estava fora do alcance dos antigos conceitos e teorias da mecânica, inclusive da ação a distância. A eletricidade e o magnetismo não podiam ser analisados em termos dos conceitos mecânicos da matéria em movimento.

O deslocamento do universo newtoniano para o universo de Maxwell exigiu que se desenvolvesse um conjunto inteiramente novo de conceitos e teorias – novas categorias de conceitos –, criado especificamente para descrever e explicar esses fenômenos recém-investigados. Não se tratou apenas da aplicação complexa, como na biologia molecular, de princípios fundamentais já conhecidos separadamente. A biologia molecular não depende de novos princípios ou conceitos básicos da física ou da química, como o conceito de campo. A eletrodinâmica dependia[15].

---

15. Apesar de ter desenvolvido a teoria do campo eletromagnético, o próprio Maxwell parece ter pensado que a maneira de explicá-lo era, em última análise, mecânica. A aceitação do campo eletromagnético como uma característica irredutível da realidade ocorreu somente no final do século XIX, com Lorentz. Ver. P. M. Harman.

Outras revoluções aconteceram desde Maxwell, e com Einstein a aparente divisão entre tipos radicalmente diferentes de fenômenos físicos foi suplantada, aparentemente, por uma unidade mais profunda. Mas nada disso poderia ter acontecido se todos tivessem insistido em que deve ser possível explicar qualquer fenômeno físico usando os conceitos adequados para explicar o comportamento dos planetas, das bolas de bilhar, dos gases e dos líquidos. A insistência em identificar o real com o mecânico teria sido um obstáculo incontornável ao progresso, já que a mecânica é apenas uma das formas de compreensão, apropriada para certos temas que, embora abrangentes, são restritos.

De modo semelhante, acho que a física é apenas uma forma de compreensão, apropriada para um tema ainda mais amplo, mas ainda assim restrito. Insistir em tentar explicar a mente em termos de conceitos e teorias formulados exclusivamente para explicar fenômenos não-mentais é, em vista das características radicalmente distintivas do mental, um retrocesso intelectual e um suicídio científico. A diferença entre o mental e o físico é muito maior que a diferença entre o elétrico e o mecânico. Precisamos de ferramentas intelectuais totalmente novas, e é refletindo sobre o que parece impossível – como o surgimento da mente pela recombinação da matéria – que seremos forçados a criar tais ferramentas.

Pode ser que o resultado final dessa investigação seja uma unidade nova que não seja reducionista. Parece que nós, e todas as outras criaturas dotadas de mente, somos compostos pelos mesmos materiais que compõem tudo o que existe no universo. Assim, qualquer descoberta fundamental que façamos sobre como se forma nossa mente e o que ela é revelará algo fundamental sobre os componentes do universo como um todo. Em outras palavras, se um Maxwell da psicologia formula uma teoria geral da mente, ele pode tornar possível que um Einstein da psicologia desenvolva, a partir dela, uma teoria de que o mental e o físico são a mesma coisa. Mas isso só poderia acontecer ao final de um processo que começasse com o reconhecimento de que o mental é completamente diferente do mundo físico que viemos a conhecer graças a certa forma muito bem-sucedida de conhecimento objetivo imparcial. Só quando a singularidade do mental for reconhecida é que surgirão teorias e conceitos específicos com o propósito de entendê-lo. Do contrário, corre-se o risco de confiar futilmente em conceitos destinados a outros propósitos e de adiar indefinidamente toda possibilidade de obter um entendimento unificado da mente e do corpo.

IV
O eu objetivo

1. SER ALGUÉM

Há um problema crucial da subjetividade, que persiste mesmo depois de admitirmos que os pontos de vista e as experiências subjetivas fazem parte do mundo real – mesmo depois de reconhecermos que o mundo é cheio de pessoas dotadas de mentes, com pensamentos, sentimentos e percepções que não podem ser totalmente submetidos à concepção física de objetividade. Essa admissão geral deixa-nos ainda com um problema por resolver, o da subjetividade particular. O mundo assim concebido, embora extremamente variado quanto aos tipos de coisas e perspectivas que contém, continua desprovido de centro. Ele contém todos nós, e nenhum de nós ocupa uma posição metafisicamente privilegiada. Cada um de nós, no entanto, ao refletir sobre este mundo sem centro, deve admitir que um fato muito amplo parece ter sido omitido de sua descrição: o fato de que uma determinada pessoa nele é ela mesma.

Que tipo de fato é esse? Que tipo de fato é – se é que é um fato – o de eu ser Thomas Nagel? Como *posso* ser uma pessoa em particular?

A pergunta tem duas partes, que correspondem aos dois enfoques a partir dos quais se pode abordar a relação entre os pontos de vista subjetivo e objetivo. Primeiro: como é possível que uma determinada pessoa seja eu? Tendo em vista uma descrição completa do mundo a partir de nenhum ponto de vista específico, que inclui todas as pessoas contidas nele – uma das quais é Thomas Nagel –, parece, por um lado, que algo foi deixado de fora, que algo absolutamente essencial ainda não foi especificado, a saber, qual dessas pessoas sou eu. Por outro lado, porém, parece não haver lugar, nesse mundo sem centro, para um fato adicional: o mundo visto assim de nenhum ponto de vista parece de tal forma completo que exclui esses acréscimos; este é o mundo simplesmente, e toda a verdade sobre TN já está nele. Então, a primeira parte da pergunta é esta: como pode ser verdade que uma determinada pessoa, um indivíduo particular – TN, que é apenas uma das muitas pessoas em um mundo objetivamente destituído de centro –, seja eu?

A segunda parte da pergunta talvez seja menos familiar: como é possível que eu seja *meramente* uma certa pessoa? O problema aqui não é como pode ser que eu seja esta pessoa e não aquela, mas como é que posso ser algo tão específico como uma determinada pessoa no mundo – qualquer pessoa. A primeira pergunta surge da aparente totalidade de uma descrição de TN e do mundo que não diz se ele sou eu ou não. Essa segunda questão surge de algo relacionado com a idéia de "eu". No que diz respeito ao que eu realmente sou, pode parecer que qualquer relação que eu tenha com TN, ou com qualquer outra pessoa objetivamente especificada, deve ser casual e arbitrária. Posso habitar TN ou ver o mundo pelos olhos de TN, mas não posso *ser* TN. *Eu* não posso ser meramente uma *pessoa*. Desse ponto de vista, pode parecer que "Eu sou TN", na medida em que seja verdadeiro, não é uma proposição de identidade, mas de sujeito-predicado. A menos que você mesmo tenha tido esse pensamento, ele provavelmente se mostrará obscuro. Espero, porém, torná-lo mais claro.

As duas partes da pergunta correspondem aos dois enfoques sob os quais se pode perguntar: Como é possível que TN seja eu? Como posso ser TN? Não se trata apenas de perguntas sobre TN e eu, pois qualquer um poderia perguntar a eles o mesmo sobre si próprios. Mas falarei sobre o sujeito na primeira pessoa, ao estilo cartesiano, que deve ser entendido pelos outros como aplicando-se a si mesmos na primeira pessoa.

Não é nada fácil assimilar o fato de que estou contido no mundo. Parece estranho que o universo carente de centro, com toda sua imensidão espaço-temporal, tenha produzido a mim entre todas as outras pessoas – e que tenha produzido a mim produzindo TN. Eras se passaram sem que existisse algo como eu, mas graças à formação de um organismo físico particular, num lugar e tempo particulares, repentinamente passei a *existir*, e existirei enquanto esse organismo sobreviver. No fluxo objetivo do cosmos, esse evento subjetivamente estupendo (para mim!) mal chega a produzir uma leve ondulação. Como é possível que a existência de um membro de uma espécie tenha essa conseqüência notável?

Essas perguntas podem soar ridículas mesmo quando você as dirige a si mesmo, mas estou tentando evocar um enigma agudamente intuitivo e convencê-lo de que ele contém algo real, embora sua expressão verbal deixe a desejar. Há casos em que um truque lingüístico cria a ilusão de uma pergunta onde nenhuma pergunta existe, mas não é o que acontece aqui. Podemos nos dar conta da pergunta a despeito de sua expressão verbal, e a dificuldade consiste em propô-la sem convertê-la em algo superficial ou dar margem a respostas que pareçam adequadas a sua forma verbal mas que, de fato, não são pertinentes ao problema que se encontra sob a superfície. Em filosofia, a pergunta nunca se reduz ao que dizemos. Só podemos atingir esse ponto depois de ter feito um considerável esforço para expressar e lidar com a perplexidade em estado bruto. O assombro diante do fato de que o universo tenha chegado a conter um ser com a propriedade única de ser eu é um sentimento bastante primitivo.

Começarei com o que chamei de primeira parte da pergunta – como é possível que TN seja eu? –, pois ao abordá-la seremos naturalmente levados à segunda parte.

A concepção de mundo que parece não ter lugar para mim é uma concepção conhecida, que as pessoas carregam consigo a maior parte do tempo. De acordo com ela, o mundo simplesmente existe, sem ser visto de nenhuma perspectiva particular, de nenhum ponto de vista privilegiado – ele simplesmente está aí e, portanto, pode ser apreendido de vários pontos de vista. Esse mundo desprovido de centro contém todas as pessoas, e não somente seus corpos mas também suas mentes. Assim, inclui TN, um indivíduo nascido em certa época, de certos pais, com uma história física e mental específica e que, no momento, está pensando em metafísica.

Inclui todos os indivíduos que existem, de todos os tipos, bem como todas as suas propriedades mentais e físicas. De fato, *é* o mundo, tal como concebido de lugar nenhum dentro dele. Mas, supondo que seja este mundo, parece haver algo sobre ele que não pode ser incluso nessa concepção destituída de perspectiva – o fato de que uma dessas pessoas, TN, seja o lócus da minha consciência, o ponto de vista a partir do qual observo e atuo no mundo.

Essa parece ser inegavelmente uma verdade adicional, além da descrição mais detalhada da história, das experiências e das características de TN. No entanto, parece que não há outra forma de expressá-la a não ser falando de mim ou da minha consciência; assim, parece ser uma verdade que só pode ser enunciada e entendida a partir da minha perspectiva, na primeira pessoa. E, portanto, parece ser algo que não encontra lugar no mundo, se o mundo que concebemos é algo que simplesmente existe e não tem centro.

Se supomos que "ser eu" é uma propriedade objetiva qualquer da pessoa TN, ou alguma relação dessa pessoa com outra coisa, a suposição rapidamente desmorona. Somos forçados a incluir essa propriedade ou relação na concepção objetiva do mundo que contém TN. Mas, assim que ela se torna um aspecto do TN objetivo, posso indagar de novo: "Qual dessas pessoas sou eu?", e a resposta me contará algo novo. Nenhum fato novo que possa ser expresso sem a primeira pessoa resolverá o problema: por mais completa que se torne a concepção de mundo sem centro, o fato de que sou TN será omitido. Parece não haver lugar para ele nessa concepção.

Nesse caso, porém, parece não haver lugar para ele no mundo. Pois conceber que o mundo não tem centro é concebê-lo tal como é. Como não sou um solipsista, não acredito que o ponto de vista a partir do qual vejo o mundo seja *a* perspectiva da realidade. Meu ponto de vista é apenas um entre os muitos a partir dos quais se vê o mundo. A concepção de mundo sem centro deve incluir todos os inúmeros sujeitos de consciência numa condição mais ou menos igual – mesmo que alguns vejam o mundo mais claramente que outros. Assim, o que a concepção sem centro exclui – o suposto fato de que eu sou TN – parece ser algo que não tem lugar no mundo, mais do que algo que não se pode incluir num tipo especial de descrição ou concepção de mundo. O mundo não pode conter fatos que dizem respeito irredutivelmente à primeira pessoa. Mas, sendo assim, não se poderá dizer que a concepção sem centro *exclui* alguma coisa. Ela inclui tudo e todos, e o que ela não inclui não existe e, portanto, não está excluído. O que está excluído deve existir, e, se o mundo como um todo realmente não tem um ponto de vista particular, como é possível que um de seus habitantes tenha a propriedade especial de ser eu? Parece que tenho em mãos um fato sobre o mundo, ou sobre TN, que deve existir (pois as coisas como são seriam incompletas sem ele) e não pode existir (pois as coisas como são não o podem incluir).

Se esse problema tem alguma solução, deve ser uma solução que harmonize as concepções de mundo subjetiva e objetiva. Isso exigiria uma interpretação da verdade de que TN sou eu, que diz respeito irredutivelmente à primeira pessoa, e algum desdobramento da concepção sem centro do mundo para que ela possa assimilar tal interpretação. Se o fato de eu ser TN não é um fato acerca do mundo sem centro, então é preciso explicar de alguma maneira que outra coisa isto seria, pois, com certeza, não apenas parece ser verdadeiro como extremamente incomum. Com efeito, parece ser uma das coisas mais fundamentais que posso dizer sobre o mundo. Argumentarei que esse fato constitui um claro exemplo da impossibilidade de eliminar os indicativos de uma concepção completa do mundo e que ele também revela algo sobre cada um de nós[1].

---

1. Cabe mencionar que esse problema é semelhante em forma ao problema sobre a realidade do tempo. Uma descrição totalmente objetiva do mundo não permite que se identifique um determinado momento como presente. Pode-se descrever a ordem temporal dos acontecimentos sem

2. UM DIAGNÓSTICO SEMÂNTICO

O problema é explicar o conteúdo do pensamento e sua verdade sem trivializá-lo. Acredito que possa ser feito. Primeiro, porém, é necessário pôr fim a uma objeção. Poder-se-ia dizer que o enunciado de que sou TN, quando apresentado como expressão de um pensamento filosófico, é realmente vazio de conteúdo significativo – e que o único pensamento que se pode expressar com ele é trivial ou, em todo caso, não tem nada de excepcional: além de uma simples questão de semântica, não existe nenhum problema real aqui. Antes de oferecer uma descrição positiva, vou examinar essa afirmação deflacionária, pois ela irá nos ajudar a estabelecer o que há de distintivo no pensamento filosófico situado no eu e de que forma ele transcende a semântica mundana da primeira pessoa[2].

A objeção é a seguinte. Somente alguém que não entenda a lógica da primeira pessoa pode acreditar que a declaração "Eu sou TN" enuncia uma verdade importante que não pode ser enunciada sem a primeira pessoa. Quando observamos o uso efetivo dessa forma de expressar, vemos que, embora seja um tipo especial de enunciado, não enuncia nenhum tipo especial de verdade – pois é regido por condições de verdade que podem ser perfeitamente expressas sem o uso de indicativos.

---

adotar nenhum ponto de vista dentro do mundo, mas não seu desenrolar presente, passado ou futuro. Contudo, o fato de que esse momento particular seja *agora* parece ser uma verdade fundamental da qual não podemos abrir mão. A descrição atemporal da ordem temporal é essencialmente incompleta, pois exclui a passagem do tempo. Ver Dummett (2).

2. Discuto aqui apenas uma versão da objeção. Outras são analisadas em Nagel (6).

O enunciado "Eu sou TN" é verdadeiro se e somente se pronunciado por TN. O enunciado "Hoje é terça-feira" é verdadeiro se e somente se pronunciado na terça-feira. Para entender como funcionam esses enunciados, basta colocá-los no contexto em que foram enunciados numa concepção de mundo inteiramente desprovida de centro; vemos então que seu significado e sua verdade não dependem da existência de "fatos" adicionais que só podem ser expressos na primeira pessoa (ou no tempo presente) e que, misteriosamente, parecem ser aspectos essenciais do mundo e, ao mesmo tempo, estar completamente excluídos dele. O sentido desses enunciados requer apenas que o mundo contenha pessoas comuns, como TN, que usem a primeira pessoa da forma usual. Seu sentido não é igual ao dos enunciados em terceira pessoa que expressam suas condições de verdade, já que sua verdade depende de quem os faz. Não podem ser *substituídos* por análises feitas na terceira pessoa. Mas os fatos que os tornam verdadeiros ou falsos são todos exprimíveis por tais enunciados na terceira pessoa.

Segundo esse modo de ver, o mundo é apenas o mundo sem centro, e pode-se falar e pensar nele, a partir de seu interior, em parte com a ajuda de expressões como "eu", que formam enunciados cujas condições de verdade dependem do contexto da enunciação – contexto que, por sua vez, está totalmente incorporado à concepção de mundo destituída de centro. Tudo o que diz respeito ao uso da primeira pessoa pode ser analisado sem utilizar a primeira pessoa. Essa observação completamente geral oferece uma resposta simples a nossa pergunta sobre que tipo de verdade é essa de que uma das pessoas no mundo, TN, sou eu. É uma verdade bastante mínima: o enunciado "Eu sou TN" é automaticamente verdadeiro e não desperta nenhum interesse se pronunciado por TN. Assim que entendemos sua lógica, deixa de haver dúvidas quanto ao seu significado.

Se, à primeira vista, parece expressar um fato adicional misterioso acerca do mundo é porque não pode ser traduzido em nenhum enunciado que não inclua "eu" ou algum outro indicativo. Ele poderia ser traduzido aproximadamente como "A pessoa que faz esse enunciado é TN", mas nesse caso ainda estamos às voltas com o indicativo residual "esse enunciado" e com *sua* relação com o mundo sem centro. A questão é que os indicativos são geralmente intraduzíveis em termos objetivos, pois são usados para referir-se a pessoas, coisas, lugares e épocas a partir de uma posição particular dentro do mundo, sem depender de que o usuário tenha um conhecimento objetivo dessa posição. Um enunciado cuja verdade dependa do contexto de enunciação não pode ser traduzido em outro cuja verdade não dependa desse contexto, e isso é um fato elementar.

Não se pode fazer uso disso para fabricar um mistério metafísico. Se "eu sou TN" parece afirmar uma verdade adicional sobre o mundo, é apenas porque não preciso saber quem sou para usar "eu" ao me referir a TN. Esse é um exemplo da regra geral de que um falante pode referir-se a si mesmo como "eu" mesmo sem saber, objetivamente, quem é. Dificilmente se trata de uma verdade profunda acerca do universo.

Minha objeção a esse diagnóstico semântico é que ele não faz o problema desaparecer.

Deveria ser um sinal de que há algo errado com o argumento o fato de que a questão semântica correspondente sobre o "agora" não neutralizaria a perplexidade de alguém sobre como é possível que um determinado tempo seja o presente. As condições de verdade dos enunciados que utilizam tempos verbais podem ser expressas sem se recorrer a termos que façam referência ao tempo, mas isso não elimina a sensação de que uma descrição da história do mundo que não faça uso de tempos verbais (incluindo a descrição dos enunciados das pessoas que se utilizam de tempos verbais e seus valores de verdade) é fundamentalmente incompleta, pois não nos permite saber qual *é* o tempo presente. De modo semelhante, o fato de ser possível atribuir condições de verdade impessoais para enunciados na primeira pessoa não capacita ninguém a fazer esses enunciados sem utilizar a primeira pessoa. A questão crucial é se a eliminação desse pensamento particular em primeira pessoa em favor de suas condições de verdade impessoais produz um hiato significativo em nossa concepção de mundo. Creio que sim.

Em si, a descrição semântica de "eu", como um indicativo entre outros, não tem nada de errado, embora os detalhes abram espaço para divergências. Ela nos diz como funciona a primeira pessoa na comunicação corrente, como quando alguém pergunta "Quem é o dono do Ford azul com placa de New Jersey estacionado na entrada da minha garagem?" e você responde "Sou eu"; ou "Qual de vocês é TN?" e eu respondo "Sou eu". Ninguém se inclina a pensar que esses enunciados expressam alguma coisa extraordinária; são os fatos objetivos comuns acerca do falante que os tornam verdadeiros ou falsos. Nem que, ao serem *feitos*, esses enunciados indicam a existência de algum tipo de fato especial. São apenas declarações produzidas por indivíduos comuns como TN.

Mas nada disso explica ou exorciza o pensamento muito diferente que me vem à cabeça quando, observando o mundo repleto de pessoas que dizem "Sou o dono desse carro" ou "Sou esposa dele", digo a mim mesmo que, de todas as pessoas que vivem neste mundo sem centro, a que eu sou é TN: este sujeito pensante vê o mundo através da pessoa TN. Quando TN diz a alguém que conhece numa festa "Olá, sou TN", esse não é o pensamento que ele está comunicando. Os enunciados corriqueiros em primeira pessoa, como "Olá, sou TN" ou "Sou o dono desse carro", transmitem informações que outros podem expressar na terceira pessoa, embora não sejam sinônimos dos enunciados correspondentes na terceira pessoa. Porém, mesmo quando uma concepção objetiva inclui toda a informação pública com respeito à pessoa de TN, o pensamento adicional de que TN sou *eu* parece claramente ter um conteúdo extra. E o fato de que o conteúdo cause surpresa é significativo.

Embora a objeção semântica não diagnostique completamente o problema da existência de modo que elimine sua existência, ele sugere que a solução deve ser geral em algum sentido. A percepção que dá origem ao problema pode ser expressa na primeira pessoa por qualquer um, não apenas por mim, por isso o uso de "eu" aqui deve ser regido por condições semânticas que sejam gerais o bastante para aplicar-se a qualquer pessoa que possa ter o seguinte pensamento: minha primeira compreensão do uso de "eu" pode ser na sua aplicação ao meu próprio caso, mas, em certo sentido, posso também entender ao que outra pessoa se refere quando o utiliza. Portanto, deve ser possível dizer alguma coisa sobre o conteúdo do pensamento em primeira pessoa que possa também ser compreendida pelos outros. Se queremos explicar por que a afirmação "Sou TN" parece revelar mais acerca do mundo além do fato de que o nome da pessoa que a pronuncia é TN, precisamos de algo equivalente ao conteúdo informativo dos enunciados habituais em primeira pessoa. Isso requer uma análise específica sobre a que se refere a palavra "eu" quando usada para expressar o pensamento filosófico.

3. A VISÃO SEM CENTRO

Para explicar o tipo especial de referência da palavra "eu" nesse caso, devemos nos voltar para o que chamei de segunda parte da pergunta, a parte que indaga não como é possível que certa pessoa, TN, seja eu, mas como é possível que eu seja algo tão específico como uma pessoa em particular (nesse caso, TN).

Por que isso causaria perplexidade? Que outra coisa eu poderia ser senão uma pessoa em particular?

Como primeira explicação, poderíamos dizer que a perplexidade vem do fato de que eu ser TN (ou quem quer que seja) parece acidental, e minha identidade não pode ser acidental. No que diz respeito ao que sou essencialmente, é como se só *por acaso* eu fosse a pessoa publicamente identificável como TN – como se o que realmente sou, este sujeito consciente, também pudesse ver o mundo da perspectiva de outra pessoa. Meu eu real habita TN, por assim dizer; ou a pessoa publicamente identificável como TN contém meu eu real. De um ponto de vista puramente objetivo, minha conexão com TN parece arbitrária.

Para chegar a essa idéia, começo examinando o mundo como um todo, como se fosse a partir de lugar nenhum, e nesses oceanos do espaço e do tempo TN é apenas uma pessoa entre uma infinidade de outras. Adotar essa perspectiva impessoal produz em mim a sensação de completo distanciamento de TN, que se reduziu a um lampejo na tela de tevê do cosmo. Como é possível que eu, que me encontro agora pensando sobre todo esse universo sem centro, seja algo tão específico como *isto*: esta criatura ínfima e gratuita, cuja existência transcorre num diminuto segmento do espaço-tempo, dotada de uma constituição física e mental definida mas de forma alguma universal? Como posso ser algo tão *pequeno* e *concreto* e *específico*?

Sei que isso parece uma megalomania metafísica de um atrevimento fora do comum. Simplesmente ser TN não é o bastante para mim: tenho de pensar em mim mesmo como a alma do mundo sob o disfarce da modéstia. Como atenuante, posso apenas dizer que o mesmo pensamento está à disposição de qualquer um de vocês. Somos todos sujeitos do universo sem centro, e a identidade meramente humana ou marciana deveria parecer-lhes arbitrária. Não estou dizendo que eu, individualmente, seja o sujeito do universo; digo apenas que sou *um* sujeito que pode ter uma concepção do universo sem centro na qual TN não passa de um pontinho insignificante que facilmente poderia nunca ter existido. O eu que parece incapaz de ser alguém em particular é o eu que apreende o mundo a partir de fora, não a partir de um ponto de vista situado dentro dele. Mas não é que seja necessário existir somente um eu como este.

A imagem é a seguinte. Não tenho, essencialmente, nenhum ponto de vista particular, mas apreendo o mundo como se ele não tivesse centro. Acontece que habitualmente vejo o mundo a partir de uma certa posição vantajosa, usando os olhos, a pessoa, a vida cotidiana de TN como uma espécie de janela. Mas as experiências e a perspectiva de TN que se apresentam a mim de maneira direta não são o ponto de vista do verdadeiro eu, pois o verdadeiro eu não tem ponto de vista e, em sua concepção do mundo sem centro, inclui, entre os conteúdos desse mundo, TN e sua perspectiva. É esse aspecto do eu que entra em consideração quando olho o mundo na sua totalidade e pergunto: "Como é possível que TN seja eu? Como é possível que eu seja TN?" É ele que confere um conteúdo peculiar ao pensamento filosófico situado no eu.

Contudo, essa primeira descrição do problema requer modificações. Ao evocar o problema, falei vagamente do "verdadeiro" eu e sua essência, mas no capítulo anterior argumentei que não podemos descobrir nossa natureza essencial *a priori* – que ela pode incluir atributos que não estão contidos em nossa concepção de nós mesmos. O fato de que eu pareça ser capaz, na imaginação, de separar de TN esse eu objetivo ou destituído de perspectiva não demonstra que se trata de uma coisa distinta, ou que nada mais em TN faça parte de mim essencialmente. Isso não demonstra, como pode parecer à primeira vista, que a ligação entre TN e eu seja acidental. Demonstra, no entanto, que algo essencial em mim não tem nada a ver com minha perspectiva e posição no mundo. É isso que desejo examinar.

Como abstraio o eu objetivo da pessoa TN? Tratando as experiências individuais de TN como dados para a construção de uma imagem objetiva. Projeto TN no mundo como uma coisa que interage com as demais e pergunto como deve ser o mundo quando visto a partir de nenhum ponto de vista particular, para que se apresente a TN tal como se apresenta a partir de seu ponto de vista. Para esse propósito, minha ligação especial com TN é irrelevante. Embora eu receba as informações de seu ponto de vista diretamente, tento lidar com elas para construir uma imagem objetiva, assim como faria se as informações chegassem a mim indiretamente. Não lhes concedo nenhuma posição privilegiada em relação a outros pontos de vista[3].

Naturalmente, essa é uma idealização. Grande parte da minha concepção de mundo provém diretamente do que TN me transmite. Tenho tido que me apoiar excessivamente na experiência, na linguagem e na educação de TN e nem sempre submeto cada uma de suas crenças pré-teóricas a uma avaliação imparcial. De maneira geral, porém, tento fazer com sua perspectiva do mundo o mesmo que faria se as informações sobre o mundo chegassem a mim desde milhares de quilômetros de distância, não como se fossem injetadas diretamente nos meus sentidos, mas como se eu tomasse conhecimento delas de fora.

O eu objetivo deveria ser capaz de lidar com experiências provenientes de qualquer ponto de vista. É verdade que ele recebe as de TN diretamente, mas trata da mesma maneira as que recebe diretamente e as outras que apreende apenas de modo indireto. No que diz respeito à sua natureza essencial, poderia basear sua visão de mundo num conjunto de experiências diferente do de TN, ou poderia até mesmo não baseá-la em coisa alguma que derivasse diretamente de uma perspectiva situada dentro do mundo, já que, em si mesmo, ele não tem tal perspectiva. É o sujeito que não possui perspec-

---

3. A idéia do eu objetivo tem algo em comum com o "sujeito metafísico" do *Tractatus* de Wittgenstein (5.641), embora eu não chegue ao ponto de excluí-lo totalmente do mundo. O sujeito metafísico é o limite lógico que atingimos se todos os conteúdos da mente, inclusive seus pensamentos objetivos, são projetados no mundo como propriedades de TN. O eu objetivo é o último estágio do sujeito que se distancia antes de se reduzir a um ponto destituído de extensão. Tem muito em comum também com o ego transcendental de Husserl, embora eu não compartilhe do "idealismo transcendental" ao qual está ligada sua fenomenologia (Husserl, seção 41). Tampouco aceito o solipsismo do *Tractatus*.

tiva que constrói uma concepção do mundo desprovida de centro, por reunir todas as perspectivas no conteúdo desse mundo.

Suponha que se cortassem todos os nervos que alimentam meu cérebro com dados sensoriais, mas que, de alguma forma, me mantivessem consciente, respirando e recebendo alimento. Suponha ainda que se pudessem produzir em mim experiências auditivas e visuais sem ser por intermédio de sons e luzes, mas pela estimulação direta dos nervos, de modo que eu pudesse receber informações, em palavras e imagens, sobre o que acontece no mundo, o que as outras pessoas vêem, ouvem e assim por diante. Nesse caso, eu teria uma concepção do mundo sem ter nenhuma perspectiva sobre ele. Mesmo que eu fizesse uma imagem dele, não o estaria vendo do lugar onde estou. Poderia até ser dito que, no sentido em que agora sou TN, eu não seria alguém nessas circunstâncias[4].

Na realidade, o eu objetivo é apenas uma parte do ponto de vista de uma pessoa comum, e sua objetividade desenvolve-se em diferentes graus, em diferentes pessoas, em diferentes estágios da vida e da civilização. Já discuti alguns aspectos desse desenvolvimento. O movimento básico que lhe dá origem não é complicado e não requer teorias científicas avançadas: é o movimento simples de conceber o mundo como um lugar que inclui a pessoa que sou dentro dele, tal como qualquer outro de seus conteúdos – em outras palavras, a concepção de mim mesmo a partir de fora. Assim, posso distanciar-me da perspectiva irrefletida da pessoa particular

---

4. Para uma fantasia semelhante, ver "Where Am I?", em Dennett. Mas pode-se encontrar uma relação mais estreita com o que estou dizendo na fascinante discussão de Evans, pp. 249-55, sobre auto-identificação.

que eu pensava ser. O passo seguinte consiste em conceber, a partir de fora, todos os pontos de vista e experiências dessa pessoa e das outras de sua espécie e considerar o mundo como um lugar em que esses fenômenos são produzidos pela interação entre esses seres e outras coisas. Aqui começa a ciência. E, mais uma vez, sou eu que dou esse passo atrás, afastando-me não só do ponto de vista individual, mas de um tipo específico de ponto de vista.

Na visão do mundo destituída de centro podem convergir diferentes pessoas, e é por isso que existe uma estreita relação entre objetividade e intersubjetividade. Ao situar TN no mundo juntamente com todas as outras pessoas, busco uma concepção dele e de seu ponto de vista que possa ser partilhada pelos demais. No estágio inicial, a intersubjetividade é ainda inteiramente humana e a objetividade tem uma limitação correspondente. Trata-se de uma concepção que só pode ser partilhada por outros seres humanos. Mas se a perspectiva humana geral é então colocada na mesma posição, como parte do mundo, o ponto de vista a partir do qual se faz isso deve ser muito mais abstrato, e por isso requer que encontremos dentro de nós mesmos a capacidade de ver o mundo, em certo sentido, do mesmo modo que criaturas muito diferentes também poderiam vê-lo ao abstrair das particularidades de seu tipo de perspectiva. A busca de objetividade requer que se cultive um eu objetivo universal bastante austero. Ainda que não possamos livrá-lo totalmente de ser contaminado por uma visão humana particular e um estágio histórico particular, ele representa uma direção para o possível desenvolvimento de uma concepção universal, distanciada portanto da concepção paroquial.

O eu objetivo que encontro ao ver o mundo através de TN não é singular: cada um de vocês tem um. Ou talvez devesse dizer que cada um é um, pois o eu objetivo não é uma entidade distinta. Cada um de nós, então, além de ser uma pessoa comum, é um eu objetivo particular, o sujeito de uma concepção de realidade desprovida de perspectiva.

Podemos explicar o conteúdo do pensamento filosófico "eu sou TN" se entendermos que o "eu" se refere a mim *qua* sujeito da concepção impessoal do mundo que contém TN. A referência é ainda essencialmente indicativa e não pode ser eliminada em favor de uma descrição objetiva, mas o pensamento evita a trivialidade porque depende do fato de que essa concepção impessoal do mundo, embora não conceda nenhuma posição especial a TN, está atrelada à perspectiva de TN e se desenvolve a partir dela.

Isso também ajuda a explicar o sentimento de assombro que acompanha o pensamento filosófico – a estranha sensação de que sou e não sou o eixo do universo. Vejo-me como sujeito ou centro do universo quando penso nele, incluindo TN, em termos puramente objetivos e me identifico simplesmente como o eu objetivo que é o sujeito dessa concepção, em vez de outra coisa qualquer dentro do seu âmbito, tal como um organismo físico, ou o ocupante de uma posição particular no tempo e no espaço, ou o sujeito de uma perspectiva individual dentro do mundo. Mas também sou TN, e o mundo não é o mundo de TN: ele não é seu sujeito. É apenas uma das pessoas contidas nele, e nenhuma delas é seu centro ou ponto focal. Assim, sou ao mesmo tempo o foco lógico de uma concepção objetiva do mundo e um ser particular nesse mundo que não ocupa qualquer posição central.

Isso explica como o pensamento "eu sou TN" pode ter um conteúdo não-trivial e, de fato, quase tão notável quanto parece de início. Embora não traduza o pensamento em um acerca do mundo concebido objetivamente, ele identifica um fato objetivo que corresponde ao pensamento e explica como este pode ter um conteúdo interessante o bastante para dar conta de seu "sabor" filosófico. Como TN possui ou é um eu objetivo, posso expressar uma identidade significativa aludindo a mim mesmo de maneira indicativa como "eu" e também, sob o aspecto objetivo, à pessoa publicamente identificável como TN – e posso fazer as duas referências a partir do mesmo ponto de vista de alguém que possui uma concepção objetiva de mundo que contém TN. Essa concepção, por si mesma, não implica coisa alguma sobre quem é seu sujeito nem mesmo que exista tal sujeito no mundo que está sendo descrito. Quanto ao alcance do conteúdo da visão objetiva, poderia referir-se a um mundo em que eu, seu sujeito, nunca existiu e nunca existirá. Mas, já que a concepção objetiva *tem* um sujeito, a possibilidade de que ele esteja presente no mundo existe, e é o que me permite unir as visões objetiva e subjetiva. A menos que sejam unidas dessa forma, a concepção puramente objetiva deixará de fora algo real e notável.

Outras formas de auto-referência não têm o mesmo impacto. Posso situar-me no mundo de diferentes maneiras: por exemplo, posso pensar "Esta ressaca é a ressaca de TN". Isso une os pontos de vista objetivo e subjetivo, mas não explica a importância e a sensação de estranheza que acompanham a percepção filosófica de que eu sou TN. O "eu" deve ser a referência em virtude de algo maior cuja inclusão no mundo não é óbvia, e o eu objetivo qualifica-se para esse papel.

Esse problema tem algo em comum com outros relativos a enunciados de identidade informativos que não podem ser facilmente explicados recorrendo-se a fatos acerca do mundo. Que tipo de fato é este, por exemplo, que Héspero seja Fósforo* ou que a água seja H_2O? Se são entidades e seus termos não são descrições claras, mas designadores rígidos (ver Kripke [1]), parecem corresponder apenas aos "fatos" de que Vênus é idêntico a si mesmo ou de que a água é a substância que é. Para explicar, no entanto, por que os enunciados não são triviais, é necessário explicar a que se referem os termos – dar uma explicação dos diferentes tipos de relação que estabelecemos com as coisas de que falamos para explicar o significado dos enunciados. Há teorias rivais com respeito a essas questões, mas todas tentam colocar-nos numa relação objetivamente compreensível com as coisas de que falamos.

O pensamento "eu sou TN" apresenta um problema semelhante, embora a tarefa não seja explicar minhas relações duais de referência com algo externo a mim, mas antes minha relação dual com o mundo inteiro. Em certo sentido, existem aqui duas formas de referência a TN, e devemos explicar a referência em primeira pessoa nesse contexto filosófico sem trivializar o pensamento. Quando considero o mundo objetivamente, o que acontece é que se evidencia um aspecto da minha identidade que antes estava oculto e que produz uma sensação de distanciamento do mundo. Passa então a parecer surpreendente que eu de fato esteja ligado a ele em algum ponto particular. Uma vez que a concepção objetiva se fecha em si mesma, ao situar o sujeito que a forma num

---

* Na teogonia grega pré-Hesíodo, Héspero ou Fósforo era o nome dado ao planeta Vênus, a estrela filha da aurora e do crepúsculo. Em Hesíodo, o planeta é decomposto em dois seres divinos, dois irmãos: Eósforo (Lúcifer entre os latinos), a manhã, e Héspero, a estrela vespertina. (N. do T.)

ponto particular do mundo que ela contém, pode-se entender o conteúdo do pensamento "eu sou TN".

O eu objetivo é o único aspecto significativo sob o qual eu posso me referir a mim mesmo subjetivamente que é fornecido somente pela concepção objetiva do mundo – pois ele é o sujeito dessa concepção. E é o único aspecto de mim mesmo que de início pode parecer ligado à perspectiva de TN apenas de maneira acidental – um eu que vê o mundo *através* da perspectiva de TN. Creio que a possibilidade desse pensamento situado no eu revela algo sobre nós todos, não apenas sobre os que o consideram notável.

O que ele revela não é só uma forma de auto-referência, mas um aspecto do que somos. O eu objetivo funciona com suficiente independência para ter vida própria. Ele tenta de várias maneiras distanciar-se e opor-se à outra parte de nós e é capaz de desenvolvimento autônomo. Nos próximos capítulos, falarei às vezes como se ele fosse uma parte distinta da mente. Embora não se deva dar a ele uma interpretação metafísica, essa forma de falar não é totalmente inocente. De certo modo, acho que essa mesma faculdade ou aspecto de nós está presente nas várias funções da objetividade, e creio que se trata de algo real. Não importa como tenhamos chegado a ele, nem quanto ainda é incompleto nosso desenvolvimento de suas capacidades, ele nos situa ao mesmo tempo dentro e fora do mundo e nos oferece possibilidades de transcendência que, por sua vez, criam problemas de reintegração. A reconciliação desses dois aspectos de nós mesmos é uma tarefa filosófica primária da vida humana – talvez de qualquer tipo de vida inteligente.

Não parece que a existência de nossa capacidade objetiva possa ser explicada em termos de algo mais básico, isto é, não parece que possa ser reduzida a operações mentais mais simples, mais reativas e menos criativas. O fato é que a mente humana se revela muito mais ampla do que precisaria ser para simplesmente acomodar a perspectiva de um perceptor e agente humano individual dentro do mundo. Ela não apenas pode conceber uma realidade mais objetiva como pode ampliá-la numa sucessão de etapas objetivas que já levaram muito além das aparências. E permite que diferentes indivíduos, partindo de pontos de vista divergentes, convirjam para concepções que podem ser universalmente partilhadas. Nas páginas seguintes, não tentarei explicar a existência do eu objetivo, mas investigarei seu funcionamento em vários domínios e discutirei alguns dos problemas que ele cria.

V
O conhecimento

1. CETICISMO

O eu objetivo é responsável tanto pela expansão de nosso conhecimento como pelas dúvidas que temos acerca dele, que nunca têm fim. A ampliação do poder e o aumento da insegurança andam de mãos dadas, uma vez que nos colocamos dentro do mundo e tentamos desenvolver uma visão que incorpore totalmente esse reconhecimento.

O cenário de conflito mais conhecido é a busca do conhecimento objetivo, cujo propósito naturalmente é descrito em termos que, tomados ao pé da letra, são ininteligíveis: devemos sair de nós mesmos e ver o mundo a partir de lugar nenhum dentro dele. Já que é impossível abandonar completamente o próprio ponto de vista sem deixar de existir, a metáfora de sair de nós mesmos deve ter outro significado. Devemos nos ater cada vez menos a certos aspectos individuais do nosso ponto de vista e nos ater cada vez mais a outra coisa, algo menos individual, que também faça parte de nós. Mas, se as aparências iniciais não são em si mesmas guias confiáveis para a realidade, por que deveria ser diferente com os produtos da reflexão distanciada? Por que não são igualmente duvidosos ou então válidos apenas como impressões de ordem mais elevada? Esse é um problema antigo. As mesmas idéias que fazem a busca da objetividade parecer necessária ao conhecimento fazem a objetividade e o conhecimento parecer inatingíveis, quando se reflete a respeito.

A objetividade e o ceticismo estão estreitamente relacionados: ambos se desenvolvem a partir da idéia de que existe um mundo real ao qual pertencemos e que as aparências resultam de nossa interação com as outras coisas contidas nele. Não podemos aceitar essas aparências de maneira acrítica, mas devemos tentar entender de que forma nossa própria constituição contribui para elas. Para isso, tentamos desenvolver uma idéia do mundo que contenha a nós mesmos, uma descrição de nós mesmos e do mundo que inclua uma explicação de por que ele tem para nós a aparência inicial que tem. Mas essa idéia, uma vez que fomos nós mesmos que a desenvolvemos, é igualmente o produto da interação entre nós e o mundo, embora essa interação seja mais complicada e mais autoconsciente que a original. Se não podemos confiar nas aparências iniciais porque elas dependem de nossa constituição de maneiras que não compreendemos totalmente, essa idéia mais complexa deveria estar aberta às mesmas dúvidas, pois qualquer coisa que utilizemos para entender certas interações entre nós e o mundo não é, ela mesma, objeto desse conhecimento. Não importa quantas vezes tentemos sair de nós mesmos, algo terá de permanecer por trás da lente, algo em nós determinará a imagem resultante, e isso nos dará motivo para duvidar se estamos realmente nos aproximando da realidade.

A idéia de objetividade parece portanto sabotar a si própria. O propósito é formar uma concepção de realidade que inclua, entre seus objetos, nós mesmos e o modo como vemos as coisas, mas parece que, seja o que for que forme essa concepção, não estará incluído nela. Conclui-se aparentemente que a visão mais objetiva que podemos alcançar terá de assentar-se sobre uma base subjetiva livre de exame e que, já que não podemos abandonar nosso ponto de vista mas apenas alterá-lo, não tem fundamento a idéia de que, a cada etapa sucessiva, estamos cada vez mais próximos da realidade.

Todas as teorias do conhecimento constituem respostas a esse problema. Podemos dividi-las em três categorias: *céticas, redutivas* e *heróicas.*

As teorias céticas sustentam que os conteúdos de nossas crenças comuns ou científicas sobre o mundo vão de tal modo além de seus fundamentos que se torna impossível defendê-las da dúvida. Podemos estar enganados de maneiras que não podem ser descartadas. No momento em que percebemos esse hiato irremediável, não podemos manter a confiança nessas crenças, a não ser mediante uma irracionalidade consciente.

As teorias redutivas se desenvolvem a partir dos argumentos céticos. Ao presumir que sabemos certas coisas e ao reconhecer que não seria possível sabê-las se o hiato entre conteúdo e fundamentos fosse tão grande quanto pensa o cético, o reducionista reinterpreta o conteúdo de nossas crenças sobre o mundo para reduzir suas pretensões. Pode interpretá-las como afirmações sobre a experiência possível ou sobre a possível convergência no limite das experiências entre os seres racionais, ou como esforços para reduzir a tensão e a surpresa ou promover a ordem no sistema de estados mentais do sujeito do conhecimento, ou pode ainda tomar algumas delas, numa veia kantiana, para descrever os limites de todas as experiências possíveis: uma visão interna das barras de nossa gaiola mental. Em todo caso, segundo a visão redutiva, nossas crenças não se referem ao mundo tal como é em si – se é que isso tem algum significado. Referem-se ao mundo tal como se apresenta a nós. Naturalmente, nem todas as teorias redutivas conseguem escapar ao ceticismo, pois é difícil construir uma análise redutiva de afirmações sobre o mundo que tenha alguma plausibilidade sem deixar lacunas entre os fundamentos e o conteúdo – mesmo que ambos estejam dentro do domínio da experiência.

As teorias heróicas reconhecem o grande hiato que existe entre os fundamentos de nossas crenças sobre o mundo e os conteúdos dessas crenças, quando submetidos a uma interpretação realista, e tentam transpor o hiato sem estreitá-lo. O abismo abaixo está repleto de cadáveres epistemológicos. Exemplos de teorias heróicas são a teoria das formas junto com a teoria da reminiscência, ambas de Platão, e a defesa de Descartes da confiabilidade geral do conhecimento humano mediante uma prova *a priori* da existência de um Deus não-enganador[1].

Acredito, antes de tudo, que a verdade deve estar com alguma dessas posições realistas – o ceticismo e o heroísmo – ou ambas. Minha terminologia reflete uma tendência realista: do ponto de vista do reducionista, a epistemologia heróica seria mais bem descrita como quixotesca. Creio, porém, que os problemas céticos têm origem não em mal-entendimento acerca do significado das afirmações de conhecimento correntes, mas em seu conteúdo efetivo e na tentativa implícita de nos transcendermos a nós mesmos ao formular nossas crenças so-

---

1. Uma quarta reação é dar as costas para o abismo e anunciar que há alguém agora do outro lado. Foi isso o que fez G. E. Moore.

bre o mundo. As ambições do conhecimento e alguns de seus feitos são heróicos, mas, à luz de nossas patentes limitações, é conveniente sustentar um ceticismo abrangente ou, pelo menos, uma fiança de caráter provisório.

Apesar de todo o esforço que se dedicou a elas ultimamente, as definições do conhecimento não nos podem ajudar aqui. O problema central da epistemologia é o problema em primeira pessoa de saber no que acreditar e como justificar as próprias crenças – não o problema impessoal de saber, dadas as minhas crenças e também algumas suposições sobre como elas se relacionam com o que de fato acontece, se é possível dizer que detenho algum conhecimento. Responder à pergunta sobre o que é o conhecimento não me ajudará a decidir no que acreditar. Precisamos decidir qual é realmente nossa relação com o mundo e como se pode mudá-la.

Uma vez que não podemos literalmente escapar de nós mesmos, qualquer progresso em nossas crenças terá de resultar de algum tipo de autotransformação. O mais próximo que podemos chegar de sair de nós mesmos é formar uma idéia distanciada do mundo que inclua a nós mesmos e também inclua, como parte do que nos permite entender algo sobre nós mesmos, o fato de possuirmos essa concepção. Estamos então fora de nós mesmos no sentido de que estamos inseridos em nossa própria concepção de mundo, mas esta não se encontra atrelada a nosso ponto de vista particular. A busca desse objetivo é a tarefa essencial do eu objetivo. Argumentarei que ela só faz sentido no contexto de uma epistemologia consideravelmente racionalista.

A questão é como seres limitados como nós podem alterar sua concepção de mundo de modo que ela deixe de ser apenas a visão a partir do lugar onde estão para tornar-se, em certo sentido, uma visão a partir de lugar nenhum, que inclua e compreenda o fato de que o mundo contém seres que possuem tal visão, que explique por que o mundo lhes parece ser como é antes de formarem essa concepção e que explique como podem chegar a essa concepção. A idéia do conhecimento objetivo tem algo em comum com o programa de Descartes, pois ele tentou formar uma concepção do mundo na qual ele estivesse incluso e que justificasse a validade dessa concepção e sua capacidade de chegar a ela. Mas seu método supostamente deveria depender apenas de proposições e etapas que fossem absolutamente certas, enquanto o método de autotranscendência que acabo de descrever não tem necessariamente essa característica. De fato, não é preciso que tal concepção de mundo se desenvolva baseada em provas, ainda que deva apoiar-se extensamente numa conjectura *a priori*[2].

Ao discutir a natureza do processo e suas ciladas, pretendo ao mesmo tempo defender a possibilidade da ascensão objetiva e entender seus limites. Devemos nos lembrar como é incrível que algo assim seja de todo possível. Hoje em dia, somos levados a pensar em nós mesmos como organismos contingentes arbitrariamente gerados pela evolução. Não há nenhuma razão em princípio para esperar que uma criatura finita como essa seja capaz de fazer mais do que acumular informações no nível perceptual e conceitual que ela ocupa por natureza. Aparentemente, contudo, não é assim que as coisas são. Não apenas podemos formar a idéia pura de um mundo que nos contém e do qual fazem parte nossas impressões, como também podemos dar a essa idéia um

---

2. Essa idéia tem mais proximidade com o que Bernard Williams chama de concepção absoluta da realidade, que é uma descrição mais geral da idéia de conhecimento de Descartes. Ver Williams (7).

conteúdo que nos leve muito além de nossas impressões originais.

A idéia pura do realismo – de que existe um mundo em que estamos contidos – não implica nada específico sobre a relação entre as aparências e a realidade, exceto que nós e nossas vidas interiores somos partes da realidade. O reconhecimento de que assim é põe pressão sobre a imaginação para refazer nossa imagem do mundo de modo que ela deixe de ser a visão que temos daqui. As duas formas possíveis que isso pode tomar, o ceticismo e o conhecimento objetivo, são produtos de uma capacidade: a capacidade de completar a idéia pura do realismo com concepções mais ou menos definidas do mundo em que estamos situados. As duas estão intimamente vinculadas. A busca do conhecimento objetivo, devido ao seu compromisso com uma imagem realista, está inevitavelmente sujeita ao ceticismo e não pode refutá-lo, mas precisa prosseguir à sua sombra. O ceticismo, por sua vez, só representa problema por causa das pretensões realistas de objetividade.

As possibilidades céticas são aquelas de acordo com as quais o mundo é completamente diferente do modo como se apresenta a nós, e não há como detectar isso. As mais familiares na literatura são aquelas em que o erro é produto do logro deliberado por parte de um demônio maligno que influencia a mente, ou por parte de um cientista que estimula nosso cérebro *in vitro* para produzir alucinações. Outra é a possibilidade de que estamos sonhando. Nos dois últimos exemplos, o mundo não é totalmente diferente daquilo que pensamos, pois contém cérebros e talvez pessoas que dormem, sonham e têm alucinações. Mas isso não é essencial: podemos conceber a possibilidade de que o mundo seja diferente do que acreditamos ser de modos que não podemos sequer imaginar; que nossos pensamentos e impressões sejam produzidos de maneiras que não podemos conceber; e que não há meio de mover-nos de onde estamos para chegar a crenças sobre o mundo que sejam substancialmente corretas. Essa é a forma mais abstrata da possibilidade cética e continua sendo uma opção para a visão realista, a despeito de quaisquer outras hipóteses que possamos levantar e adotar.

2. ANTICETICISMO

Nem todos admitiriam tal ceticismo ou o realismo em que ele se apóia. Recentemente, reacenderam-se os argumentos contrários à possibilidade do ceticismo, argumentos que fazem lembrar as discussões lingüísticas correntes nos anos 50 segundo as quais o significado dos enunciados sobre o mundo são revelados pelas circunstâncias em que são utilizados, de modo que a maioria das coisas que normalmente consideramos verdadeiras com respeito ao mundo não poderia, de fato, ser falsa.

Em suas versões correntes, esses argumentos são apresentados em termos mais de referência que de significado[3]. Diz-se, por exemplo, que aquilo a que nos referimos com os termos que utilizamos em nossos enunciados sobre o mundo externo – aquilo de que realmente estamos falando – é o que quer que *efetivamente* guarde a relação apropriada com o uso geralmente aceito desses termos em nossa linguagem. (Essa relação permanece indefinida, mas supõe-se que seja ilustrada no mundo comum pela relação entre meu uso da palavra "árvore" e as árvores reais, se é que tais coisas existem.)

---

3. Ver, por exemplo, Putnam (2), cap. 1.

O argumento contra a possibilidade do ceticismo é uma *reductio*. Suponha que eu seja um cérebro num tanque sendo estimulado por um cientista perverso a pensar que já vi árvores, embora nunca as tenha visto. Nesse caso, minha palavra "árvore" refere-se não ao que agora chamamos árvores, mas àquilo que o cientista utiliza para produzir o estímulo que me faz pensar "Eis uma árvore". Assim, quando penso isso, geralmente estou pensando em algo verdadeiro. Não posso usar a palavra "árvore" para formar o pensamento que o cientista expressaria ao dizer que nunca vi uma árvore, ou as palavras "objeto material" para formar o pensamento de que talvez nunca tenha visto um objeto material, ou a palavra "tanque" para formar o pensamento de que talvez eu seja um cérebro num tanque. Se eu fosse um cérebro num tanque, minha palavra "tanque" não aludiria a tanques, e meu pensamento "Talvez eu seja um cérebro num tanque" não seria verdadeiro. A suposição cética original revela-se impossível pelo fato de que, se fosse verdadeira, seria falsa. As condições de referência só nos permitem pensar que não existem árvores, ou que somos cérebros num tanque, se isto não for verdade.

Esse argumento não é melhor que seus predecessores. Em primeiro lugar, posso utilizar um termo que deixe de referir, contanto que eu tenha uma concepção das condições sob as quais ele seria uma referência – como é o caso quando digo que não existem fantasmas. Para mostrar que não poderia pensar que não existem árvores se elas não existissem, seria preciso mostrar que esse pensamento não poderia ser explicado em termos mais básicos que estariam à minha disposição mesmo que todas as minhas impressões de árvores tivessem sido produzidas artificialmente. (Essa análise não precisa descrever meus pensamentos *conscientes* sobre árvores.)

O mesmo é válido para "objeto físico". O cético talvez não consiga produzir, sob encomenda, uma explicação para esses termos que seja independente da existência de seus referentes, mas só se poderá refutá-lo se houver alguma razão para acreditar que tal explicação é impossível. Nunca se tentou fazer isso e, ao que parece, seria uma tarefa inviável.

O cético não afirma que todos os seus termos não têm referente; como todos nós, ele presume que os que não têm referente podem ser explicados, de alguma maneira, recorrendo-se aos que o têm. Quando diz "Talvez nunca tenha visto um objeto físico", ele não quer dizer (apontando para sua mão): "Talvez *isto*, seja lá o que for, não exista!" O que ele quer dizer é: "Talvez nunca tenha visto nada que possua as características necessárias de espaço-tempo e independência da mente para ser um objeto físico – nada que eu tomaria como sendo um objeto físico." É preciso demonstrar que ele não poderia ter *esse* pensamento se ele fosse verdadeiro. Claramente, seremos levados a retomar as condições que nos permitem possuir conceitos muito gerais. Nada aqui é óbvio, mas parece claro, pelo menos, que algumas poucas suposições imaturas sobre referência não servirão para provar que um cérebro num tanque ou um espírito sem corpo não poderia ter o conceito daquilo que é, por exemplo, independente da mente. A questão principal simplesmente não foi abordada.

Em segundo lugar, embora o argumento não funcione, ele não refutaria o ceticismo caso o fizesse. Se aceito esse argumento, devo concluir que um cérebro num tanque não pode pensar de verdade que é um cérebro num tanque, ainda que outros possam ter esse pensamento a respeito dele. O que se segue? Somente que não posso expressar meu ceticismo dizendo "Talvez eu seja um cérebro num tanque". Em vez disso, devo dizer: "Talvez não possa nem mesmo *pensar* sobre o que sou de verdade, pois me faltam os conceitos necessários para isso e minhas circunstâncias não me permitem adquiri-los!" Se isso não é ceticismo, então não sei o que é.

A possibilidade do ceticismo está embutida em nossos pensamentos comuns, graças ao realismo que eles automaticamente pressupõem e suas pretensões de ir além da experiência. Parte daquilo em que acreditamos deve ser verdadeiro para que sejamos capazes de pensar, mas isso não significa que não poderíamos estar enganados sobre grande parte do que pensamos. O pensamento e a linguagem devem estribar-se no mundo, mas não precisam fazer isso diretamente em cada ponto, e um ser que vivesse uma das situações de pesadelo do cético deveria ser capaz de ancorar-se nela o bastante para satisfazer às condições que lhe permitem formular suas perguntas[4].

Os críticos do ceticismo opõem-lhe diversas teorias sobre o funcionamento da linguagem – teorias da verificabilidade, teorias causais da referência, princípios de caridade. Na minha opinião, o argumento corre na direção contrária[5]. Tais teorias são refutadas pela evidente

---

4. Existe talvez uma forma de ceticismo radical que poderia ser descartada como impensável por um argumento análogo ao *cogito*: o ceticismo sobre se eu sou o tipo de ser que pode ter algum pensamento que seja. Se houvesse seres possíveis cuja natureza e relação com o mundo fossem tais que nada do que fizessem pudesse ser considerado pensamento, não importa o que acontecesse em seu interior, então não poderia me perguntar se sou ou não um desses seres, porque, se eu fosse, não estaria pensando, e mesmo considerar a possibilidade de que posso não estar pensando também é pensar. A maioria das formas de ceticismo, no entanto, não chega a tal extremo.

5. Esse é um dos temas do trabalho de Clarke e Stroud sobre o ceticismo. Ver Stroud, pp. 205-6. O livro de Stroud é uma análise muito es-

possibilidade e inteligibilidade do ceticismo, que revela que, quando digo "árvore", não me refiro apenas a algo causalmente responsável por minhas impressões de árvores, ou algo que se vê e se percebe como árvore, ou mesmo algo do tipo que eu e os outros tradicionalmente chamamos de árvores. Como é concebível que essas coisas poderiam não ser árvores, está errada qualquer teoria que afirme que elas precisem ser.

As possibilidades céticas tradicionais que podemos imaginar representam possibilidades ilimitadas que não podemos imaginar. Ao reconhecê-las, reconhecemos que nossas idéias acerca do mundo, por mais sofisticadas que sejam, são fruto das interações – que não entendemos muito bem – de um pedaço do mundo com outra parte dele. Assim, qualquer coisa em que venhamos a acreditar deve permanecer suspensa numa grande caverna de penumbra cética.

Aberta a porta, não se pode voltar a fechá-la. Podemos apenas tentar tornar mais completa a concepção que temos de nosso lugar no mundo – essencialmente, desenvolvendo o ponto de vista objetivo. O limite que esse desenvolvimento deve ter em vista é supostamente inatingível: uma concepção que se feche por completo sobre si mesma, descrevendo um mundo que contenha um ser que possui exatamente essa concepção e explicando como tal ser foi capaz de chegar a essa concepção desde seu ponto de partida dentro do mundo. Mesmo que chegássemos a essa idéia autotranscendente, isso não seria garantia de que estaria correta. Ela se qualifi-

---

clarecedora do ceticismo e da inadequação da maior parte das refutações a ele. Contudo, Stroud é um pouco mais otimista que eu quanto à possibilidade de encontrar algo errado no ceticismo – e no desejo de alcançar uma compreensão objetiva ou externa de nossa posição no mundo que nos leve a ele.

caria como uma possibilidade, mas as possibilidades céticas permaneceriam abertas. O melhor que podemos fazer é construir uma imagem que poderia estar correta. O ceticismo é um meio de reconhecer nossa situação, mas ele não nos coibirá de continuar a perseguir algo como o conhecimento, pois nosso realismo natural nos impede de contentar-nos com uma visão puramente subjetiva.

3. AUTOTRANSCENDÊNCIA

Para oferecer uma alternativa às possibilidades céticas imagináveis e inimagináveis, uma concepção autotranscendente deve idealmente explicar estas quatro coisas: (1) o que é o mundo; (2) o que somos nós; (3) por que o mundo se apresenta a seres como nós, em certos aspectos, tal como é e, em outros aspectos, tal como não é; (4) como seres como nós podem chegar a tal concepção. Na prática, a última condição raramente se cumpre. Tendemos a usar nossas capacidades racionais para construir teorias sem no entanto formular, ao mesmo tempo, explicações epistemológicas sobre como essas capacidades funcionam. Esta, contudo, é uma parte importante da objetividade. Desejamos atingir uma posição que seja tão independente quanto possível do que somos e do ponto onde começamos, mas uma posição que possa também explicar como chegamos ali.

Num certo sentido, uma concepção do mundo e do lugar que ocupamos nele que fosse desenvolvida por outros seres, diferentes de nós, também poderia satisfazer essas condições; nesse caso, porém, o quarto elemento não envolveria uma compreensão auto-referencial, como acontece com a compreensão acerca de nós mesmos. O mais próximo que podemos chegar de um entendimento externo de nossa relação com o mundo é desenvolver o auto-referencial equivalente de um entendimento externo. Não ficamos por isso numa situação pior que a do observador externo, pois qualquer ser que nos observasse de fora teria de enfrentar o problema do conhecimento de si mesmo se quisesse ter uma pretensão razoavelmente segura de entender-nos ou entender qualquer outra coisa. O propósito da objetividade seria alcançar uma concepção do mundo, inclusive de nós mesmos, da qual nosso próprio ponto de vista fosse uma parte apenas instrumental, por assim dizer, e não essencial: assim, a forma de nosso conhecimento seria específica a nós, mas não seu conteúdo.

A vasta maioria dos acréscimos àquilo que conhecemos não requer nenhum avanço na objetividade: tudo o que fazem é adicionar informação extra num nível que já existe. Quando alguém descobre um planeta cuja existência se desconhecia, ou a composição química de um hormônio, ou a causa de uma doença, ou as primeiras influências que recebeu uma figura histórica, está apenas complementando um modelo de compreensão que já está dado. Mesmo algo tão frutífero como a descoberta da estrutura do DNA se encaixa nessa categoria, pois simplesmente estendeu os métodos da química à genética. Pode ser difícil fazer descobertas desse tipo, mas elas não envolvem alterações fundamentais na idéia de nossa relação epistêmica com o mundo. Elas agregam conhecimento sem promover avanço objetivo algum.

Um avanço na objetividade requer que as formas já existentes de conhecimento se tornem elas próprias o objeto de uma nova forma de entendimento que também inclua os objetos das formas originais. Isso se aplica a qualquer novo passo objetivo, mesmo que não atinja a meta mais ambiciosa de explicar a si mesmo. Todos os avanços na objetividade subordinam nosso entendimento anterior a uma nova descrição de nossa relação mental com o mundo.

Considere, por exemplo, a distinção entre qualidades primárias e secundárias, a precondição para o desenvolvimento da física e da química modernas. Trata-se de um exemplo particularmente claro de como podemos situar-nos em uma nova imagem do mundo. Percebemos que nossas percepções dos objetos externos dependem tanto de suas propriedades como das nossas e que, para explicar seus efeitos sobre nós e suas interações recíprocas, precisamos atribuir-lhes um número menor de tipos de propriedades do que aparentam ter de início.

Colin McGinn argumenta, de maneira convincente, que esta é, antes de tudo, uma descoberta filosófica *a priori*, não um achado científico empírico. As coisas têm cores, sabores e cheiros em virtude do modo como aparecem para nós: ser vermelho *é* simplesmente ser o tipo de coisa que parece ou pareceria vermelha a observadores humanos normais nas circunstâncias perceptuais normalmente presentes no mundo real. Ser quadrado, por outro lado, é uma propriedade independente pode ser usada para explicar muitas coisas acerca de um objeto, inclusive como o vemos e sentimos (McGinn, cap. 7).

Quando reconhecemos isso e consideramos de que maneira explicar as várias propriedades perceptíveis dos objetos, fica claro que a melhor descrição da aparência das cores não implicará que se atribuam às coisas propriedades intrínsecas de cor que desempenhem um papel indispensável na explicação das aparências: o modo como as aparências mudam de acordo com as condições físicas e psicológicas torna isso muito implausível. A forma e o tamanho objetivos, por outro lado, entram naturalmente na explicação da aparência variável da forma e do tamanho. Isso é evidente mesmo quando temos somente uma idéia muito rudimentar de como o mundo externo nos afeta na condição de perceptores – uma idéia que tem a ver basicamente com o tipo de impacto periférico envolvido nesse caso. Aí estamos, portanto, a um pequeno passo da conjectura de que as aparências das qualidades secundárias são causadas por outras qualidades primárias dos objetos, que podemos então tentar descobrir.

A pressão para fazer um avanço objetivo, aqui como em outras situações, vem da incapacidade da visão de mundo inicial de incluir e explicar a si própria – ou seja, de explicar por que as coisas têm para nós a aparência que têm. Isso nos leva a buscar uma nova concepção que possa explicar tanto as aparências anteriores como a nova impressão de que ela própria é verdadeira. A hipótese de que os objetos têm cores intrínsecas além de suas qualidades primárias seria claramente reprovada nesse teste, pois sua explicação de por que aparentam ter essas cores, e por que essas aparências mudam sob circunstâncias internas e externas, é mais pobre que a explicação oferecida pela hipótese de que as qualidades primárias dos objetos e seus efeitos sobre nós são responsáveis por todas as aparências.

Considere outro exemplo. Nem todos os avanços objetivos foram internalizados de maneira tão ampla quanto este, e alguns, como a relatividade geral e a mecânica quântica, são avanços em relação a teorias já avançadas não acessíveis ao público em geral. Mas Einstein, com sua teoria especial da relatividade, deu um enorme passo além da aparência comum. Ele substituiu a clássica idéia das relações espaciais e temporais não-qualificadas entre eventos, coisas e processos por uma concepção relativista segundo a qual os eventos têm de fato a qualificação de simultâneos ou sucessivos, os objetos têm de fato a qualificação de iguais ou desiguais quanto ao tamanho, mas somente em relação a um sistema de referência. O que antes parecia uma concepção objetiva de espaço e tempo absolutos revelou-se, da perspectiva de um sistema de referência, mera aparência de um mundo cuja descrição objetiva, a partir de nenhum sistema de referência, não se dá, em absoluto, em um sistema de coordenadas quadridimensional de dimensões espaciais e temporais independentes. Em vez disso, os eventos se situam objetivamente num espaço-tempo relativista cuja divisão em dimensões espaciais e temporais separadas depende do ponto de vista do observador. Nesse caso, foi a reflexão sobre os fenômenos eletrodinâmicos, mais que a percepção comum, que revelou a necessidade de transcender as aparências. A descoberta de que a simultaneidade absoluta de eventos separados no espaço não era uma noção bem definida em nosso sistema habitual de conceitos contou também, assim como a distinção entre as qualidades primárias e secundárias, com um importante elemento filosófico.

Esses exemplos ilustram a capacidade humana de escapar aos limites da situação humana original, não só viajando pelo mundo e o observando de diferentes perspectivas, mas ascendendo a novos níveis a partir dos quais possamos entender e criticar as formas gerais das perspectivas anteriores. Em cada um dos casos, o passo rumo a uma nova perspectiva é produto do *insight* epistemológico.

Em alguns casos, sem dúvida, é produto também de novas observações que não podem ser assimiladas na antiga descrição. Para que uma nova perspectiva externa seja satisfatória, deve ser capaz de inserir no mundo a perspectiva interna de tal maneira que possamos situar-nos ao mesmo tempo em ambas, com a sensação de que a perspectiva externa dá acesso a uma realidade objetiva da qual temos como impressões as nossas impressões subjetivas. A experiência não é o único fundamento de nosso conhecimento acerca do mundo, mas é preciso encontrar um lugar para ela como parte do mundo, por mais diferente que seja o mundo do modo como é representado na experiência.

Somente a objetividade pode dar sentido à idéia de progresso intelectual. Vemos isto quando consideramos qualquer avanço objetivo bem estabelecido, como os exemplos já discutidos, e perguntamos se seria possível revertê-lo. Uma teoria que atribuísse aos objetos cores, sabores, cheiros, texturas e sons intrínsecos poderia justificar a aparência de que essas coisas devem ser explicadas como os efeitos que as qualidades primárias produzem em nossos sentidos? Uma teoria do espaço e tempo absolutos poderia explicar a aparência de que ocupamos um espaço-tempo relativista? Nos dois casos, a resposta é negativa. Um avanço objetivo pode ser suplantado por um avanço ainda mais objetivo que, por sua vez, reduza o primeiro a uma aparência. Mas ele não se encontra no mesmo nível que seus predecessores e pode perfeitamente ter sido um passo essencial no caminho que levou a seus sucessores.

Ainda assim, o fato de que nossa meta seja a realidade objetiva não garante que nossa busca conseguirá ser algo mais do que a exploração e reorganização dos conteúdos de nossas próprias mentes. Numa visão realista, essa possibilidade sempre existe, pelo menos no plano abstrato, mesmo que não tenhamos em mente nenhum aspecto específico em que possamos estar enganados. Uma tese menos radical é que, seja o que for que tenhamos alcançado, estamos apenas numa etapa transitória do desenvolvimento intelectual, e muitas das coisas em que hoje acreditamos serão depostas por novas descobertas e teorias posteriores.

É racional uma certa expectativa de que avanços maiores e retrocessos ocasionais virão: há suficiente número de casos em que uma concepção de realidade que outrora se considerava a mais objetiva possível foi incluída como aparência numa concepção ainda mais objetiva, de modo que seria tolice não esperar que isso se repetisse. Deveríamos até desejar que se repetisse, pois é evidente que estamos apenas no início de nossa viagem para fora, e as conquistas que fizemos até agora no caminho do autoconhecimento são mínimas.

4. EPISTEMOLOGIA EVOLUCIONISTA

Como o autoconhecimento está no cerne da objetividade, a empresa enfrenta sérios obstáculos. A busca do conhecimento objetivo requer uma concepção da mente no mundo muito mais elaborada do que a que temos agora: uma concepção que explique a possibilidade da objetividade. Requer que possamos entender as operações de nossa mente a partir de um ponto de vista que não seja apenas o nosso. Este não seria o tipo de autoconhecimento almejado por Kant, ou seja, um entendimento obtido a partir do interior das formas e limites de todos os nossos pensamentos e experiências possíveis (se bem que isso seria bastante impressionante, e não há razão para supor que seria possível *a priori*). É necessário algo ainda mais forte: uma explicação da possibilidade de conhecimento objetivo do mundo real que seja, em si mesma, um exemplo do conhecimento objetivo desse mundo e de nossa relação com ele. Haverá criaturas capazes desse tipo de autotranscendência? Parece que, pelo menos, demos alguns passos nessa direção, embora não seja claro até onde podemos chegar. Mesmo isso, porém, como é possível? De fato, a capacidade objetiva é um completo mistério. Ainda que sua existência seja óbvia e possamos usá-la, não há explicação plausível para ela em termos mais básicos, e, enquanto não a pudermos entender, seus resultados continuarão sendo nebulosos.

Alguns talvez se sintam tentados a oferecer, ou pelo menos imaginar, uma explicação evolucionista, como se costuma fazer hoje em dia com tudo o que há sob o sol. A gesticulação evolucionista é um exemplo da tendência a tomar uma teoria que tem sido bem-sucedida num certo domínio e aplicá-la a qualquer outra coisa que não se pode entender – e nem sequer aplicá-la, mas imaginar vagamente tal aplicação. É também um exemplo do difundido e redutivo naturalismo de nossa cultura. Hoje em dia, invoca-se o "valor da sobrevivência" como explicação para tudo, desde a ética até a linguagem. Sei que é perigoso envolver-se na discussão de um tema que não se conhece a fundo, mas, já que não se podem ignorar essas especulações e que, mesmo quando partem de biólogos profissionais, têm o caráter de *obiter dicta*, permitam-me tentar dizer alguma coisa sobre elas.

A teoria darwinista da seleção natural, admitindo-se a veracidade de suas afirmações históricas sobre como os organismos se desenvolvem, constitui uma explicação muito parcial de por que somos como somos. Explica a seleção que se dá entre as possibilidades orgânicas que foram geradas, mas não explica as próprias possibilidades. Trata-se de uma teoria diacrônica, que tenta descrever o caminho particular que a evolução seguirá em um conjunto de possibilidades sob determinadas condições. Pode explicar por que as criaturas dotadas de visão ou razão irão sobreviver, mas não explica como a visão e o raciocínio são possíveis.

Para isto precisamos de explicações atemporais, não diacrônicas. O leque de opções biológicas sobre as quais a seleção natural pode operar é extraordinariamente rico, mas também fortemente condicionado. Ainda que a aleatoriedade seja um fator na determinação de qual mutação surgirá e quando (e o grau de aleatoriedade, ao que parece, é discutível), a variedade de possibilidades genéticas não é em si mesma uma ocorrência aleatória, mas uma conseqüência necessária da ordem natural. A possibilidade de mentes capazes de formar, de maneira progressiva, concepções mais objetivas de realidade não é algo que a teoria da seleção natural possa tentar explicar, já que não explica em absoluto as possibilidades, mas somente a seleção que se dá entre elas[6].

Contudo, mesmo que admitamos a possibilidade não-explicada de que haja mentes objetivas, a seleção natural não oferece uma explicação muito plausível para sua existência real. Em si mesmas, as avançadas capacidades intelectuais dos seres humanos, ao contrário de muitas de suas características anatômicas, fisiológicas, perceptivas e cognitivas mais básicas, são candidatos extremamente fracos para a explicação evolucionista e se tornariam altamente suspeitas com tal explicação. Não estou sugerindo, como fez Kant certa vez (Kant [2], pp.

---

6. Stephen Jay Gould relata que Francis Crick disse-lhe certa vez: "O problema com os biólogos evolucionistas é que vocês estão sempre perguntando 'por que' antes de entender 'como'." (Gould [2], p. 10.)

395-6), que a razão possui um valor de sobrevivência negativo e poderia, a partir desse ponto de vista, ser substituída pelo instinto. Mas a capacidade de formular teorias cosmológicas e subatômicas nos leva tão longe das circunstâncias em que nossa habilidade de pensar teria de ser comprovada pelos testes evolucionistas, que não haveria razão alguma, que se originasse da teoria da evolução, para confiar que pudesse se estender a tais domínios. Com efeito, se, *per impossibile*, chegássemos a acreditar que nossa capacidade de criar teorias objetivas é produto da seleção natural, tal coisa justificaria manter um sério ceticismo quanto a seus resultados quando estes ultrapassassem um âmbito muito restrito e conhecido. Uma explicação evolucionista para nossa faculdade de teorizar de modo algum serviria para confirmar sua capacidade de alcançar a verdade. Outra coisa deve estar acontecendo, se o processo realmente está nos levando a um entendimento mais verdadeiro e mais imparcial acerca do mundo.

Uma resposta comum ao ceticismo sobre a explicação evolucionista do intelecto é que a teoria darwinista não requer que cada característica de um organismo seja selecionada isoladamente por seu valor adaptativo. Algumas características podem ser efeitos secundários de outras, simples ou combinadas, que já foram selecionadas, e, se não forem nocivas, sobreviverão. No caso do intelecto, cogita-se com freqüência que o rápido crescimento do cérebro humano ocorreu por força da seleção natural, depois que o desenvolvimento da postura ereta e a capacidade de usar ferramentas fizeram do tamanho do cérebro uma vantagem. Isso permitiu a aquisição da linguagem e a capacidade de raciocinar, que, por sua vez, conferiram valor de sobrevivência a cérebros ainda maiores. Em seguida, esse cérebro complexo, a exemplo de um computador adaptável, tornou-se capaz de fazer uma série de coisas para as quais não estava especificamente "selecionado": estudar astronomia, compor música e poesia, inventar o motor de combustão interna e o disco *long-play* e provar o teorema de Gödel. A grande rapidez da evolução cultural civilizada requer que os cérebros que dela tomam parte tenham se desenvolvido em toda sua capacidade desde o início.

Uma vez que tudo isso é pura especulação, não se pode dizer muita coisa sobre sua consistência com os dados empíricos. Nada sabemos acerca de como o cérebro desempenha as funções que permitiram a sobrevivência de nossos ancestrais caçadores-coletores, e tampouco sabemos como desempenha as funções que têm permitido, nos últimos séculos, o avanço e o entendimento da matemática e da física. Assim, faltam-nos bases para avaliar a sugestão de que as propriedades que foram necessárias para adaptar o cérebro à primeira dessas finalidades acabaram se mostrando também suficientes para a segunda, assim como para todos os desenvolvimentos culturais que levaram a ela.

Spinoza apresenta a seguinte descrição do processo de evolução intelectual:

> Assim como os homens, a princípio, utilizaram os instrumentos que a natureza lhes fornecia para executar, de maneira laboriosa e imperfeita, exemplos muito simples do talento humano, e depois, quando estes estavam terminados, forjavam outros objetos mais difíceis com menos trabalho e maior perfeição, e assim, gradualmente, progrediram das operações mais simples à manufatura de ferramentas, e da manufatura de ferramentas para artefatos mais complexos, e daí para novas proezas do talento humano até chegar a fabricar, com menos dispêndio de trabalho, o vasto número de sofisticados mecanismos que hoje possuem; assim também o intelecto, graças a sua força natural, fabrica para si mesmo instru-

mentos intelectuais que, por sua vez, dão-lhe novo impulso para executar outras operações intelectuais, através das quais obtém novos instrumentos ou a capacidade de expandir suas investigações, prosseguindo assim, de maneira gradual, até alcançar o cume da sabedoria. (Spinoza [1], p. 12.)

A pergunta é se não apenas a capacidade física mas também a capacidade mental necessárias para fazer um machado de pedra trazem automaticamente consigo a capacidade de dar cada um dos passos que conduziram daí à construção da bomba de hidrogênio, ou se foi um enorme excesso de capacidade mental – que a seleção natural não pode explicar – que levou à criação e difusão dos sucessivos instrumentos intelectuais que surgiram nos últimos trinta mil anos. Essa questão foi apresentada de maneira inesquecível no filme *2001, uma odisséia no espaço*, de Stanley Kubrick, com a surpreendente transformação de um osso numa nave espacial.

Não vejo nenhuma razão que seja para acreditar que a primeira opção é a verdadeira. A única razão para que tantas pessoas acreditem nisso é a clara existência de capacidades intelectuais avançadas, e é este o único candidato disponível para uma explicação darwinista de sua existência. Assim, tudo se assenta na suposição de que todas as características notáveis dos seres humanos, ou de qualquer outro organismo, devem ter uma explicação darwinista. Mas em que se baseia tal crença? Ainda que a seleção natural explique cada evolução adaptativa, pode haver desenvolvimentos na história das espécies que não sejam especificamente adaptativos e não possam ser explicados nos termos da seleção natural[7]. Por que

---

7. Para mais detalhes, ver Gould (1).

não considerar o desenvolvimento do intelecto humano como um provável exemplo contrário à lei de que a seleção natural explica tudo, em vez de submetê-lo à força a essa lei, lançando mão de especulações improváveis que não encontram apoio nas evidências? Estamos aqui diante de um desses poderosos dogmas reducionistas que parecem ser parte da atmosfera intelectual que respiramos.

Qual – alguém perguntará – é a alternativa que ofereço? O criacionismo? A resposta é que não tenho nenhuma alternativa a oferecer, e tampouco necessito de alguma para rejeitar como improváveis todas as propostas feitas até agora. Não deveríamos supor que já conhecemos a verdade com respeito a essa questão, nem agarrar-nos a certa visão somente porque ninguém ainda sugeriu uma alternativa melhor. A crença não é como a ação. Ninguém tem que acreditar em qualquer coisa, e acreditar em nada não é acreditar em alguma coisa.

Não sei como se poderia explicar a possibilidade da teorização objetiva ou o real desenvolvimento biológico das criaturas capazes de tal teorização. Na minha opinião, isso é tão improvável como fato antecedente que a única explicação possível deve ser que, de algum modo, isso é necessário. Não é o tipo de coisa que poderia ser um fato bruto ou um acidente, não mais do que o poderia ser a identidade da massa inercial e gravitacional; o universo deve ter propriedades fundamentais que, graças à evolução física e biológica, inevitavelmente dão origem a organismos complexos, capazes de criar teorias sobre si mesmos e sobre ele. Esta não é uma explicação em si; simplesmente expressa um ponto de vista sobre uma condição que qualquer explicação aceitável deveria satisfazer: deveria demonstrar por que era necessário que tal coisa acontecesse, considerando-se o tempo relativamente curto que transcorreu desde o *big bang*, e não apenas que algo assim poderia ter acontecido – como tentam fazer as propostas darwinistas. (Acho que uma explicação do desenvolvimento original da vida orgânica deve satisfazer à mesma condição.) Não há razão para esperar que algum dia chegaremos a formular essa explicação, mas estamos numa etapa tão primitiva do conhecimento biológico que não tem sentido fazer qualquer previsão[8].

5. RACIONALISMO

Uma imagem de auto-reconstrução que se revelou atraente para os filósofos é a de Neurath: somos como marinheiros que tentam reconstruir seu navio, tábua por

---

8. Pode-se argumentar que a observação de que o universo contém seres inteligentes não precisa ser explicada em termos de princípios fundamentais que demonstrem sua inevitabilidade, pois ela tem uma explicação bem mais simples: se não existissem tais seres, não haveria observadores e, portanto, não haveria observações. Por isso, não se pode derivar de sua existência nenhuma inferência geral. Esse argumento não me convence. O fato de que se possa prever uma observação com base nesse tipo de alegação não significa que não seja necessário explicá-la também com outros princípios mais fundamentais.

Talvez valha a pena mencionar uma analogia, a aplicação do princípio antrópico em cosmologia. O princípio antrópico diz que "a nossa expectativa com relação àquilo que podemos observar deve ser limitada pelas condições necessárias para nossa presença como observadores" (Carter, p. 291). Um exemplo especial, nesse caso, é o princípio antrópico forte: "o universo (e, portanto, os parâmetros fundamentais dos quais depende) deve ser tal que admita, em seu âmbito, a criação de observadores em algum estágio" (p. 294). Com respeito a isso, Carter diz que "nem mesmo uma previsão totalmente rigorosa, baseada no princípio *forte*, será plenamente satisfatória do ponto de vista do físico, já que restará a possibilidade de encontrar uma teoria subjacente mais profunda que explique as relações que foram previstas" (p. 295). Em outras palavras, a previsibilidade nem sempre elimina a necessidade de explicação.

tábua, em alto-mar. Pode-se dar mais de uma interpretação a essa imagem. Podemos pensar que estamos simplesmente reordenando e talvez remodelando as tábuas, fazendo pequenas alterações uma a uma e utilizando os materiais que temos à mão[9]. Essa imagem talvez se ajuste ao exemplo mundano, no qual o conhecimento é acumulado gradualmente e por partes, num certo nível objetivo. Mas, se o objetivo é retratar os grandes avanços objetivos dos quais depende o progresso real, necessitamos de uma imagem diferente. Embora possamos incorporar partes do navio original ao novo navio que estamos prestes a criar, é fora de nós mesmos que buscamos a maioria dos materiais que utilizamos para construí-lo. O lugar que ocupamos para esse propósito pode ser tal que só com o velho navio poderíamos chegar a ele, mas o fato é que ele se encontra num mundo novo e, em certo sentido, penso eu, o que encontramos nele já está lá. Cada um de nós é um microcosmo, e, ao nos afastarmos progressivamente de nosso ponto de vista e formar uma sucessão de pontos de vista mais elevados de nós mesmos no mundo, ocupamos um território que já existe: tomamos posse de um reino objetivo latente, por assim dizer.

Disse antes que a posição para a qual me sinto inclinado é uma forma de racionalismo. Isso não significa que tenhamos conhecimento inato da verdade sobre o mundo, mas sim que temos a capacidade, baseada não na experiência, de criar hipóteses sobre como poderia ser o mundo em geral e rejeitar as possibilidades que percebemos ser incapazes de incluir a nós mesmos e a nossas experiências. Igualmente importante, temos de ser

---

9. Como diz Neurath, "nunca conseguimos desmontá-lo em doca seca e reconstruí-lo com materiais melhores" (Neurath, p. 201).

capazes de rejeitar hipóteses que pareçam, de início, ser possibilidades mas não são. As condições de objetividade que venho defendendo levam à conclusão de que a base da maior parte do conhecimento real deve ser *a priori* e derivada de nosso próprio interior. O papel desempenhado pela experiência particular e pela ação que o mundo exerce sobre nós, por meio de nossas perspectivas individuais, somente pode ser seletivo – embora esse seja um fator muito importante, que faz que a aquisição do conhecimento que podemos alcançar dependa, de maneira significativa, da sorte, ou seja, do acaso das observações e dados a que estamos expostos e da época em que vivemos. Também são importantes, para a posse do componente *a priori*, as possibilidades e questões que nos são sugeridas e que talvez não pudéssemos ter formulado por nós mesmos – como o menino no *Menão* de Platão.

Se as possibilidades, ou pelo menos algumas delas, estão *a priori* ao alcance de qualquer mente de suficiente complexidade, e se as propriedades gerais da realidade são regularmente uniformes do modo abrangente, pode-se esperar que a busca do conhecimento objetivo conduza à gradual convergência de diferentes pontos de partida. Mas esse limite da convergência não é a definição da verdade, como sugere Peirce: é conseqüência da relação entre a realidade e a mente, que deve ser explicada, por sua vez, considerando-se que tipo de parte da realidade é a mente. É óbvio que as capacidades diferem de uma mente para outra e entre diferentes espécies de mente. Em nosso caso, porém, as capacidades vão muito além do meramente adaptativo. Sabemos, por tudo o que já aprendemos, que um ser humano razoavelmente inteligente é capaz de entender uma rica e extraordinária diversidade de possibilidades conceituais, ainda que não possa criá-la por conta própria. Não há razão para pensar que nossas capacidades mentais espelham a realidade de forma completa, mas presumo que todos temos potencialmente em nossas cabeças as possibilidades que serão reveladas, no decorrer dos próximos mil anos, pelos avanços científicos e outros: não estaremos aqui para a viagem, que talvez devêssemos chamar de despertar.

Essa concepção do conhecimento está inserida na tradição racionalista, embora sem a pretensão de que a razão constitua um fundamento inquestionável para a crença. Até o conhecimento empírico, ou a crença empírica, tem de assentar-se sobre uma base *a priori*, e, se grandes conclusões são extraídas a partir de dados empíricos limitados, grande parte do ônus precisa ficar a cargo da formulação *a priori* direta e da seleção de hipóteses, para que o conhecimento chegue a ser possível[10].

Assim se explica a proporção extremamente alta dos fundamentos racionais em relação aos empíricos em grandes avanços teóricos como a teoria da gravitação de Newton ou as teorias especial e geral da relatividade:

---

10. Tanto Chomsky como Popper rechaçaram, de maneiras muito diferentes, as teorias empiristas do conhecimento e enfatizaram que, por enquanto, nossas capacidades de entender e pensar sobre o mundo são incompreensíveis. Chomsky em particular argumentou que nossa capacidade inata de aprender linguagens é contrária à concepção empirista acerca de como funciona a mente. Esse é um aspecto de sua crítica geral ao reducionismo com respeito à mente. Na minha opinião, as lacunas científicas entre os dados e as conclusões são muito mais importantes para a teoria do conhecimento do que o hiato, ainda que notável, entre os fragmentários dados lingüísticos da primeira infância e a gramática da linguagem que se aprende a partir de então. De algum modo, evocamos mundos inteiros de nossas cabeças, não apenas linguagens cuja forma presumivelmente se desenvolveu, em parte, para adaptar-se a nossa capacidade de aprendê-las.

embora sejam enormes as previsões empíricas dessas teorias, chegou-se a elas com base em dados de observação relativamente limitados, dos quais não poderiam ser deduzidas. Eu diria que mesmo a indução, que é a matéria-prima do empirismo, só faz sentido com uma base racionalista. As regularidades observadas fornecem razões para acreditar que elas só se repetirão na medida em que evidenciem conexões *necessárias* ocultas, que se mantêm independentes do fluxo temporal. Não se trata de supor que o futuro contingente será igual ao passado contingente.

A capacidade de imaginar novas formas de ordem oculta e entender novas concepções criadas por outros parece ser inata. Assim como a matéria pode se combinar para dar corpo a um organismo pensante e consciente, também alguns desses organismos podem recombinar-se para incorporar representações mentais cada vez mais completas e objetivas do mundo que os contém, e essa possibilidade também deve existir de antemão. Embora os processos de pensamento pelos quais avançamos não se garantam por si próprios, eles só fazem sentido se detivermos uma capacidade natural de alcançar uma harmonia com o mundo que vá muito além do âmbito de nossas experiências e contextos particulares. Presumo que, quando usamos nossas mentes para pensar na realidade, não estamos dando um salto impossível de dentro de nós mesmos para o mundo externo. Estamos é desenvolvendo com o mundo uma relação que está implícita em nossa constituição física e mental, e somente podemos fazer isso se há fatos que desconhecemos e que explicam essa possibilidade. Nossa posição será problemática enquanto não tivermos algum candidato para tal explicação.

Descartes tentou oferecer uma explicação, bem como os fundamentos para certificar sua veracidade, provando a existência do tipo correto de Deus. Embora ele não tenha tido êxito, o problema permanece. Tendo reconhecido isso, para continuar sustentando nossas crenças sem ambivalência, precisamos acreditar que existe algo verdadeiro – não sabemos o quê – que desempenha, em nossa relação com o mundo, o papel que Descartes atribuía a Deus. (Talvez fosse mais exato dizer que o Deus de Descartes é uma personificação da adequação entre nós e o mundo para a qual não temos explicação, mas que é necessária para que o pensamento produza conhecimento.)

Não faço idéia de qual possa ser essa inaudita propriedade da ordem natural. No entanto, sem algo bastante extraordinário, o conhecimento humano é inteligível. Minha visão é racionalista e antiempirista, não porque eu acredite que se pode descobrir *a priori* uma base sólida para nossas crenças, mas porque acredito que, a menos que conjeturemos que se baseiam em algo global (mais que meramente humano) do qual não estamos cientes, elas não fazem sentido. E, elas fazem sentido. Uma epistemologia racionalista séria teria de completar esse quadro, mas nossas crenças podem assentar-se sobre tal base mesmo que não possamos descobri-la. Mesmo que sejamos feitos para ser capazes de entender parcialmente o mundo, não há razão para supor que também podemos ter acesso a esses fatos sobre nós mesmos de tal forma que as lacunas de nosso conhecimento sejam preenchidas[11].

---

11. Pode ser que as áreas do conhecimento que são inteiramente *a priori* permitam acesso maior a suas fontes em nós do que outros tipos de conhecimento – que possamos desenvolver uma compreensão melhor do modo como nossos pensamentos podem levar-nos às verdades da aritmética que do modo como podem levar-nos às verdades da química. É possível fazer descobertas de alguma coisa *a priori* se nossas re-

Uma teoria da realidade com pretensão de completude teria de incluir uma teoria da mente. Mas essa seria também uma hipótese criada pela mente e não serviria para garantir a si própria. Quem faz essa observação é Stroud ao se referir à epistemologia naturalizada proposta por Quine, que é essencialmente uma teoria psicológica empirista da formação das teorias empíricas (Stroud, cap. 6). Ela se aplica igualmente a uma possível teoria racionalista da capacidade da mente para teorizar *a priori*. Mas, é claro, não temos nenhuma dessas teorias: não dispomos nem sequer de uma hipótese sobre nossa capacidade de transcender os fenômenos. A idéia de uma concepção plena da realidade que explique nossa capacidade de chegar a ela não passa de um sonho.

Contudo, é isto que almejamos: uma liberação gradual do eu objetivo dormente, aprisionado inicialmente atrás de uma perspectiva individual da experiência humana. A esperança é desenvolver uma perspectiva distanciada que possa coexistir com a individual e abarcá-la.

6. VISÃO DUPLA

Em resumo, o que podemos esperar realizar nesse sentido está fadado a apresentar vários tipos de limita-

---

presentações da coisa tiverem uma relação tão íntima com a coisa em si que as propriedades a ser descobertas já estejam ocultas na representação. Assim, podemos pensar em matemática porque somos capazes de operar com um sistema de símbolos cujas propriedades formais lhe permitem representar os números e todas as suas relações. O sistema pode ser ele próprio investigado pela matemática. Nesse aspecto, a matemática nos dá uma resposta parcial à pergunta de como o mundo que ela descreve pode conter seres que serão capazes de chegar a algumas de suas verdades.

ções. Em primeiro lugar, somos seres finitos, e, ainda que cada um de nós possua uma grande capacidade latente para a autotranscendência objetiva, nosso conhecimento do mundo será sempre fragmentário, por mais que o ampliemos. Em segundo lugar, uma vez que o eu objetivo continua sendo tão efêmero quanto nós, embora possa escapar à perspectiva humana, devemos presumir que seus melhores esforços logo serão superados. Em terceiro lugar, o entendimento do mundo que intrinsecamente somos capazes de obter – deixando de lado a questão das limitações de tempo e tecnologia – tende também a ser limitado. Como argumentarei no próximo capítulo, a realidade provavelmente se estende além do que podemos conceber. Finalmente, o desenvolvimento de hipóteses objetivas mais ricas e mais sólidas não permite descartar as possibilidades céticas conhecidas e desconhecidas que constituem o outro aspecto de qualquer visão realista.

Nada disso irá nos dissuadir do esforço de fazer todo progresso objetivo que nossas mentes, nossa cultura e nossa época permitirem. Mas há outros perigos na busca desse propósito – os perigos não do fracasso, mas da ambição. Esses perigos são de três tipos: impessoalidade excessiva, falsa objetivação e o insolúvel conflito entre as concepções subjetiva e objetiva da mesma coisa.

O primeiro decorre de interpretar de maneira muito literal a imagem do eu verdadeiro aprisionado na perspectiva humana individual. Trata-se de uma imagem muito sedutora, e muitos sucumbiram a seus atrativos. Se meu eu real vê o mundo a partir de lugar nenhum e inclui, no mundo assim visto, a perspectiva empírica e os interesses particulares de TN como uma simples centelha senciente entre uma miríade de outras, poderia parecer que meu interesse pela vida e pela perspectiva de TN deveria ser o menor possível e que, talvez, eu devesse até mesmo me isolar dele. Mas a descoberta e o despertar do eu objetivo com seu caráter universal não implicam que se deixou de ser também uma criatura com uma perspectiva empírica e uma vida individual. O avanço objetivo produz uma cisão no eu, e aos poucos, à medida que esta se amplia, os problemas de integração entre os dois pontos de vista se agravam, particularmente no que tange à ética e à vida pessoal. É preciso adaptar-se, de algum modo, para ver o mundo das duas perspectivas, a partir daqui e de lugar nenhum, e viver de acordo com isso.

O segundo perigo, o da falsa objetivação, já foi discutido ao tratar da filosofia da mente, embora apareça também em outras áreas. Ao verificar que uma forma particular de objetividade consegue expandir nosso conhecimento de alguns aspectos da realidade, podemos nos sentir tentados a aplicar os mesmos métodos em áreas em que eles não funcionarão, seja porque essas áreas requerem um novo tipo de objetividade, seja por serem, em algum aspecto, irredutivelmente subjetivas. A incapacidade de reconhecer esses limites produz vários tipos de obstinação objetiva – das quais a mais notável é a análise redutiva de um tipo de coisa com base em elementos tomados do entendimento objetivo de outra. Mas, como disse, a realidade não se reduz à realidade objetiva, e a objetividade em si mesma não é uma única coisa. Os tipos de conceitos e teorias objetivas que desenvolvemos até agora, a maioria deles com a finalidade de entender o mundo físico, provavelmente só produzirão uma parcela do conhecimento objetivo que é possível alcançar. E o distanciamento que a objetividade requer está fadado a deixar algo para trás.

O terceiro problema, do conflito insolúvel entre o objetivo e o subjetivo, surge quando conseguimos construir uma concepção objetiva acerca de alguma coisa e depois não sabemos o que fazer com ela, pois não é possível combiná-la harmoniosamente com a concepção subjetiva que ainda temos da mesma coisa. Às vezes, uma concepção interna não pode reconhecer sua própria subjetividade e sobreviver, nem pode simplesmente desaparecer.

O avanço objetivo com freqüência implica o reconhecimento de que alguns aspectos de nosso conhecimento anterior pertencem à esfera das aparências. Em vez de conceber o mundo como um lugar repleto de objetos coloridos, nós o concebemos como um lugar repleto de objetos com qualidades primárias que afetam a visão humana de formas subjetivamente inteligíveis. A distinção entre aparência e realidade objetiva torna-se o objeto de uma compreensão nova e mista, que combina elementos subjetivos e objetivos e se baseia no reconhecimento dos limites da objetividade. Aqui não há conflito[12].

Pode ser, porém, que seja impossível distinguir tão claramente o objeto do conhecimento. Pode acontecer que um objeto pareça exigir uma concepção subjetiva e outra objetiva que cubram o mesmo território e não possam ser combinadas numa única visão complexa mas coerente. Isso é particularmente provável no que diz respeito à nossa compreensão de nós mesmos e está na origem de alguns dos problemas mais difíceis da filosofia, incluindo os problemas da identidade pessoal, do livre-arbítrio e do significado da vida. Está pre-

---

12. É isso que assinala McGinn; não há conflito entre a imagem científica e a imagem manifesta no tocante às qualidades secundárias.

sente também na teoria do conhecimento, na qual assume a forma de uma incapacidade de alojar em nossa mente, de maneira simultânea e coerente, a possibilidade do ceticismo e as crenças corriqueiras que povoam nossas vidas.

Qual deveria ser a relação entre as crenças que formamos acerca do mundo, com suas aspirações à objetividade, e a admissão de que o mundo talvez seja completamente diferente daquilo que pensamos ser, em aspectos que nem podemos imaginar? Acho que não dispomos de nenhum modo satisfatório de combinar essas perspectivas. O ponto de vista objetivo, nesse caso, produz no eu uma cisão que não desaparecerá, e, de duas uma, ou alternamos entre um ponto de vista e outro ou desenvolvemos uma forma de visão dupla.

A visão dupla é o destino das criaturas que têm um vislumbre da visão *sub specie aeternitatis*. Quando nos vemos de fora, parece inevitável que criemos uma imagem naturalista de como funcionamos. É claro que nossas crenças derivam de certas disposições e experiências que, até onde sabemos, não podem afiançar sua veracidade e são compatíveis com o erro radical. O problema é que não podemos aceitar na íntegra o ceticismo que isso acarreta, pois não podemos curar-nos de nosso apetite pela crença e não podemos adotar essa atitude perante nossas próprias crenças enquanto as temos. As crenças giram em torno de como as coisas provavelmente são, não apenas de como poderiam possivelmente ser, e não há como isolar entre parênteses nossas crenças corriqueiras sobre o mundo para harmonizá-las sem aventar a possibilidade do ceticismo. O pensamento "Sou professor na Universidade de Nova York, a menos, é claro, que eu seja um cérebro num tanque" não pode representar meu estado mental integrado e geral[13].

Os problemas do livre-arbítrio e da identidade pessoal geram conclusões similarmente destoantes. Em alguns aspectos, o que fazemos e o que nos acontece encaixam-se de maneira muito natural numa imagem objetiva do mundo, em pé de igualdade com o que fazem os outros objetos e organismos. Nossas ações parecem ser acontecimentos cujas causas e condições, em grande parte, não são nossas ações. Parece que persistimos e mudamos com o tempo, assim como outros organismos complexos. Mas quando levamos a sério essas idéias objetivas elas parecem ameaçar e minar certas concepções fundamentais acerca de nós mesmos que temos muita dificuldade em abandonar.

Disse antes que era impossível internalizar plenamente uma concepção de nossa própria identidade pessoal que dependesse da continuidade orgânica de nosso cérebro. Comumente, a visão objetiva de alguma coisa que possui um aspecto subjetivo não requer que simplesmente renunciemos à visão subjetiva, pois esta pode ser reduzida à condição de aparência e assim coexistir com a visão objetiva. Nesses casos, porém, essa opção parece não estar disponível. Não podemos considerar nossas idéias sobre nossa própria ação ou sobre a pu-

---

13. Há outro problema. A caminho de uma conclusão cética, passamos por pensamentos diante dos quais não assumimos uma postura cética – pensamentos sobre a relação do cérebro com a experiência, por exemplo. Estes aparecem no raciocínio do cético sem nenhuma restrição. Para extrair conclusões céticas do ponto de vista objetivo, precisamos nos envolver no tipo de pensamento direto sobre o mundo que é solapado pelo ceticismo. É como o círculo cartesiano ao contrário: Descartes tentava provar a existência de Deus usando um raciocínio no qual só podemos confiar se Deus existe; o cético chega ao ceticismo por meio de pensamentos que o ceticismo torna impensáveis.

reza de nossa identidade pessoal com o passar do tempo como meras aparências ou impressões. Isso equivaleria a abrir mão delas. Embora nossas convicções intuitivas sobre essas coisas brotem, em grande parte, de nosso próprio ponto de vista, elas têm a pretensão de descrever não apenas a aparência que temos para nós mesmos mas também como somos, num sentido, ainda não especificado, que parece entrar em conflito com a imagem objetiva do que somos. Esse problema se apresenta mesmo quando a imagem objetiva não tem a pretensão de absorver tudo – pois o que ela omite de bom grado é somente a aparência subjetiva, e isso não basta. As pretensões do eu objetivo e do eu subjetivo parecem ser fortes demais para lhes permitir conviver em harmonia.

Esse problema será retomado nos últimos capítulos, mas gostaria de mencionar mais um exemplo: o ceticismo inconfessado de Wittgenstein acerca da dedução. Creio que Kripke está certo em considerar sua visão como uma forma de ceticismo, pois a explicação externa que ele dá para o que realmente ocorre quando aplicamos uma fórmula ou um conceito a um número indefinido de casos – aquilo de que depende o alcance aparentemente infinito do significado – não é uma explicação que possamos aceitar internamente. Por exemplo, não podemos pensar que a aplicação correta de "mais 2" é determinada por nada mais do que o fato de que uma certa aplicação é natural para os que compartilham nossa língua e nossa forma de vida, ou por qualquer outra coisa do tipo. Ao empregar o conceito, devemos pensar nele como algo que determina uma função única em relação a um número infinito de casos, que ultrapassa todas as aplicações que nós e nossa comunidade fazemos e que independe delas; do contrário, não seria o conceito que é. *Mesmo que Wittgenstein esteja certo*, não podemos pensar em nossos pensamentos dessa maneira enquanto os temos. E, mesmo no ato filosófico de pensar de forma naturalista sobre como funcionam a linguagem e a lógica, não podemos assumir perante *esses* pensamentos a postura wittgensteiniana, mas devemos pensar neles diretamente.

Acredito que uma visão só merece ser chamada de cética se oferecer uma explicação para os pensamentos comuns que não possa ser incorporada a esses pensamentos sem destruí-los. Podemos ser céticos acerca de *x* não importa quanto protestemos sinceramente que não estamos negando a existência de *x*, mas apenas explicando o que *x* realmente significa[14].

---

14. Ver Kripke (2), p. 65.

VI

Pensamento e realidade

1. REALISMO

Em vários momentos expressei meu compromisso com uma forma de realismo; chegou a hora de discorrer um pouco mais sobre ela. Em termos simples, trata-se da concepção de que o mundo é independente de nossas mentes; o problema, contudo, é explicar essa afirmação de uma maneira não-trivial – que não seja facilmente admitida por todos – e demonstrar, assim, em que aspectos ela entra em conflito com uma forma de idealismo sustentada por muitos filósofos contemporâneos.

O realismo torna o ceticismo inteligível. No último capítulo, discutimos o ceticismo com relação ao conhecimento. Agora quero apresentar outra forma de ceticismo que diz respeito não ao que sabemos, mas ao alcance de nossos pensamentos. Defenderei uma forma de realismo segundo a qual nossa compreensão do mundo é limitada não apenas quanto ao que podemos saber, mas também quanto ao que podemos conceber. Num sentido muito forte, o mundo se estende para além do alcance de nossas mentes[1].

---

1. Essa tese também é defendida por Fodor (pp. 120-6).

O idealismo ao qual se opõe essa concepção sustenta que o que existe é aquilo que podemos pensar ou conceber, ou aquilo que nós ou nossos descendentes poderíamos chegar a pensar ou conceber – e que tal coisa é necessariamente verdadeira porque a idéia de algo que não pudéssemos pensar ou conceber não faz sentido. O "nós" é importante. Deixo de lado as concepções, também chamadas idealistas, que sustentam que a realidade é correlativa com a mente num sentido muito mais amplo – ou seja, inclui mentes infinitas, se é que estas existem. Dado um tipo de mundo qualquer, talvez pudesse haver uma mente capaz de concebê-lo corretamente; não tenho idéia dos limites das mentes possíveis. O realismo que defendo diz que o mundo talvez seja inconcebível para *nossas* mentes, e o idealismo ao qual me oponho afirma o contrário.

Há formas mais radicais de realismo do que essa, que sustentam, por exemplo, que existir é ser percebido, ou que o que existe tem de ser um objeto de experiência possível para nós, ou que o que existe ou sucede tem de ser um objeto de conhecimento possível para nós, ou tem de ser algo que possamos verificar ou sobre o que pudéssemos obter evidências. Todos esses pontos de vista encontraram adeptos, mas acredito que repousam, em última análise, na forma mais geral de idealismo que descrevi, juntamente com as diferentes opiniões específicas que cada um tem sobre as condições em que se dá o pensamento humano. O elemento comum entre eles é um teste de realidade de caráter epistemológico amplo – que nunca perdeu sua popularidade, a despeito da suposta morte do positivismo lógico.

Quero opor a essa visão geral um ponto de vista diferente acerca da relação de nossos pensamentos com a realidade, particularmente dos pensamentos que tentam representar o mundo de maneira objetiva. Ao buscar a objetividade, alteramos nossa relação com o mundo, aumentando a correção de certas representações que fazemos dele pela compensação das peculiaridades de nosso ponto de vista. Num sentido forte, porém, o mundo é independente de nossas representações possíveis e pode muito bem estender-se para além delas. Esse fato tem implicações tanto para os resultados que a objetividade obtém quando é bem-sucedida como para os possíveis limites dos resultados que ela pode obter. Seu propósito e única justificação é aumentar nossa compreensão da realidade, mas isso só fará sentido se a idéia de realidade não for meramente a idéia do que se pode entender com esses métodos. Em outras palavras, quero resistir à tendência natural de identificar o mundo tal como realmente é com a idéia do que se pode revelar, no limite, quando se amplia de maneira indefinida a objetividade do ponto de vista.

Já argumentei que, em vários aspectos, a busca da objetividade pode ser levada ao excesso, que pode afastar-se da verdade se conduzida na direção errada ou se for dirigida ao objeto errado. Esse é um dos aspectos em que a objetividade não corresponde à realidade: ela nem sempre constitui o melhor método de conhecimento. Mas há outra razão para que a objetividade humana não seja suficiente para esgotar a realidade: pode haver aspectos da realidade que estejam fora do seu alcance por estarem totalmente além de nossa capacidade de formar concepções acerca do mundo. Aquilo que existe e aquilo em que podemos pensar, tendo em vista nossa natureza, são duas coisas diferentes, e a última pode ser menor que a primeira. Dado que, certamente, *nós* somos menores, isso não deveria causar surpresa. A objetividade humana pode ser capaz de entender apenas parte do mundo, mas, quando bem-sucedida, deve propiciar-nos um entendimento dos aspectos da realidade cuja existência seja completamente independente de nossa capacidade de pensar sobre eles – tão independente quanto a existência de coisas que não podemos conceber.

A idéia de que os conteúdos do universo são limitados por nossa capacidade de pensar é facilmente reconhecida como uma posição filosófica que, à primeira vista, parece uma tola presunção, considerando que somos não mais do que porções pequenas e contingentes do universo. Ninguém sustentaria essa posição, exceto por razões filosóficas que parecem excluir a imagem natural.

Nessa imagem, o universo e a maior parte do que acontece nele são completamente independentes de nossos pensamentos, embora, desde que nossos ancestrais apareceram na Terra, tenhamos desenvolvido a capacidade de pensar, conhecer e representar cada vez mais aspectos da realidade. Há alguns aspectos que não podemos agora conceber mas que ainda podemos vir a entender; e há outros, provavelmente, que não temos a capacidade de conceber, não só porque nos encontramos num estágio muito inicial do desenvolvimento histórico mas também pelo tipo de seres que somos. Podemos falar vagamente sobre algumas das coisas que não podemos conceber – aí incluídas, talvez, a vida mental de criaturas alienígenas ou o que aconteceu antes do *big bang* –, mas, sobre outras, não podemos falar coisa alguma, exceto que é possível que existam. Só podemos concebê-las no sentido dessa descrição – ou seja, como coisas sobre as quais não podemos formar nenhuma concepção –, ou sob o abrangente conceito de "tudo", ou sob a idéia "daquilo que é", de Parmênides.

Não estou dizendo que grande parte do que consideramos *positivamente inconcebível* – aquilo que podemos ver que é *impossível*, como quadrados redondos – pode, não obstante, ser possível. Embora possa haver casos em que não podemos confiar em nossas fortes convicções de positiva inconceptibilidade como evidência de impossibilidade, presumo que sejam raros. Estou mais interessado aqui na admissão de possibilidades e realidades *negativamente* inconcebíveis para nós no sentido de que não temos nem podemos ter nenhuma concepção acerca delas. (Isso é diferente de ver positivamente que nenhuma dessas concepções poderia ser coerente porque, por exemplo, envolveria uma contradição.)

Nem tudo sobre o universo tem de estar na rota do possível desenvolvimento cognitivo nosso ou de nossos descendentes – ainda que seres como nós pudessem existir para sempre. A questão de como somos capazes de pensar nos aspectos da realidade sobre os quais podemos pensar é um problema filosófico. Há também a questão de se podemos pensar nessas coisas "como são em si mesmas" ou somente "como se apresentam a nós". Mas o que existe, ou o que acontece, não coincide necessariamente com o que é um objeto de pensamento possível para nós. Mesmo que, por um milagre, fôssemos capazes, em princípio, de conceber tudo o que existe, não seria isso que o tornaria real.

2. IDEALISMO

O argumento filosófico contra esse ponto de vista natural é simples. Ele é análogo a um dos argumentos de Berkeley em favor da tese de que, para coisas não-pensantes, existir é ser percebido. Berkeley afirmava que isso se tornava evidente quando tentávamos formar a idéia de um objeto não-percebido. Isso se mostra impossível, dizia ele, pois assim que começamos a pensar, por exemplo, numa árvore não-percebida, descobrimos que tudo o que podemos fazer é evocar uma imagem perceptual de uma árvore, e nesse caso não se trata de algo não-percebido[2].

Hoje em dia, haveria um reconhecimento generalizado de que esse argumento contém o equívoco de confundir a imaginação perceptual como veículo do pensamento com uma experiência perceptual como parte do objeto do pensamento. Mesmo que eu empregue uma imagem visual para pensar na árvore, não significa que estou pensando numa impressão visual da árvore, não mais do que, quando desenho uma árvore, estou desenhando o desenho de uma árvore (cf. Williams [1]).

Erro semelhante seria argumentar que não podemos formar a idéia de algo em que ninguém está realmente pensando ou a concepção de algo que ninguém está concebendo. É claro que podemos pensar e falar sobre um estado de coisas possível no qual ninguém está pensando ou falando sobre o bispo Berkeley. O fato de que precisamos falar em Berkeley para falar da situação em que não se fala sobre ele não torna essa situação inexprimível nem impossível.

Mas a forma de idealismo que me interessa não se baseia nesse equívoco: ela não é a visão de que aquilo que existe deve ser realmente concebido ou até mesmo concebível de maneira geral. É, antes, a opinião de que o que existe deve ser passível de ser concebível por nós ou algo para o qual tem de ser possível obter evidências. Um argumento em favor dessa forma geral de idealis-

---

2. Berkeley, seções 22-3. Esse não é o único argumento de Berkeley em favor do idealismo, mas ele diz que está "satisfeito em exprimir o assunto todo nessa única questão".

mo precisa mostrar que a noção do que *não pode* ser pensado por nós ou por seres como nós não faz sentido. O argumento é o seguinte. Se vamos tentar dar sentido à noção daquilo que nunca poderíamos conceber, temos de usar idéias gerais como a de algo que existe, ou de alguma circunstância que se apresenta, ou de algo que é o caso, ou de algo que é verdadeiro. Devemos supor que há aspectos da realidade aos quais se aplicam esses conceitos que *de fato* possuímos, mas aos quais não se aplicariam outros conceitos que *pudéssemos* possuir. Conceber simplesmente que tais coisas possam existir não é concebê-las de maneira adequada; e o realista sustentava que todo o resto que diz respeito a elas poderia ser inconcebível para nós. A réplica idealista é que nossas idéias completamente gerais acerca do que existe, ou do que é o caso, ou do que é verdadeiro, não podem ir nem um pouco além de nossas idéias mais específicas sobre os tipos de coisas que podem existir, ou ser o caso, ou ser verdadeiras. Em outras palavras, não possuímos um conceito de realidade completamente geral cujo alcance vá além de qualquer item possível de seu conteúdo que pudéssemos, em princípio, entender.

Ou, para expressar a mesma idéia aplicada à linguagem, como faz Davidson, não possuímos um conceito geral de verdade que vá além da verdade de todas as sentenças possíveis em qualquer linguagem que pudéssemos entender, ou que pudesse ser traduzido numa linguagem que nós, ou outros como nós, fôssemos capazes de entender. Nossa idéia geral acerca do que é o caso não transcende a totalidade do que poderíamos afirmar ser o que de fato é o caso. Davidson rejeita aqui a idéia de um esquema conceitual que, sendo diferente do nosso, satisfaça às condições necessárias para sua aplicação ao mundo: "O critério de um esquema conceitual diferente do nosso torna-se então, em grande parte, verdadeiro, mas intraduzível. A questão relativa à utilidade ou não de tal critério é precisamente a questão de até que ponto podemos entender a noção de verdade, tal como se aplica a uma linguagem, independentemente da noção de tradução. Minha resposta é que não podemos, de forma alguma, entendê-la de forma idependente."[3]

Assim, o argumento análogo ao de Berkeley é que, se tentarmos formar a noção de algo que nunca poderíamos conceber, pensar ou falar a respeito, seremos obrigados a usar idéias que implicam que, em princípio, poderíamos pensar nele afinal (ainda que não possamos fazê-lo agora), pois mesmo as idéias mais gerais que temos sobre a verdade ou a existência trazem essa implicação. Não podemos usar a linguagem para extrapolar o âmbito possível de sua aplicação específica. Se tentarmos fazer isso, estaremos fazendo um uso indevido da linguagem ou usando-a para referir-nos ao que, afinal, é concebível.

Esse argumento não comete o erro de Berkeley. Não atribui ao objeto de pensamento algo que é somente um aspecto do veículo do pensamento. Não afirma que existir é ser pensado, ter sido pensado ou vir a ser pensado. Não obstante, funciona de maneira semelhante, pois afirma que certas tentativas de formar pensamentos significativos fracassam porque tropeçam nos limites estabelecidos pelas condições da possibilidade do pensamento. No argumento de Berkeley, diz-se que a hipótese da existência independente da mente entra em

---

3. Davidson (3), p. 194; alguns realistas poderiam pensar em aceitar a condição de que um esquema conceitual diferente seja "em grande parte verdadeiro", desde que demonstrasse não entrar em conflito com a condição de "intraduzível".

conflito com as condições do pensamento, e o mesmo se diz aqui acerca da hipótese da inconceptibilidade. Em outras palavras, os realistas estão iludidos se pensam que possuem a idéia de uma realidade que se estende além do alcance de qualquer pensamento humano possível, exceto desse mesmo. Se examinarmos com atenção o que eles pensam ser essa idéia, descobriremos que ou se trata da idéia de algo que se encontra bem mais dentro do nosso alcance, ou não se trata de idéia alguma.

Para responder a essa objeção, é necessário questionar a concepção de pensamento em que ela se baseia – tal como no argumento de Berkeley. Mas antes permita-me tentar esclarecer quão paradoxal é a conclusão do argumento idealista. Um exame do que está errado nessa conclusão pode trazer à luz o que está errado no argumento. Devo dizer, desde já, que não tenho nenhuma teoria alternativa do pensamento para propor no lugar da teoria sustentada pelo idealismo. Minha argumentação será essencialmente negativa. Penso que o enunciado de um ponto de vista realista só pode ser rejeitado como ininteligível com base em argumentos que também exigiriam que se abandonassem outras afirmações muito menos controvertidas. Minha posição é que o realismo faz tanto sentido quanto muitos outros enunciados inverificáveis, embora todos eles, assim como todo pensamento, possam apresentar mistérios filosóficos fundamentais para os quais, no momento, não existe solução.

Parece, com certeza, que posso acreditar que a realidade se estende além do alcance do pensamento humano possível, uma vez que isso seria bastante análogo a algo que não só é possível acontecer como de fato acontece. Existem muitos seres humanos comuns que, por sua constituição, carecem da capacidade de conceber algumas coisas que outros conhecem. Pessoas cegas ou surdas de nascença não podem entender cores ou sons. Pessoas com uma permanente idade mental de nove anos não podem chegar a entender as equações de Maxwell, a teoria geral da relatividade ou o teorema de Gödel. Trata-se aqui de seres humanos, mas poderíamos igualmente imaginar uma espécie em que essas características fossem normais e que fosse capaz de pensar sobre o mundo e de conhecê-lo em certos aspectos, mas não em todos. As pessoas dessa espécie poderiam ter uma linguagem e ser semelhantes a nós o bastante para que sua linguagem pudesse ser traduzida em parte para a nossa.

Se houvesse pessoas assim coexistindo conosco, elas poderiam existir também mesmo que nós não existíssemos – ou seja, mesmo que não houvesse ninguém capaz de conceber as coisas que elas não conseguem entender. Nesse caso, sua situação no mundo seria análoga à que eu afirmo ser, provavelmente, a nossa.

Podemos desenvolver essa analogia imaginando, primeiro, que existem seres superiores, que estão para nós assim como estamos para indivíduos de nove anos, e capazes de compreender aspectos do mundo que estão além de nossa compreensão. Eles então poderiam dizer de nós, assim como dizemos de outros, que há certas coisas sobre o mundo que não podemos nem sequer conceber. Agora precisamos apenas imaginar que o mundo é exatamente assim, exceto que esses seres superiores não existem. Dessa forma, o que eles poderiam dizer, caso existissem, continua sendo verdadeiro. Parece, portanto, que a existência de aspectos inacessíveis da realidade independe de que possam ser concebidos por qualquer mente real.

Essa analogia funciona? Ou há alguma assimetria entre nossa situação e a desses hipotéticos indivíduos de nove anos?

Pode-se objetar que, ao pensar neles, estive o tempo todo concebendo o mundo – inclusive o mundo do qual estamos ausentes – em termos do que realmente sabemos sobre ele. As características que eles não podem conceber são plenamente especificáveis em nossa linguagem. Pode-se dizer que é ilegítimo tentar explicar, por meio unicamente dessa analogia, a idéia de nossa situação num mundo em que, em certos aspectos, não podemos pensar. Não faz sentido dizer simplesmente que essas pessoas têm com as leis da relatividade geral a mesma relação que temos com algumas outras características – a menos que se atribua um significado independente, nesse enunciado, à expressão genérica "características do mundo". Como pode uma analogia dar sentido a algo que, fora da analogia, não tem sentido próprio?

Em resposta a isso, deixe-me ampliar a analogia para acomodar esse conceito geral, acrescentando elementos ao enredo sobre os que têm congenitamente nove anos. Suponha que, no mundo em que não existimos, um deles, chamado Realista Jr., desenvolva inclinações filosóficas (por que não?) e se pergunte se pode haver coisas sobre o mundo que ele e outros como ele sejam incapazes de chegar a descobrir ou entender. É impossível isso? Ou seja, se ele pronunciasse essas palavras (supondo que, em outros aspectos, sua linguagem fosse em parte semelhante à nossa), seria um erro interpretá-las como expressão de uma hipótese que, de fato, seria verdadeira nessa situação? Estaria ele simplesmente falando bobagens sem se dar conta disso? Seria incapaz de pensar em termos gerais sobre aquilo que sabemos ser verdadeiro (o que estipulamos ser verdadeiro) com respeito à sua situação? Aqui a analogia avança em outra direção. Se estivéssemos falando bobagens ao nos envolver em tal especulação, ele também estaria.

A questão é se podemos atribuir ao Realista Jr. um conceito geral de realidade que se aplique, embora ele jamais venha a saber, às leis da relatividade geral e a todas as demais características do universo que os humanos possam ser capazes de entender. Pode ele, com base nos exemplos de realidade que conhece, ter um conceito geral cuja aplicação exceda tudo com o que ele e seus semelhantes poderiam, concebivelmente, vir a se familiarizar? Se ele pode, então nós também podemos ter esse conceito, que será aplicado a características do universo que somos incapazes de compreender.

Suponha que o Realista Jr. expanda essa idéia especulando que poderia haver outros seres, com capacidades que faltam aos de nove anos, capazes de entender aspectos da realidade inacessíveis a eles, embora a distância intelectual impedisse que os seres superiores comunicassem seu conhecimento aos inferiores. (Presumo aqui uma distância intelectual grande o bastante para impossibilitar que os seres inferiores formassem uma concepção vicária de algum aspecto fiando-se, até certo ponto, nos juízos dos seres superiores. Grande parte de nossa concepção corriqueira do mundo é vicária nesse sentido, baseando-se na perícia ou inteligência privilegiada de outros seres humanos. No entanto, a simples crença de que pode haver alguma coisa que outros seriam capazes de entender não é ainda uma concepção dessa coisa, nem mesmo vicária.)

É certo que a idéia de uma forma de conhecimento superior depende, para seu significado, da idéia de que há algo a ser compreendido, e é questionável se eles têm essa idéia. Contudo, parece muito artificial negar que pessoas nessa situação pudessem acreditar em algo que sabemos ser não apenas significativo mas verdadeiro: ou seja, que existem conceitos ao alcance de outros tipos de mentes, os quais se aplicam ao mundo e podem ser utilizados para formular verdades sobre ele, mas não podem ser traduzidos na linguagem dessas pessoas ou em qualquer linguagem que possam entender. Um Davidson de nove anos que surgisse entre elas não estaria equivocado?

De fato, o próprio Davidson não teria que dizer que o Davidson mais novo estava errado ao negar a inteligibilidade do realismo? Como o princípio de caridade de Davidson se aplicaria à disputa entre o Davidson Jr. e o Realista Jr.? Implicaria esse princípio que o Realista Jr. tinha razão, pois o que ele disse poderia ser traduzido em algo que afirmaríamos, ao passo que o que disse o Davidson Jr. não poderia ser traduzido em algo que afirmaríamos? Não estou seguro. O problema é que a noção de tradução de Davidson parece ser assimétrica. Eu poderia traduzir uma frase proferida no idioma de outra pessoa para uma frase do meu próprio idioma, mesmo que ela não pudesse traduzir minha frase no seu idioma. De acordo com Davidson (até onde posso ver), eu poderia dizer que o Realista Jr. estava certo e o Davidson Jr., errado, mas o Realista Jr. estaria errado se concordasse comigo – como o Davidson Jr. não hesitaria em lhe mostrar. Isso não torna a doutrina menos paradoxal. E, se essas conseqüências são inaceitáveis com respeito aos de nove anos, são também inaceitáveis com respeito a nós.

Essa questão evoca a que discutimos no capítulo 5, seção 2, sobre a inteligibilidade do ceticismo. Nos dois casos, a pergunta é até onde podemos chegar ao formar a idéia de um mundo com o qual nossas mentes não podem entrar em contato. É esta a observação geral que desejo fazer contra as teorias restritivas acerca do que é pensável. Cada conceito nosso contém potencialmente a idéia do seu próprio complemento – a idéia daquilo a que o conceito não se aplica. A menos que se tenha demonstrado positivamente que não pode haver tais coisas – que a idéia envolve algum tipo de contradição (como a idéia das coisas que não são idênticas a si mesmas) –, estamos autorizados a supor que isso faz sentido, mesmo que não possamos dizer mais nada sobre os membros dessa classe e que nunca tenhamos encontrado nenhum deles.

O valor de uma variável em nossas quantificações universais ou existenciais não precisa ser o referente de um nome ou descrição específica em nossa linguagem, pois já temos o conceito geral de *tudo*, que inclui tanto as coisas que podemos nomear ou descrever como as que não podemos. A partir disso, podemos falar do complemento de qualquer conceito que seja, a menos que se tenha demonstrado que se trata de algo positivamente inconcebível. Podemos falar de "todas as coisas que não podemos descrever", "todas as coisas que não podemos imaginar", "todas as coisas que não podemos conceber" e, finalmente, "todas as coisas que os humanos, por sua constituição, são incapazes de vir a conceber". O quantificador universal não tem uma limitação intrínseca ao que pode ser designado de alguma outra forma. Poderia mesmo ser utilizado para formar a idéia de "todas as coisas que *nenhuma* mente finita poderia chegar a conceber". Naturalmente, a possibilidade de formar idéias desse tipo não garante que haja alguma coisa que lhes corresponda. Contudo, dada a natureza do caso, é improvável que pudéssemos encontrar alguma razão para acreditar que invariavelmente nada correspondesse a elas.

As criaturas que reconhecem sua natureza limitada e sua inclusão no mundo devem reconhecer que a realidade talvez se estenda além do alcance de nossos conceitos e também que pode haver conceitos que não seríamos capazes de entender. A condição é satisfeita por um conceito geral de realidade em que a concepção corrente de alguém, bem como todas as possíveis extensões de tal concepção, figura como exemplo. Creio que tal conceito seria claramente explicado com a idéia de um conjunto hierárquico de concepções que abrangesse desde as muito mais limitadas que a nossa porém contidas nela até as mais amplas que a nossa mas que a contivessem – algumas das quais seriam resultado de descobertas que poderíamos fazer, enquanto outras, ainda mais amplas, não. (A hierarquia poderia incluir também concepções paralelas que não tivessem nenhuma intersecção com a nossa e que só se ligassem a ela dentro de uma concepção mais ampla.) Poderíamos atribuir esse conceito aos indivíduos filosóficos de nove anos do nosso exemplo, e sustento que ele é igual ao nosso conceito geral acerca do que existe. Parece-me tão claro que temos esse conceito, que qualquer teoria do pensamento ou da referência que implique que não o temos é, por essa razão, profundamente suspeita.

A busca de um ponto de vista mais objetivo, que nos permita situar-nos no mundo e tentar entender nossa relação com ele, constitui o método básico para ampliar e completar nossa concepção particular dessa realidade. Mas o conceito geral implica que não há garantias de que a totalidade do que existe coincide com o resultado que nós ou seres como nós poderíamos atingir caso levássemos a busca da objetividade ao seu limite – à convergência de pontos de vista que chegariam ao ponto mítico da estupefação, "o fim da indagação".

A objetividade como forma de conhecimento tem limites que decorrem do fato de omitir o subjetivo. Esses são os limites internos. Há também os limites externos, que se apresentam em pontos diferentes para diferentes tipos de seres, o que depende não da natureza da objetividade, mas de até onde um determinado indivíduo pode levar sua busca. A objetividade é apenas uma forma de ampliar nossa compreensão do mundo e, além de omitir certos aspectos da realidade, pode não conseguir abranger outros, mesmo quando formas mais poderosas de objetividade possam abarcá-los.

3. KANT E STRAWSON

Com respeito ao pensamento, assim como no caso do conhecimento, acredito que haja um terreno intermediário entre o ceticismo e o reducionismo. No caso do conhecimento, o ceticismo aparece quando refletimos que nossas crenças inevitavelmente pretendem ir além do que as fundamenta. O esforço de evitar o ceticismo eliminando essa lacuna pode levar ao reducionismo, uma reinterpretação dos fundamentos de nossas crenças.

O problema com o pensamento é a relação entre nossas concepções e o que é possível. O pensamento pretende representar fatos e possibilidades que estão além dele mesmo, e o ceticismo sustenta que nossos próprios pensamentos não nos oferecem meios de saber se sua correspondência com a natureza da realidade real e possível é suficiente para que possam entrar em qualquer forma de contato com ela – a ponto de admitir falsas crenças sobre a realidade. Para fugir a esse ceticismo, o reducionista reinterpreta o domínio das possibilidades como o domínio do que é ou poderia tornar-se concebível para nós, garantindo assim (finalmente) que nossos pensamentos possam fazer contato com ele.

Para explicar a posição intermediária, deixe-me tentar localizá-la em relação a dois pontos de vista opostos: o ceticismo de Kant e o reducionismo de Strawson.

(É desnecessário dizer que esse não é o termo que Strawson utilizaria para descrever seu ponto de vista.) A relação entre as duas perspectivas se dá no sentido de que a visão de Strawson é apresentada como uma crítica empirista de Kant. Como o reducionismo de Strawson é bastante generoso, admitindo muitas coisas no universo das possibilidades, é importante explicar o que, na minha opinião, ele exclui.

Para Kant, só podemos conceber as coisas do modo como se apresentam a nós, nunca do modo como são em si: o modo como são em si permanece, para sempre e totalmente, fora do alcance do nosso pensamento. "Não há dúvida, de fato, de que existem entidades inteligíveis que correspondem às entidades sensíveis; pode haver também entidades inteligíveis com as quais nossa faculdade de intuição sensível não guarde nenhuma relação; porém, nossos conceitos de entendimento, sendo meras formas de pensamento para nossa intuição sensível, não poderiam aplicar-se a elas o mínimo que fosse." (Kant [1], pp. B308-9.)

Strawson deseja eliminar a oposição kantiana entre pensar nas coisas tal como se apresentam a nós e pensar nelas tal como são em si declarando que a última idéia (em sua versão kantiana) é desprovida de sentido. Ele acredita que há uma distinção entre aparência e realidade *dentro* do que Kant considera o mundo da aparência, mas trata-se, basicamente, da distinção entre como as coisas se apresentam a nós num determinado momento ou a partir de um determinado ponto de vista e como se apresentariam como resultado de uma visão melhorada ou de investigações adicionais. A aplicação dessa distinção depende, segundo ele, da identidade de referência e de uma visão corrigida: por meio de procedimentos de revisão corretiva, o mundo que agora se apresenta a mim de certa maneira poderia vir a se apresentar, a mim ou a outros como eu, de outra maneira, que poderia ser vista como uma correção da primeira. De acordo com esta posição, não há lugar para nenhuma noção de realidade que seja aplicável a qualquer coisa fora do âmbito das concepções, evidências ou descobertas humanas possíveis.

Strawson não afirma que o real seja coextensivo com aquilo que *efetivamente* podemos conceber. Eis o que ele diz:

> Ao rejeitar o dogma sem sentido de que nosso esquema conceitual não corresponde em nenhum aspecto à Realidade, não devemos adotar o dogma restritivo de que esse esquema abrange totalmente a Realidade tal como ela realmente é. Admitimos prontamente que há fatos que não conhecemos. Devemos admitir também que pode haver *tipos* de fatos com respeito aos quais, no presente momento, nossa concepção não é maior do que a concepção que tinham nossos predecessores humanos acerca de certos tipos de fatos admitidos em nosso esquema conceitual, mas não no deles. Aprendemos não apenas a responder a velhas perguntas como a fazer novas. A idéia dos aspectos da Realidade que seriam descritos nas respostas às perguntas que ainda não sabemos fazer, assim como a idéia do reino das coisas em si, embora não de maneira tão drástica, limita a pretensão da experiência e do conhecimento humanos existentes a ser "coextensivos com o real".
>
> Esse parece ser o limite necessário, e não muito avançado, da simpatia pela metafísica do idealismo transcendental[4].

---

4. Strawson (3), p. 42. Ver também Strawson (4), onde ele explicitamente endossa a opinião de que o realismo científico é aceitável contanto que reconheçamos sua relatividade ligada a uma perspectiva intelectual particular.

Como disse anteriormente, essa é uma interpretação ampla do âmbito das possibilidades. Mas aqui ainda se considera que a extensão da realidade para além do que podemos agora conceber equivale ao que *nós* poderíamos alcançar se desenvolvêssemos novas experiências ou modos de pensar e, portanto, concepções de novos tipos de indivíduos, propriedades e relações que tivessem aplicação com base na experiência possível. A referência implícita a nós mesmos e a nosso mundo permanece, ainda que se pense que a série de descobertas não pode ser concluída. É nisso que se baseia Strawson ao sustentar que não se pode dizer que só conhecemos as coisas tal como se apresentam ou poderiam se apresentar a nós, uma vez que não tem sentido a idéia contrastante do que nunca poderia apresentar-se a nós.

Concordo com Strawson quando ele rejeita a idéia de que *só* conhecemos as coisas tal como se apresentam a nós, mas concordo com a posição de Kant de que o modo como as coisas são em si transcende todas as possíveis aparências ou concepções humanas. Nosso conhecimento do mundo fenomênico é um conhecimento parcial do mundo tal como é em si; mas não se pode identificar o mundo inteiro com o mundo tal como se apresenta a nós, pois ele provavelmente inclui coisas que não podemos nem nunca poderíamos conceber, não importa quanto a compreensão humana avance, como sugere Strawson, em direções que não podemos hoje imaginar. A dificuldade é expressar isso de uma forma que desafie a reinterpretação idealista; é sempre difícil para os realistas dizer algo com que os idealistas não venham a concordar, após interpretá-lo a seu modo.

Deixe-me explicar primeiro por que discordo de Kant[5]. Sustento o conhecido ponto de vista de que as qualidades secundárias descrevem o mundo tal como se apresenta a nós, mas as qualidades primárias não. Ser vermelho é simplesmente ser algo que, em condições normais, pareceria vermelho para nós – trata-se de uma propriedade cuja definição é essencialmente relativa. Mas ser quadrado não é simplesmente parecer quadrado, embora o que é quadrado pareça quadrado. Aqui, a aparência de quadratura se explica, de maneira significativa, em termos do efeito que causa em nós a quadratura dos objetos, a qual, por sua vez, não é analisada em termos da aparência de quadratura. Por outro lado, não se pode explicar a aparência vermelha das coisas vermelhas, sem andar em círculo, em termos de sua vermelhidão, pois a última é analisada em termos da primeira. Para explicar por que as coisas parecem vermelhas, precisamos sair do círculo das qualidades da cor.

A visão kantiana de que as qualidades primárias também descrevem o mundo somente tal como se apresenta a nós requer que se considere o próprio sistema de explicações científicas dos fenômenos observáveis como aparência, cuja explicação última não pode, sem circularidade, referir-se às qualidades primárias, já que estas, ao contrário, precisam ser explicadas em termos do sistema. Segundo essa visão, as qualidades primárias não são mais do que um aspecto de nossa representação do mundo, e se há alguma explicação para essa representação deve ser em termos do efeito que algo externo a ela produz em nós, algo que, por essa razão, não poderemos imaginar – o mundo numênico.

---

5. Estou em débito aqui com Colin McGinn, embora ele não considere explicitamente a possibilidade de coisas que nunca poderíamos conceber. Ver McGinn, caps. 6 e 7.

A concepção de que deve ser assim que as coisas são resulta da recusa em distinguir entre dois modos em que o ponto de vista humano intervém em nossos pensamentos: como forma e como conteúdo. O conteúdo de um pensamento pode ser bastante independente de sua forma específica – independente, por exemplo, da linguagem particular em que é expresso. Todos os nossos pensamentos devem ter uma forma que os torne acessíveis a partir de uma perspectiva humana. Isso não significa, porém, que sejam todos acerca do nosso ponto de vista ou de sua relação com o mundo. Seu conteúdo depende não de sua forma subjetiva, mas daquilo a que se deve referir em qualquer explicação sobre o que os torna verdadeiros.

O conteúdo de alguns pensamentos transcende qualquer forma que eles possam assumir na mente humana. Se as qualidades primárias só fossem concebíveis a partir de um ponto de vista humano, então a explicação última sobre por que o mundo se apresenta a nós dessa maneira não poderia referir-se às qualidades primárias das coisas em si. Mas, se as qualidades primárias podem ser igualmente percebidas a partir de um ponto de vista que subjetivamente nada tem em comum com o nosso, então a descrição do mundo em termos dessas qualidades não é relativa ao nosso ponto de vista; elas não são simplesmente aspectos do mundo fenomênico, mas, ao contrário, podem ser usadas, por nós ou por outros, para explicar a aparência do mundo.

A questão é saber se toda explicação possível para nosso conhecimento das qualidades primárias, seja perceptual seja teórico, deve referir-se às qualidades primárias das coisas externas a nós, ou se estas desaparecem da explicação final pelo fato de estarem totalmente incluídas, como aparências, no que se há de explicar. A menos que a última hipótese seja verdadeira, a analogia com as qualidades secundárias não faz sentido. O simples fato de que quaisquer pensamentos que tenhamos sobre as qualidades primárias devam ser formulados em linguagem e imagens que possamos entender não soluciona a questão, nem tampouco o fato de que qualquer explicação que aceitemos seja nossa. É preciso alegar que, no limite, sejamos ou não capazes de chegar a ele, as qualidades primárias *são excluídas* da explicação de sua aparência.

Contudo, não há razão para acreditar que a referência às qualidades primárias desaparecerá da explicação da aparência das qualidades primárias, por mais que compliquemos a "aparência" a ser explicada. Não podemos explicar o fato de que as coisas parecem estender-se no espaço a não ser em termos de sua extensão. E não podemos explicar o fato de que *essa* explicação parece verdadeira a não ser, mais uma vez, em termos de as coisas serem extensas, de sua extensão afetar-nos perceptualmente de certas maneiras e de a existência dessa relação afetar os resultados de nossa investigação sobre as causas de nossas impressões perceptuais da extensão. E assim por diante. Se cada explicação da aparência de extensão espacial em termos da extensão no mundo é considerada uma nova aparência de extensão, de nível superior, isso também precisa ser explicado recorrendo-se à extensão no mundo. Não importa quanto avancemos na série de "aparências" de extensão, a extensão das coisas em si se manterá um passo à frente e reaparecerá na explicação dessas aparências[6].

---

6. Já as cores das coisas desaparecem muito cedo da explicação. Podemos explicar que algo *me* pareça vermelho recorrendo à sua vermelhidão, mas não podemos, sem cair na futilidade, explicar o fato de que as coisas vermelhas geralmente parecem vermelhas aos seres humanos recorrendo à sua vermelhidão.

Só uma alternativa melhor pode refutar essa visão. Pode ser que haja alguma; em algum nível, a explicação para o fato de que, até agora, todas as nossas teorias sobre o mundo físico envolvem a extensão espacial pode ser explicada, de maneira concebível, recorrendo-se a algo inteiramente diferente, algo que poderíamos ou não ser capazes de entender. Mas a não-explicação de Kant em termos do mundo numênico inconcebível não é essa alternativa melhor. É apenas um substituto precário para algo que se encontra além de nossa compreensão, e não há razão para aceitá-lo, a menos que a posição realista disponível, que atribui extensão às coisas em si, seja descartada como impossível.

No entanto, admitindo a inteligibilidade da noção das coisas em si, que razão haveria para sustentar que elas não poderiam estender-se pelo espaço? Não há nenhuma boa razão, somente uma fraca razão berkeleyana: o movimento da subjetividade da forma para a subjetividade do conteúdo. Em outras palavras, seria preciso sustentar que, como *nós temos* a concepção das qualidades primárias, como podemos detectá-las mediante a observação e como as utilizamos nas explicações, elas são essencialmente relativas ao nosso ponto de vista, embora de modo mais complexo que as qualidades secundárias: relativas não apenas ao nosso ponto de vista perceptual, mas a todo o nosso ponto de vista cognitivo. Acredito que não é possível defender essa posição sem incorrer em petição de princípio.

É necessário, contudo, mencionar um argumento kantiano que justifica a dúvida com respeito às coisas em si terem qualidades primárias, ainda que esse argumento não demonstre que isso é impossível. O argumento é o seguinte. Suponha que Kant esteja certo em afirmar que as qualidades primárias são características essenciais de nossa representação do mundo, de tal modo que não podemos conceber o mundo sem elas. Isso não significa que não possam também ser características do mundo tal como é em si mesmo. Mas significa, sim, que não poderíamos entender nenhuma explicação da aparência das qualidades primárias que não incluísse a atribuição de qualidades primárias às coisas do mundo. E, se qualquer uma dessas alternativas seria inconcebível para nós, o fato de que toda explicação que apresentamos envolva as qualidades primárias não constitui um bom indício para acreditar que não existe nenhuma outra explicação melhor.

Isso é verdade. Por outro lado, quaisquer que sejam os limites de nossa imagem de mundo (inclua ou não as qualidades primárias), não há garantias de que seremos capazes de encontrar, dentro desses limites, alguma explicação verossímil para as aparências. Na medida em que a encontramos, há alguma razão para pensar que a representação, até onde chega, de fato descreve as coisas em si – ou, pelo menos, poderia fazê-lo. Além disso, há uma notável flexibilidade em nossa concepção dos tipos de qualidades primárias que existem – muito maior do que qualquer coisa que Kant teria imaginado ser concebível –, e essa flexibilidade tem nos permitido formular teorias do mundo físico cada vez mais distantes da experiência imediata. Se concordamos com Kant em que a idéia do mundo tal como é em si faz sentido, então não há razão para negar que sabemos alguma coisa sobre ele.

Deixe-me voltar agora para o outro aspecto da visão que estou tentando defender – a afirmação de que provavelmente existem coisas sobre o mundo que nós, humanos, não podemos conceber. Isso se depreende naturalmente do que já foi dito. Se nossa concepção das qualidades primárias é uma concepção parcial das coisas como são em si, sua existência é um efeito colateral da existência dessas coisas: ela resulta dos efeitos que têm uma sobre as outras e sobre nós, bem como sobre nossa atividade mental. O que somos capazes de entender sobre o mundo depende da relação entre nós e o resto do mundo. Este se apresenta a nós naturalmente de certa maneira, e, com a ajuda da razão e da observação controlada, podemos formar hipóteses sobre a realidade objetiva subjacente às aparências. Mas quanto do que existe somos capazes de entender, em princípio, com esses métodos depende de nossa constituição mental e das hipóteses que ela nos capacita a entender. Nossa capacidade de conhecer o que existe pode ser apenas parcial, já que o lugar de sua existência depende não só de como as coisas são mas também de nossa constituição, e as primeiras independem da última. Nessa representação global, estamos contidos no mundo e somos capazes de conceber parte dele objetivamente, mas grande parte talvez permaneça fora do nosso alcance, dada nossa constituição. Isso também, sem dúvida, é concepção *nossa*, mas não quer dizer que se trata apenas de uma descrição de ordem superior do mundo tal como se apresenta a nós. Insistir no contrário é supor que, se alguma concepção tem um possuidor, deve então tratar-se do ponto de vista do possuidor – um deslize da forma subjetiva para o conteúdo subjetivo. Se há outros seres inteligentes cujo ponto de vista é incomensurável com o nosso, não há razão para que eles não nos vejam também incluídos no mundo dessa maneira.

Minha divergência com Strawson, portanto, diz respeito ao modo como ele interpreta a idéia de que estamos inseridos num mundo maior do que podemos conceber. O que se encontra além de nossa atual compreensão não está bem representado na idéia de respostas a indagações que ainda não sabemos fazer. Ela pode incluir coisas acerca das quais nós ou criaturas como nós nunca poderíamos indagar.

É absolutamente fundamental saber se tais coisas são possíveis, pois, caso sejam, podem estabelecer um modelo de realidade independente da mente, que poderia ser satisfeito também por coisas mais familiares a nós. Podemos dizer então que a realidade das características das coisas em si que descobrimos é tão independente da nossa capacidade de descobri-las quanto a realidade de qualquer coisa que possa estar fora do alcance presente ou possível de nossos conceitos. Nesse caso, o que sabemos ou o que pensamos quando refletimos sobre a estrutura da matéria ou da natureza física da luz ou do som é algo cuja aparência para nós não é, de modo algum, incidental e cuja existência não é meramente a de um atributo em nossas melhores teorias.

4. WITTGENSTEIN

Deixe-me retomar, finalmente, uma das fontes mais importantes do idealismo contemporâneo: Wittgenstein[7]. Seus últimos pontos de vista sobre as condições do significado parecem sugerir que nada que pretenda ir além das fronteiras externas da experiência e da vida humanas pode fazer sentido, já que somente dentro de uma comunidade de usuários reais ou possíveis da língua pode existir a possibilidade de consenso quanto à sua aplicação – que é uma condição para a existência das regras – e de distinção entre seus usos corretos e incorretos.

---

7. Ver Williams (5).

Isso parece excluir não apenas as línguas que só poderiam ser entendidas por uma única pessoa mas também o uso da linguagem – mesmo a linguagem geral acerca da existência e dos estados de coisas – para falar daquilo sobre o que, em princípio, não podemos formar nenhum juízo.

Wittgenstein não propõe condições sociológicas de verdade para proposições sobre regras e significado mais do que propõe condições comportamentais de verdade para proposições sobre a mente. As condições de critério que ele descreve são condições de assertibilidade – já que, em *Philosophical Investigations*, as condições de verdade foram abandonadas como ferramenta de análise[8]. Mesmo assim, se Wittgenstein estiver certo, só faz sentido dizer que alguém está ou não usando um conceito corretamente quando se tem, como pano de fundo, a possibilidade de um acordo e um desacordo identificável quanto aos juízos que empregam tal conceito. Quais são as implicações disso para minha alegação de que os conceitos de existência e realidade podem ser aplicados, de maneira significativa, na idéia de que pode haver coisas que nunca poderíamos conceber?

Como medida de desespero, pode-se argumentar que a afirmação de Wittgenstein sobre as regras, se verdadeira, não tem as conseqüências restritivas que muitas vezes se acredita que tenha. A possibilidade de acordo em juízos é uma condição muito ampla, que pode ser satisfeita de muitas maneiras. Não implica necessariamente – e Wittgenstein não acredita que implicava – que só poderíamos entender o que pudéssemos verificar ou confirmar. Isso só seria verdadeiro se os juízos sobre os quais houvesse a necessidade de acordo fossem juízos

---

8. Ver Dummett (1) e Kripke (2), pp. 73 ss.

específicos de fato. Mas tal coisa não é necessária. Com respeito à possibilidade de haver coisas sobre o mundo que não poderíamos conceber e de que é muito provável que o que existe transcenda o alcance do pensamento humano possível, pode-se sugerir que as condições de Wittgenstein para a publicidade e para o possível acordo poderiam ser satisfeitas de outra maneira. O acordo sobre o que não sabemos e não podemos conceber e sobre o que é possível é tão importante quanto o acordo sobre o que de fato sabemos e o que é verdade. Isso também é acordo quanto aos juízos.

A defesa de minha posição seria, então, a seguinte: se é uma conseqüência natural das coisas – que os seres humanos em geral estão dispostos a admitir – que o que existe e o que é verdadeiro podem estender-se além do que eles ou seus sucessores humanos possam vir a descobrir, conceber ou descrever em alguma extensão da linguagem humana, isso lança dúvidas sobre os argumentos filosóficos que pretendem demonstrar que tais palavras transgridem as regras de nossa linguagem. Esses argumentos devem recorrer a condições de verdade para o significado que são mais fortes que as condições de assertibilidade de Wittgenstein. Pode-se mesmo sugerir que a evocação ocasional de Wittgenstein de formas de vida incompreensivelmente diferentes da nossa acenava na direção de admitir a realidade do que não podemos conceber.

O que me convence da inviabilidade dessa tentativa de conciliar meu realismo com a representação wittgensteiniana da linguagem é que a interpretação apóia um argumento semelhante contra algumas conclusões, mas não todas, que o próprio Wittgenstein extrai com respeito à ilegitimidade lingüística. Sustentei, no último capítulo, que certos tipos de ceticismo, por exemplo, não podem ser excluídos como violação da linguagem porque são parte dos dados sobre a inclinação natural das pessoas em usar a linguagem, os juízos – de ignorância, possibilidade, dúvida – com os quais elas naturalmente concordam em certas circunstâncias. Se são erros, não são erros lingüísticos, e a disposição de cometê-los deve ser considerada uma importante evidência acerca de como funciona a linguagem: do que significam os juízos factuais e as pretensões de conhecimento – especificamente, de sua ambição de ir além de seus fundamentos.

A posição que tento defender não é mesmo compatível com a representação de Wittgenstein da relação da linguagem com o mundo, ainda que parte do que ele diz sobre as regras possa ser interpretada de maneira que pareça admiti-la. Sua visão de como o pensamento é possível implica claramente que quaisquer pensamentos que possamos ter acerca de uma realidade independente da mente devem permanecer dentro dos limites estabelecidos por nossa forma de vida humana, e que não podemos apelar a uma idéia completamente geral sobre o que existe para defender a existência de tipos de fatos que se encontram, em princípio, além da possibilidade de confirmação ou acordo humanos. Ele acredita que caímos no absurdo quando tentamos levar a linguagem muito além dessas condições. Não podemos pensar em nosso mundo como parte de um universo maior que também contém coisas que somente se revelam a formas de vida inacessíveis a nós; não podemos aplicar os conceitos de crença ou verdade a um ponto de vista totalmente inatingível a partir da nossa perspectiva.

O problema radical ao qual a posição de Wittgenstein constitui resposta – de que modo seres finitos podem entender conceitos e regras com aplicações infinitas – foi exposto, de maneira convincente, por Kripke, e não tenho idéia de como lidar com ele. Se Wittgenstein está certo, não se sustenta minha pretensão de ter concebido um pensamento significativo sobre o que reside inteiramente fora do alcance de nossas mentes. A alegação de que tais "fatos" transcendentes existem não encontra solo firme na vida humana. Contudo, embora não tenha alternativa a oferecer, acho completamente impossível acreditar no ponto de vista de Wittgenstein – psicologicamente impossível. Por exemplo, um claro sinal de que há algo errado é o fato de Wittgenstein ser levado a duvidar de que deve haver uma resposta para a pergunta de se a seqüência 7777 ocorre na expansão decimal de π (Wittgenstein [2], seção 516). Se ele tem razão, não há *nada* em minha mente que determine a aplicação infinita de qualquer um de meus conceitos. Simplesmente os aplicamos, sem hesitar, de determinada maneira, e corrigimos os que não o fazem.

Parece-me que aceitar isso como o final da história é reconhecer que todo pensamento é uma ilusão. Se nossos pensamentos não têm um alcance infinito num sentido muito mais forte do que esse, mesmo o mais mundano deles não é o que se arroga ser. É como se um platonismo natural fizesse a tentativa de ver o mundo de qualquer outra maneira parecer uma impostura. Em resumo, o ataque wittgensteiniano aos pensamentos transcendentes apóia-se numa visão tão radical que acaba minando também as pretensões transcendentes mais fracas, inclusive as do menos filosófico dos pensamentos. Não consigo imaginar como seria acreditar nisso, em vez de apenas endossá-lo verbalmente.

Não sei como o pensamento é possível. Mas, admitindo que seja, continuo a acreditar que o conceito geral de realidade, estendendo-se além de qualquer coisa que pudéssemos fazer para completá-lo, não envolve nenhum erro, nem lingüístico nem de qualquer outro tipo. Ele faz parte do nosso sistema comum de conceitos, assim como os detalhes irrecuperáveis do passado, aos quais não se pode atribuir nenhum significado baseado na verificação ou mesmo em evidências, ou como o valor de verdade das proposições matemáticas que não podem ser provadas nem refutadas. Sejamos ou não capazes de um dia conceber – para não falar em saber – como eram as coisas antes do *big bang*, por exemplo, a idéia do que acontecia então sustenta-se sem o apoio, aliás sem a mais remota possibilidade, de tal elaboração. A idéia geral do que nunca podemos conceber é apenas outra forma desse tipo de extensão.

O realismo é ainda mais convincente quando somos forçados a reconhecer a existência de algo que não podemos descrever ou conhecer plenamente, por estar fora do alcance da linguagem, da comprovação, da evidência ou do conhecimento empírico. *Algo* tem de ser verdadeiro com respeito aos setes na expansão de π, mesmo que não possamos prová-lo; deve haver algo como ser um morcego, mesmo que jamais possamos concebê-lo corretamente. Mas, uma vez aceito nesses casos, o realismo torna-se uma posição possível também com respeito ao que *podemos* entender.

A idéia de objetividade sempre aponta para além do mero acordo intersubjetivo, ainda que tal acordo, a crítica e a justificação sejam métodos essenciais para alcançar uma visão objetiva. A linguagem que podemos ter graças ao nosso acordo quanto às respostas permite-nos ir além das respostas para falar do mundo em si. Quase todos concordariam que ela nos permite dizer, seja mentira ou seja verdade, que chovia em Gibraltar há exatamente 50 mil anos, mesmo que não se possa chegar a um acordo quanto à aplicação do termo em tal caso. Minha posição é simplesmente uma extensão radical desse antiverificacionismo direto, e não vejo com base em que Wittgenstein pode traçar a linha entre extensões legítimas e ilegítimas para além do alcance do efetivo acordo quanto aos juízos. A linguagem se estende além de si mesma, seja no conceito de chuva, seja no conceito do que existe, embora as coisas que ela alcança só possam ser designadas pelo uso da linguagem ou de alguma outra forma de representação.

Qualquer concepção do mundo deve incluir algum reconhecimento de sua própria incompletude; no mínimo, admitirá a existência de coisas ou fatos que, no presente momento, desconhecemos. A questão está simplesmente em saber quanto além de nossa concepção efetiva do mundo devemos admitir que pode o mundo estender-se. Afirmo que ela pode conter não apenas o que não sabemos e ainda não somos capazes de conceber, mas também o que nunca poderíamos conceber – e esse reconhecimento da probabilidade de seus próprios limites deve estar incorporado à nossa concepção de realidade. Isso equivale a uma forma forte de anti-humanismo: o mundo não é nosso mundo, nem sequer potencialmente. Pode ser em parte ou predominantemente incompreensível para nós não apenas porque nos falta tempo ou capacidade técnica para chegar a um conhecimento total dele, mas por causa também de nossa natureza.

Este pode parecer para alguns um exemplo extremo dos excessos da objetividade, pois, acima da visão que provém do interior de nossas vidas e de nossa linguagem, dá prioridade a uma visão a tal ponto externa, que não podemos nem sequer adotá-la diretamente, mas precisamos formar uma concepção secundária dela, como algo que estivesse vedado a nós, embora talvez fosse acessível para outros seres que pudessem observar-nos de fora. Na verdade, porém, a referência a uma visão externa não é essencial: é apenas um expediente para tornar vívida a idéia do mundo em que estamos contidos. Esse mundo não depende da visão que temos dele, nem de qualquer outra visão: a dependência se dá no sentido contrário. Embora devamos usar a linguagem para falar do mundo e de nossa relação com ele, e embora certas condições de acordo nos permitam ter essa linguagem, as áreas desse possível acordo constituem uma parte limitada do mundo.

Pode haver fragmentos de discurso cujo fundo seja o jogo da linguagem e as respostas comuns em que ela se baseia, sem nenhuma referência real para nossas respostas no mundo externo e sem nenhuma objetividade exceto a que provém do acordo. Há um problema real quanto a isso no que diz respeito à ética e à estética, e há também lugar para a divergência quanto ao ponto onde se deve traçar a linha que separa o realismo da mera intersubjetividade sem referência externa. Mas ainda me parece que grande parte da linguagem e do pensamento deve ser interpretada, num sentido forte, "de maneira realista".

Como assinala Wittgenstein (Wittgenstein [2], seções 241-2), há um paralelo entre as condições do significado e as condições da medição. Não podemos medir a temperatura com um termômetro a menos que haja certa constância nos resultados de tal medição. Contudo, isso não significa que a temperatura seja apenas um fenômeno da concordância entre leituras termométricas. Ela existiria mesmo que não houvesse termômetros, e podemos explicar a efetiva concordância entre os termômetros pelo efeito uniforme que a temperatura tem sobre eles. Ao dar essa explicação, usamos o conceito de temperatura, e uma condição para termos o conceito que temos de temperatura é que possamos medi-la. Mas isso não torna a explicação mais circular do que seria uma palestra sobre o funcionamento da laringe. Usar algo que se está tentando explicar não é explicá-lo em termos de si mesmo.

Ao empregar a linguagem, estamos sendo de certa forma como instrumentos de medida; somos capazes de responder, de maneira coerente, a certos aspectos do mundo e, portanto, capazes de falar sobre eles. Podemos então explicar essas respostas sem circularidade em termos das coisas que as produzem, usando os conceitos que as respostas nos permitem ter. Minha alegação é que, assim como nossos conceitos nos permitem reconhecer que essas coisas existiriam mesmo que não dispuséssemos das respostas que nos possibilitam falar sobre elas, eles nos permitem reconhecer que há outras coisas com que ainda não pudemos entrar em contato e que talvez haja outras ainda (eu diria que há, quase com certeza) com que criaturas como nós jamais poderiam entrar em contato, pois não conseguimos desenvolver as respostas necessárias ou os conceitos necessários. Não vejo de que maneira essa suposição viola as condições do pensamento significativo.

De fato, negá-la demonstra falta de humildade, mesmo que se defenda a negação fazendo referência a uma teoria dos conceitos de existência e verdade. O idealismo – a visão de que o que existe, no sentido mais amplo, deve ser identificado com o que podemos pensar, no sentido mais amplo – é uma tentativa de reduzir o universo a um tamanho conveniente.

VII
Liberdade

1. DOIS PROBLEMAS

Passo a tratar agora da relação entre objetividade e ação, que levará finalmente ao tema da ética; começarei, porém, falando da liberdade.

Acontece uma coisa peculiar quando vemos a ação de um ponto de vista objetivo ou externo. Sob o olhar objetivo, algumas de suas características mais importantes parecem evaporar-se. Parece que já não é possível atribuir a origem das ações a agentes individuais; em vez disso, elas se convertem em componentes do fluxo de eventos no mundo do qual o agente é parte. A forma mais fácil de produzir esse efeito é pensar na possibilidade de que todas as ações sejam causalmente determinadas, mas essa não é a única maneira. A fonte essencial do problema é a visão de que as pessoas e suas ações fazem parte da ordem natural, seja ela causalmente determinada ou não. Essa concepção, se incorporada, produz a sensação de que não somos agentes em absoluto, de que somos impotentes e não somos responsáveis pelo que fazemos. A visão interna do agente se rebela contra esse juízo. A questão é se ela pode resistir aos efeitos debilitantes de uma visão naturalista.

O ponto de vista objetivo dá origem a três problemas relativos à ação, dos quais examinarei apenas dois. Ambos têm a ver com a liberdade. O primeiro problema, que me limitarei a descrever e deixar de lado, é o problema metafísico geral da natureza da agência, que pertence à filosofia da mente.

A pergunta "O que é ação?" é muito mais ampla do que o problema do livre-arbítrio, já que se aplica até à atividade das aranhas e aos movimentos periféricos, inconscientes ou subintencionais dos seres humanos no curso de uma atividade mais deliberada (ver Frankfurt [2]). Aplica-se a qualquer movimento que não seja involuntário. A pergunta se relaciona com nosso tema porque o *meu fazer* um ato – ou o fazer de qualquer outra pessoa – parece desaparecer quando pensamos no mundo objetivamente. Parece não haver espaço para a agência num mundo de impulsos neurais, reações químicas e movimentos de ossos e músculos. Mesmo que acrescentemos a isso as sensações, as percepções e os sentimentos, não obtemos a ação ou o fazer – há somente o que acontece.

Na mesma linha do que se disse antes sobre a filosofia da mente, acho que a única solução é considerar a ação uma categoria mental básica ou, mais precisamente, psicofísica – que não pode ser reduzida a termos físicos nem a outros termos mentais. Não há nada que eu possa dizer para melhorar a exaustiva defesa que Brian O'Shaughnessy faz desse ponto de vista. A ação, como outros fenômenos psicológicos, tem seu próprio aspecto irredutivelmente interno – existe uma assimetria mental característica entre a ciência das próprias ações e a ciência das ações dos outros –, mas a ação não é alguma outra coisa, isolada ou combinada com um movimento físico: não é uma sensação, um sentimento, uma crença, uma intenção ou um desejo. Se restringirmos nossa paleta a essas coisas e aos eventos físicos, a agência será omitida de nossa representação do mundo.

Contudo, mesmo que a acrescentemos como um atributo irredutível, fazendo que os sujeitos da experiência sejam também (e inevitavelmente, como afirma O'Shaughnessy) sujeitos da ação, persiste o problema da liberdade de ação. Podemos agir sem ser livres e podemos duvidar da liberdade dos outros sem duvidar de que agem. O que mina a sensação de liberdade não mina automaticamente a agência[1]. No que vem a seguir, deixarei de lado o problema geral da agência e simplesmente assumirei que tal coisa existe.

O que discutirei são dois aspectos do problema do livre-arbítrio, que correspondem às duas formas em que a objetividade ameaça as suposições correntes sobre a liberdade humana. Chamo a um deles problema da autonomia e ao outro problema da responsabilidade; o primeiro se apresenta inicialmente como um problema acerca de nossa própria liberdade e o segundo, como um problema acerca da liberdade dos outros[2]. Uma visão objetiva das ações como eventos da ordem natural (determinada ou não) produz a sensação de impotência e futilidade com respeito ao que nós mesmos fazemos. Além disso, mina certas atitudes básicas perante todos os agentes – as atitudes reativas (ver Strawson [2]) condicionadas à atribuição de responsabilidade. É ao segundo desses efeitos que geralmente nos referimos como o problema do livre-arbítrio. Mas a ameaça à nossa concepção de nossas próprias ações – a sensação de que

---

1. Nesse aspecto, concordo com Taylor, p. 140.
2. Jonathan Bennett estabelece essa distinção denominando-os, respectivamente, problema da agência e problema da imputabilidade (Bennett, cap. 10).

estamos sendo arrastados pelo universo como pequenos destroços de um naufrágio – é igualmente importante e merece igualmente o título. Ambos estão relacionados. A mesma visão externa que representa uma ameaça à minha autonomia também ameaça minha percepção da autonomia dos outros, o que, por sua vez, faz que pareçam objetos inadequados de admiração e desprezo, ressentimento e gratidão, elogio e reprovação.

Como outros problemas filosóficos elementares, o problema do livre-arbítrio não é verbal em primeira instância. Não se trata de um problema acerca do que devemos *dizer* sobre a ação, a responsabilidade, o que alguém poderia ou não ter feito etc. É antes a total perturbação de nossos sentimentos e atitudes – uma perda de confiança, convicção ou equilíbrio. Assim como o problema básico da epistemologia não é se podemos *dizer que conhecemos* as coisas, mas antes a perda da crença e a invasão da dúvida, da mesma forma o problema do livre-arbítrio reside na erosão das atitudes interpessoais e do sentido de autonomia. As questões sobre o que devemos dizer sobre a ação e a responsabilidade tentam simplesmente expressar, depois do fato, sentimentos de impotência, de desequilíbrio, de distanciamento afetivo em relação às outras pessoas.

Essas formas de inquietação tornam-se familiares quando deparamos com o problema do livre-arbítrio ao examinar a hipótese do determinismo. Ficamos abalados e, ao mesmo tempo, temos um sentimento de ambivalência, pois as atitudes anteriores não desaparecem: continuam a se fazer presentes na consciência apesar de já não terem em que se apoiar. O tratamento filosófico do problema deve lidar com essas perturbações do espírito e não apenas com sua expressão verbal.

Toda vez que penso sobre o problema do livre-arbítrio, mudo minha maneira de pensar; portanto, não tenho a menor confiança de oferecer alguma tese a respeito. No entanto, neste momento, minha opinião é que ainda não se descreveu nada que se pudesse apresentar como solução. Não é que existam várias soluções possíveis e não sabemos qual é a correta; o fato é que, até onde eu saiba, ninguém ainda propôs nada merecedor de crédito na ampla discussão pública desse assunto.

A dificuldade, como tentarei explicar, é que, embora possamos facilmente evocar efeitos perturbadores ao adotar uma visão externa de nossas próprias ações e das ações dos outros, é impossível dar uma descrição coerente da visão interna da ação que se encontra sob ameaça. Quando tentamos explicar o que acreditamos que parece ser minado por uma concepção das ações como eventos no mundo – determinado ou não –, acabamos chegando a algo incompreensível ou claramente inadequado.

Isso sugere naturalmente que a ameaça é irreal e que se pode dar à liberdade uma explicação que seja compatível com a visão objetiva e talvez até mesmo com o determinismo. Mas não acredito que seja assim. Nenhuma das explicações consegue mitigar o sentimento de que, vistos de fora com suficiente distância, os agentes são impotentes e não são responsáveis. As descrições compatibilistas da liberdade tendem a ser ainda menos plausíveis que as libertárias. Tampouco é possível simplesmente diluir nosso sentimento não-analisado de autonomia e responsabilidade. Trata-se de algo de que não podemos nos livrar, seja na relação com nós mesmos, seja na relação com os outros. Parece que estamos condenados a querer o impossível.

2. AUTONOMIA

O primeiro problema é o da autonomia. Como ele surge?

Agimos a partir da perspectiva interna, e temos condições de manter essa perspectiva ao imaginar as ações dos outros. Mas, quando nos afastamos de nosso ponto de vista individual e consideramos nossas ações e as dos outros simplesmente como parte do curso de eventos que têm lugar num mundo que, além de nós, contém outras criaturas e objetos, começamos a ter a impressão de que nossa contribuição sempre foi nula.

Do ponto de vista interno, ao agirmos, parece que se abrem diante de nós possibilidades alternativas: virar à direita ou à esquerda, pedir este ou aquele prato, votar num ou noutro candidato – e o que fazemos torna real uma dessas possibilidades. O mesmo se aplica ao nosso exame interno das ações dos outros. Da perspectiva externa, porém, as coisas parecem diferentes. Essa perspectiva inclui não apenas as circunstâncias da ação tal como se apresentam ao agente, mas também as condições e influências que se encontram por trás da ação, bem como a natureza completa do próprio agente. Embora, quando agimos, não possamos adotar totalmente essa perspectiva com relação a nós mesmos, parece possível que muitas das alternativas que parecem abrir-se quando vistas de uma perspectiva interna se mostrariam fechadas do ponto de vista externo, caso pudéssemos adotá-lo. E ainda que algumas delas permaneçam abertas, dada a especificação completa da condição do agente e das circunstâncias da ação, não é claro como isso facultaria ao agente contribuir com alguma coisa adicional para o resultado – alguma coisa com que ele pudesse contribuir como fonte, como a pessoa que realizou o ato, não apenas como a cena em que se deu o resultado. Se as alternativas permanecem abertas depois de conhecidas todas as coisas sobre ele, que participação ele teve no resultado?

Da perspectiva externa, portanto, o agente e tudo o que diz respeito a ele parecem ser engolidos pelas circunstâncias da ação; não resta nada dele que intervenha nas circunstâncias. Isso acontece independentemente de se conceber ou não como determinista a relação entre a ação e suas condições antecedentes. Em ambos os casos, deixamos de encarar o mundo para nos tornar partes dele; nós e nossas vidas são vistos como produtos e manifestações do mundo como um todo. Tudo o que faço ou que alguém faz está inserido num curso mais amplo de eventos que ninguém "faz", mas que acontece, com ou sem explicação. Tudo o que faço é parte de algo que não faço, pois sou parte do mundo. Podemos elaborar essa imagem externa referindo-nos aos fatores biológicos, psicológicos e sociais que intervêm na formação de nós mesmos e de outros agentes. Mas a imagem não precisa ser completa para ser ameaçadora. A simples idéia de que tal imagem seja possível já é suficiente. Mesmo que não possamos alcançá-la, um observador que estivesse literalmente fora de nós poderia.

Por que isso é ameaçador e o que está sob ameaça? Por que não nos contentamos em considerar a perspectiva interna da agência como uma forma de aparência subjetiva nebulosa que se baseia, como é inevitável, numa visão incompleta das circunstâncias? As alternativas são alternativas somente em relação ao que sabemos, e nossas escolhas resultam de influências que só conhecemos parcialmente. A perspectiva externa ofereceria então uma visão mais completa, superior à interna. Aceitamos uma subordinação análoga da aparência subjetiva à realidade objetiva em outras áreas.

A razão de não podermos aceitá-la aqui, pelo menos não como solução geral, é que a ação é ambiciosa demais. Em algumas de nossas ações, almejamos um tipo de autonomia que não é mera aparência subjetiva – que não se reduz ao desconhecimento de suas fontes – e temos a mesma visão de outros como nós. A sensação de que somos os autores de nossas próprias ações não é apenas um sentimento, mas uma crença, e não podemos considerá-la mera aparência sem renunciar totalmente a ela. Mas que crença é essa?

Suspeito, como já disse, que não se trata em absoluto de uma crença inteligível, mas isso precisa ser mostrado. O que estou prestes a dizer é extremamente controverso, mas permita-me descrever qual é, na minha opinião, nossa concepção corrente de autonomia. Ela se apresenta inicialmente como a crença de que as circunstâncias antecedentes, inclusive a condição do agente, não determinam algumas das coisas que faremos: estas são determinadas unicamente por nossas escolhas, que podem ser explicadas por nossas motivações mas não são causalmente determinadas. Embora muitas das condições externas e internas da escolha sejam inevitavelmente fixadas pelo mundo e não estejam sob meu controle, no momento da ação geralmente se apresenta a mim uma série de possibilidades. E quando, ao agir, concretizo uma dessas possibilidades, a explicação final dela (uma vez que se leve em conta o contexto que define as possibilidades) é dada pela explicação intencional da minha ação, que só pode ser compreendida por meio do meu ponto de vista. Minha razão para realizá-la é *toda* a razão por que ela ocorreu, e nenhuma outra explicação é necessária ou possível. (Que eu a realize sem nenhuma razão particular é um caso-limite desse tipo de explicação.)

A visão objetiva parece suprimir tal autonomia porque ela só admite um tipo de explicação para o que aconteceu – a explicação causal – e identifica sua ausência com a ausência total de explicação. Pode ser que admita explicações causais probabilísticas, mas a idéia básica que ela considera adequada é a de que a explicação de uma ocorrência deve mostrar de que maneira as condições e os eventos anteriores tornaram necessária essa ocorrência ou a série de possibilidades em que ela está inserida. (Não tratarei da extensa questão sobre como interpretar essa noção de necessidade.) Não havendo tal necessidade, a ocorrência fica sem explicação. A representação objetiva do mundo não guarda espaço para um tipo de explicação da ação que não seja causal. A defesa da liberdade requer que se reconheça um tipo de explicação diferente, essencialmente vinculado ao ponto de vista do agente.

Apesar de discutível, acredito que essa seja nossa idéia de autonomia. Muitos filósofos, como Farrer, Anscombe e Wiggins, defendem alguma versão dessa posição como sendo a verdade com respeito à liberdade. (As teorias metafísicas da causação do agente esposadas por Chisholm e Taylor são diferentes, pois tentam forçar a autonomia na ordem causal objetiva, dando nome a um mistério.) Mas, seja qual for a versão que se escolha, o problema é que, embora possa dar uma descrição de superfície correta da noção pré-reflexiva que temos de nossa própria autonomia, ela cai por terra quando examinamos a idéia de perto. A forma de explicação alternativa de modo algum explica a ação.

A idéia intuitiva de autonomia inclui elementos conflitantes, o que implica que é e ao mesmo tempo não é uma forma de explicar por que se realizou uma ação. Uma ação livre não deveria ser determinada por condições antecedentes, e sua explicação deveria ser totalmente intencional, em termos das razões e propósitos que a justificam. Quando alguém faz uma escolha autônoma, como aceitar um emprego, e há razões que favorecem os dois lados da questão, supõe-se que sejamos capazes de explicar o que essa pessoa fez apontando as razões que ela tinha para aceitá-lo. Mas, se ela tivesse recusado o emprego, poderíamos igualmente explicar sua recusa aludindo às razões que se encontram do outro lado, e ela poderia ter recusado o emprego por essas outras razões. Esta é a pretensão essencial da autonomia, que se aplica mesmo quando uma escolha se mostra bem mais razoável que a outra. As más razões também são razões[3].

---

3. Alguns argumentariam que temos toda a autonomia que desejamos se nossa escolha é determinada por razões irresistíveis. Hampshire, por exemplo, atribui a Spinoza a opinião de que "um homem é mais livre [...], e também se sente mais livre, quando não pode evitar de tirar uma certa conclusão e de empreender um certo curso de ação em vista das razões claramente convincentes que o favoreçam [...]. Para ele, a questão se decide quando os argumentos que apóiam uma conclusão teórica são conclusivos." (Hampshire [1], p. 198.) Wolf propõe como condição de liberdade o fato de que o agente "poderia ter feito de outra forma se tivesse tido uma boa e suficiente razão para isso" (Wolf [1], p. 159), o que significa que, se não houvesse uma boa razão para agir de outro modo, não seria necessário que o agente livre pudesse agir de maneira diferente.

Esse tipo de coisa, na minha opinião, é mais plausível com respeito ao pensamento do que com respeito à ação. Ao formar crenças, talvez nossa única esperança seja a de ser determinados pela verdade (ver Wiggins [1], pp. 145-8; ver também Wefald, cap. 15), mas, na ação, nossa suposição inicial é diferente. Mesmo quando nos sentimos racionalmente compelidos a agir, não significa que sejamos causalmente determinados. Quando Lutero diz que não *pode* fazer outra coisa, está se referindo à irresistibilidade normativa de suas razões, não ao seu poder causal, e acredito que nem mesmo nesse caso a determinação causal seja compatível com a autonomia.

A explicação intencional, se é que existe tal coisa, pode explicar cada uma das duas escolhas em termos das razões apropriadas, já que qualquer uma delas seria inteligível se ocorresse. Mas, por essa mesma razão, não pode explicar por que a pessoa aceitou o emprego pelas razões favoráveis em vez de recusá-lo pelas razões contrárias. Não pode explicar, com base na inteligibilidade, por que ocorreu um dos dois cursos de ação inteligíveis, sendo ambos possíveis. E, mesmo que possa explicá-lo recorrendo a razões ulteriores, haverá um ponto em que a explicação se esgota. Dizemos que o caráter e os valores de uma pessoa se revelam nas escolhas que faz em tais circunstâncias, mas se estas são, de fato, condições independentes, devem também ter ou não ter uma explicação.

Se a autonomia requer que se explique o elemento central da escolha de uma forma que não nos afaste do ponto de vista do agente (deixando de lado a explicação do que o coloca diante da escolha), as explicações intencionais deverão simplesmente chegar ao fim quando todas as razões disponíveis tiverem sido apresentadas e nada mais se seguir a partir do ponto em que terminarem. Isso parece significar, porém, que uma explicação intencional autônoma não pode explicar exatamente o que deveria explicar, ou seja, *por que fiz o que fiz em vez de optar pela alternativa que causalmente estava aberta para mim*. Afirma que o fiz por certas razões, mas não explica por que não decidi não o fazer por outras razões. Talvez torne a ação subjetivamente inteligível, mas não explica por que se realizou essa ação e não outra igualmente possível e similarmente inteligível. Parece tratar-se de algo para que não há explicação, nem intencional nem causal.

É claro que há uma explicação intencional trivial: as razões que tenho para realizar tal ação são também as que tenho contra deixar de realizá-la por outras razões. Contudo, como se poderia dizer o mesmo se eu tivesse feito o contrário, isso equivale a explicar o que aconteceu dizendo que aconteceu. Isso não elimina a questão de por que fui motivado por essas razões e não pelas outras. Assim, em algum ponto, ou não haverá resposta para essa questão ou a resposta nos removerá da esfera das razões normativas subjetivas para a esfera das causas que formaram meu caráter ou minha personalidade[4].

Assim, não consigo explicar no que acreditamos quando acreditamos que somos autônomos e que crença inteligível é de fato minada pela visão externa. Ou seja, não posso dizer em que se apoiaria nossa noção (caso fosse verdadeira) de que nossas ações livres partem de nós. No entanto, persiste a noção de que existe uma explicação interna – uma explicação isolada da visão externa, que seja completa em si mesma e torne ilegítima qualquer exigência posterior de explicar minha ação como um evento no mundo.

Como último recurso, o libertário poderia dizer que quem não aceita como explicação básica da ação uma descrição do que eu estava disposto a fazer padece de uma concepção muito limitada do que é uma explicação – uma concepção presa ao ponto de vista objetivo e que, portanto, representa uma petição de princípio con-

---

[4]. Lucas observa esse aspecto, mas acho que não se deixa dissuadir totalmente por ele: "Continua a existir uma tensão entre o programa da explicabilidade completa e os requisitos da liberdade. Se os homens têm livre-arbítrio, não se pode dar nenhuma explicação completa para suas ações, exceto por referência a eles mesmos. Podemos apresentar suas razões, mas não podemos explicar por que suas razões constituem razões para eles [...]. Se me perguntam por que agi, dou minhas razões; se me perguntam por que escolhi aceitá-las como razões, só o que posso dizer é 'porque sim'." (Lucas, pp. 171-2.)

tra o conceito de autonomia. Mas ele precisa de uma réplica melhor que essa. Por que essas explicações subjetivas autônomas não são apenas descrições de como se afigurou ao agente – antes, durante e depois – fazer o que fez? Por que elas são algo mais que impressões? Claro que são, no mínimo, impressões, mas consideramos que sejam impressões *de* alguma coisa, algo cuja realidade não é garantida pela impressão. Estou diante de um beco sem saída, pois não sou capaz de dizer que coisa é essa e, ao mesmo tempo, acho muito perturbadora a possibilidade de sua ausência.

Sou obrigado a concluir que queremos algo impossível e que esse desejo é provocado justamente pela visão objetiva de nós mesmos que o revela como algo impossível. No momento em que nos vemos de fora como pedaços do mundo, acontecem duas coisas: ao agir, já não ficamos satisfeitos com nada menos que a intervenção no mundo a partir de fora; e, ao mesmo tempo, vemos claramente que isso não faz sentido. A mesma capacidade que é a fonte da inquietação – nossa capacidade de nos ver de fora – estimula nossas aspirações de autonomia ao nos dar a sensação de que deveríamos ser capazes de abarcar-nos por inteiro e assim nos tornar a fonte absoluta de nossos atos. Seja como for, qualquer coisa aquém disso nos deixa insatisfeitos.

Quando agimos, não estamos separados do conhecimento de nós mesmos que se revela a partir do ponto de vista externo, até onde possamos adotá-lo. Afinal de contas, ele é *nosso* ponto de vista tanto quanto o interno, e se o adotamos não podemos evitar de tentar incluir tudo o que ele nos revela numa nova e mais ampla base da ação. Agimos, se possível, com base na mais completa visão que podemos obter das circunstâncias da ação, o que inclui uma visão tão completa quanto possível de nós mesmos. Não é que desejamos ser paralisados pela autoconsciência, mas, ao agir, não podemos considerar-nos subordinados a uma visão externa de nós mesmos, pois automaticamente subordinamos a visão externa aos propósitos de nossas ações. Sentimos que, ao agir, devemos ser capazes de determinar não apenas nossas escolhas mas também as condições internas dessas escolhas, desde que saiamos o suficiente de nós mesmos.

Assim, o ponto de vista externo rouba-nos, ao mesmo tempo que nos dá, a esperança da autonomia genuína. Quando aumentamos nossa objetividade e autoconsciência, temos a impressão de adquirir um controle maior sobre o que influenciará nossas ações e, dessa forma, de tomar nossas vidas em nossas próprias mãos. No entanto, o objetivo lógico dessas ambições é incoerente, pois, para ser realmente livres, teríamos de agir de um ponto de vista completamente externo a nós mesmos, escolhendo tudo sobre nós mesmos, inclusive todos os nossos princípios de escolha – criando-nos a partir do nada, por assim dizer.

Essa idéia contradiz a si mesma: a fim de fazer algo, devemos já ser algo. Não importa quanto material detenhamos da visão externa para incorporar aos fundamentos da ação e da escolha, essa mesma visão externa nos assegura que continuamos a ser partes do mundo e produtos, determinados ou não, de sua história. Aqui, como em outros lugares, o ponto de vista objetivo cria um apetite que se mostra insaciável.

O problema da liberdade e o problema do ceticismo epistemológico são semelhantes nesse aspecto. Na crença, assim como na ação, os seres racionais almejam a autonomia. Desejam formar suas crenças com base em princípios e métodos de raciocínio e confirmação que eles próprios possam julgar corretos, e não com base em influências que não entendam, não conheçam ou não possam avaliar. Essa é a meta do conhecimento. Só que, levada ao seu limite lógico, essa meta é incoerente. Não podemos avaliar, revisar ou confirmar todo o nosso sistema de pensamento e de juízos a partir de um ponto de vista externo, pois não teríamos nada a ver com ele. Como perseguidores do conhecimento, continuamos sendo criaturas dentro do mundo, criaturas que não criaram a si mesmas e cujos processos de pensamento, em alguns casos, simplesmente lhes foram dados.

Na formação de crenças, como na ação, pertencemos a um mundo que não criamos e do qual somos produtos; é a visão externa que nos revela isso e nos faz desejar mais. Por mais objetivo que seja um ponto de vista que consigamos incorporar à base de nossas ações e crenças, continuamos a ser ameaçados pela idéia de uma visão ainda mais externa e abrangente de nós mesmos que não podemos absorver, mas que revelaria as fontes não-escolhidas de nossos esforços mais autônomos. A objetividade que parece oferecer maior controle também revela que o eu é, essencialmente, algo dado.

Podemos tomar uma parte do trecho do convidativo caminho da objetividade sem terminar no abismo, onde a busca da objetividade mina a si mesma e a todo o resto? Na prática, fora da filosofia encontramos certas paragens naturais ao longo do caminho e não nos preocupamos com o aspecto que as coisas teriam se seguíssemos adiante. Aqui também a situação se assemelha à que se vê na epistemologia, em que a justificação e a crítica chegam tranqüilamente ao fim na vida cotidiana. O problema é que, assim que refletimos sobre o que se revelaria a uma visão ainda mais externa, nossa complacência parece injustificada, e não é claro como podemos restabelecer essas paragens naturais numa nova base depois de tê-las questionado.

Seria necessário alguma alternativa à ambição literalmente ininteligível de intervir no mundo a partir de fora (ambição que Kant expressou na idéia ininteligível do eu numênico que se encontra fora do tempo e da causalidade). Essa ambição surge como extensão ou continuação natural da busca da liberdade na vida cotidiana. Desejo agir não somente à luz das circunstâncias externas com que deparo e das possibilidades que elas me abrem, mas também à luz das circunstâncias internas: meus desejos, crenças, sentimentos e impulsos. Desejo ser capaz de submeter meus motivos, princípios e hábitos ao exame crítico, de modo que nada me mova à ação sem meu consentimento. Dessa forma, o cenário em que ajo gradualmente se amplia e se estende para dentro, até incluir mais e mais de mim mesmo, considerado um dos conteúdos do mundo.

Em seus estágios iniciais, o processo parece verdadeiramente promover a liberdade, ao incorporar o autoconhecimento e a objetividade à base da ação. Mas o perigo é evidente. Quanto mais integralmente o eu é absorvido pelas circunstâncias da ação, menos eu tenho com que atuar. Não posso sair completamente fora de mim mesmo. O processo que se inicia como um meio de ampliar a liberdade parece levar à sua destruição. Quando contemplo o mundo como um todo, vejo minhas ações, mesmo as empiricamente mais "livres", como parte do curso natural, e isso não é um feito meu ou de qualquer outra pessoa. O eu objetivo não está em melhor posição que TN para manejar os cordões da minha vida pelo lado de fora.

No final do caminho que parece levar à liberdade e ao conhecimento encontramos o ceticismo e a impotência. Só podemos agir estando dentro do mundo, mas, quando nos vemos de fora, a autonomia que experimentamos internamente parece uma ilusão, e nós que observamos de fora não podemos agir de forma alguma.

3. RESPONSABILIDADE

Parece que o problema da responsabilidade é insolúvel, ou pelo menos permanece sem solução, por razões semelhantes. Acreditamos que nós e os outros somos moralmente responsáveis ao menos por algumas ações quando as observamos de dentro; porém, não podemos dar conta do que precisaria ser verdade para justificar tais juízos. Quando se consideram as pessoas como partes do mundo, determinado ou não, parece não ser possível atribuir-lhes responsabilidade pelo que fazem. Tudo o que lhes diz respeito, inclusive suas próprias ações, parece fundir-se com as circunstâncias que as rodeiam e sobre as quais não têm nenhum controle. Quando então voltamos a considerar as ações do ponto de vista interno, não podemos, depois de um minucioso exame, dar sentido à idéia de que o que as pessoas fazem depende, em última análise, delas próprias. No entanto, continuamos a comparar o que fazem com as alternativas que rejeitam e a elogiá-las ou condená-las por isso. (Meus exemplos geralmente envolvem juízos negativos, mas tudo o que digo aplica-se tanto ao elogio quanto à reprovação.)

O que acontece aqui? Começarei com uma descrição pré-filosófica do que é um juízo de responsabilidade. Este sempre envolve duas partes, que chamarei de *juiz* e *réu*. Podem ser a mesma pessoa, como é o caso quando alguém se diz responsável por fazer ou ter feito alguma coisa. Mas será mais fácil examinar as complexidades do fenômeno se nos concentrarmos primeiro no exemplo interpessoal e em como este finalmente se desmorona.

O réu é um agente, e, num juízo de responsabilidade, o juiz não apenas decide que a ação que se praticou é boa ou má como tenta se colocar no ponto de vista do réu enquanto agente. Contudo, ele não está preocupado apenas com o sentimento que isso provoca: antes, tenta avaliar a ação sob a luz das alternativas que se apresentaram ao réu – entre as quais este escolheu ou deixou de escolher – e das considerações e tentações que orientaram a escolha – o que ele levou ou deixou de levar em conta. Elogiar ou condenar não é simplesmente julgar o que aconteceu como bom ou mau, mas julgar a pessoa pelo que fez em vista das circunstâncias sob as quais o fez. A dificuldade está em explicar como isso é possível – como podemos fazer alguma outra coisa que não seja elogiar ou deplorar o acontecido ou, talvez, a psicologia do agente.

A principal coisa que fazemos é comparar o ato ou a motivação com as alternativas, melhores ou piores, que foram rejeitadas de maneira deliberada ou implícita, ainda que, do ponto de vista motivacional, fosse possível compreender sua aceitação nas circunstâncias em que se deu o ato. É nesse cenário que se projeta a compreensão interna da ação e o juízo acerca do que deveria ter sido feito. É o sentido do ato em contraste com as alternativas não-contempladas, juntamente com a avaliação normativa dessas alternativas – também projetada no ponto de vista do réu –, que produz o juízo interno de responsabilidade. O ato realizado é visto como uma seleção feita pelo réu a partir do conjunto de possibilidades que se apresentou a ele e definido por comparação com essas possibilidades.

LIBERDADE

Quando consideramos que o réu é responsável, o resultado é não apenas a descrição de seu caráter mas também a adoção vicária de seu ponto de vista e a avaliação de sua ação a partir deste. Embora esse processo não precise ser acompanhado de sentimentos intensos, com freqüência o é, e a natureza desses sentimentos dependerá da constituição do juiz. Os juízos condenatórios, por exemplo, podem vir acompanhados de impulsos de retaliação e punição. É mais provável que estes se manifestem com toda a sua ferocidade quando a configuração psíquica do juiz o submeta a fortes conflitos com respeito à situação de escolha do réu. O juízo de responsabilidade envolve uma dupla projeção: na ótica da escolha realizada e na das alternativas possíveis, melhores ou piores. Se o juiz se identifica fortemente com a má ação que se praticou ou evitou, seu desprezo ou admiração terá uma intensidade correspondente. É conhecido o fato de que abominamos mais os pecados que nos causam maior tentação e admiramos mais as virtudes que consideramos mais difíceis de praticar.

Os tipos de coisas pelos quais julgamos os outros variam. Condenamos uma cascavel sem motivo, e um gato também sem motivo ou quase sem motivo. Nossa compreensão de suas ações e mesmo de seu ponto de vista é extremamente distanciada deles para permitir qualquer juízo sobre o que deveriam ter feito. Só o que podemos fazer é entender por que fizeram o que fizeram e alegrar-nos ou não com sua ação. Com respeito às crianças pequenas, as possibilidades de juízo moral são um tanto maiores, mas ainda não podemos projetar-nos completamente em seu ponto de vista a fim de pensar sobre como deveriam agir, em comparação ao que se exigiria de um adulto em circunstâncias similares. Limites semelhantes se aplicam aos juízos acerca da inteligência ou estupidez de outras pessoas. Uma pessoa que carece totalmente da capacidade de pensar necessária para chegar a uma conclusão acertada a partir das evidências disponíveis não comete um erro estúpido. Quanto maior é sua capacidade intelectual, maiores são suas oportunidades de praticar atos estúpidos ou inteligentes. O mesmo se dá com o bem e o mal. Pode-se condenar uma criança de cinco anos por atirar um gato pela janela, mas não por sua absoluta falta de tato.

Dois tipos de coisas podem arruinar um juízo de responsabilidade, e as condições exculpatórias que conhecemos recaem em uma ou outra dessas categorias. Em primeiro lugar, pode-se descobrir que o caráter da escolha ou as circunstâncias da ação que se apresentaram ao réu são diferentes do que pareciam ser à primeira vista. Pode ser que ele não tivesse pleno conhecimento das conseqüências do que estava fazendo; pode ser que estivesse agindo sob forte coação ou ameaça; pode ser que certas alternativas que pareciam disponíveis não estivessem de fato, ou que ele não tivesse conhecimento delas. Tais revelações alteram o caráter da ação a ser avaliada, mas não obstruem totalmente o juízo de responsabilidade.

Em segundo lugar, pode ser que alguma coisa impeça o juiz de projetar seus critérios no ponto de vista do réu – o passo inicial necessário para qualquer juízo de responsabilidade. Certas descobertas fazem que a projeção do juiz na perspectiva do réu seja irrelevante para avaliar a conduta do réu, pois ele é muito diferente do réu em aspectos cruciais. Por exemplo, o réu pode ter agido sob sugestão hipnótica ou sob influência de uma droga poderosa, ou mesmo, no âmbito da ficção científica, sob o controle direto de um cientista louco que manipulava seu cérebro. Pode ser até mesmo que ele se revele não ser de modo algum um ser racional. Nesses casos, o juiz não considerará que a perspectiva do réu é a perspectiva correta a ser adotada na avaliação. Não se projetará no ponto de vista do réu, mas se manterá fora dele, de modo que o exame das possibilidades alternativas não endossará o elogio ou a condenação, mas somente o sentimento de alívio ou de pesar.

O desaparecimento filosófico de toda responsabilidade é uma extensão desse segundo tipo de desvinculação. A essência de um juízo de responsabilidade é a comparação *interna* com as alternativas – com as escolhas que o agente deixou de fazer e que confrontamos com o que ele fez, por melhor ou pior que seja. Nos juízos comuns de responsabilidade, uma visão objetiva do agente pode levar-nos a modificar nossa suposição sobre quais seriam as alternativas legítimas para efeitos dessa comparação. Quando nossa visão externa do agente se torna mais completa, mesmo as alternativas que pareciam estar à sua disposição no momento da escolha podem parecer-nos fora de cogitação.

O ponto de vista radicalmente externo que acarreta o problema filosófico da responsabilidade parece tornar qualquer alternativa inelegível. Vemos o agente como um fenômeno gerado pelo mundo do qual ele faz parte. Um aspecto do fenômeno é a sensação que tem o agente de estar escolhendo entre várias alternativas, por boas ou más razões. Mas isso não faz diferença. Consideremos ou não seu raciocínio prático e suas escolhas causalmente determinados, não podemos projetar-nos em seu ponto de vista com a finalidade de comparar as alternativas uma vez que tenhamos ascendido a esse ponto de vista objetivo extremo que o vê meramente como um pedaço do mundo. As alternativas que ele talvez acredite estar à sua disposição constituem, desse ponto de vista, apenas rumos alternativos que o mundo poderia ter tomado. O fato de que o que não ocorreu teria sido melhor ou pior do que o ocorrido não serve para apoiar um juízo interno de responsabilidade acerca de um ser humano mais do que serviria para apóia-lo no caso de uma cascavel.

Além disso, como acontece com a autonomia, não podemos imaginar nenhum fato verdadeiro relativo ao agente, mesmo levando em conta seu próprio ponto de vista, que apoiasse um tal juízo. Uma vez que estamos nessa posição externa, nenhuma coisa relativa à explicação intencional da ação terá utilidade. De duas uma: ou alguma outra coisa, afora as razões do agente, explica por que ele agiu pelas razões que agiu, ou nada explica. Nos dois casos, o ponto de vista externo vê as alternativas não como alternativas para o agente, mas como alternativas para o *mundo*, o que *inclui* o agente. E o mundo, é claro, não é um agente e não pode ser considerado responsável.

O problema real é o ponto de vista externo. Nos juízos comuns de responsabilidade, não vamos assim tão longe externamente; permanecemos dentro de nosso ponto de vista humano natural e o projetamos no ponto de vista de seres semelhantes, detendo-nos apenas quando não é possível conciliá-los. Mas os juízos assim baseados são vulneráveis à visão mais externa, que pode assimilar tanto o réu como o juiz. Dessa forma, todo o complexo – a escolha do réu, a projeção do juiz nessa escolha e o juízo resultante – é visto também como um fenômeno. A percepção que o juiz tem acerca das alternativas do réu revela-se uma ilusão que se origina do fato de o juiz projetar no réu seu próprio e ilusório – na verdade, ininteligível – senso de autonomia.

Não tenho como evitar atribuir responsabilidade a mim e aos outros na vida cotidiana, assim como não posso evitar sentir que minhas ações partem de mim. Mas esse é apenas outro aspecto em que, a partir de um certo distanciamento externo, tenho a sensação de estar enredado.

Em geral, a visão radicalmente externa me apresenta uma exigência impossível de cumprir. Ela me dá a idéia de que, para ser verdadeiramente autônomo, teria de ser capaz de agir à luz de tudo o que há em mim – ou seja, de uma posição externa a mim mesmo e, de fato, externa ao mundo. E isso faz que qualquer projeção no ponto de vista de um agente comum pareça irreal. O que ele vê como alternativas entre as quais pode decidir constitui, desse ponto de vista, rumos alternativos que o mundo poderia tomar, nos quais se incluem suas ações. Embora possa comparar o curso dos eventos que inclui sua conduta efetiva com uma alternativa que inclua a possibilidade de ele ter feito outra coisa, minha avaliação dessas alternativas não produzirá um juízo de sua ação a partir de sua perspectiva interna. As alternativas do mundo não são alternativas *para ele* exatamente porque o incluem. Em certo sentido, o ponto de vista radicalmente externo não é, em absoluto, um ponto de vista de escolha. Só quando me esqueço dele e retorno à minha condição de criatura como qualquer outra é que posso projetar-me no ponto de vista de outro agente do modo que seria necessário para se formar um juízo de responsabilidade. Somente então posso avaliar as alternativas que se apresentam a *ele* e, assim, julgá-lo pelo que fez.

A obstrução dos juízos morais pelo distanciamento objetivo é instável. Por algum tempo, talvez sejamos capazes de ver William Calley, por exemplo, como um fenômeno – uma porção repulsiva e perigosa da zoosfera – sem condená-lo com base numa projeção em seu ponto de vista de nossa própria percepção de que há alternativas genuínas na ação. Mas é quase impossível manter a postura de que não estamos em posição de condenar o tenente Calley pelos assassinatos em My Lai: nossos sentimentos retornam antes mesmo que seque a tinta com que se escreveu o argumento. Isso porque não permanecemos na rarefeita atmosfera objetiva; logo voltamos ao nosso ponto de vista como agentes, o que nos permite ver o ponto de vista de Calley – à medida que entrava na aldeia e não encontrava nenhuma resistência, somente camponeses tomando o café da manhã – como o ponto de vista a partir do qual se deve empreender a avaliação[5]. Não podemos permanecer fora do tenente Calley porque não podemos permanecer fora de nós mesmos. Contudo, o ponto de vista externo existe sempre como uma possibilidade, e uma vez que o tenhamos adotado já não podemos ver com os mesmos olhos nossos juízos internos de responsabilidade. Do ponto de vista que se encontra disponível para nós, subitamente começa a parecer que eles se baseiam numa ilusão – no esquecimento do fato de que somos apenas partes do mundo e que nossas vidas são apenas partes de sua história.

4. A LIBERDADE SEGUNDO STRAWSON

Permita-me comparar minha visão do problema, especificamente quanto à sua autenticidade, com a opinião de Strawson. Em seu clássico ensaio *Freedom and Resentment*, Strawson argumenta que, embora às vezes possamos adotar a atitude objetiva perante outras pessoas,

---

5. Para mais detalhes, ver Hirsch.

LIBERDADE

não é possível que as atitudes reativas sejam filosoficamente minadas, *em geral*, por qualquer crença acerca do universo ou da ação humana, incluindo a crença no determinismo. A essência de sua visão, expressa no final do ensaio, é a seguinte:

> Dentro da estrutura ou teia geral das atitudes e dos sentimentos humanos da qual venho falando, há um espaço infinito para a modificação, o redirecionamento, a crítica e a justificação. Mas as questões relativas à justificação são internas a ela. A própria existência do sistema geral de atitudes é algo que recebemos juntamente com o fato da sociedade humana. Como um todo, não requer nem permite uma justificação "racional" externa. (Strawson [2], p. 23.)

Sua visão aqui é igual à sua visão acerca do conhecimento (numa nota de rodapé à passagem citada, ele traça um claro paralelo com o problema da indução). A justificação e a crítica só fazem sentido dentro do sistema: a justificação do sistema a partir de fora é desnecessária; portanto, a crítica de fora é impossível.

Considero essa posição incorreta, pois não há como evitar o deslize da crítica *interna* para a *externa* uma vez que sejamos capazes de uma visão externa. Não é preciso nada mais que a idéia corrente de responsabilidade. O problema do livre-arbítrio, assim como o do ceticismo, não surge por causa de uma exigência filosófica de justificação externa de todo o sistema de juízos e atitudes comuns. Surge porque existe uma continuidade entre a conhecida crítica "interna" das atitudes reativas baseada em fatos específicos e as críticas filosóficas baseadas em supostos fatos gerais. Quando consideramos em primeiro lugar a possibilidade de que todas as ações humanas sejam determinadas pela hereditariedade e pelo meio, há o risco de que isso atenue nossas atitudes reativas, a exemplo do que acontece quando se tem a informação de que uma certa ação foi provocada pelos efeitos de uma droga – a despeito de todas as diferenças entre as duas suposições. A projeção no ponto de vista do agente, da qual dependem as atitudes reativas, é obstruída. O mesmo se dá quando expandimos o argumento para abarcar cada um dos aspectos em que nossas vidas podem ser consideradas como parte do curso da natureza, quer seja determinado quer não. Não intervém nenhum critério novo; de fato, não intervém nenhuma exigência de justificação, já que o questionamento depende exclusivamente da generalização dos modelos de crítica conhecidos. Deixamos de nos ressentir com o que alguém fez se deixamos de ver as alternativas como alternativas que ele teve.

Vê-se mais uma vez a clara correspondência com o ceticismo em epistemologia. As possibilidades de erro extremamente gerais que o cético imagina minam a confiança em todas as nossas crenças, exatamente do mesmo modo que uma possibilidade particular de erro mais mundana mina a confiança numa crença particular. A possibilidade de erosão total por meio das possibilidades céticas se insinua em nossas crenças comuns já desde o início: não é criada pela imposição filosófica de novos critérios de justificação ou certeza. Ao contrário, parece que novas justificações só são necessárias em resposta à ameaça de erosão originárias das críticas comuns, quando suficientemente generalizadas.

Com a ação acontece algo semelhante. Algumas das limitações e restrições impostas de fora a nossas ações são evidentes para nós. Quando descobrimos outras, de origem interna e menos evidentes, nossas atitudes reativas diante da ação em tela tendem a se neutralizar, pois parece que esta já não pode ser atribuída, como seria necessário, à pessoa que deve ser o alvo dessas atitudes. Os questionamentos filosóficos ao livre-arbítrio não são mais do que extensões radicais dessa intrusão. Como, com o aumento da objetividade, as condições não-escolhidas da ação se estendem à constituição e ao estado psicológico do agente, elas parecem abranger tudo, de modo que a esfera de liberdade que resta ao agente se reduz a zero. Uma vez que isso parece acontecer quer o determinismo seja verdadeiro quer não, ameaça-nos a conclusão de que a idéia de liberdade de ação com que iniciamos é realmente ininteligível. Ela só pareceu fazer algum sentido quando a situamos no espaço não ocupado pelos conhecidos limites que o mundo externo impõe à ação e só porque não refletimos o bastante sobre o que deveria ocupar esse espaço vazio. Aparentemente, nada poderia.

Trata-se de um genuíno questionamento a nossa liberdade e às atitudes que a pressupõem, e não pode ser respondido com a afirmação de que somente as críticas internas são legítimas, a menos que se estabeleça essa afirmação sobre bases independentes. O impulso à objetividade, afinal de contas, faz parte da estrutura da vida humana. Só se poderia impedi-lo de levar a esses resultados céticos se se pudesse mostrar que a visão radicalmente externa da vida humana é ilegítima – nesse caso, nossas indagações cessariam antes de chegarmos a esse ponto[6].

---

6. Ver Stroud, cap. 7, para o argumento análogo de que o ceticismo é inevitável a menos que possamos demonstrar, de alguma forma, que é legítima a exigência de uma descrição "externa" do conhecimento. Uma vez levantada a questão, não é possível respondê-la. Sentimo-nos tentados então a buscar uma forma de provar que ela não pode ser levantada, mas sou cético quanto às probabilidades de êxito de tal estratégia.

5. O PONTO CEGO

Vou mudar de assunto agora. Disse que não dispomos de nenhuma solução para esse problema e não vou me contradizer propondo uma. Gostaria de fazer outra coisa: descrever um tipo de reconciliação entre o ponto de vista objetivo e a perspectiva interna da agência que reduz o distanciamento radical produzido pela contemplação inicial de nós mesmos como criaturas no mundo. Isso não responde ao problema central do livre-arbítrio, mas reduz o grau em que o eu objetivo deve pensar em si mesmo como espectador impotente e, nessa medida, confere um tipo de liberdade. É mais ou menos como a relação entre a busca comum de conhecimento objetivo e o ceticismo filosófico, para explicar o obscuro com algo igualmente obscuro: uma harmonia limitada entre o externo e o interno, à sombra de uma visão ainda mais externa.

Não podemos agir a partir de fora de nós mesmos, nem nos criar *ex nihilo*. Mas o impulso a essa meta logicamente impossível também nos empurra para outra coisa, que não é logicamente impossível e pode, até certo ponto, abrandar em alguma medida o impulso original, de modo que possamos alcançá-la. Queremos estabelecer, tanto quanto possível, a ligação entre a visão externa que temos de nós mesmos e nossas ações. Precisamos aprender a agir de um ponto de vista objetivo e também a ver-nos de um ponto de vista objetivo.

O problema aqui apresenta uma continuidade com o problema pré-filosófico de buscar libertar-se da servidão interna na vida cotidiana. É claro que todos queremos a liberdade externa, a ausência de obstáculos para fazer o que bem desejarmos. Não queremos ficar presos ou amarrados, nem ser privados das oportunidades, nem ser pobres ou fracos demais para fazer o que gostaríamos de fazer. Mas os seres humanos reflexivos querem algo mais. Querem ser capazes de se distanciar dos motivos, razões e valores que influenciam suas escolhas e submeter-se a eles somente se forem aceitáveis. Já que não podemos agir à luz de *tudo* que há em nós, o melhor que podemos fazer é tentar viver de uma maneira que não tenha de ser revisada à luz de alguma outra coisa que se poderia saber sobre nós. Esse é um análogo prático da esperança epistemológica de harmonia com o mundo.

Repito que isso não é autonomia, nem uma solução para o problema do livre-arbítrio, mas um substituto – algo que, embora aquém da aspiração impossível de agir a partir de fora de nós mesmos, tem valor por si só. Quero discutir algumas das formas em que podemos reduzir o distanciamento em relação a nossas próprias ações, que resulta inicialmente da adoção do ponto de vista objetivo, passando a agir a partir desse ponto de vista.

Primeiramente, poderíamos tentar desenvolver acerca de nós mesmos uma visão objetiva tão completa quanto possível e incluí-la na base de nossas ações, onde quer que seja relevante. Isso significaria olhar de forma consistente, por cima de nossos próprios ombros, o que estamos fazendo e por quê (embora, muitas vezes, seja mera formalidade). Essa autovigilância objetiva, no entanto, será inevitavelmente incompleta, pois, se há algo a ser conhecido, algum conhecedor deverá permanecer por trás das lentes. Além disso, cada um de nós sabe disto – sabe que algumas das fontes de suas ações não são objeto de sua atenção e escolha. A visão objetiva de nós mesmos inclui tanto o que sabemos e podemos usar como o que sabemos que não sabemos e, portanto, sabemos que não podemos usar.

Chamarei isso de *visão objetiva essencialmente incompleta* ou, para abreviar, *visão incompleta*. A visão incompleta de nós mesmos no mundo inclui um extenso ponto cego por trás de nossos olhos que, por assim dizer, esconde algo que não podemos levar em conta na ação, pois é o que age. Contudo, esse ponto cego faz parte de nossa imagem objetiva do mundo, e, para agir de uma perspectiva tão externa quanto possível, devemos incluir algum reconhecimento dele na base de nossas ações.

Se a visão objetiva evidencia um impulso ou medo irracional cuja influência sobre nossa conduta não podemos evitar, mas que sabemos ser irracional e, por isso, não podemos aceitar como algo justificado, podemos descobrir que nossa liberdade é limitada. Mas podemos também refletir que nossas ações talvez sejam coibidas por uma influência que desconhecemos totalmente. Pode ser algo a que poderíamos resistir muito bem se soubéssemos do que se trata, ou algo a que não poderíamos resistir mesmo que o conhecêssemos, mas que também não poderíamos aceitar como fundamento legítimo para a ação.

A visão incompleta defronta-nos com a possibilidade de que, sem saber, estamos limitados, em algum desses aspectos, por fatores que operam no ponto cego. Também nos defronta com a certeza de que, por mais que ampliemos nossa visão objetiva de nós mesmos, restará algo impossível de aceitar ou rejeitar explicitamente, já que não podemos sair inteiramente de nós, mesmo sabendo que há um exterior.

Esperamos não estar sob influências às quais consideraríamos justificado opor resistência se viéssemos a tomar conhecimento delas – várias formas de preconceito, irracionalidade e estreiteza de espírito. Esta é uma limitação bastante comum à liberdade e podemos tomar medidas para evitá-la. Algumas dessas medidas requerem uma expansão do alcance de nossa autoconsciência; outras, uma sintonia com a necessidade seletiva de buscá-la. A verdadeira dificuldade, no entanto, está em dizer o que é razoável esperar com respeito ao núcleo do eu que se encontra no centro do ponto cego.

Está claro que não podemos endossar nossas ações de maneira decisiva e irrevogável, não mais do que podemos endossar nossas crenças, a partir do mais objetivo ponto de vista que possamos adotar com relação a nós mesmos, pois o que vemos desse ponto de vista é a visão incompleta. Tudo o que podemos fazer para evitar que esse ponto de vista se desatrele da ação é tentar satisfazer uma condição negativa: a ausência de razões positivas para se distanciar. O melhor que podemos esperar é agir de uma maneira que permita certa confiança de que a ação não se mostrará inaceitável, não importa quanto desenvolvamos a visão objetiva para torná-la mais completa e quantos passos mais avancemos para fora de nós mesmos – ainda que seja além de toda possibilidade real.

Isso implica a idéia de um desenvolvimento hipotético ilimitado no caminho do autoconhecimento e da autocrítica, do qual só poderemos percorrer um pequeno trecho. Presumimos que nossos próprios avanços no terreno da objetividade são passos em um caminho que se estende além deles e além de todas as nossas capacidades. Mas, mesmo admitindo que não há restrição de tempo nem um número limitado de gerações para dar todos os passos sucessivos que pretendemos, o processo de ampliar a objetividade jamais se completará, jamais alcançará a onisciência. Em primeiro lugar, porque cada visão objetiva conterá um ponto cego e não poderá abranger tudo o que diz respeito ao próprio observador. Mas, além disso, não haverá um ponto-limite além do qual seja impossível prosseguir. Isso porque cada passo rumo a um novo ponto de vista objetivo, embora permita observar mais aspectos do eu, também agrega às dimensões do observador algo mais que não é imediatamente observado. E este se torna então material possível de observação e avaliação a partir de um ponto de vista objetivo ainda posterior. O trabalho da mente nunca termina.

Assim, a criação de uma vontade objetiva não é uma tarefa que possa ser concluída. O que se procura é alguma forma de tornar o ponto de vista mais objetivo a base da ação: de subordiná-lo à minha agência em vez de permitir que ele (e, portanto, eu) permaneça fora das minhas ações como um observador impotente. Dado que não posso fazer isso agindo de fora do mundo, com base numa visão objetiva completa de mim mesmo e do mundo, a segunda melhor coisa a fazer é agir de dentro do mundo com base na visão mais objetiva de que sou capaz – a visão incompleta – para me pôr a salvo da rejeição por parte das visões que venham a se suceder na seqüência objetiva, tanto as que estejam ao meu alcance como as que não estejam. A tentativa de alcançar imunidade à revisão objetiva posterior (independentemente de eu chegar ou não de fato aos estágios objetivos subseqüentes) é a única maneira de fazer que a visão objetiva incompleta seja parte permanente da base de minhas ações. Isso é o mais próximo que posso chegar de agir no mundo de fora de mim mesmo sendo parte dele.

É preciso notar que uma coisa é essa forma de integração entre os pontos de vista e outra a posição de uma criatura que não padece da sensação de impotência porque não pode adotar a visão externa com relação a si mesma. Quando um gato se aproxima sorrateiramente de um pássaro, nenhum elemento do eu do gato pode permanecer de fora como observador distanciado da cena, de modo que não há nenhum sentido em que o gato possa sentir que *ele* não está fazendo aquilo. Sendo, porém, uma criatura mais complexa que o gato, sou ameaçado pelo sentimento de que não ajo realmente quando ajo só com base na visão interna que é suficiente para o gato.

A imunidade do gato ao problema da autonomia não significa que ele seja livre. Podemos considerar o gato de uma perspectiva externa e vê-lo talvez, em certos aspectos, como presa da ignorância, do medo ou do instinto. Sua natureza está dada, e o gato não pode submetê-la a um processo de endosso, crítica ou revisão. Ele não pode aumentar sua própria racionalidade.

Não estaríamos em melhor situação que o gato se, embora nos mantivéssemos engajados em nossas ações, e por mais objetivo que fosse nosso ponto de vista, houvesse um ponto de vista ainda mais objetivo do que qualquer um que estivesse ao nosso alcance e a partir do qual aparecêssemos, a um observador externo, como o gato aparece a nós. Na verdade, porém, ao contrário do gato, podemos conceber a idéia de que haja visões de nós mesmos mais objetivas que as que somos capazes de obter e podemos fazer que nosso distanciamento ou envolvimento dependa de nossas suposições acerca do que tais visões revelariam. Gostaríamos de acreditar que a possibilidade de nos envolvermos não se restringe ao nível máximo que realmente podemos alcançar e gostaríamos de poder considerar esse nível um elo com a objetividade ilimitada – de maneira que não haja nenhuma visão de nós, por mais externa que seja, que permita o distanciamento total. Isso significa estender a ambição do racionalismo à razão prática.

Descartes tentou recuperar o conhecimento imaginando sua relação com o mundo do ponto de vista de Deus. Tomar pé no mundo para não sucumbir à crítica vinda de pontos de vista mais objetivos que o que se pode adotar é uma empresa cartesiana, e, a exemplo da tentativa de Descartes, o máximo que se pode esperar é um êxito apenas parcial. No entanto, com essa ressalva, existem várias estratégias para aumentar o envolvimento objetivo com as próprias ações – ou, pelo menos, diminuir o distanciamento objetivo em relação a elas.

6. O ENVOLVIMENTO OBJETIVO

A estratégia mais ambiciosa seria buscar fundamentos positivos para a escolha que governassem o assentimento da vontade objetiva, por mais distanciada que estivesse da minha perspectiva particular. Se isso fosse possível, equivaleria a agir *sub specie aeternitatis*. Seria análogo à estratégia epistemológica de fundamentar a crença em certezas *a priori*: em verdades ou métodos de raciocínio lógicos ou matemáticos cuja falsidade não podemos conceber – verdades e métodos que nem sequer podemos conceber que um ser muito mais sábio pudesse considerar falsos, ainda que suas capacidades fossem superiores às nossas.

Como esses fundamentos objetivos absolutos são ainda mais difíceis de obter na razão prática que na teórica, o que se é requer uma estratégia menos ambiciosa. Tal estratégia – de tolerância objetiva em vez de afirmação objetiva – consiste em encontrar, dentro da minha perspectiva pessoal, fundamentos para agir que não sejam *rejeitados* de um ponto de vista mais amplo: fundamentos que o eu objetivo possa tolerar graças a suas limitadas pretensões à objetividade. Essa latitude seria aceitável dentro das restrições impostas por quaisquer resultados mais positivos da visão objetiva.

O análogo em epistemologia seria a identificação de certas crenças como limitadas quanto à objetividade de suas afirmações. Estas diriam respeito ao mundo da aparência, e uma visão objetiva poderia admiti-las como tais. O perigo dessa estratégia é que pode ser mal utilizada como uma fuga geral do ceticismo ao reduzir todos os juízos aparentemente objetivos a afirmações subjetivas sobre as aparências. Mas, se evitamos esse tipo de reducionismo escapista, certamente restarão algumas crenças que se referem apenas às aparências. As crenças sobre o caráter subjetivo das minhas experiências sensoriais, por exemplo, não são ameaçadas pela perspectiva de virem a ser derrubadas por um ponto de vista mais objetivo.

Quanto à decisão e à ação, a estratégia da tolerância objetiva se mostra apropriada em áreas nas quais não almejo o grau máximo de autocontrole. Quando escolho um prato num cardápio, estou interessado somente em me abrir ao jogo de inclinações e apetites, a fim de verificar o que tenho vontade de comer (contanto que se trate de um restaurante barato e que eu não esteja de dieta). Contento-me, nesse caso, em ser guiado por meu apetite mais forte, sem receio de que uma perspectiva mais distanciada revele que eu deveria ter optado por uma das minhas preferências mais fracas.

De fato, não sei o que significaria indagar se, *sub specie aeternitatis*, querer um sanduíche de frango com salada poderia ser realmente preferível como justificação para ação a querer um sanduíche de salame. Nada acontece quando me coloco fora desses desejos e contemplo a escolha: esta só pode ser feita de uma perspectiva interna, pois da externa as preferências não são nem enfraquecidas nem endossadas. Talvez pudesse haver algum endosso objetivo da satisfação das preferências sem o endosso das próprias preferências, mas mesmo esse princípio de hedonismo *prima facie* parece supérfluo até que eu depare com o problema de comparar essas preferências com outros motivos e valores.

Nesses casos, então, não me sinto aprisionado nem impotente quando examino minha situação objetivamente, pois não almejo mais controle do que tenho quando minha escolha é ditada por minhas inclinações imediatas. Fico satisfeito com a liberdade de um gato ao escolher em que poltrona se aninhar. A avaliação externa não pode acrescentar nem subtrair nada a isso.

A estratégia de encontrar áreas para a tolerância objetiva mais que para o endosso objetivo pode ter aplicação em níveis mais elevados que o da escolha de um prato no cardápio. Pode ser que, de um ponto de vista suficientemente externo ao da vida humana cotidiana, não seja relevante atribuir importância positiva não apenas ao sanduíche de frango ou salame, mas a muitas das coisas que são importantes para os seres humanos – suas esperanças, projetos, ambições, a própria sobrevivência. Na medida em que posso considerar esse ponto de vista como parte do meu próprio, talvez não seja capaz de endossar objetivamente quase nada do que faço. Se isso faz ou não de mim uma vítima indefesa da maioria dos motivos e valores que governam minha vida, depende de se tais valores, a partir desse ponto de vista mais objetivo, seriam rejeitados como errôneos ou se, como a preferência por torta de nozes, poderiam ser tolerados devido a suas limitadas pretensões objetivas e, portanto, considerados subjetivamente legítimos como fundamento para a ação. Se, como conseqüência de perspectivas cada vez mais externas, seriam endossados até certo ponto e, a partir daí, tolerados, não preciso temer a separação objetiva radical dos atos que dependem deles – ainda que ocorra certo distanciamento.

Essa forma de "reingresso" nos deixa numa posição diferente com relação a nossos impulsos daquela que ocupamos na etapa pré-reflexiva. A crença de que eles não têm pretensões objetivas fortes e, por isso, não estão sujeitos a ser derrubados ou desacreditados por um ponto de vista mais objetivo acha-se agora no pano de fundo de nossos motivos. Tal como acontece com as impressões sensoriais, os impulsos adquirem um *status* diferente em nossa imagem do mundo ao distinguirmos entre aparência e realidade. Quando agimos sob tais impulsos, não precisamos nos sentir objetivamente dissociados, pois, se consideramos a possibilidade de que seriam rejeitados de um ponto de vista superior, podemos concluir que, por suas limitadas pretensões, não sofreriam tal rejeição.

Contudo, ainda que muitas escolhas tenham esse caráter descomplicado, surgem questões mais difíceis ligadas à capacidade tipicamente humana de deslocar-se para um ponto de vista superior e para desejos de ordem superior – em particular quando há conflito entre diferentes tipos de desejos de primeira ordem. Então o ponto de vista objetivo dá origem ao juízo prático, e buscamos alguma garantia de que não será derrubado por uma visão ainda mais objetiva ou distanciada.

Um importante método de integração objetiva é a racionalidade prática comum, mais ou menos semelhante ao processo de formar um conjunto coerente de crenças a partir de nossas impressões pessoais pré-reflexivas. Isso requer não apenas tolerância, mas o efetivo endosso de alguns motivos, a eliminação ou revisão de outros e a adoção de outros ainda, a partir de um ponto de vista externo àquele dentro do qual surgem os impulsos primários, as predileções e as aversões. Quando estes entram em conflito, podemos sair e escolher entre eles. Embora essa racionalidade só possa ser exercida com respeito aos desejos presentes, ela se estende naturalmente à racionalidade prudencial, que é exercida de um ponto de vista objetivo distanciado do presente e decide o peso a ser concedido a todos os nossos interesses, presentes e futuros.

A própria prudência pode conflitar com outros motivos, ficando ela própria sujeita a uma avaliação de fora. Mas, se são justamente nossos desejos presentes e futuros que estão em questão, a prudência consiste em adotar um ponto de vista externo ao presente – e talvez em recusar-nos a permitir que nossas escolhas sejam ditadas pelo desejo presente mais forte. Em termos mais simples, pode-se dar preferência à satisfação dos desejos mais fortes ou de mais longo prazo, mas outros interesses também podem contar.

O conflito entre a prudência e o impulso não é igual ao conflito entre o sanduíche de frango e o de salame, pois se trata de um conflito entre níveis: a perspectiva imediata do momento presente e a perspectiva (parcialmente) transcendente da neutralidade temporal em meio aos momentos previsíveis de nossa vida. É um exemplo da busca de liberdade, pois mediante a prudência tentamos recuar dos impulsos que nos pressionam de imediato e agir, num sentido temporal, de fora de nós mesmos. Se não pudéssemos fazer isso, estaríamos aprisionados, como agentes, no momento presente, com a neutralidade temporal reduzida a um ponto de vista de observação[7]. E estaríamos ainda mais aprisionados se não pudéssemos exercer a racionalidade prática harmonizando nossos desejos mesmo no presente: só nos restaria observar a nós mesmos sendo arrastados por eles de um lado para outro.

A prudência em si não acarreta perigos comparáveis, a menos que seja vista, de uma perspectiva mais ampla, como rival de motivações de tipo muito distinto. É preciso ter cuidado aqui: a própria prudência pode representar uma espécie de escravidão se levada a extremo. A predominância de uma visão atemporal acerca de nossas vidas pode ser objetivamente uma insensatez. E a compulsividade ou a fuga neurótica baseada em desejos recalcados pode disfarçar-se facilmente de autocontrole racional. Em sua forma normal, porém, a prudência aumenta nossa liberdade ao aumentar nosso controle sobre a ação dos motivos de primeira ordem por meio de uma espécie de vontade objetiva.

Aqui, a postura objetiva não é meramente permissiva, mas ativa. Os motivos prudenciais não existem antes da adoção de um ponto de vista objetivo, mas são criados por ele. Mesmo a motivação direta dos desejos presentes é substituída pelo peso objetivo que lhes conferimos numa avaliação prudencial atemporal, quando são lançados na mesma classe dos desejos futuros. (Não tentarei discutir os difíceis problemas que surgem com respeito aos desejos passados em relação com a análise da prudência; esses problemas são expostos de maneira vívida e exaustivamente investigados em Parfit [2], cap. 8.)

Embora a prudência seja apenas o primeiro estágio no desenvolvimento de uma vontade objetiva, ela é se-

---

7. Falo mais sobre esse assunto em Nagel (1).

letiva em seu endosso dos motivos e preferências mais imediatos. De fora do momento presente, nem todos os impulsos e metas do momento presente podem receber o mesmo endosso, especialmente quando são conflitantes. Certas necessidades e desejos básicos e persistentes serão candidatos naturais ao endosso prudencial, mas não os caprichos passageiros – ainda que as capacidades e liberdades gerais que nos permitem entregar-nos a tais caprichos possam ser objetivamente aquilatadas. (Parfit me sugere que essa divisão pode aparecer também na ética, pois os desejos que fornecem material para a prudência podem ser os mesmos que temos de considerar ao conferir peso objetivo aos interesses de outras pessoas.) Isso não significa que os motivos que não podem ser endossados de um ponto de vista atemporal devem ser totalmente esmagados. Sua ação imediata é objetivamente tolerável, mas precisam de fato competir com as razões prudenciais em cuja formação não têm expressão significativa, por assim dizer.

Mesmo quando escolho não me submeter inteiramente às considerações prudenciais perante o impulso presente, isso depende de eu conciliar meus atos com a visão objetiva. Pois devo objetivamente tolerar esses impulsos e seu triunfo, mesmo que não os endosse com todo o peso que têm. Do contrário, não é liberdade o que mostro, mas fraqueza de vontade.

O ponto de vista atemporal pode, em certa medida, tomar a atitude de não interferir nos motivos do momento presente. Essa manifestação contida de objetividade é exemplo de algo mais geral e muito importante na relação entre o subjetivo e o objetivo: existem limites ao grau em que o ponto de vista objetivo pode simplesmente tornar a si e substituir as perspectivas originais a que ele transcende.

No entanto, somos removidos do ponto de vista do presente para uma posição em que pelo menos podemos submeter nossos impulsos imediatos ao exame objetivo. E damos esse primeiro passo no tempo objetivo com a esperança de que seus resultados não sejam derrubados por passos mais avançados que ainda não foram dados ou que, talvez, nem sequer podem ser dados por nós. A atividade essencial da vontade objetiva, ao avaliar, endossar, rejeitar e tolerar impulsos imediatos, é reconhecer ou formar valores em vez de meras preferências[8].

7. A MORAL COMO LIBERDADE

Mais externo que o ponto de vista da neutralidade temporal é o ponto de vista a partir do qual uma pessoa vê a si mesma como um simples indivíduo entre outros, observando de fora seus próprios interesses e preocupações. Em alguns aspectos, a atitude apropriada a partir desse ponto de vista pode ser a tolerância, não o endosso. Em geral, contudo, uma vez que tenhamos adotado uma visão externa, não nos satisfaz ver nossas vidas dessa maneira, nem nos satisfaz agir sem um endosso mais positivo por parte do eu objetivo.

Além disso, a tolerância esbarra em dificuldades quando há conflito de interesses entre diferentes indivíduos. Não posso continuar a sustentar que meus impulsos e desejos não têm pretensões objetivas se minha intenção é persegui-los, contrariando assim os desejos dos

---

8. Para uma discussão sobre a relação entre liberdade e valores, ver Watson. A presente discussão da vontade objetiva é uma tentativa de discorrer um pouco mais sobre a natureza dos valores e de que maneira fornecem uma alternativa para a autonomia que não podemos ter.

outros – a menos que esteja disposto a considerar o resultado de tais conflitos com indiferença objetiva, como na escolha entre o sanduíche de frango e o de salame. Mas se, de um ponto de vista externo, não verei com bons olhos a situação de ficar sem almoço por causa de um companheiro de piquenique guloso que comeu todos os sanduíches, então precisarei passar da tolerância objetiva para o endosso objetivo.

Aqui, o vínculo entre o ponto de vista objetivo e a ação tem um caráter diferente: o envolvimento é não apenas externo ao momento presente, mas externo à nossa própria vida[9]. Assim, em certo sentido, passo a agir no mundo de uma posição externa ao lugar pessoal e particular que ocupo nele – a fim de controlar o comportamento de TN de um ponto de vista que não é meu *qua* TN. O eu objetivo para o qual se apresenta o problema do livre-arbítrio é cooptado na agência.

Tudo isso se manifesta na formação de valores impessoais e na modificação da conduta e da motivação que se dá em conformidade com eles. Isto impõe sérias restrições. Os valores são juízos, estabelecidos de um ponto de vista externo a nós mesmos, sobre como ser e como viver. Como são aceitos a partir de uma perspectiva impessoal, aplicam-se não somente ao ponto de vista da pessoa particular que porventura sou eu, mas a todos de maneira geral – dizem como devo viver porque dizem como qualquer um deve viver.

A discussão pertinente dessa forma de integração do interno com o externo cabe à ética, e me incumbirei

---

9. Ver Parfit (2), cap. 7, para o argumento de que, se aceitamos o primeiro, temos de aceitar o segundo. Segundo Parfit, não se pode identificar a prudência com a racionalidade prática, pois não é razoável sustentar que as razões não podem ser relativas ao tempo mas devem ser relativas às pessoas.

dela mais adiante. Em certo sentido, concordo com a visão de Kant de que existe um vínculo interno entre a ética e a liberdade: a sujeição à moral expressa a esperança de autonomia, mesmo que seja uma esperança que não possa ser concretizada em sua forma original. Não podemos agir no mundo estando fora dele, mas podemos, de certa maneira, agir a partir de dentro e de fora de nossa posição particular. A ética aumenta o âmbito das coisas relativas a nós mesmos que podemos desejar, ampliando-o de nossas ações aos motivos e disposições ou traços de caráter dos quais elas se originam. Queremos ser capazes de desejar profundamente os motivos de nossas ações, reduzindo o hiato entre explicação e justificação. Em outras palavras, queremos reduzir a amplitude da série dos determinantes de nossas ações que só podem ser observados, não desejados, ou seja, aqueles a que, de fora, só podemos *assistir*.

Existem, naturalmente, muitos determinantes da ação aos quais não se pode estender a vontade. A ética não pode tornar-nos onipotentes: se quiséssemos fechar completamente o hiato entre explicação e justificação, isso significaria desejar toda a história do mundo que nos produziu e nos defrontou com as circunstâncias em que devemos viver, agir e escolher. Esse *amor fati* vai além do que a maioria de nós almeja.

Há uma forma de estender a vontade para além de nós mesmos, para as circunstâncias da ação, mas por meio da extensão da ética à política. Aumentamos o envolvimento objetivo não só quando desejamos as fontes de nossas ações relativas às circunstâncias, mas também quando as circunstâncias da vida são tais que podemos desejar, de um ponto de vista objetivo, que as condições em que devemos agir sejam tais como são. Nesse caso, a harmonia entre observação e vontade, ou entre explicação e justificação, estende-se, em certo sentido, ao mundo. (O análogo em epistemologia seria o endosso objetivo do ambiente intelectual e do processo de educação que levaram à formação da nossa capacidade de raciocinar, avaliar evidências e conceber crenças.)

Esperamos não só fazer o que queremos dadas as circunstâncias, mas também ser como queremos, no mais profundo nível possível, e nos encontrarmos diante das escolhas que queremos enfrentar, num mundo em que possamos querer viver. Se nosso único interesse fosse eliminar as barreiras externas à liberdade, não nos preocuparíamos com a ética, mas somente com a tentativa de aumentar o controle sobre as coisas que nos cercam. Isso envolveria também a política, mas só a política baseada em nossos interesses, como a de Hobbes, não uma política ética. O que conduz ao desenvolvimento da ética é o ataque às barreiras internas, pois significa que esperamos ser capazes de desejar que nosso caráter e nossos motivos sejam assim como são, não simplesmente perceber-nos aferrados a eles quando nos vemos de maneira objetiva.

Os valores expressam a vontade objetiva. Os valores éticos, em particular, resultam da combinação de muitas vidas e grupos de interesses num único conjunto de juízos. As exigências de equilíbrio, coordenação e integração que isso acarreta têm conseqüências para o que cada indivíduo (e, portanto, nós mesmos) pode objetivamente querer. A ética é uma via para o envolvimento objetivo porque fornece uma alternativa à pura e simples observação externa de nós mesmos. Permite que a vontade se expanda pelo menos um pouco ao longo do caminho da transcendência possível para o entendimento. Que distância podemos percorrer nesse caminho é, em parte, uma questão de sorte. Pode ser que nossa constituição não permita que nossos juízos objetivos avancem no mesmo passo que nossa capacidade de duvidar. E, é claro, sempre podemos levantar a dúvida puramente abstrata de que mesmo o mais forte sentido de harmonia entre as visões externa e interna poderia ser ilusório, só podendo ser identificado como tal a partir de um ponto de vista superior, fora do nosso alcance.

Como disse, nada disso resolve o problema tradicional do livre-arbítrio. Por mais harmonia que possamos alcançar entre a visão objetiva e a ação, sempre podemos minar a sensação de nossa própria autonomia pela reflexão de que a cadeia de explicações ou ausência de explicações para essa harmonia pode ser investigada até o ponto em que leva para fora de nossas vidas.

Quando se trata da responsabilidade moral e da comparação interna da ação com as alternativas, as possibilidades do envolvimento objetivo que discuti não mudam coisa alguma. Se existe tal coisa chamada responsabilidade, teríamos de encontrá-la nas más ações assim como nas boas, ou seja, em ações que não poderíamos endossar do ponto de vista objetivo. Isso significa que qualquer tentativa de situar a liberdade no desenvolvimento do autocontrole racional e moral tropeçará no problema que Sidgwick apresentou como objeção a Kant. O problema é o seguinte: se só é possível buscar a liberdade e aproximar-se dela mediante a obtenção de algum tipo de valores objetivos e, em última instância, éticos, então não é claro como alguém pode ser simultaneamente livre e mau e, portanto, não é claro como alguém pode ser moralmente responsável por agir mal, se a liberdade é uma condição da responsabilidade[10].

Na prática, quando o nosso propósito é julgar, nós nos projetamos no ponto de vista de qualquer pessoa

---

10. Sidgwick, livro 1, cap. 5, seção 1. Kant lida com esse problema em Kant (4), livro 1, que trata explicitamente da responsabilidade pelo mal.

cujas ações possamos interpretar, de maneira subjetiva, como uma manifestação de seus valores[11]. Isso é perfeitamente natural, mas não neutraliza o problema da responsabilidade, que sempre pode apresentar-se de novo, tanto com respeito a nós como com respeito às pessoas que nos sentimos capazes de entender e avaliar de dentro.

Não vejo como alinhar os juízos de responsabilidade com a visão externa, como vinculá-la de novo a tais juízos do mesmo modo pelo qual pode voltar a vincular-se parcialmente com a ação. Os juízos de responsabilidade dependem de um tipo de projeção no ponto de vista do réu que só pode ser realizada se esquecermos, até certo ponto, a visão externa. Não posso pensar no tenente Calley, a partir de um ponto de vista externo, como um fenômeno natural e, ao mesmo tempo, avaliar suas ações, a partir de um ponto de vista interno, comparando-as com as alternativas que subjetivamente pareciam apresentar-se a ele no momento. Não dispomos aqui de nada que seja análogo ao envolvimento objetivo parcial. A menos que haja uma forma de bloquear a ascensão à visão externa, não poderemos encontrar um lugar para nos posicionar dentro do mundo que nos permita fazer tais juízos sem a ameaça de que pareçam sem sentido a uma distância ainda maior. Contudo, parece que estamos presos a uma prática de projeção em que julgamos os outros tomando como medida o sentido de nossa própria autonomia, seja inteligível ou não.

Como disse, creio que nada até agora se falou sobre esse assunto que se aproxime da verdade.

---

11. Isso inclui as ações que contrariam os valores que a pessoa manifestamente sustenta, como é o caso quando alguém, por medo, não se decide a fazer o que pensa que deveria ou deixa de fazer o que havia decidido. A omissão em agir de acordo com nossos próprios valores revela algo sobre sua força, assim como sobre a força de nossa vontade.

VIII
Valor

1. REALISMO E OBJETIVIDADE

A objetividade é o problema central da ética. Não só na teoria, mas também na vida. O problema é decidir de que maneira, se é que existe alguma, se pode aplicar a idéia de objetividade a questões práticas, relativas ao que fazer ou querer. Até que ponto podemos lidar com essas questões a partir de uma perspectiva distanciada de nós mesmos e do mundo? Já assinalei, ao discutir o livre-arbítrio, que existe uma ligação entre a ética e o ponto de vista objetivo. Quero agora defender a objetividade da ética mostrando como esse ponto de vista altera e restringe nossos motivos. Podemos compreender melhor a possibilidade da ética e muitos de seus problemas referindo-nos ao impacto da objetividade sobre a vontade. Se pudermos fazer juízos acerca de como deveríamos viver mesmo depois de sair de nós mesmos, esses juízos fornecerão o material para a teoria moral.

No raciocínio teórico, há um avanço na objetividade quando formamos uma nova concepção de realidade que inclui a nós mesmos como componentes. Isso envolve a alteração ou, pelo menos, a ampliação de nossas crenças. Na esfera dos valores ou do raciocínio prático, o problema é diferente. Como no caso teórico, depois de retroceder e incluir nossa perspectiva anterior no que deve ser entendido, devemos adotar um ponto de vista novo e abrangente. Mas aqui o novo ponto de vista não será um novo conjunto de crenças, mas um novo ou ampliado conjunto de valores. O que tentamos fazer é chegar a juízos normativos, dotados de conteúdo motivacional, a partir de um ponto de vista impessoal. Não podemos utilizar um critério de objetividade que não seja normativo, pois, se os valores são objetivos, devem sê-lo por si sós e não pela redutibilidade a algum outro tipo de fato objetivo. Têm de ser *valores* objetivos, não outra coisa qualquer objetiva.

Aqui, como em outros setores, há uma ligação entre objetividade e realismo, embora o realismo quanto aos valores seja diferente do realismo quanto aos fatos empíricos. O realismo normativo é a visão de que as proposições acerca do que nos oferece razões para agir podem ser verdadeiras ou falsas independentemente de como as coisas aparecem a nós, e que podemos esperar descobrir a verdade transcendendo as aparências e submetendo-as à avaliação crítica. O que almejamos descobrir com esse método não é um aspecto novo do mundo externo chamado valor, mas somente a verdade sobre o que nós e os outros deveríamos fazer e querer.

É importante não associar essa forma de realismo com uma imagem metafísica inadequada: não se trata de uma forma de platonismo. O que se afirma é que existem razões para a ação, que precisamos descobri-las em vez de deduzi-las de nossos motivos preexistentes e que, dessa maneira, podemos adquirir novos motivos, superiores aos antigos. Nosso objetivo é simplesmente reordenar nossos motivos numa direção que os torne mais aceitáveis de um ponto de vista externo. Em vez de conciliar nossos pensamentos com uma realidade externa, tentamos introduzir uma visão externa na determinação de nossa conduta.

A ligação entre objetividade e verdade é, portanto, mais próxima na ética que na ciência. Não creio que a verdade sobre como deveríamos viver possa ultrapassar radicalmente qualquer capacidade que possamos ter de descobri-la (à parte sua dependência de fatos não-avaliatórios que talvez sejamos incapazes de descobrir). O tema central da ética *é* como empreender o raciocínio prático e a justificação da ação uma vez que tenhamos expandido nossa consciência pela adoção do ponto de vista objetivo – não alguma outra coisa sobre a ação que o ponto de vista objetivo nos permita entender melhor. O pensamento ético é o processo de levar a objetividade a influenciar a vontade, e a única coisa que me ocorre dizer sobre a verdade ética em geral é que ela deve ser um resultado possível desse processo, se conduzido corretamente. Reconheço a vacuidade disso. Só o que podemos fazer, se quisermos ser mais específicos, é reportar-nos aos argumentos que nos persuadem da validade objetiva de uma razão ou da correção de um princípio normativo (e há mais de uma maneira de estabelecer um dado princípio, ao qual se chega de diferentes pontos de partida e por diferentes rotas de argumentação).

Talvez se pudesse arquitetar uma metafísica mais rica da moral, mas não sei em que ela consistiria. A imagem que associo com o realismo normativo não é a de um conjunto adicional de propriedades de coisas e eventos no mundo, mas a de uma série de passos possíveis no desenvolvimento da motivação humana que melhorassem o modo como conduzimos nossas vidas, quer demos efetivamente esses passos, quer não. Começamos com uma visão parcial e imprecisa, mas, ao sair de nós mesmos e construir e comparar alternativas, podemos alcançar uma nova condição motivacional num nível mais elevado de objetividade. Embora nosso propósito seja mais normativo que descritivo, o método de investigação é análogo, em certos aspectos, ao da busca de uma concepção objetiva do que existe. Primeiro formamos uma concepção de mundo na qual ele é destituído de centro, contendo seres, inclusive nós mesmos, com pontos de vista particulares. Mas a pergunta a que devemos então tentar responder não é "A partir desse ponto de vista impessoal, o que podemos ver que o mundo contém?", mas "A partir desse ponto de vista impessoal, que razão existe para fazer ou querer algo?".

A resposta será complexa. Na esfera da razão prática, assim como na metafísica, às vezes pode-se conhecer melhor a verdade a partir de um ponto de vista distanciado; outras vezes, porém, ela só poderá ser totalmente compreendida a partir de uma perspectiva particular dentro do mundo. Se tais valores subjetivos existem, então uma concepção objetiva do que as pessoas têm razões para fazer deve guardar lugar para eles. (Disse alguma coisa a esse respeito no capítulo anterior, ao falar de tolerância objetiva.) Contudo, uma vez que se tenha dado o passo objetivo, abre-se também a possibilidade de reconhecer valores e razões independentes da nossa perspectiva pessoal e que têm força para qualquer um que veja o mundo, de maneira impessoal, como um lugar que o contém. Se a objetividade tem algum significado aqui, significa que, quando nos afastamos de nossa perspectiva pessoal e dos valores e razões que, vistos do interior dessa perspectiva, parecem aceitáveis, podemos chegar a uma nova concepção que talvez endosse algumas das razões originais mas rejeite outras como falsas aparências subjetivas e acrescente outras ainda.

Assim, sem prejulgar o resultado – ou seja, quanto se pode entender objetivamente da esfera das razões práticas –, podemos ver do que depende o impulso de objetivação. Chega-se à idéia mais elementar da objetividade prática por meio de um análogo prático da rejeição do solipsismo no domínio teórico. O realismo acerca dos fatos leva-nos a buscar um ponto de vista distanciado do qual se possa discernir a realidade e corrigir as aparências, e o realismo quanto aos valores leva-nos a buscar um ponto de vista distanciado do qual seja possível corrigir as inclinações e discernir o que realmente devemos fazer. A objetividade prática significa que o eu objetivo pode entender e até mesmo tomar parte da razão prática.

Essa suposição, embora poderosa, não é ainda uma posição ética; simplesmente assinala o lugar que a posição ética ocupará se conseguirmos dar sentido ao tema. Afirma que o mundo das razões, incluindo minhas razões, não existe só do meu ponto de vista. Vivo num mundo cuja natureza, até certo ponto, independe do que eu penso, e se tenho razões para agir é porque a pessoa que sou, em virtude de suas condições e circunstâncias, tem essas razões. A questão básica da razão prática que dá início à ética não é "O que farei?", mas "O que essa pessoa deveria fazer?".

Isso levanta um problema e indica um método para atacá-lo. O problema consiste em descobrir a forma que tomam as razões para agir e se ela pode ser descrita a partir de algum ponto de vista que não seja particular. O método consiste em começar com as razões que parecem vigorar a partir do meu próprio ponto de vista e do ponto de vista de outros indivíduos e indagar qual seria, a partir de uma perspectiva impessoal, a melhor explicação dessas razões. Como em outros domínios, começamos de nossa posição dentro do mundo e tentamos transcendê-la considerando o que encontramos aqui como uma amostra do todo.

Essa é a esperança. Mas a afirmação de que existem valores objetivos é sempre controversa, dada a facilidade com que os valores e as razões parecem desaparecer quando transcendemos o ponto de vista subjetivo de nossos próprios desejos. Quando vemos a vida de fora, podemos ter a impressão de que o mundo não tem nenhum lugar para os valores. Por assim dizer: "Há somente pessoas com diferentes motivos e inclinações, alguns dos quais podem ser expressos em linguagem avaliatória; porém, quando examinamos tudo isso de fora, só o que vemos são fatos psicológicos. A ascensão a uma visão objetiva, longe de revelar novos valores que modifiquem as aparências subjetivas, revela que as aparências são a única coisa que existe: permite-nos observar e descrever nossos motivos subjetivos mas não produz nenhum motivo novo. A objetividade não tem lugar nesse domínio, exceto o que se herdou da objetividade dos elementos teóricos e factuais que desempenham um papel no raciocínio prático. Além desse âmbito, ela se aplica aqui com um resultado niilista: nada é objetivamente certo ou errado porque objetivamente nada importa; se o certo e o errado existem, devem assentar-se sobre um fundamento subjetivo."

Acredito que essa conclusão seja conseqüência de um equívoco comparável ao que leva ao fisicalismo, com suas respectivas elaborações reducionistas. Supõe-se um critério epistemológico de realidade que pretende ser abrangente mas exclui de antemão grandes domínios, sem qualquer argumentação.

A suposição é sub-reptícia, mas natural. Pode realmente parecer que os valores desaparecem quando saímos de nossa pele, criando-se deste modo em nós a *per-*

cepção filosófica de que são ilusórios. Esse é um passo característico de Hume: observamos o fenômeno de pessoas agindo pelo que consideram ser razões, e *tudo o que vemos* (compare o tratamento que Hume dá à causalidade) são certos fatos naturais: que as pessoas são influenciadas por certos motivos ou assim seriam se soubessem certas coisas.

As dificuldades que encontramos ao tentar abandonar a posição de Hume nos fazem sempre querer voltar a ela. O ceticismo, o platonismo, o reducionismo e outros excessos filosóficos conhecidos aparecem todos na teoria da ética. Particularmente atraente é a reação ao ceticismo que reinterpreta o campo todo, inclusive a ética, em termos completamente subjetivos. Como o fenomenismo em epistemologia, essa postura encobre a renúncia ao realismo pela substituição dele por um conjunto de juízos que, de certa forma, guarda semelhança com os originais.

A única maneira de resistir ao subjetivismo de Hume quanto aos desejos e razões para agir é buscar uma forma de objetividade adequada à matéria, que não será a objetividade da psicologia naturalista. É preciso argumentar que uma visão objetiva limitada a tais observações não é correta. Ou melhor, não é necessariamente correta, pois a questão é que uma visão objetiva de nós mesmos deve deixar lugar para a apreensão das razões, não excluí-las de antemão.

Elas parecem ser excluídas de antemão quando se supõe que o ponto de vista objetivo é o da mera observação e descrição[1]. Quando dirigimos esse tipo de aten-

---

1. Cf. Anscombe (1), p. 137: "Isso é freqüente em filosofia; afirma-se que 'tudo o que descobrimos' é tal e tal, e o fato é que aquele que faz tal afirmação excluiu de sua idéia de 'descoberta' o tipo de coisas que ele diz que não 'descobrimos'."

ção ao que subjetivamente parece ser um exemplo de agir por razões e responder ao bem e ao mal, obtemos uma explicação naturalista que parece fornecer a descrição objetiva completa do que está acontecendo. Em vez de razões normativas, vemos apenas uma explicação psicológica.

Acredito, porém, que é um erro dar a esses fenômenos uma interpretação puramente psicológica quando os observamos de fora. O que vemos, a menos que estejamos artificialmente cegos, não são apenas pessoas movidas a agir por seus desejos, mas pessoas que agem e criam intenções e desejos com base em razões, boas ou más. Ou seja, reconhecemos suas razões *como razões*, ou talvez pensemos que sejam más razões, mas, em todo caso, não abandonamos o método avaliatório logo que deixamos o ponto de vista subjetivo. O reconhecimento das razões como razões deve ser contrastado com seu uso exclusivo como forma de explicação psicológica (ver Davidson [1]). Esta última meramente vincula a ação aos desejos e crenças do agente, sem tocar a questão normativa de se ele *tinha* ou não uma razão adequada para agir – se deveria ou não ter agido como agiu. Se isso é tudo o que podemos dizer quando deixamos para trás o ponto de vista do agente, a conclusão então seria, na minha opinião, que não agimos por razões. Mais exatamente, nossa ação é motivada por desejos e crenças, e a terminologia das razões só pode ser utilizada numa acepção reduzida, não normativa, para expressar esse tipo de explicação.

A substituição de uma descrição em que os valores ou as razões normativas não desempenham nenhum papel não é algo simplesmente filtrado da visão objetiva. Depende de uma afirmação objetiva particular que só pode ser aceita se for mais plausível que sua negação: a afirmação de que nossa sensação de que o mundo nos oferece razões para agir é uma ilusão subjetiva, produzida pelo fato de projetarmos no mundo nossos motivos preexistentes, e que não temos objetivamente nenhuma razão para fazer coisa alguma – embora, é claro, haja motivos, alguns dos quais assumem a forma de razões normativas.

Mas isso teria que ser estabelecido: não decorre somente da idéia de objetividade. Quando damos o passo objetivo, não abandonamos automaticamente a capacidade avaliatória, já que essa capacidade não depende de desejos que se fazem presentes com antecedência. Podemos descobrir que ela continua a operar de um ponto de vista externo e concluir que não se trata apenas de desejos subjetivos que pipocam de novo sob um disfarce objetivo. Reconheço os perigos da falsa objetivação, que eleva as preferências e preconceitos pessoais à categoria de valores cósmicos. Mas essa não é a única possibilidade.

2. ANTI-REALISMO

Onde reside o ônus da prova com respeito à possibilidade dos valores objetivos? Será preciso demonstrar sua possibilidade antes de começar a pensar de maneira mais específica sobre quais valores o ponto de vista objetivo revela ou extingue? Ou tal indagação é legítima, enquanto não se tiver demonstrado que os valores objetivos são *im*possíveis?

Acho que nesse debate o ônus da prova recai muitas vezes em lugar errado, e creio que uma presunção provisória de que os valores não são necessariamente ilusórios é inteiramente razoável, a menos que se demonstre o contrário. Assim como a presunção de que as coisas existem num mundo externo, a presunção de que existem valores e razões reais pode ser afastada em casos isolados se uma descrição puramente subjetiva das aparências se mostrar mais plausível. E, assim como na presunção de que existe um mundo externo, sua completa falsidade não constitui em si uma contradição. A realidade dos valores, impessoais ou de outros tipos, não decorre da totalidade das aparências mais do que desta decorre a realidade de um universo físico. Mas, se admitimos que cada uma delas é possível, então sua realidade pode ser confirmada em detalhes pelas aparências, pelo menos na medida em que se torna mais plausível que as alternativas. Assim, muito depende de se admitir, em primeiro lugar, a possibilidade do realismo.

É muito difícil argumentar em favor dessa possibilidade, a não ser que se refutem os argumentos contrários a ela. (O argumento de Berkeley contra a conceptibilidade de um mundo independente da experiência é um argumento de impossibilidade no domínio da metafísica.) Qual é o resultado quando se refuta tal argumento? Estará a possibilidade contrária numa posição mais forte? Acredito que sim: em geral, não há como provar a possibilidade do realismo; só podemos refutar os argumentos de impossibilidade, e, quanto mais fazemos isso, mais confiança podemos ter na alternativa realista. Assim, para examinar os méritos de se admitir o realismo quanto aos valores, precisamos examinar as razões que se opõem a ele – que se opõem à sua possibilidade ou à sua veracidade. Discutirei três delas, que escolhi por seu evidente poder de persuasão.

O primeiro tipo de argumento baseia-se na suposição injustificada de que, se os valores são reais, devem ser objetos reais de alguma outra natureza. Em seu livro

Ethics, John Mackie nega a objetividade dos valores dizendo que "não são parte do tecido do mundo" e que, se fossem, teriam de ser "entidades, qualidades ou relações de um tipo muito estranho, absolutamente diferente de qualquer outra coisa no universo" (Mackie [2], p. 38). É evidente que ele tem uma imagem definida do que é o universo e presume que o realismo quanto aos valores exigiria povoá-lo de entidades, qualidades ou relações extras, de coisas como as Formas platônicas ou as qualidades não naturais de Moore. Mas essa suposição é incorreta. O caráter objetivamente mau da dor, por exemplo, não é uma misteriosa propriedade ulterior que todas as dores têm, mas apenas o fato de que existe razão para que qualquer um capaz de ver o mundo objetivamente queira que a dor termine. A visão de que os valores são reais não é a visão de que constituem entidades ou propriedades reais ocultas, mas de que são valores reais: de que nossas afirmações sobre valor e sobre o que as pessoas têm razão de fazer podem ser verdadeiras ou falsas independentemente de nossas crenças e inclinações. Nenhum outro tipo de verdade está envolvido aqui. De fato, nenhum outro tipo de verdade *poderia* implicar a realidade dos valores. Isso se aplica não só aos valores morais mas também aos valores prudenciais e mesmo às razões simples que as pessoas têm para fazer o que as levará a alcançar seus objetivos presentes.

Ao discutir suas idéias, Mackie objetou que sua descrença na realidade dos valores e das razões não se baseava na suposição de que, para ser reais, devem ser entidades ou propriedades estranhas. Como ele diz em seu livro, essa observação aplica-se diretamente às próprias razões. Pois, sejam estas o que for, não são necessárias para explicar nada do que acontece e, portanto, não há razão para acreditar em sua existência.

Mas isso suscita a mesma questão. O que Mackie queria dizer é que as razões não desempenham nenhum papel nas explicações causais. Mas presumir que esse tipo de necessidade explicativa é o teste de realidade dos valores constitui uma petição de princípio. A afirmação de que certas razões existem é uma afirmação normativa, não uma afirmação sobre a melhor explicação causal de alguma coisa. Presumir que só é real o que deve ser incluso na melhor teoria causal do mundo é presumir que não há verdades normativas irredutíveis.

No entanto, há outra dificuldade aqui com a qual não sei ao certo como lidar. Se há verdades normativas, estas intervêm em explicações antes normativas que causais da existência de razões particulares ou da probidade ou improbidade de ações particulares. Mas nossa apreensão dessas verdades também explica nossa aquisição de novos motivos e, em última análise, pode influenciar nossa conduta. Mesmo que deixemos de lado as questões sobre o livre-arbítrio e a explicação intencional da ação discutidas no capítulo anterior, há um problema aqui sobre a relação entre a explicação normativa e a causal. Não está claro se o realismo normativo é compatível com a hipótese de que todas as nossas crenças normativas podem ser explicadas por algum tipo de psicologia naturalista.

Gilbert Harman formula o problema da seguinte maneira:

> A observação exerce na ciência um papel que não parece exercer na ética. A diferença é que, para explicar a ocorrência das observações que sustentam uma teoria científica, é necessário criar hipóteses sobre certos fatos físicos, ao passo que, para explicar a ocorrência das [...] chamadas observações morais [...], não parece ser necessário criar hipóteses sobre nenhum fato moral. No caso

moral, pareceria ser necessário somente criar hipóteses sobre a psicologia ou a sensibilidade moral da pessoa que faz a observação moral[2].

Qualquer defensor do realismo quanto aos valores deve afirmar que a descrição puramente psicológica é incompleta, seja porque as explicações normativas são um elemento adicional, seja porque estão de algum modo presentes em certos tipos de explicações psicológicas – de forma semelhante talvez às explicações das crenças pelo raciocínio lógico, que podem ser simultaneamente causais e justificativas (se é que de fato podem ser). Assim, por exemplo, quando um argumento nos convence de que certa distinção é moralmente relevante, nossa convicção pode ser explicada pelo conteúdo e pela validade do argumento.

Embora não possamos provar que a explicação puramente psicológica e anti-realista seja falsa – de modo que continua sendo literalmente verdadeiro que não é *necessário* explicar os juízos normativos em termos de verdades normativas –, acredito que a explicação mais plausível remeterá a essas verdades, mesmo no nível mais elementar. Prescindir delas seria negar as aparências de maneira muito radical. Se tenho uma forte dor de cabeça, a dor me parece não apenas algo desagradável, mas também ruim. Não só me desagrada como penso ter uma razão para tentar me livrar dela. É difícil conceber que poderia se tratar de uma ilusão, mas, se a idéia de algo ruim faz algum sentido, não deve ser uma ilusão, e a verdadeira explicação para minha impressão pode ser a mais simples, ou seja, de que as dores de cabeça são

---

2. G. Harman, p. 6; esta é sua formulação do problema, não a solução que ele propõe.

ruins e não apenas desagradáveis para as pessoas que delas padecem.

Tudo depende de que a idéia faça sentido. Se se admite a possibilidade de valores reais, os valores específicos se tornam suscetíveis a certo tipo de teste observacional, mas a idéia se efetiva mediante o tipo de explicação adequado ao tema: a explicação normativa. Na física, no contexto de uma teoria de como é o mundo, a inferência parte das aparências factuais para sua explicação mais plausível. Na ética, no contexto de uma teoria sobre qual é a razão para fazer ou querer algo, a inferência parte da aparência dos valores para sua explicação mais plausível. Todas as inferências assentam em idéias gerais acerca da realidade que não provêm da aparência, sendo que a mais importante é a própria idéia geral da realidade objetiva. Na ciência como na ética, algumas aparências se mostram enganosas e revelam ter um tipo de explicação psicológica que não confirma sua veracidade.

Minha crença de que a distinção entre aparência e realidade se aplica nesse caso não se baseia numa imagem metafísica, mas na capacidade que tem o enfoque realista de dar sentido aos nossos pensamentos. Se começamos considerando a aparência do valor como aparência de algo e depois voltamos a formar hipóteses sobre o sistema mais amplo das possibilidades motivacionais que já vislumbramos, o resultado é a abertura gradual de um complexo domínio que aparentemente descobrimos. O método de descoberta consiste em buscar a melhor explicação normativa das aparências normativas. Acredito que os resultados efetivos desse método tendem a confirmar a suposição realista que se encontra por trás dele – embora reconheça que um cético possa objetar que os resultados são contaminados pela própria suposição e, portanto, não podem oferecer confirmação independente.

Deixe-me voltar agora ao segundo argumento contra o realismo. Ao contrário do primeiro, este não se baseia numa má interpretação da objetividade moral. Tenta, em vez disso, representar a irrealidade dos valores como descoberta objetiva. O argumento diz que se as pretensões de valor têm que ser objetivamente corretas, e se não são redutíveis a nenhum outro tipo de afirmação objetiva, então podemos ver claramente que todas as pretensões positivas de valor têm de ser falsas. Nada tem valor objetivo porque, objetivamente, nada tem importância alguma. Se levarmos as pretensões do distanciamento objetivo à sua conclusão lógica e examinarmos o mundo de um ponto de vista completamente distanciado de todos os interesses, descobriremos que não há *nada*, que não resta nenhum tipo de valor: pode-se dizer que as coisas só têm importância para os indivíduos que se encontram no mundo. O resultado é o niilismo objetivo.

Não nego que o ponto de vista objetivo nos instiga a avançar nessa direção, e falarei mais sobre isso quando discutir o sentido da vida. Acredito, porém, que essa conclusão só parecerá necessária se cometermos o erro de supor que os juízos de valor objetivos devem surgir exclusivamente do ponto de vista objetivo. É verdade que, quando se conta apenas com uma concepção do mundo formada a partir de lugar nenhum, não há como dizer se algo tem valor. Mas uma visão objetiva conta com mais coisas, pois seus dados incluem a aparência do valor para indivíduos com perspectivas particulares, incluindo nosso caso pessoal. Nesse aspecto, a razão prática não difere de nenhuma outra coisa. Partindo da idéia pura de uma realidade possível e de um conjunto muito impuro de aparências, tentamos dar conteúdo à idéia de realidade para conferir algum sentido, ainda que parcial, às aparências, usando como método a objetividade. Para descobrir como é o mundo visto de fora, temos que abordá-lo de dentro: não surpreende que o mesmo se dê no caso da ética.

E, com efeito, quando adotamos o ponto de vista objetivo, o problema não é que os valores parecem desaparecer, mas sim que parece haver valores em demasia – brotando da vida de cada indivíduo e sufocando os que se originam da nossa. De um ponto de vista objetivo, formar desejos é tão fácil quanto formar crenças. É provável que seja mais fácil. Como as crenças, esses desejos e avaliações devem ser criticados e parcialmente justificados em termos das aparências. Mas eles não são apenas aparências adicionais – não mais do que são aparências adicionais as crenças sobre o mundo que surgem de um ponto de vista impessoal.

O terceiro argumento contra a realidade objetiva dos valores é de caráter empírico. Talvez seja também o mais comum. Não pretende descartar em princípio a possibilidade de valores reais, mas antes demonstrar que, mesmo admitindo tal possibilidade, não temos razão para acreditar que exista algum. O argumento afirma que, se considerarmos a ampla variação cultural que apresentam as crenças normativas, a importância da pressão social e de outras influências psicológicas sobre sua formação, bem como a dificuldade de resolver as divergências morais, torna-se altamente implausível que sejam algo mais que meras aparências.

Qualquer um que apresente esse argumento deve admitir que nem todos os fatores psicológicos que intervêm na explicação de uma aparência demonstram que a aparência não corresponde a algo real. As capacidades visuais e o treinamento acurado têm seu papel na explicação de como um físico consegue perceber o vestígio de uma partícula numa câmara de névoa, ou como um aluno chega a acreditar numa proposição da geometria, mas a natureza da partícula e a verdade da proposição também desempenham um papel essencial nessas explicações. Ninguém produziu ainda uma descrição geral dos tipos de explicação psicológica que tornem uma aparência não mais digna de crédito. Contudo, algumas pessoas céticas com respeito à ética sentem que, pelo modo como adquirimos as crenças morais e outras impressões de valor, há razões para se ter confiança de que nada real está sendo dito aqui.

Fico surpreso com a popularidade desse argumento. O fato de que a moral seja inculcada pela sociedade e que haja uma divergência radical sobre ela entre as diversas culturas ao longo do tempo, e dentro de uma mesma cultura num mesmo momento, é razão insuficiente para concluir que os valores não têm realidade objetiva. Mesmo onde a verdade existe, nem sempre é fácil descobri-la. Outros campos do conhecimento também são ensinados por pressão social, dá-se crédito a muitas verdades e falsidades sem fundamentos racionais, e há uma enorme divergência quanto a fatos científicos e sociais, especialmente quando estão envolvidos fortes interesses que serão afetados pelas diferentes respostas a uma questão. Esse último fator está presente em toda a ética num grau extraordinariamente alto: trata-se de uma área em que seria de esperar uma grande diversidade de crenças e divergências radicais, por mais objetivamente real que fosse o tema em discussão. Para encontrar divergências dessa ordem sobre questões de natureza factual, é preciso reportar-se à teoria heliocêntrica, à teoria da evolução, ao caso Dreyfus, ao caso Hiss e à contribuição genética às diferenças raciais quanto ao Q.I.

Embora os métodos de raciocínio ético sejam bastante primitivos, o grau de acordo e de superação dos preconceitos sociais que se pode obter diante de fortes pressões sugere que algo real está sendo investigado e que parte da explicação das aparências, seja em níveis simples ou complexos, consiste em que percebemos, com freqüência de maneira imprecisa, que existem certas razões para agir e, a partir disso, inferimos, muitas vezes erroneamente, a forma geral dos princípios que melhor descrevem essas razões.

Quero enfatizar mais uma vez que isso não deve ser entendido em termos do modelo de percepção das características do mundo externo. O objeto de nossas investigações é como viver, e o processo da reflexão ética é o de descoberta motivacional. O fato de que as pessoas possam, até certo ponto, chegar a um acordo sobre as respostas que consideram objetivas sugere que, quando saem de suas perspectivas particulares individuais, elas põem em ação uma faculdade avaliatória comum cujo correto funcionamento oferece as respostas, ainda que possa também funcionar mal e ser distorcida por outras influências. Não se trata de pôr a mente em correspondência com uma realidade externa que atua sobre ela de maneira causal, mas de reordenar a própria mente de acordo com as exigências de sua própria visão externa de si mesma.

Não discuti todos os argumentos possíveis contra o realismo quanto aos valores, mas tentei apresentar razões gerais que justificam o ceticismo com respeito a tais argumentos. Estes tendem, na minha opinião, a apoiar-se numa estreita preconcepção acerca dos tipos de verdade que existem, e isso significa, em essência, incorrer em petição de princípio. Nada do que foi dito aqui forçará um reducionista a abandonar sua rejeição ao realismo normativo, mas talvez se tenha demonstrado que essa é uma posição razoável. Devo acrescentar que a busca de princípios objetivos faz sentido mesmo quando não se admite que toda a ética ou todos os valores humanos são igualmente objetivos. A objetividade não precisa ser tudo ou nada. Enquanto o realismo se aplicar a alguma dessas áreas, será razoável prosseguir com o método da reflexão objetiva até onde ele puder nos levar.

3. DESEJOS E RAZÕES

Não há um método preestabelecido para realizar uma investigação normativa, embora o propósito de chegar à integração entre os pontos de vista subjetivo e objetivo dê direção ao processo e determine as condições de sucesso e fracasso. Vemos a vida humana de dentro e de fora, simultaneamente, e tentamos chegar a um conjunto razoável de atitudes. O processo de desenvolvimento pode prosseguir indefinidamente, assim como acontece na busca de qualquer outro tipo de conhecimento. Alguns aspectos da razão prática podem revelar-se irredutivelmente subjetivos, de modo que, embora se deva reconhecer sua existência de um ponto de vista objetivo, seu conteúdo só pode ser compreendido a partir de uma perspectiva mais particular. Mas outras razões inevitavelmente envolverão a vontade objetiva.

Os dados iniciais são razões que surgem a partir de nosso próprio ponto de vista ao agirmos. De início, apresentam-se geralmente com certas pretensões de objetividade, assim como as aparências perceptuais. Quando duas coisas parecem ter para mim o mesmo tamanho, é porque aparentam, pelo menos de início, *ter* o mesmo tamanho. E quando quero tomar uma aspirina para aliviar minha dor de cabeça acredito, pelo menos de início, que essa *é* uma razão para eu tomar aspirina.

O processo comum de deliberação, cuja finalidade é descobrir o que eu deveria fazer, presume a existência de uma resposta para essa pergunta. E, especialmente nos casos difíceis, muitas vezes vem acompanhado da crença de que é possível que eu não chegue à resposta correta. Não presumo que a resposta correta será aquela, seja qual for, que resultar da aplicação consistente dos métodos deliberativos – mesmo supondo que eu tenha informações perfeitas sobre os fatos. Na deliberação, tentamos chegar a conclusões que sejam corretas por alguma razão que independe do fato de chegarmos a elas. Assim, embora alguns pontos de partida sejam abandonados no caminho, a busca de uma descrição objetiva se apóia nas pretensões do raciocínio prático comum.

É importante reconhecer que a objetividade das razões pode ser conseqüência de uma grande variedade de visões substantivas sobre quais razões existem, incluindo as que têm pouco ou nenhum conteúdo ético. À guisa de ilustração, considere uma posição mínima que alguns julgam plausível e que, a exemplo de Parfit, chamarei de teoria Instrumental: a de que as razões gerais básicas dependem exclusivamente dos desejos do agente, quaisquer que sejam os objetos desses desejos (Parfit [2], p. 117). Em linhas gerais, essa posição sustenta que cada pessoa tem uma razão para fazer o que satisfará seus desejos ou preferências no momento da ação, e, em alguma medida, é possível identificar quais são estes, independentemente do que faça o agente, de modo que não é uma tautologia que ele sempre seja racional com respeito a suas crenças. Os desejos não precisam ter experiências como objetos, e sua satisfação não precisa ser vivenciada, pois pode consistir simplesmente na ocorrência da coisa desejada – que pode ser algo que não envolve de forma alguma o agente ou algo que ele não viverá para ver.

Chegamos a essa posição por meio de uma generalização realmente mínima a partir do nosso próprio caso. (Acho que ela erra em ser, ao mesmo tempo, mínima demais e, em outro sentido, ampla demais, mas deixarei isso de lado por enquanto.) Traduzimos nossas próprias razões numa forma que possa ser aceita por pessoas que têm preferências diferentes, de modo que qualquer um possa usá-la para explicar, de maneira geral, suas próprias razões e as dos outros. A única coisa que exigiria a adoção de tais princípios gerais é a necessidade de uma descrição que possa ser entendida a partir de uma perspectiva que não seja particular.

A questão é que mesmo essa forma mínima de generalização é produzida por uma exigência de objetividade. A teoria Instrumental faz afirmações gerais acerca das condições sob as quais as pessoas têm razões, o que fornece uma base para considerar irracionais alguns de seus atos. Se alguém estivesse preocupado apenas em decidir o que ele próprio deve fazer, seria suficiente raciocinar praticamente em termos das preferências e desejos que ele efetivamente tem. Não seria necessário ascender a esse nível de generalidade.

Desejamos formular nossas razões em termos gerais que as relativizem a interesses e desejos, de modo que possam ser reconhecidas e *aceitas* de fora, seja por alguma outra pessoa, seja por nós quando consideremos a situação de maneira objetiva, independentemente das preferências e desejos que temos. De tal ponto de vista, ainda queremos ser capazes de ver que razões temos, e isso se torna possível graças a uma formulação geral e relativizada que nos permite dizer o que os outros têm razões para fazer e também o que nós teríamos razões para fazer se nossos desejos fossem diferentes. Podemos continuar a aplicá-la mesmo depois de assumirmos uma posição mais recuada. Não é suficiente que nossas ações possam ser explicadas motivacionalmente pelos outros e que, do mesmo modo, sejamos capazes de explicar as suas. Presumimos que as justificações também são objetivamente corretas, o que significa que devem basear-se em princípios impessoalmente aceitáveis que admitem mais variações particulares nos desejos.

Se isto está certo, então mesmo a teoria Instrumental, aparentemente subjetiva, é a extremidade fina de uma cunha objetiva. Embora as razões que ela identifica sejam baseadas em desejos, o sujeito desses desejos não necessariamente as reconhecerá e será influenciado por elas. As razões são reais, não são só aparências. Com certeza, serão atribuídas apenas a um ser que tenha, além dos desejos, a capacidade geral de desenvolver uma visão objetiva do que deveria fazer. Assim, se as baratas não podem pensar sobre o que devem fazer, não há nada que devam fazer. Mas tal capacidade é aberta. Não podemos substituir o raciocínio prático pela psicologia de nossa capacidade de raciocínio prático, não mais do que podemos substituir o raciocínio matemático pela psicologia de nossa capacidade matemática. Não se deve conceber a busca de princípios objetivos práticos como uma investigação psicológica de nosso senso moral, mas sim como um emprego deste. Devemos empenhar-nos no raciocínio para descobrir que razões temos, e o exercício da capacidade nem sempre produzirá a resposta correta.

A busca de objetividade é responsável até mesmo pela forma limitada de generalidade encontrada na teoria Instrumental. Mas, uma vez que se veja esse princípio como a solução de um problema e se descreva o problema, podem-se considerar também soluções alternativas, algumas das quais talvez sejam superiores. Talvez nem todas as razões se baseiem em desejos e nem todos os desejos gerem razões. Pode haver mais de uma hipótese que explique, de um ponto de vista objetivo, uma grande variedade de casos individuais. A tarefa da teoria ética é desenvolver e comparar concepções de como viver que possam ser compreendidas e consideradas de uma perspectiva que não seja particular e, portanto, de muitas perspectivas na medida em que sejamos capazes de abstrair-nos de sua particularidade. Todas essas concepções tentarão conciliar o aparente requisito de generalidade que a objetividade impõe com a riqueza, a variedade e a realidade das razões que surgem subjetivamente.

A visão Instrumental é conservadora porque impõe a generalização mínima compatível com a preservação de certas razões subjetivas pré-morais que os indivíduos parecem ter. Não acrescenta nada, em essência, a essas razões; simplesmente as subordina a uma descrição geral o bastante para que possa ser aplicada a qualquer pessoa A por qualquer outra pessoa B que conheça quais são as preferências, desejos, crenças e circunstâncias de A. A condição formal de generalidade não força ninguém a ir além disso. Isso não significa, contudo, que a visão esteja correta. Ninguém é obrigado a permanecer num lugar do qual não possa ser forçado a sair. Há demasiados lugares assim.

Numa discussão anterior, argumentei que a motivação baseada em razões nem sempre depende de desejos preexistentes (Nagel [1], cap. 5). Às vezes um desejo aparece só porque reconheço que há razão para fazer ou querer algo. É o que se dá com a motivação prudencial, que tem origem na expectativa de desejos ou interesses futuros e não requer nenhum deles no presente. É o que se dá, de maneira ainda mais clara, com a motivação altruísta, que parte do reconhecimento dos desejos e interesses de outros e não requer que o agente tenha desejos, exceto os motivados por tal reconhecimento[3]. No entanto, mesmo quando um desejo presente do agente se encontra entre os fundamentos da ação racional, uma explicação causal puramente descritiva do que acontece se mostra incompleta. Quero que minha dor de cabeça passe, mas isso não me leva diretamente a tomar uma aspirina. Tomo a aspirina porque reconheço que meu desejo de me livrar da dor de cabeça me dá uma razão para tomá-la, justifica o fato de eu querer tomá-la. É *por isso* que a tomo, e não posso pensar, de uma perspectiva interna, que não seria menos racional bater minha cabeça contra um hidrante em vez de tomar a aspirina.

Se supomos, então, que tenho uma razão nesse caso particular, a questão agora é saber, examinando o assunto objetivamente, que tipo de razão é essa. Como ela se encaixa numa concepção mais geral dos tipos de razões que existem, numa concepção que não se aplica somente a mim?

4. TIPOS DE GENERALIDADE

A busca da generalidade é um dos principais impulsos na construção de uma visão objetiva, tanto em

---

[3]. A distinção que estou fazendo entre desejos não-motivados que dão origem à motivação e desejos que são, em si mesmos, racionalmente motivados tem muito em comum com a distinção que Kant estabelece entre inclinação (*Neigung*) e interesse (*Interesse*), embora Kant acredite que o interesse puramente racional só aparece na moral (Kant [2], p. 413n.).

questões normativas como em teóricas. Toma-se o caso particular como um exemplo e formam-se hipóteses acerca de qual é a verdade geral a que se refere o exemplo. Há mais de um tipo de generalidade, e não existe nenhuma razão para supor que uma única forma se aplicará a todos os tipos de valores. Já que a escolha entre os tipos de generalidade define alguns dos problemas centrais da teoria moral, permita-me descrever as opções.

Um aspecto em que as razões podem variar é sua amplitude. Um princípio pode ser geral no sentido de que se aplica a todos os casos, mas seu conteúdo pode ser bastante restrito. Permanece aberta a questão de saber até que ponto princípios mais restritos da razão prática (não minta; desenvolva seus talentos) podem ser subsumidos a princípios mais amplos (não prejudique os outros; considere seus interesses a longo prazo) ou mesmo, no limite, a um único princípio, o mais amplo de todos, do qual derivam todos os demais. Em outras palavras, as razões podem ser universais sem constituir um sistema unificado que sempre forneça um método para se chegar a determinadas conclusões sobre o que se deve fazer.

Um segundo aspecto em que as razões variam é sua *relação com o agente*, a pessoa para a qual elas constituem razões. É extremamente importante a distinção entre razões que são relativas ao agente e razões que não o são[4]. Quando se pode dar a uma razão uma forma geral que não inclua uma referência essencial à pessoa

---

4. Em Nagel (1), assinalei essa distinção falando em razões "subjetivas" e "objetivas", mas como aqui estou dando um uso diferente a esses termos, adotarei os de Parfit: "relativas ao agente" e "neutras em relação ao agente" (Parfit [2], p. 143). Com freqüência abreviarei esses termos a "relativas" e "neutras"; às vezes aludirei aos valores correspondentes como "pessoais" e "impessoais".

que a tem, trata-se de uma razão *neutra em relação ao agente*. Por exemplo, se uma razão para alguém fazer ou querer alguma coisa é que isso reduzirá a infelicidade no mundo, trata-se então de uma razão neutra. Se, por outro lado, a forma geral da razão inclui uma referência essencial à pessoa que a tem, é uma razão *relativa ao agente*. Por exemplo, se alguém tem uma razão para fazer ou querer algo do *seu* interesse, trata-se de uma razão relativa. Nesse caso, se fosse algo do interesse de Jones mas contrário aos interesses de Smith, Jones teria razão para querer que acontecesse e Smith teria a mesma razão para querer que não acontecesse. (Tanto a razão relativa ao agente como a razão neutra em relação ao agente são objetivas se podem ser compreendidas e corroboradas de um ponto de vista externo à perspectiva do indivíduo que as têm.)

Um terceiro aspecto em que as razões podem variar é seu grau de externalidade ou independência quanto aos interesses de seres sencientes. A maioria das razões aparentes que se apresentam inicialmente a nós guarda uma íntima relação com interesses e desejos, nossos ou dos outros, e, com freqüência, com a satisfação que provém de certas experiências. Parece, porém, que alguns desses interesses evidenciam que seus objetos têm um valor intrínseco que não se dá simplesmente em função da satisfação que as pessoas possam derivar deles ou do fato de que alguém os queira – um valor que não pode ser reduzido ao valor que têm *para* alguém. Não sei determinar se tais valores existem ou não, mas a tendência de objetivação impele-nos fortemente a acreditar que sim – especialmente na estética, em que o objeto de interesse é externo e o interesse parece ser eternamente capaz de crítica à medida que se confere mais atenção ao objeto. O problema é explicar os valores externos de um modo que evite a conseqüência implausível de que conservam sua importância prática mesmo numa situação em que ninguém *jamais* seria capaz de responder a eles. (De maneira que, se toda vida senciente fosse destruída, ainda seria bom que a Coleção Frick sobrevivesse.)

Pode ser que as razões variem também em outras dimensões significativas. Desejo me concentrar nessas porque é nelas que residem as principais controvérsias sobre a natureza da ética. As razões e os valores que podem ser descritos nesses termos fornecem o material para os juízos objetivos. Se observarmos de fora a ação humana e suas condições e examinarmos se alguns princípios normativos são plausíveis ou não, são essas as formas que tomarão.

A aceitação efetiva de um juízo normativo geral terá implicações motivacionais, pois comprometerá o sujeito, sob certas circunstâncias, a aceitar as razões para que ele próprio queira fazer algo.

Isso é mais evidente quando o juízo objetivo estabelece que alguma coisa tem um valor impessoal ou neutro em relação ao agente, o que significa que qualquer um tem razão para querer que aconteça – inclusive alguém que observe o mundo com distanciamento em relação à perspectiva de qualquer pessoa particular dentro dele. Um juízo assim tem conteúdo motivacional mesmo antes de ser submetido de novo à perspectiva particular do indivíduo que o aceitou objetivamente.

As razões relativas são diferentes. O juízo objetivo de que certo tipo de coisa tem um valor relativo ao agente só nos compromete a achar que alguém tem razão de querê-la e tentar obtê-la, se lhe diz respeito da maneira correta (se é do seu interesse, por exemplo). Alguém que aceite tal juízo não está comprometido a querer que as pessoas em geral sejam influenciadas por essas razões. O juízo só o compromete a querer algo quando acarreta implicações para a pessoa individual que ele é. Com respeito aos outros, o conteúdo do juízo objetivo refere-se apenas aos que *eles* deveriam fazer ou querer.

Quando adotamos um ponto de vista objetivo, ocorrem juízos de ambos os tipos (e também de outros), e a necessidade de combinar de maneira inteligível os dois pontos de vista com respeito à ação pode levar-nos a refinar e estender tais juízos.

É difícil escolher entre as hipóteses normativas, e não existe um método geral para fazer isso, assim como não existe um método geral para selecionar a descrição objetiva mais plausível dos fatos com base nas aparências. O único "método", aqui como em outros campos, é tentar criar hipóteses e depois examinar qual delas parece mais razoável à luz de todas as outras coisas das quais temos considerável certeza. Sendo de presumir que não tenhamos pensado ainda em todas as alternativas, o melhor que podemos esperar é uma comparação entre aquelas de que dispomos, não uma solução definitiva.

Isso não é totalmente vazio, pois significa pelo menos que a lógica sozinha não pode estabelecer nada. Não é preciso que nos mostrem que a negação de certo tipo de valor objetivo é por si só contraditória para que sejamos razoavelmente levados a aceitar sua existência. Não há nada que nos restrinja a escolher o princípio mais fraco, ou mais limitado ou mais econômico compatível com os dados iniciais provenientes das perspectivas individuais. O fato de admitirmos razões que vão além dessas perspectivas é determinado não por implicação lógica, mas pela relativa plausibilidade das hipóteses normativas – inclusive a hipótese nula – compatíveis com as evidências.

Nesse aspecto, a ética não é diferente de nenhuma outra coisa: o conhecimento teórico tampouco surge pela inferência dedutiva das aparências. A principal diferença é que nosso raciocínio objetivo sobre as razões práticas é muito primitivo e tem dificuldade até mesmo de dar o primeiro passo. O ceticismo filosófico e o idealismo quanto aos valores são muito mais populares que seus equivalentes metafísicos. Não acredito, porém, que sejam mais corretos. Embora não exista nenhum princípio objetivo da razão prática, como o egoísmo ou o utilitarismo, que sozinho abarque tudo, a aceitação de alguns valores objetivos é inevitável – não porque a alternativa é inconsistente, mas porque é *inverossímil*. Alguém que, como no exemplo de Hume (*Treatise*, livro 2, parte 3, seção 3), prefira a destruição total do mundo a receber um arranhão no dedo pode não estar envolvido numa contradição ou em falsas expectativas, mas há algo errado com ele não obstante, e qualquer pessoa que não esteja presa a uma concepção demasiado estreita do que é raciocinar consideraria que essa preferência é objetivamente errônea.

Mas, ainda que não seja razoável negar que alguém alguma vez tenha tido objetivamente uma razão para fazer algo, não é fácil encontrar princípios objetivos positivos que *sejam* razoáveis. Em particular, não é fácil seguir o impulso da objetivação sem distorcer a vida individual e as relações pessoais. Queremos ser capazes de entender e aceitar, de uma perspectiva externa, o modo como vivemos, mas nem sempre se pode concluir que deveríamos controlar nossas vidas, internamente, de acordo com as condições estabelecidas por essa compreensão externa. Com freqüência, o ponto de vista objetivo não será um substituto adequado para o subjetivo, mas coexistirá com ele, fixando um padrão contra o qual o subjetivo estaria impedido de se chocar. Ao decidir o que fazer, por exemplo, não devemos chegar a um resultado diferente daquilo que poderíamos decidir objetivamente que aquela *pessoa* deveria fazer – mas não precisamos chegar a esse resultado da mesma maneira a partir dos dois pontos de vista.

Às vezes, o ponto de vista objetivo nos permitirá julgar como as pessoas devem ser ou viver, sem nos autorizar a traduzir isso num juízo sobre as coisas que elas têm razões de fazer. Pois, em alguns aspectos, é melhor viver e agir não por razões, mas porque não nos ocorre fazer nenhuma outra coisa. Isso se aplica principalmente nas relações pessoais mais estreitas. Aqui o ponto de vista objetivo não pode imiscuir-se na perspectiva da ação sem diminuir exatamente aquilo cujo valor ele afirma. Contudo, a possibilidade de afirmação objetiva é importante. Devemos ser *capazes* de ver nossas vidas de fora sem experimentar uma dissociação ou um dissabor extremos, e o grau em que deveríamos viver sem considerar o ponto de vista objetivo ou mesmo quaisquer razões, sejam quais forem, é ele próprio determinado, em grande parte, desde esse ponto de vista.

Também é possível que algumas bases idiossincrásicas individuais da ação, ou os valores de comunidades estranhas, se revelem objetivamente inacessíveis. Para citar um exemplo de nosso próprio meio: as pessoas que desejam poder correr quarenta quilômetros sem parar não são exatamente irracionais, mas suas razões só podem ser compreendidas a partir da perspectiva de um sistema de valores que alguns consideram estranho a ponto de achá-lo ininteligível[5]. Uma visão objetiva cor-

---

5. Embora nunca se saiba onde ele atacará a seguir: é como no filme *Invasores de corpos*.

reta terá de admitir esses bolsões de subjetividade inassimilável, que não precisam entrar em choque com os princípios objetivos, mas tampouco serão afirmados por eles. Muitos aspectos do gosto pessoal se encaixarão nessa categoria se, como penso, não puderem ser reunidos sob um princípio hedonista geral.

Mas os problemas de ajuste mais difíceis e interessantes aparecem quando se pode empregar a objetividade como padrão, e cabe a nós decidir como fazer isso. Alguns desses problemas são os seguintes: Até que ponto uma visão objetiva deve admitir valores externos? Até que ponto deve admitir valores neutros em relação ao agente? Até que ponto as razões para respeitar os interesses dos outros devem tomar uma forma relativa ao agente? Até que ponto é legítimo que cada pessoa privilegie seus próprios interesses ou os interesses dos que lhe são próximos? Todas essas são perguntas sobre a forma de generalidade adequada para diferentes tipos de raciocínio prático e sobre a relação adequada entre os princípios objetivos e as deliberações de agentes individuais.

Retomaremos algumas dessas questões mais adiante, mas boa parte ficará de fora. Quero me concentrar na forma apropriada dos valores ou das razões que dependem de interesses ou desejos. Há mais de uma forma de objetificá-los, e acredito que casos diferentes pedem formas de objetivação diferentes.

5. PRAZER E DOR

Começarei, no entanto, com um caso cuja solução me parece clara: o prazer e a dor físicos, o conforto e o desconforto: os prazeres da comida, da bebida, do sono, do sexo, do aconchego e da despreocupação; as dores do ferimento, da enfermidade, da fome, da sede, do frio e da exaustão. Deixarei de fora os prazeres e dores amenos, para os quais não damos muita importância, e me concentrarei nas experiências sensoriais que nos causam forte, talvez intenso, gosto ou desgosto. Não sou um hedonista ético, mas acho que prazer e dor são muito importantes e oferecem um caso mais claro de certo tipo de valor objetivo que o das preferências e desejos, que discutiremos mais à frente. Defenderei a tese nada surpreendente de que, para quem quer que seja, o prazer sensorial é bom e a dor é má. A finalidade do exercício é ver como funcionam, num caso simples, as pressões da objetivação.

A dor e o prazer físicos geralmente não dependem de atividades ou desejos que por si só dão lugar a perguntas acerca de sua justificação ou valor. Constituem apenas experiências sensoriais em relação às quais somos bastante passivos, mas que despertam em nós um desejo ou uma aversão involuntários. Quase todos consideram, de maneira muito simples, que evitar sua própria dor e promover seu próprio prazer são razões subjetivas para a ação; não se apóiam em razões ulteriores. Por outro lado, se alguém busca a dor ou evita o prazer, trata-se ou de um meio para chegar a algum fim ou de algo que se baseia em razões obscuras, como a culpa ou o masoquismo sexual. Que tipo de valor geral, se é que há algum, devemos atribuir ao prazer e à dor quando consideramos esses fatos de um ponto de vista objetivo? Que tipo de juízo podemos razoavelmente fazer sobre essas coisas quando as observamos abstraindo-nos de nós mesmos?

Podemos começar perguntando por que não é plausível a posição zero, de que o prazer e a dor não tenham nenhum tipo de valor que se possa reconhecer objetivamente. Isso significa que não tenho nenhuma razão para tomar aspirina quando tenho uma forte dor de cabeça, por mais que eu possa me sentir motivado a fazê-lo; e que, olhando para isso de fora, nem mesmo se poderia dizer que alguém tenha alguma razão para não colocar a mão no forno quente só porque vai doer. Tente examinar essa situação de fora e veja se consegue negar esse juízo. Se a idéia da razão prática objetiva faz algum sentido, de modo que exista algum juízo para não colocar a mão no fogo, isso não parece possível. Se os argumentos gerais contra a realidade das razões objetivas não são bons, então é no mínimo possível que eu tenha uma razão, e não apenas uma inclinação, para evitar colocar a mão no forno quente. Porém, dada essa possibilidade, parece que não faz sentido negar que assim seja.

Por estranho que pareça, no entanto, podemos imaginar um caso que combinaria com tal negação. Pode-se sugerir que a aversão à dor é uma fobia útil – sem nenhuma relação com a indesejabilidade intrínseca da dor em si – que nos ajuda a evitar ou escapar de traumatismos sinalizados pela dor. (O mesmo tipo de valor puramente instrumental pode ser atribuído ao prazer sensorial: pode-se considerar que os prazeres da comida, da bebida e do sexo não têm valor intrínseco, embora nossa inclinação natural a eles auxilie nossa sobrevivência e reprodução.) Não haveria então nada de errado com a dor em si, nem haveria nada de errado com alguém que nunca se sentisse deliberadamente motivado a fazer alguma coisa só por saber que assim reduziria ou evitaria a dor. Ele continuaria a ter reações involuntárias de evitá-la, pois do contrário seria difícil dizer que ele sente qualquer dor. E seria motivado a reduzir a dor por outras razões – por ser uma forma eficaz de evitar o perigo assinalado ou porque a dor interfere em alguma atividade física ou mental importante para ele. Só que não consideraria a dor como algo que em *si mesmo* ele teria razão para evitar, mesmo que, como todos nós, odiasse a sensação que ela provoca. (E, é claro, não seria capaz de justificar o fato de evitar a dor da mesma maneira que habitualmente justificamos o fato de evitar o que odiamos sem razão – ou seja, com o argumento de que mesmo um ódio irracional torna seu objeto muito desagradável!)

Não há nada contraditório nessa proposição, mas ainda assim parece insana. Sem alguma razão positiva para pensar que não há nada intrinsecamente bom ou mau em ter uma experiência que nos causa intenso prazer ou desprazer, não podemos seriamente considerar a impressão contrária comum como uma ilusão coletiva. Essas coisas serão boas ou más *para nós* pelo menos, se é que se pode dizer que existe alguma coisa boa ou má. O que parece acontecer aqui é que, de um ponto de vista objetivo, não podemos negar um certo tipo de endosso aos juízos de valor subjetivos mais diretos e imediatos que fazemos com respeito aos conteúdos de nossa própria consciência. Consideramos estar próximos demais dessas coisas para achar que nossas impressões avaliativas imediatas e não-ideológicas estão equivocadas. Possivelmente nenhuma visão objetiva que possamos alcançar suplantaria nossa autoridade subjetiva em tais casos. Não pode haver nenhuma razão para rejeitar as aparências aqui.

Está claro que as razões que devemos reconhecer aqui são mais amplas que estreitas: se tenho alguma razão para tomar aspirina quando estou com dor de cabeça ou para evitar fornos quentes, não é por causa de algo específico relacionado a essas dores, mas porque constituem exemplos de dor, sofrimento ou desconforto. Enquanto estivermos no âmbito das dores e dos prazeres físicos básicos, não há razão para considerar que alguns deles sejam bons ou maus e outros não – portanto, qualquer princípio da razão prática seria arbitrário, exceto o mais amplo: "Busque o prazer e evite a dor." Para ser precisos, o princípio mais amplo diz que temos razões para buscar/evitar sensações que nos causam intenso ou imediato prazer/desprazer. (Isso inclui sensações como náusea, que não são dores, e experiências às quais nem todos reagem da mesma maneira, como o ruído sibilante de um giz ao escrever.)

Uma hipótese alternativa seria a de que a razão operativa é ainda mais ampla: "Busque o que deseja e evite o que não deseja" (a teoria Instrumental mencionada anteriormente). Mas não creio que teríamos justificação para ir tão longe com base nesses exemplos. Reconhece-se que as pessoas geralmente querem o prazer e não querem a dor, mas talvez não tenhamos a mesma prontidão para admitir que elas têm razões objetivas para perseguir tudo o que desejam; algumas compulsões, por exemplo, nos parecem irracionais. O fato de que as dores e os prazeres físicos sejam experiências, e de que nossa aversão e desejo por eles sejam imediatos e irrefletidos, coloca-os numa categoria especial. Falarei mais, ao final, sobre a relação entre preferências e razões e por que não constitui um avanço a confiança cada vez maior que se deposita nas preferências para a formulação de teorias éticas. A teoria Instrumental nem sequer é parte da verdade.

Se estou certo no que disse até agora, os prazeres e dores primitivos no mínimo fornecem razões relativas ao agente para que se busquem uns e se evitem as outras – razões que podem ser confirmadas de um ponto de vista objetivo e não se limitam a descrever a motivação real do agente.

O que me interessa é a pergunta seguinte: o prazer e a dor só têm valor em relação ao agente ou proporcionam também razões neutras? Se o fato de evitar a dor só tem valor relativo, então as pessoas têm razões para evitar a própria dor, mas não para aliviar a dor dos outros (a menos que intervenham outros tipos de razões). Se o alívio da dor apresenta também um valor neutro, então qualquer pessoa tem razões para querer pôr fim à dor, seja ela de quem for. De um ponto de vista objetivo, qual dessas hipóteses é mais plausível? O valor do prazer e da dor sensoriais é relativo ou neutro? A relação entre as razões relativas ao agente e as razões neutras quanto ao agente constitui provavelmente a questão central da teoria ética.

Disse certa vez que não poderia haver razões que fossem *apenas* relativas ao agente – que teria de haver uma razão neutra que correspondesse a cada razão relativa, pois do contrário o reconhecimento da razão relativa a partir do ponto de vista objetivo seria incompleto. Sugeri até mesmo que todas as razões aparentemente relativas poderiam ser inclusas sob as razões neutras. Em linhas gerais, o argumento dizia que, a menos que a razão atribuída a alguma outra pessoa para justificar sua ação tivesse conteúdo motivacional para mim quando eu a considerasse objetivamente, tal atribuição não seria compatível com o pleno reconhecimento desse agente como uma pessoa como eu. Isso implicaria também uma dissociação radical com respeito a mim mesmo, já que, do ponto de vista objetivo, eu não reconheceria adequadamente nem mesmo a minha própria realidade. As razões neutras seriam necessárias para evitar um análogo prático do solipsismo (Nagel [1], caps. 11 e 12).

Embora já não acredite que esse argumento funcione[6], não acho que seja desprovido de valor. A integração dos dois pontos de vista e o pleno reconhecimento de que uma pessoa é apenas uma entre outras são as forças essenciais que se encontram por trás da elaboração de uma posição moral. Mas elas não exigem que se aceitem as razões neutras em todos os casos: alguns valores são relativos ao agente, e o pleno reconhecimento da realidade de outras pessoas não requer que se conceda a esses valores nenhum alcance objetivo maior do que este. Mais adiante discutirei alguns casos. A questão aqui é que nenhum argumento completamente geral sobre as razões pode mostrar que devemos passar da admissão de que o prazer e a dor têm valor relativo para a conclusão de que têm também valor neutro.

Contudo, por razões relacionadas ao argumento geral que se tenta formular, acredito que a conclusão seja verdadeira no seguinte caso: é concebível, mas falso, que o prazer e a dor somente forneçam razões para agir relativas ao agente. Em outras palavras, o prazer é bom e a dor é ruim, e o princípio objetivo mais razoável que admita que cada um de nós tem razões para buscar seu próprio prazer e evitar sua própria dor reconhecerá que essas não são as únicas razões presentes. Trata-se de uma afirmação normativa. Irrazoável, como disse, não quer dizer inconsistente.

Ao defender essa afirmação, sou de algum modo prejudicado pelo fato de considerá-la evidente por si só. Como não encontro nenhum argumento ainda mais poderoso no qual apoiá-la, corro o risco de explicar o óbvio em termos do obscuro. Já argumentei que se deve admitir a *possibilidade* de atribuir ao prazer e à dor um

---

6. Foi criticado por Sturgeon e outros.

valor neutro em relação ao agente. A questão agora é saber se é mais plausível essa hipótese ou a hipótese do valor puramente relativo.

Qual sistema geral de juízos práticos faz mais sentido de um ponto de vista objetivo? Se admitimos o princípio geral de que cada pessoa tem razões para se importar com seu próprio prazer e sua própria dor, como isso se coaduna com os juízos objetivos alternativos sobre a influência racional do prazer e da dor de alguém sobre as ações de outro? Precisamos decidir se o tipo de razão que as pessoas têm para evitar sua própria dor pode combinar-se, de maneira plausível, com a indiferença impessoal com relação a ela. Aqui o argumento da dissociação me parece persuasivo. Se atribuímos ao prazer e à dor um valor impessoal, uma pessoa pode pensar não apenas que tem razões para querer que seu sofrimento termine, mas que este é ruim e deve ser eliminado. Se, por outro lado, nos restringirmos às razões relativas, ela terá de dizer que, embora tenha razões para querer um analgésico, não há nenhuma razão para tomá-lo ou para que alguém que esteja por perto lhe ofereça um.

Ainda que não haja nada de errado nisso, por razões que têm a ver com projetos individuais e expressam valores pessoais que não se pode esperar que os outros compartilhem, trata-se de uma atitude muito peculiar a se tomar perante os confortos e desconfortos primitivos da vida. Suponha que eu tenha sido resgatado de um incêndio e me encontre na enfermaria de um hospital. Quero algo para aliviar minha dor, assim como a pessoa deitada na cama ao lado. Ela manifesta sua esperança de que nos dêem morfina, mas não consigo entender por quê. Entendo por que ela tem razão em querer morfina para si mesma, mas que razão ela tem para querer que *eu* também receba morfina? Meus gemidos a incomodam?

A dissociação aqui é uma atitude dividida com respeito ao meu próprio sofrimento. Como espectador objetivo, reconheço que TN tem razão em querer que a dor cesse, mas não vejo razão nenhuma para que cesse. Minha avaliação da dor está inteiramente circunscrita ao arcabouço de um juízo acerca do que é racional que *esta pessoa* queira.

Mas a dor, embora venha associada a uma pessoa e sua perspectiva individual, é tão odiosa para o eu objetivo como para o indivíduo subjetivo. Sei como ela é mesmo quando me observo de fora, como uma pessoa entre inúmeras outras. E o mesmo se aplica quando penso desse modo em alguma outra pessoa. Em pensamento, é possível separar a dor do fato de que seja minha sem que ela em nada perca seu caráter aflitivo. Ela tem vida própria, por assim dizer; por isso é natural atribuir-lhe um valor próprio.

A afirmação de que devemos conceder realidade objetiva pelo menos às razões relativas ao agente para evitar a dor baseava-se na autoridade avaliativa do sofredor. Afinal de contas, ninguém está mais próximo da dor do que ele. A questão agora é saber se a mesma autoridade deveria estender-se à conclusão de que o sofrimento é ruim e ponto, e não apenas para o que sofre. Do ponto de vista objetivo, posso terminar simplesmente endossando os esforços do sofredor para evitar ou aliviar o sofrimento, sem ir em frente e reconhecer uma razão impessoal para querer que o sofrimento termine? Acho que fazer tal coisa – dizer que não há em absoluto nenhuma objeção ao sofrimento que seja neutra em relação ao agente – equivaleria mais uma vez a rejeitar a autoridade mais clara presente na situação. Estamos pensando sem adotar um ponto de vista particular acerca de como considerar um mundo que contém pontos de vista. De uma perspectiva externa, pode-se considerar que o conteúdo desses pontos de vista tem algum tipo de valor simplesmente por ser parte do que está acontecendo no mundo, e o valor que se atribui a ele deveria ser o valor que ele inequivocamente parece ter a partir da perspectiva interna.

Quando o eu objetivo contempla a dor, tem que fazê-lo por meio da perspectiva do sofredor, e a reação do sofredor é muito clara. É claro que ele quer se livrar *dessa dor* de maneira irrefletida, não porque acha que seria bom reduzir a quantidade de dor no mundo. Ao mesmo tempo, porém, sua consciência de como a dor é ruim não envolve essencialmente a noção de dor como algo seu. O desejo de se ver livre da dor tem como único objeto a dor. Isso é revelado pelo fato de que esse desejo nem mesmo requer a idéia de *si mesmo* para fazer sentido: se me faltasse, ou se eu tivesse perdido, a concepção de mim mesmo como alguém distinto de outras pessoas possíveis ou reais, ainda assim poderia apreender imediatamente a maldade da dor. Assim, quando a considero de um ponto de vista objetivo, o ego não se interpõe entre a dor e o eu objetivo. Minha atitude objetiva perante a dor é tomada com razão da atitude imediata do sujeito e naturalmente assume a forma de uma avaliação da própria dor, mais do que um simples juízo acerca do que seria razoável que o padecente quisesse: "*Essa experiência* não deve continuar, *não importa quem* a tenha." Considerar a dor algo impessoalmente ruim do ponto de vista objetivo não implica a supressão ilegítima de uma referência essencial à identidade de sua vítima. Em sua forma mais primitiva, o fato de que seja minha – o conceito de mim mesmo – não intervém na minha percepção de quão ruim é minha dor.

É claro que posso facilmente formar um desejo explicitamente egocêntrico de me livrar da minha dor – se houvesse, por exemplo, uma única dose disponível de morfina, eu desejaria que o médico a desse a mim em vez de dá-la ao paciente da cama ao lado. Mas essa não é uma resposta pura à maldade da dor, e, do ponto de vista objetivo, convertê-la num juízo de que o doutor teria razão de preferir a mim ao meu vizinho seria um flagrante erro de objetivação. O desejo é essencialmente egocêntrico e, se sustenta algum juízo de valor objetivo, este será relativo ao agente – talvez o juízo de que eu tenho uma razão para tentar subornar ou persuadir o médico a me favorecer (mas, nesse caso, meu vizinho tem exatamente a mesma razão relativa ao agente para tentar convencer o médico a favorecê-lo).

Se existem tais razões exclusivamente relativas para buscar o próprio prazer e evitar a própria dor, devem rivalizar com as razões neutras que se fazem imediatamente evidentes quando consideramos essas coisas de maneira objetiva. Existe uma razão para que me dêem morfina que independe do fato de que a dor seja minha: é a razão de que a dor é terrível. A primeira e mais natural generalização do valor que qualquer indivíduo percebe em seu prazer ou sofrimento é neutra em relação ao agente – não importa o que venha a ser acrescentado depois.

Como disse, essa conclusão me parece evidente por si só, e ao tentar explicar por que é verdadeira e por que as alternativas são menos plausíveis é possível que eu não tenha avançado muito além dela. Na verdade, se precisamos de razões, é mais para duvidar do que para acreditar nas proposições de que o prazer é impessoalmente bom e a dor, impessoalmente ruim, mas relacioná-las com a integração dos pontos de vista subjetivo e objetivo com respeito aos nossos próprios motivos facilita a compreensão.

6. O EXCESSO DE OBJETIVAÇÃO

Pelo curso que a argumentação tomou até agora, é óbvio que não acredito que todas as razões objetivas têm a mesma forma. A interação entre a objetividade e a vontade produz resultados complexos que não podem necessariamente compor um sistema unificado. Isso significa que a ambição natural de criar um sistema abrangente de ética talvez seja inalcançável.

Apresentei argumentos contra o ceticismo e em favor do realismo e da busca de objetividade no domínio da razão prática. Mas, se a possibilidade do realismo for admitida, logo enfrentaremos o problema oposto ao do ceticismo, ou seja, o problema do excesso de objetivação: a tentação de dar uma interpretação forte demais à objetividade das razões.

Na ética, assim como na metafísica, a objetividade exerce um fascínio muito grande: nas duas áreas há uma tendência persistente a buscar uma única explicação completa e objetiva da realidade. No terreno dos valores, isso se traduz na busca da explicação mais objetiva possível de todas as razões para agir: a explicação que nos exija o ponto de vista mais distanciado.

Essa idéia está na base da suposição moral bastante comum de que os únicos valores reais são os impessoais e de que alguém só pode ter realmente razão para fazer algo se há uma razão neutra em relação ao agente para que tal coisa aconteça. Essa é a essência das formas tradicionais de conseqüencialismo: a única razão para que alguém faça alguma coisa é que, considerando o mundo como um todo, seria intrinsecamente melhor se ele a fizesse. A idéia também encontra eco na visão de Hare sobre o único tipo de juízo que se pode expressar na linguagem moral, pois sua afirmação de que os juízos morais são universalmente prescritivos significa que dependem do que alguém *desejasse que acontecesse*, considerando a questão de todos os pontos de vista – em vez do que alguém consideraria que as pessoas têm *razão de fazer*, considerando a questão dessa maneira. De fato, Hare não reconhece a possibilidade de prescrições que dizem o que alguém deveria fazer mas não comprometem aquele que prescreve a querer que aconteça o prescrito. Conseqüentemente, qualquer princípio que fosse moral em seu sentido teria de ser neutro em relação ao agente.

No próximo capítulo tentarei explicar por que a ética não se baseia somente em valores impessoais como os que se vinculam ao prazer e à dor. Só podemos supor que todos os valores são impessoais na mesma medida em que podemos supor que toda a realidade é física. Argumentei antes que nem tudo o que existe pode ser reunido numa concepção uniforme do universo formada a partir de lugar nenhum dentro dele. Se é evidente que existem certas perspectivas que não podem ser analisadas em termos físicos, devemos modificar nossa idéia de realidade objetiva para incluí-las. Se isso não é suficiente, devemos admitir na realidade algumas coisas que não podem ser entendidas objetivamente. De forma semelhante, se não é possível acomodar dentro de um sistema puramente neutro – ou mesmo, talvez, dentro de um sistema geral mas relativo – certas razões para agir que parecem existir, pode ser que tenhamos de modificar, de acordo com isso, nossa idéia realista de valor e de razão prática. Não pretendo sugerir que não há conflito aqui. A oposição entre razões objetivas e inclinações subjetivas pode ser séria e exigir que mudemos nossa vida. Estou dizendo apenas que a verdade, se é que existe, será alcançada pela exploração desse conflito, mais do que pelo triunfo automático do ponto de vista mais transcendente. Na conduta da vida, é preciso levar a sério a rivalidade entre a visão de dentro e a de fora.

IX
Ética

1. TRÊS TIPOS DE RELATIVIDADE QUANTO AO AGENTE

Neste capítulo, quero tratar de alguns dos problemas que enfrentará qualquer defensor da objetividade da ética que pretenda dar sentido à real complexidade do tema. O tratamento será geral e muito incompleto. Em essência, discutirei alguns exemplos a fim de sugerir que a empresa não é inútil.

A discussão girará em torno da distinção entre valores relativos ao agente e valores neutros em relação ao agente. Não tentarei apresentar uma teoria completa da ética, nem mesmo em linhas gerais; meu objetivo, neste capítulo e no próximo, é discorrer sobre o problema central da ética, ou seja, de que maneira a vida, os interesses e o bem-estar dos outros fazem demandas sobre nós e como conciliar essas demandas, que são de várias formas, com o propósito de viver nossas próprias vidas. Minha premissa é de que a forma de uma teoria moral depende da interação de forças na economia psíquica de seres racionais complexos. (Não entrarei na questão dos valores estéticos, cuja relação com os interesses humanos é obscura, embora se revelem a nós pela capacidade que têm certas coisas de despertar nosso interesse e respeito.)

Há um componente importante da ética que é conseqüencialista e impessoal. Se está correto o que eu disse no capítulo anterior, existe um tipo de conseqüencialismo hedonista, neutro em relação ao agente, que descreve uma forma significativa de interesse que devemos ter pelos outros. A vida é repleta de prazeres e dores básicos, e estes são importantes. Talvez haja outros bens básicos, como a saúde e a sobrevivência, que têm o mesmo *status*, mas não me ocuparei deles por ora. Quero agora examinar outras categorias de razões objetivas que complicam o quadro. A ética se ocupa não apenas do que deveria acontecer, mas também, de maneira independente, do que as pessoas deveriam ou poderiam *fazer*. As razões neutras são subjacentes no primeiro caso, mas as razões relativas podem afetar o último. Na discussão filosófica, a hegemonia das razões neutras e dos valores impessoais é geralmente questionada por três tipos amplos de razões cuja forma é relativa e cuja existência parece ser independente dos valores impessoais.

O primeiro tipo de razão deriva dos desejos, projetos, compromissos e vínculos pessoais do agente individual, que dão a ele razões para agir na busca de seus próprios objetivos. Agruparei todos sob a designação geral de razões de autonomia (que não devem ser confundidas com a autonomia do livre-arbítrio).

O segundo tipo de razão deriva das demandas que fazem as outras pessoas de não ser lesadas em determinados aspectos. O que tenho em mente não são as razões neutras para que todos se conduzam de modo que não lesem ninguém, mas as razões relativas para que cada indivíduo não prejudique os outros em seu relacionamento com eles (por exemplo, violando seus direitos, quebrando as promessas que fez etc.). Agruparei essas razões sob o feio e conhecido título geral de deontologia. As razões autônomas limitariam o que estamos obrigados a fazer em benefício dos valores impessoais. As razões deontológicas limitariam o que nos é *permitido* fazer em benefício dos valores impessoais ou autônomos.

O terceiro tipo de razão provém das obrigações especiais que temos perante as pessoas que nos são próximas: pais, filhos, cônjuges, irmãos, os membros de nossa comunidade ou mesmo nação. A maioria das pessoas reconheceria uma obrigação não-contratual de mostrar um interesse especial por algumas dessas pessoas, apesar das possíveis divergências quanto à força das razões e à amplitude da rede de relações. Para essas razões utilizarei a designação de razões de obrigação, embora não incluam muitas obrigações que assumimos voluntariamente. Menciono-as aqui apenas para o efeito de completar a classificação, mas não as analisarei em detalhe. Não tenho tanta confiança aqui, como no caso das outras duas categorias, de que na reflexão corrente resistam a uma justificação neutra em relação ao agente.

Não tenho certeza de que todas essas razões relativas ao agente de fato existem. As razões autônomas, e talvez as obrigatórias, são bastante inteligíveis, mas, embora me pareça possível explicar a idéia que se encontra por trás das razões deontológicas, trata-se de uma explicação que lança dúvidas sobre sua validade. O único modo de descobrir quais são os limites do que podemos ou devemos fazer em benefício dos valores impessoais é ver que sentido se pode atribuir aos limites aparentes e aceitá-los ou rejeitá-los, conforme seu sentido mais pleno se revele ou não bom o bastante.

Consideradas em conjunto, as razões autônomas, obrigatórias, neutras e deontológicas cobrem grande parte do território da irrefletida moral burguesa. O senso comum sugere que cada um de nós deve viver sua própria vida (autonomia), ter uma consideração especial por certas pessoas (obrigação), ter algum interesse significativo pelo bem geral (valores neutros) e tratar com decência as pessoas com quem nos relacionamos (deontologia). Sugere também que esses propósitos podem gerar um sério conflito interno. O senso comum não tem a última palavra nem na ética nem em qualquer outra coisa, mas tem, como disse J. L. Austin sobre a linguagem comum, a primeira palavra: deve ser considerado antes de ser descartado.

Já se fizeram algumas tentativas para encontrar espaço num sistema impessoal mais complexo para alguma versão dos três tipos de exceção aparente à ética impessoal, utilizando-se para isso os desenvolvimentos do conseqüencialismo, como o utilitarismo das regras e o utilitarismo dos motivos. Um exemplo recente é a versão em dois níveis que Hare dá ao utilitarismo em *Moral Thinking*. E T. M. Scanton oferece uma justificação conseqüencialista, mas não-utilitarista, dos direitos deontológicos em "Rights, Goals, and Fairness". Não pretendo demonstrar que são falhas essas reduções da ética relativa ao agente à ética neutra em relação ao agente, pois acredito que estejam corretas em parte. Só que não são toda a verdade. Tentarei apresentar uma descrição alternativa de como as exceções podem fazer sentido de maneira independente. Meu objetivo é explicar o que é que se esquiva da justificação em termos neutros. Como isso é mais evidente no caso da autonomia e da deontologia, eu me concentrarei nelas. Nos dois casos, a explicação depende de certas discrepâncias entre o que se pode valorar a partir de um ponto de vista objetivo e o que, de um ponto de vista objetivo, se pode ver que tem valor de uma perspectiva menos objetiva.

2. RAZÕES DA AUTONOMIA

Nem todas as fontes de razões subjetivas são tão simples como o prazer e a dor sensoriais. Creio que a objetivação mais razoável do valor que todos reconhecemos diante dessas experiências é impessoal. Por mais difícil que seja, cada um de nós tem razões para conceder um peso significativo ao simples prazer ou dor sensorial dos outros, assim como ao nosso. Quando esses valores ocorrem de maneira isolada, os resultados podem impor certas demandas. Se você e um desconhecido sofrem ferimentos, se você só tem uma dose de analgésico e se a dor dele é muito mais intensa que a sua, você deve ceder a ele o analgésico – não por alguma razão complexa, mas simplesmente por causa da intensidade relativa das duas dores, que proporciona uma razão neutra para optar pelo alívio da mais intensa. O mesmo se pode dizer com respeito a outros elementos básicos do bem e do mal humanos.

Mas muitos valores não são assim. Embora alguns interesses humanos (e não apenas o prazer e a dor) dêem origem a valores impessoais, quero agora argumentar que nem todos produzem esse resultado. Se tenho uma forte dor de cabeça, qualquer pessoa tem razões para querer que a dor cesse. Mas, se desejo a todo custo escalar até o pico do monte Kilimanjaro, nem todos têm razões para querer que eu seja bem-sucedido. Tenho razões para tentar chegar ao topo da montanha, e talvez sejam muito mais fortes que minhas razões para querer que a dor de cabeça passe, mas as outras pessoas têm pouquíssimas razões, se é que alguma, para importar-se com meu desejo de escalar o Kilimanjaro. Ou suponha que quero ser um pianista. Nesse caso, tenho razões para praticar, mas os outros têm pouca ou nenhuma razão para importar-se com que eu pratique ou não. Por quê?

Por que a satisfação do meu desejo de escalar a montanha não deveria ter um valor impessoal comparável ao valor que tem para mim (como acontece com a eliminação da minha dor de cabeça)? Para chegar ao topo de uma montanha tão alta, é provável que uma pessoa tenha de suportar intensas dores de cabeça e náuseas provocadas pela altitude, de modo que isso deve ter valor para ela. Por que a objetivação desses valores não preserva a relação entre eles que existe na perspectiva do escalador? Esse problema foi formulado originalmente por Scanlon, que apresenta um forte argumento contra a visão de que a satisfação das preferências como tal fornece a matéria-prima da ética – a base de nossas pretensões à preocupação dos demais. O valor impessoal das coisas que importam para um indivíduo não precisa corresponder ao valor pessoal que têm para ele. "O fato de que alguém esteja disposto a abster-se de uma dieta decente para construir um monumento ao seu deus não significa que seu pedido para que os outros o ajudem nesse projeto tenha a mesma força que seu pedido de ajuda para obter o suficiente para comer." (Scanlon [1], pp. 659-60.)

Há duas formas em que um valor pode estar condicionado a um desejo: o valor pode residir fora ou dentro da condicional, por assim dizer. No primeiro caso, o fato de uma pessoa ter X se deseja X tem valor neutro: a satisfação do desejo tem uma utilidade objetiva que qualquer um tem razões para promover. No último caso, se uma pessoa deseja X, o fato de ter X tem valor relativo para ela: a suscetibilidade ao valor está condicionada ao desejo que se tem, e a satisfação do desejo não tem utilidade impessoal.

Não é fácil enunciar uma regra geral para classificar os desejos numa ou noutra categoria. Sustento que as experiências sensoriais que por si sós nos causam intenso prazer ou desprazer têm valor neutro em relação ao agente em virtude desses desejos. Esses prazeres ou desprazeres imediatos, que não resultam de nenhuma escolha nem de alguma razão subjacente, são muito diferentes dos desejos que definem nossas metas e ambições mais amplas. Aqueles resultam em estados mentais nitidamente bons ou maus, pois a atitude do sujeito é decisiva. Os últimos requerem uma avaliação mais complexa.

A maioria das coisas que buscamos, se não a maioria das coisas que evitamos, são opcionais. O valor que têm para nós depende de nossas metas, projetos e preocupações individuais, inclusive a preocupação particular que temos por outras pessoas e que reflete nossa relação com elas; só adquirem valor por causa do interesse que desenvolvemos por elas e do lugar que isso lhes concede em nossas vidas – não é que despertem nosso interesse pelo valor que têm. Quando olhamos tais desejos objetivamente, de fora, podemos reconhecer a validade das razões que nos oferecem para agir sem julgar se existe uma razão neutra para que se faça alguma dessas coisas. Isso porque quando adotamos o ponto de vista objetivo deixamos para trás a perspectiva da qual os valores têm de ser aceitos.

A questão crucial é até onde chega a autoridade de cada indivíduo em determinar o valor objetivo da satisfação de seus próprios desejos e preferências. Do ponto de vista objetivo, vemos um mundo que contém múltiplas perspectivas individuais. O eu objetivo pode simplesmente assumir algumas das aparências de valor que surgem a partir dessas perspectivas, mas creio que outras devem permanecer essencialmente relativas à perspectiva individual – aparências de valor que se revelam apenas *ao sujeito* e são válidas somente do ponto de vista de sua própria vida. O valor que têm não pode ser impessoalmente destacado do sujeito, pois está estreitamente ligado a suas atitudes e metas idiossincrásicas, e não pode ser subsumido a um valor mais universal de importância comparável, como o do prazer e da dor.

É claro que qualquer um pode adotar para si os objetivos de outra pessoa, mas essa é outra questão, que tem mais a ver com simpatia pessoal do que com reconhecimento objetivo. Enquanto ocupar o ponto de vista objetivo, só poderei reconhecer o valor de algum desses objetivos opcionais de maneira vicária, por meio da perspectiva da pessoa que os escolheu, e não por si mesmo.

Isso acontece mesmo quando a pessoa sou eu mesmo. Quando examino minha vida a partir de uma perspectiva externa, a integração dos dois pontos de vista não consegue superar uma certa forma de distanciamento. Não posso apreciar diretamente o valor de escalar o monte Kilimanjaro só por querer fazê-lo do mesmo modo que aprecio o valor de estar bem alimentado e vestido. O *fato* de querer fazer algo, quando visto de fora, não tem a mesma importância do *querer fazer*, quando experimentado internamente. Só posso enxergar uma razão aqui por meio da perspectiva de TN, cuja meta opcional agrega aos valores que operam dentro de sua vida algo que está além das razões que se apresentam a ele de maneira simples, independentemente de suas escolhas. Não posso vê-la senão como um valor para ele e, portanto, não posso aceitá-la sem ressalvas como um valor impessoal.

Embora isso me pareça verdadeiro, há uma forma natural de refutá-lo. Admiti que, no caso das sensações, um intenso desejo ou aversão pode conferir valor neutro em relação ao agente, e isso não requer que eu tenha o mesmo desejo, nem que o compreenda totalmente. Ainda que, por exemplo, não me incomode o som agudo do giz ao riscar, reconheço que é impessoalmente ruim para uma pessoa que deteste ouvir esse som. A maldade impessoal não se vincula à experiência concebida simplesmente como um determinado som, mas ao fato de alguém *ter uma experiência que detesta*. O desgosto evidente é suficiente. Alguém poderia perguntar por que não se deveria vincular um valor impessoal comparável ao fato de alguém *ter (ou fazer) algo que deseja*, seja qual for o desejo. Mesmo que eu não possa me identificar objetivamente com o desejo, e portanto não possa atribuir nenhum valor a sua satisfação como tal, por que não posso considerar que ele tem um valor impessoal sob essa descrição mais complexa? Esse seria o valor universal sob o qual se poderia objetivamente favorecer a satisfação de todas as preferências.

Não é fácil argumentar sobre isso de maneira convincente, mas não creio que exista tal valor universal. Uma das razões é que os projetos pessoais de que estamos falando envolvem coisas que acontecem no mundo que se encontra fora de nossas mentes. Parece excessivo aceitar que os desejos de um indivíduo confiram valor impessoal a algo que está fora dele, mesmo que de algum modo ele esteja envolvido nisso. A autoridade impessoal dos valores do indivíduo diminui com o distanciamento de sua condição interna. Creio que se pode ver isso claramente no caso-limite de um desejo pessoal por algo que jamais terá um impacto na consciência do indivíduo: a fama póstuma, por exemplo. Se alguém deseja a fama póstuma, pode ter razões para fazer o que acha que o levará a alcançá-la, mas não se pode ver isso como outra coisa senão como um bem *para ele*.

Não há qualquer valor neutro em relação ao agente na realização de sua esperança: a única razão que outra pessoa poderia ter para se importar com seu desejo seria um interesse pessoal específico por ele e suas ambições.

Por outro lado, quanto mais um desejo tenha por objeto a qualidade da experiência do sujeito, e quanto mais imediato e independente seja dos outros valores deste, mais tenderá a produzir razões pessoais e impessoais. Mas, na medida em que transcenda a própria experiência do sujeito, a realização de um projeto ou ambição de caráter pessoal não tem nenhum valor, a não ser da perspectiva de seu sujeito – pelo menos, nenhum valor comparável ao que razoavelmente lhe concede o sujeito que tem tal ambição. (Estou considerando aqui que podemos abstrair de qualquer valor intrínseco que a realização possa ter que não dependa em absoluto do interesse do sujeito, ou que estamos lidando com projetos cujo real valor, seja qual for, provém inteiramente do interesse do sujeito.) E claramente se pode encontrar valor na ocorrência/não ocorrência de uma experiência sensorial que por si mesma nos cause forte prazer/desprazer, quer se tenha ou não essa reação, quer haja ou não uma identificação com ela. Para expressar isso de maneira aparentemente paradoxal: quanto mais subjetivo o objeto do desejo, mais impessoal o valor de sua satisfação.

Se está correto isso, é inevitável um certo grau de dissociação quando unimos os dois pontos de vista. Do ponto de vista interno, estou diretamente sujeito a certas razões relativas ao agente. Do ponto de vista externo, só o que posso fazer é reconhecer a razoabilidade de a pessoa que sou sentir-se motivada por essas razões, sem que eu mesmo, enquanto eu objetivo, seja motivado por elas. Minha objetividade se revela no reconhecimento de que essas razões relativas são exemplos de algo geral e poderiam ocorrer a qualquer outro agente com metas opcionais próprias. De um ponto de vista externo à perspectiva da ambição de escalar o Kilimanjaro ou tornar-se um pianista, é possível entender e reconhecer essa perspectiva e assim admitir as razões que surgem a partir dela; mas não é possível aceitar essas razões como sendo próprias de nós mesmos, a menos que se ocupe esta perspectiva em vez de meramente reconhecê-la.

Não há nenhuma incoerência em querer ser capaz de escalar o Kilimanjaro ou tocar todas as sonatas para piano de Beethoven e, ao mesmo tempo, pensar que impessoalmente não tem importância conseguir fazer essas coisas. De fato, seria uma tolice pensar que impessoalmente isso teria importância. Impessoalmente, nem sequer importa muito que *se* alguém quisesse tocar de cor todas as sonatas de Beethoven deveria ser capaz de fazê-lo – pouco importa, de modo que, se ele é incapaz de fazê-lo, talvez fosse melhor que não o desejasse (deixando de lado qualquer valor que possa haver na ambição em si). Aqui entram em ação os valores neutros do prazer e da dor. Mas mesmo isso é um valor neutro bastante fraco, pois não é o correlato neutro das razões relativas ao agente que derivam diretamente da ambição, cujo objeto não é o prazer. Se o próprio agente, por meio de suas escolhas e ações, desenvolve um interesse, então as razões objetivas que este lhe proporciona são antes de tudo relativas.

Quaisquer razões neutras que se originem desse interesse devem expressar valores que sejam independentes da perspectiva particular do agente e de seu sistema de preferências. Como disse antes, os valores gerais de prazer e dor, satisfação e frustração, até certo ponto cumprem esse papel, embora apenas na medida em que possam ser separados do valor do objeto de desejo cuja aquisição ou perda produz o sentimento. (Isso explica, aliás, a atração que o hedonismo exerce sobre os conseqüencialistas, ao reduzir todos os valores ao denominador comum impessoal do prazer e da dor.) O que não existe, na minha opinião, é um valor impessoal completamente geral da satisfação dos desejos e das preferências. A força das preferências pessoais de um indivíduo em geral determina o que ele tem razão de fazer dadas essas preferências, mas não determina o valor impessoal de ele conseguir o que deseja. Não existe nenhum valor independente da satisfação das preferências *per se* que conserve sua força mesmo de um ponto de vista impessoal.

3. VALORES PESSOAIS E IMPARCIALIDADE

Esse enfoque talvez pareça rude, e de fato será se o deixarmos tal como está. Pois, se as razões neutras em relação ao agente derivassem somente do prazer e da dor, não teríamos nenhuma razão para nos preocupar com muitos aspectos fundamentais do bem-estar dos outros aos quais não seria fácil dar uma interpretação hedonista – sua liberdade, seu amor próprio, seu acesso a oportunidades e recursos que lhes permitam viver uma vida gratificante.

Acredito, porém, que existe outro aspecto sob o qual se pode ver que essas coisas têm valor impessoal, sem dar carta branca às preferências individuais. Esses bens humanos muito gerais compartilham com os bens do prazer e da isenção da dor, de natureza muito mais específica, uma característica que gera razões neutras. Seu valor não é dado necessariamente pelos valores particulares do indivíduo que os tem ou não tem, nem pelas preferências ou projetos particulares que ele desenvolveu[1]. Além disso, embora incluam não apenas os conteúdos da consciência, esses bens estão muito "próximos de casa": determinam o caráter da vida a partir de dentro, e isso confere autoridade ao valor que o sujeito lhes concede. Por ambas as razões, quando contemplamos de fora nossas próprias vidas e a dos outros, a objetivação mais plausível desses bens muito gerais não é relativa ao agente.

Do ponto de vista objetivo, o elemento fundamental que leva ao reconhecimento das razões neutras em relação ao agente é o sentido de que ninguém é mais importante que qualquer outra pessoa. A questão então é saber se todos somos igualmente desimportantes ou igualmente importantes, e a resposta, creio, se encontra em algum lugar intermediário. As áreas em que, de uma perspectiva externa, devemos continuar a nos interessar por nós mesmos e pelos outros são aquelas cujo valor está o mais próximo possível de ser universal. Se admitirmos algum valor impessoal, este naturalmente estará associado à liberdade, às oportunidades gerais e aos recursos básicos da vida, bem como ao prazer e à ausência de sofrimento. Isso não equivale a atribuir valor impessoal à satisfação de seja quais forem os desejos de cada pessoa.

A hipótese dos dois níveis de objetivação implica que não existe uma razão significativa para que algo

---

[1]. Esse é o fundamento da escolha dos bens primários como a medida comum do bem-estar para a justiça distributiva de Rawls (1). Ver Rawls (2) para um tratamento muito mais detalhado. Esse ensaio, Scanlon (1) e a presente discussão são todos abordagens do "problema profundo" descrito em Rawls (1), pp. 173-5. A defesa de Dworkin de que os recursos, não o bem-estar, são a medida correta da igualdade também constitui, em parte, uma resposta a esse problema.

aconteça que corresponda a cada razão que alguém tenha para fazer algo. Cada pessoa tem razões que se originam da perspectiva de sua própria vida, e, embora essas razões possam ser publicamente reconhecidas, em geral não servem de razões para os outros e não correspondem às razões que lhe proporcionam os interesses dos outros. Uma vez que as razões relativas são gerais e não meramente subjetivas, cada indivíduo deve reconhecer que o mesmo se aplica aos outros com respeito a ele. Uma certa distância objetiva de suas próprias metas é inevitável; haverá certa dissociação dos dois pontos de vista no que tange a seus interesses individuais. Os resultados éticos dependerão da dimensão das demandas impessoais que as circunstâncias reais farão a cada um e aos outros, bem como do grau em que prevalecerão sobre as razões mais pessoais.

É uma questão difícil saber se esse sistema de dois níveis acarreta algum limite significativo ao grau em que a ética requer que sejamos imparciais entre nós mesmos e os outros[2]. Haveria esse limite se as razões relativas ao agente que derivam de nossas metas pessoais fossem simplesmente acrescentadas às razões neutras que provêm de valores mais universais. Pois, nesse caso, eu teria permissão para perseguir meus projetos pessoais de preferência ao bem impessoal dos outros, assim como posso persegui-los de preferência à minha saúde, comodidade etc.; e não teria de me sacrificar para favorecer os projetos pessoais *deles*, só para seu bem impessoal. Parece, portanto, que as razões relativas a

---

2. Não se deve confundir imparcialidade com igualdade. Nada do que digo aqui se refere à questão de quanta igualdade é necessária na distribuição do que tem valor imparcial. A imparcialidade absoluta é compatível com a negação de que a igualdade deve ser um fator independente na resolução das questões distributivas.

cada agente lhes daria uma margem de proteção contra as demandas dos outros – embora, é claro, essa margem pudesse ser sobrepujada por razões impessoais suficientemente fortes.

No entanto, há razões para duvidar de que esse será o resultado direto. Ao comparar nossas razões relativas ao agente com as demandas impessoais dos outros, talvez não sejamos capazes de utilizar os mesmos critérios que empregamos em nossas vidas. Citando mais uma vez o exemplo de Scanlon: assim como temos mais razões para ajudar alguém a obter o necessário para comer do que ajudá-lo a construir um monumento para o seu deus – ainda que ele esteja disposto a renunciar à comida pelo monumento –, do mesmo modo ele pode ter mais razões para ajudar a alimentar outras pessoas do que para construir seu monumento, mesmo que não se possa culpá-lo por privar-se de comer. Em outras palavras, quando os bens básicos impessoais derivam das necessidades de outras pessoas, temos de atribuir-lhes mais peso do que quando competem com razões pessoais em nossas próprias vidas.

Não estou certo de qual seria a melhor explicação para isso, nem de quanta imparcialidade ela exigiria. A imparcialidade completa pareceria exigir que qualquer tendência ao autofavoritismo com base em razões pessoais seja compensada por uma diminuição correspondente no peso que o indivíduo, ao tomar suas decisões interpessoais, confere às razões impessoais que provêm de suas necessidades básicas, para que seu total individual não sofra, por assim dizer, nenhum acréscimo. Todas as razões teriam de ser ponderadas de modo que todos fossem igualmente importantes. Mas não sei se seria possível descrever um sistema desse tipo que fosse digno de crédito, pensando em todo caso na tomada de decisões individual. Parece que o mais provável seria definir a imparcialidade interpessoal, tanto entre os outros como entre uma pessoa e as demais, em termos de valores neutros em relação ao agente, o que deixaria espaço para certa parcialidade com respeito a si mesmo e aos próprios interesses e vínculos pessoais; o grau dessa parcialidade dependeria da importância comparativa das razões neutras e relativas no sistema como um todo. Se fosse necessária uma forma mais forte de imparcialidade, esta teria que ocorrer num nível mais elevado, na aplicação da razão prática às instituições sociais e políticas que servem de pano de fundo para a escolha individual.

Há uma objeção a essa abordagem que deve ser mencionada, ainda que poucas pessoas provavelmente a assinalariam. Sustentei que a objetivação neutra da maioria das razões subjetivas individualistas não faz sentido. Mas isso certamente não implica que a objetivação relativa seja correta. Existe uma alternativa radical: poderia ser que essas razões não tivessem nenhuma validade objetiva, quer relativa, quer neutra. Ou seja, um utilitarista intransigente poderia dizer que, se não há uma razão neutra para que eu escale o Kilimanjaro ou aprenda as sonatas de Beethoven – se nenhuma dessas coisas fosse boa em si mesma, se o mundo não se tornasse um lugar melhor pelo fato de eu chegar ao topo da montanha ou ser capaz de executar as sonatas –, não tenho nenhuma razão para fazê-las e seria melhor que eu me livrasse o mais rápido possível do desejo de realizá-las. Em outras palavras, não posso conceder a nenhuma coisa da minha vida um valor pessoal maior do que é justificado por seu valor impessoal.

Esse é um lance logicamente possível, mas não é plausível. Resulta do propósito de eliminar, tanto quanto possível, qualquer perspectiva do domínio dos valores reais, e, até onde posso ver, a objetividade não requer que tenhamos esse propósito. Sem dúvida devemos tentar harmonizar nossas vidas, em alguma medida, com a idéia que temos de como deve ser o mundo. Mas creio hoje que não há necessidade de abandonar todos os valores que não correspondam a algo desejável do ponto de vista impessoal, embora isso seja possível como resultado de uma escolha pessoal – a escolha de auto-transcender-se.

Se existem, objetivamente, razões relativas e neutras, isto suscita o problema de como organizar a vida para dar a ambas o que lhes cabe. Uma forma de lidar com o problema é confiar a uma instituição impessoal como o Estado grande parte da responsabilidade de assegurar os valores impessoais. Um conjunto bem arquitetado de instituições políticas e sociais deve funcionar como um amortecedor moral para proteger a vida pessoal contra as exigências vorazes do bem impessoal, e vice-versa. Mais adiante falarei um pouco mais sobre a relação entre ética e teoria política.

Antes de deixar o assunto da autonomia, gostaria de fazer uma comparação entre o que eu disse e outro tratamento recente da relação entre valores pessoais e valores impessoais na teoria ética; refiro-me a *The Rejection of Consequentialism*, de Samuel Scheffler. Ele propõe uma "prerrogativa centrada no agente", que permitiria que cada indivíduo, ao decidir o que fazer, concedesse a todos os seus interesses um peso extra, superior ao que estes agregam ao valor neutro do resultado total de suas ações, considerado de um ponto de vista impessoal.

> Para ser mais específico, acredito que uma plausível prerrogativa centrada no agente permitiria que cada agente atribuísse um peso proporcionalmente maior a seus

interesses que aos interesses de outras pessoas. Permitiria então ao agente promover o resultado não-ótimo de suas próprias escolhas, com a única condição de que o grau de inferioridade desse resultado em relação a cada um dos resultados superiores que ele pudesse promover em nenhum caso ultrapassasse, em proporção maior que a especificada, o grau de sacrifício necessário para que ele promovesse o resultado superior. (p. 20)

Essa proposta difere da minha, mas não é rigorosamente incompatível com ela. Scheffler não faz a mesma distinção que fiz entre os interesses e desejos que geram e os que não geram valores impessoais. Ele não está comprometido com um método particular de categorizar o valor impessoal de estados de coisas, mas sua discussão sugere que ele acredita que se poderia levar em conta a satisfação de muitos tipos de preferências humanas ao determinar se um estado de coisas ou resultado é impessoalmente melhor que outro. Contudo, quer Scheffler aceite ou não minha distinção, seria possível aceitá-la e ainda assim formular a proposta de uma prerrogativa centrada no agente; pois essa proposta descreve um limite à exigência de que sempre se produza o resultado impessoalmente melhor, o que independe da forma em que se determina o valor impessoal comparativo dos resultados. Este poderia ser determinado não por todos os interesses, mas apenas por alguns. A prerrogativa permitiria então que um indivíduo concedesse peso extra a esses interesses, caso fossem os seus.

O problema é que, na visão de autonomia que apresentei, ele já poderia ter algumas razões não contestadas que o favorecessem, razões que teriam origem nos desejos cuja satisfação produz valor pessoal mas não valor impessoal. Acrescentar a esses desejos a prerrogativa adicional de favorecer a si mesmo com respeito aos bens e males fundamentais cujo valor impessoal é evidente talvez represente um excesso de indulgência moral.

Uma posição alternativa, que combina aspectos da proposta de Scheffler com a minha, poderia ser a seguinte. A separação entre os interesses que suscitam e os que não suscitam valores impessoais não é cristalina; é uma questão de grau. Alguns interesses geram apenas razões relativas e nenhuma razão neutra; outros geram razões neutras que são tão fortes quanto as relativas; alguns, porém, geram razões relativas e razões neutras que são um pouco mais fracas. Permite-se que um indivíduo favoreça a si mesmo com respeito a um interesse na medida em que a razão relativa ao agente gerada por esse interesse exceda a correspondente razão neutra em relação ao agente. Não há uma prerrogativa uniforme de atribuir um peso único proporcionalmente maior ao alívio das dores de cabeça de alguém, à realização de suas ambições atléticas ou musicais e à felicidade de seus filhos.

Uma prerrogativa variável como essa se ajustaria melhor que uma prerrogativa uniforme à explicação de Scheffler da motivação que se encontra por trás dela: o desejo de conferir importância moral ao ponto de vista pessoal permitindo que a moral espelhe o modo em que os interesses e obrigações são naturalmente gerados do interior de um ponto de vista particular. Se alguns interesses dependem mais que outros de um ponto de vista normativo particular, eles oferecerão uma resistência mais natural a sua assimilação às exigências unificadoras de valor impessoal na construção da moral. Tudo isso brota da tentativa de combinar os pontos de vista subjetivo e objetivo sobre a ação e seus motivos.

Por outro lado, mesmo depois de tais ajustes, haverá ainda exigências da moral impessoal que parecerão excessivas de um ponto de vista individual, e pode ser que a resposta a isso tenha de incluir uma prerrogativa centrada no agente de alcance mais geral. Tratarei desse problema no próximo capítulo.

4. DEONTOLOGIA

Passarei agora ao obscuro tema das restrições deontológicas. Trata-se das razões relativas ao agente que dependem não das metas ou projetos do agente, mas das demandas dos outros. Ao contrário das razões autônomas, elas não são opcionais. Se existem, restringem o que podemos fazer para atingir propósitos relativos ou neutros.

Essas razões complicam ainda mais um quadro que já era complicado. Se existem razões de autonomia relativas ao agente que não dão origem a demandas interpessoais neutras em relação ao agente, então as demandas dos outros devem rivalizar com essas razões pessoais na determinação do que se deve fazer. As restrições deontológicas acrescentam ao sistema novas razões relativas ao agente – razões para não tratar os outros de certas maneiras. Não são demandas impessoais que derivam dos interesses dos outros, mas demandas pessoais que governam nossas relações com os outros.

Seja qual for a explicação que se dê a elas, elas distinguem-se entre as demais aparências morais. Eis um exemplo em que podemos focalizar nossas intuições.

Suponha que você sofra um acidente de carro, numa noite de inverno, numa estrada solitária. Os outros passageiros estão muito feridos, o carro parou de funcionar e a estrada é deserta; você então se põe a caminhar e depois de um tempo encontra uma casa isolada. Na casa reside uma velha senhora que está tomando conta de seu netinho. Não há telefone, mas há um carro na garagem; depois de explicar a situação, você pede desesperadamente à senhora que lhe empreste o carro. Ela não acredita em você. Assustada com seu desespero, ela sobe correndo a escada e se tranca no banheiro, deixando-o sozinho com o neto. Você bate insistentemente à porta do banheiro, mas ela não abre; procura as chaves do carro, mas não encontra. Então lhe ocorre que ela talvez se convença a dizer onde estão as chaves se você, do outro lado da porta, começar a torcer o braço da criança. Você deveria fazer isso?

É difícil não ver essa situação como um dilema, ainda que torcer o braço da criança seja um mal menor se comparado com as conseqüências de seus amigos não chegarem ao hospital. O dilema se deve ao fato de que existe uma razão especial para não *fazer* tal coisa. Do contrário, seria óbvio que você deveria escolher o mal menor e torcer o braço da criança.

A intuição moral comum reconhece vários tipos de razões deontológicas – limites ao que podemos fazer às pessoas ou ao tratamento que podemos dispensar-lhes. Existem as obrigações especiais criadas por promessas e acordos; as restrições contra a mentira e a traição; as proibições contra a violação de vários direitos individuais, como o direito de não ser assassinado, ferido, aprisionado, ameaçado, torturado, coagido, roubado; as restrições contra impor certos sacrifícios a alguém para obter o que se deseja; e talvez a exigência especial da imediação, que diferencia a aflição à distância da aflição no mesmo local. Pode haver também uma exigência deontológica de justiça, imparcialidade ou igualdade no tratamento dado às pessoas. (Deve-se distinguir esta última da idéia de valor impessoal que se associa à igualdade na distribuição de benefícios e que se considera como um aspecto da avaliação de estados de coisas.)

Em todos esses casos, parece que as razões especiais, se existem, não podem ser explicadas apenas em termos de valores neutros, pois a relação particular do agente com o resultado é essencial. As restrições deontológicas podem ser sobrepujadas por razões neutras suficientemente fortes, mas estas não devem ser interpretadas como expressão de algum tipo de valor neutro. Pelo modo como funcionam essas razões, é claro que não se pode explicá-las com a hipótese de que a violação de uma restrição deontológica tem alto valor impessoal negativo. Toda a força das razões deontológicas está em impedir que façamos alguma coisa, não simplesmente em impedir que tal coisa aconteça.

Por exemplo, se essas restrições realmente existem, é provável que o que vem a seguir seja verdadeiro. Parece que não deveríamos quebrar uma promessa ou dizer uma mentira para tentar obter algum benefício, ainda que não haja nenhuma exigência de que renunciemos a um benefício comparável a fim de impedir que outra pessoa quebre uma promessa ou diga uma mentira. E parece que não deveríamos torcer o braço de uma criança para obrigar sua avó a fazer alguma coisa, mesmo que se trate de algo importante o bastante para que não se exija que renunciemos a um benefício comparável a fim de evitar que outra pessoa torça o braço de uma criança. E pode ser que não devêssemos adotar certos tipos de tratamento discriminatório injusto (numa função oficial, por exemplo) nem que fosse para produzir um bom resultado ao qual não seríamos obrigados a renunciar a fim de evitar que outros cometessem uma injustiça semelhante.

Algumas pessoas podem simplesmente negar a plausibilidade dessas intuições morais. Outras talvez digam que é possível explicar sutilmente sua plausibilidade em termos de valores impessoais e que só parecem envolver um tipo fundamentalmente diferente de razão para agir se analisadas de maneira inadequada. Como disse, não desejo tratar dessas explicações alternativas aqui. É possível que propiciem a mais legítima esperança de justificar racionalmente algo que tem a forma tosca de um conjunto de restrições deontológicas; contudo, apresentadas como descrições completas, elas me parecem essencialmente revisionistas. Ainda que, desse ponto de vista, encerrem uma boa parte da verdade, não lançam luz sobre as concepções deontológicas independentes que pretendem substituir. É preciso entender essas concepções, nem que seja para rejeitá-las ao final.

Às vezes, particularmente quando o caso envolve as instituições e práticas gerais, há uma justificação neutra para o que de início parece ser uma restrição à ação relativa ao agente. E, para a aceitação das restrições deontológicas, é útil certamente que a adesão geral a elas não produza resultados desastrosos a longo prazo. As regras contra infligir danos e violar direitos amplamente aceitos têm considerável utilidade social, e, se deixasse de ser assim, essas regras perderiam muito de seu atrativo moral.

Estou convencido, porém, de que as restrições deontológicas também encontram apoio numa forma de avaliação menos indireta, não estatística, que constitui a base das intuições centrais e mais intrigantes nesse campo. É isso que produziria a sensação de dilema caso se revelasse que a adesão geral às restrições deontológicas opera consistentemente de maneira contrária à utilidade impessoal. Certo ou errado, é esse o tipo de visão que quero explorar e entender. Não há sentido em tentar demonstrar de antemão que esses dilemas não podem ocorrer.

VISÃO A PARTIR DE LUGAR NENHUM

Uma das razões para a resistência às restrições deontológicas é o fato de serem formalmente intrigantes, num sentido em que não o são as outras razões que discutimos até agora. Podemos entender como as razões autônomas relativas ao agente se originariam dos projetos e interesses específicos do agente e como as razões neutras se originariam dos interesses dos demais, dando a cada um de nós razões para levá-los em conta. Mas como é possível haver razões relativas para respeitar as demandas dos outros? Como pode haver uma razão para não torcer o braço de alguém que não seja igualmente uma razão para impedir que outra pessoa torça seu braço?

O caráter relativo da razão não provém simplesmente do caráter do interesse que está sendo respeitado, pois este, por si só, justificaria apenas uma razão neutra para proteger o interesse. E a razão relativa não deriva de um propósito ou projeto do agente individual, pois não está condicionada aos desejos do agente. As restrições deontológicas, se é que existem, aplicam-se a todos: são compulsórias, e não se pode abrir mão delas como das ambições e dos compromissos pessoais.

É difícil entender como tal coisa poderia existir. Seria de esperar que as razões que provêm dos interesses dos outros fossem neutras e não relativas. Como é que uma demanda baseada nos interesses dos outros se aplica aos que podem infringi-la direta ou intencionalmente de tal modo que não se aplique àqueles cujas ações podem prejudicar esse mesmo interesse de maneira igualmente indireta? Afinal de contas, não é pior *para a vítima* ser morta ou ferida deliberadamente do que por acidente, ou como resultado de um inevitável efeito colateral de uma arriscada operação de resgate. As características especiais da ação que resultam nessas razões podem não acrescentar nada à maldade impessoal da ocorrência. Para usar um exemplo de T. M. Scanlon, se você tivesse de escolher entre salvar uma pessoa de ser assassinada e salvar outra de morrer de maneira semelhante por acidente, e não tivesse nenhuma relação especial com nenhuma das duas, parece que sua escolha dependeria apenas de qual delas mais provavelmente você conseguiria salvar. É claro que a perversidade de um assassinato é, em certo sentido, algo ruim, mas quando se trata de decidir, após ponderar as razões, qual das duas situações se deve impedir, o assassinato não parece ser um acontecimento significativamente pior, se considerado de maneira impessoal, do que uma morte acidental ou incidental. É preciso recorrer a um tipo inteiramente diferente de valor para explicar a idéia de que não se deve matar uma pessoa nem mesmo para impedir várias mortes acidentais: o assassinato não é apenas um mal que todos têm razões para impedir, mas um ato que todos têm razões para *evitar*.

Em todo caso, ainda que, de um ponto de vista impessoal, o assassinato fosse uma ocorrência pior que uma morte acidental, isso não poderia ser utilizado para explicar a restrição deontológica ao assassinato. Pois tal restrição proíbe o assassinato mesmo que ele seja necessário para impedir outros *assassinatos*, não somente outras mortes.

Não há dúvidas de que esse tipo de idéias constitui parte importante da fenomenologia moral comum. No entanto, seu tom paradoxal induz a pensar que a coisa toda consiste numa espécie de ilusão moral resultante de disposições psicológicas inatas ou de pura, mas útil, doutrinação moral. Antes, porém, de desmascarar a intuição, deveríamos entender melhor do que se trata. Sem dúvida, é bom que as pessoas sintam uma forte inibição contra torturar crianças ainda que por razões muito fortes, e o mesmo se pode dizer de outras restrições deontológicas. Mas isso não explica por que achamos quase impossível considerá-la uma restrição simplesmente útil. Uma ilusão envolve um juízo ou uma disposição para julgar, não um mero impulso motivacional. O fato fenomenológico que deve ser explicado é que, em cada caso individual, parecemos apreender uma *razão* relativa ao agente extremamente poderosa para não causar dano a uma pessoa inocente. Isso se apresenta como a apreensão de uma verdade normativa, não apenas como inibição psicológica. É preciso analisá-lo e explicá-lo para então, dependendo de ser ou não adequada a justificação dada pela explicação, aceitá-lo ou rejeitá-lo.

Acredito que o princípio tradicional do duplo efeito, apesar dos problemas de aplicação, fornece um guia geral para a extensão e o caráter das restrições deontológicas e que, mesmo após todos os volumes que se escreveram nos últimos anos sobre o tema, esse continua sendo o verdadeiro ponto de convergência dos esforços para entender nossas intuições[3]. O princípio diz que, para violar as restrições deontológicas, precisamos ter a intenção de maltratar alguém. Maltratar deve ser algo que fazemos ou escolhemos, seja como fim ou como meio, em vez de algo que nossas ações simplesmente causam ou deixam de impedir mas que não pretendíamos.

Também é possível prever que nossas ações causarão ou deixarão de impedir um dano que não desejamos provocar ou permitir. Nesse caso, o dano não se classifica como uma restrição deontológica, embora possa ser objetável por razões neutras. A forma precisa de traçar essa distinção tem sido objeto de extenso debate, utilizando-se às vezes exemplos engenhosos, como o

---

3. Uma boa exposição de uma visão desse tipo encontra-se em Fried.

de uma carreta desgovernada que matará cinco pessoas a menos que você... (as reticências são preenchidas por diferentes maneiras de salvá-las, todas envolvendo de algum modo a morte de alguma pessoa). Não tentarei demarcar os limites exatos do princípio. Embora hesite em dizê-lo, creio que não têm tanta importância para meus propósitos e suspeito que só possam ser traçados de maneira aproximada: pelo menos, minhas intuições deontológicas começam a falhar depois de um certo nível de complexidade. Mas um ponto que vale a pena mencionar é que as restrições se aplicam tanto a permitir intencionalmente um dano quanto a infligi-lo também intencionalmente. Assim, haveria o mesmo tipo de objeção em nosso exemplo se, tendo em vista o mesmo objetivo, você permitisse que outra pessoa torcesse o braço da criança. Você teria permitido que acontecesse de maneira intencional, e isso seria diferente de deixar de impedir tal ocorrência por estar muito absorvido em outra coisa cuja realização fosse mais importante.

5. AGENTES E VÍTIMAS

Até aqui, isso não passa de fenomenologia moral: não elimina o paradoxo. Por que deveríamos nos considerar muito mais responsáveis pelo que fazemos (ou permitimos) intencionalmente do que pelas conseqüências da ação que prevemos e decidimos aceitar, mas que não fazem parte de nossos objetivos (nem intermediários nem finais)? Como é possível que a conexão entre meios e fins conduza ao sentimento de responsabilidade de maneira muito mais efetiva do que a conexão entre previsão e evitabilidade?

É como se cada ação produzisse uma única perspectiva normativa sobre o mundo, determinada pela intenção. Quando torço intencionalmente o braço de uma criança, incorporo esse mal ao que faço: é minha criação deliberada, e as razões que se originam dela se tornam mais amplas e acesas a partir do meu ponto de vista. Elas obscurecem as razões que derivam de males maiores e que, dessa perspectiva, ficam mais "tênues", pois estão fora do halo que intensifica minhas intenções, embora sejam conseqüências do que faço.

Este é o quadro, mas estará correto? Não é uma representação normativamente distorcida?

Esse problema é um exemplo da colisão entre os pontos de vista subjetivo e objetivo. A questão é se a perspectiva especial, pessoal, da agência tem importância legítima na determinação do que as pessoas têm razões para fazer – se, por causa dessa perspectiva, posso ter razões suficientes para não fazer algo que, considerado de um ponto de vista externo, seria melhor que eu fizesse. Isto é, *as coisas* serão melhores, *o que acontece* será melhor, se eu torcer o braço da criança do que se não o fizer. Mas terei feito algo pior. Se as considerações acerca do que posso fazer, bem como as reclamações correlatas da minha vítima contra mim, podem ter um peso superior ao valor impessoal substancial do que acontecerá, só pode ser porque, no raciocínio prático, a perspectiva do agente tem uma importância que resiste ao domínio de uma concepção que vê o mundo como um lugar onde acontecem coisas boas e más cujo valor independe da perspectiva.

Afirmei anteriormente que o predomínio dessa concepção neutra de valor não é completo. Ele não absorve nem derruba as razões relativas que derivam dos compromissos, vínculos e ambições individuais que, em certo sentido, são resultado de uma escolha. Mas o fato de se admitir o que chamei de razões autônomas não implica a possibilidade das razões deontológicas[4]. São duas coisas muito diferentes. A peculiaridade das razões deontológicas consiste em que, apesar de serem relativas ao agente, não expressam em absoluto a autonomia subjetiva do agente. São demandas, não opções. O paradoxo é que esse respeito parcial e perspectivo pelos interesses dos outros não deve dar lugar a um respeito que seja neutro em relação ao agente e livre de perspectiva. Em comparação, a perspectiva deontológica parece primitiva e até mesmo supersticiosa: uma simples etapa no caminho que leva à objetividade completa. Nessa acepção estreita, como pode ser tão importante o que *fazemos*?

Deixe-me tentar dizer onde reside a força da visão deontológica. Podemos começar examinando uma característica curiosa das razões deontológicas que ainda não assinalei. A intenção parece ampliar a importância dos maus propósitos em comparação com os maus efeitos colaterais num sentido em que não amplia a importância dos bons propósitos em comparação com os bons efeitos colaterais. Devemos evitar empregar maus meios para produzir um bom resultado, ainda que seja permissível produzir esse bom resultado com meios neutros que tenham efeitos colaterais comparavelmente maus. Por outro lado, dados dois caminhos para se atingir um fim legítimo, um envolvendo bons meios e efeitos colaterais neutros e outro envolvendo meios neutros e efeitos colaterais igualmente bons, não há razão para escolher o primeiro caminho. As razões deontológicas só nos dizem para não visar o mal; não nos dizem para

---

4. Isso é enfatizado por Scheffler, que, com um enfoque cautelosamente cético, discute as restrições deontológicas sob a designação de "restrições centradas no agente".

visar o bem como meio. Por que deveria ser assim? Qual é a relação entre o mal e a intenção, ou o propósito, que os faz colidir com tal força?

A resposta surge ao perguntarmo-nos o que é visar algo e o que o distingue de simplesmente produzir o resultado de maneira proposital.

A diferença é que a ação que visa intencionalmente um objetivo é guiada por esse objetivo. Seja o objetivo um fim em si mesmo ou apenas um meio, a ação que o visa deve buscar alcançá-lo e estar preparada para ajustar-se caso uma mudança nas circunstâncias provoque algum desvio, ao passo que um ato que meramente produz um efeito não busca esse efeito, não é *guiado* por ele, mesmo que seja algo previsto.

O que isso significa? Significa que visar o mal, ainda que como meio, é ter nossa ação guiada pelo mal. Devemos estar preparados para ajustá-la de modo que assegure a produção do mal: um declínio no nível do mal desejado torna-se uma razão para alterar o que fazemos a fim de restaurar e manter o mal. Mas o mal, em essência, deveria nos causar *repulsa*. Se algo é mau, nossas ações deveriam ser orientadas – se é que algo as orienta de algum modo – para sua eliminação, não para sua preservação. Esse é o *significado* de mal. Assim, quando visamos o mal, estamos nadando frontalmente contra a corrente normativa. Em cada momento, o objetivo guia nossa ação numa direção diametralmente oposta à que nos aponta o valor desse objetivo. Em outras palavras, se objetivamos o mal, fazemos de nossas ações uma função dele que é, antes de tudo, positiva, não negativa. Em cada momento, a função intencional é simplesmente a função normativa invertida, o que, do ponto de vista do agente, produz um agudo sentimento de deslocamento moral.

Se você torce o braço de uma criança, seu objetivo é produzir dor. Assim, quando a criança grita "Pare, está doendo!", a objeção que ela faz corresponde, num sentido diametralmente oposto, à sua intenção. A súplica que a criança faz como razão para que você pare é precisamente sua razão para prosseguir. Se não doesse, você torceria ainda mais o braço ou tentaria o outro. Pode haver casos (por exemplo, uma injúria ou castigo justificados) em que a dor não seja intrinsecamente má, mas este não é um deles: a vítima é inocente. Você está exercendo uma força direta e essencialmente contrária à força normativa intrínseca do seu objetivo, pois o que orienta sua ação é produzir dor na criança. Parece-me que é esse o nervo fenomenológico das restrições deontológicas. O que sentimos como peculiarmente errado em fazer o mal de maneira deliberada, mesmo que dele resulte algum bem, é o esforço impetuoso contra um valor intrínseco ao nosso objetivo.

O caso que analisei aqui é simples, mas certamente poderia haver complicações. Uma é a possibilidade de que alguém se submetesse voluntariamente a algum tipo de dor ou dano, seja para seu próprio bem, seja para algum outro propósito que considerasse importante. Nesse caso, o mal particular que você visa é absorvido pelo objetivo mais amplo dos propósitos deontológicos. Portanto, o mal que somos tolhidos de desejar é o mal de *nossa vítima*, mais que uma coisa má em particular, e cada indivíduo tem considerável autoridade para definir o que lhe será prejudicial, tendo em vista essa restrição[5].

---

5. Parece que isso se aplica mesmo quando seja impossível o consentimento informado, como é o caso quando infligimos sofrimento ou dano a uma criança para seu próprio bem – embora aqui possa haver uma inibição residual: se, no caso descrito, imaginamos que a segurança

Nada disso resolve a questão da justificação. Pois haverá a objeção de que, se visamos o mal apenas como meio, então, mesmo que estejam em jogo os interesses de várias pessoas, nossa ação será guiada não pelo mal, mas pelo bem geral, que inclui um equilíbrio de bens e males. Assim, quando você torce o braço da criança, está sendo guiado pelo objetivo de salvar seus amigos feridos, e o bem desse objetivo prevalece sobre o mal da dor da criança. A imediação do fato de que você deve tentar produzir o mal como objetivo subsidiário é fenomenologicamente importante, mas por que seria moralmente importante? Ainda que aumente o custo pessoal para você, por que deveria resultar numa proibição?

Não acredito que haja uma resposta definitiva. A questão é se devo ser indiferente à resistência que encontra meu propósito imediato de fazer mal à minha vítima em favor do valor geral dos efeitos da minha ação. Quando examino de fora o meu ato e penso nele como resultado de uma escolha em que se considera impessoalmente o estado do mundo em que ocorre, parece-me racional. Ao pensar na questão dessa maneira, abstraio minha vontade e suas escolhas de minha pessoa, por assim dizer, e até de minhas ações, e decido diretamente entre diferentes estados do mundo, como se estivesse fazendo um teste de múltipla escolha. Se a escolha é determinada por algo que, no final das contas, é melhor do ponto de vista impessoal, então sou guiado pelo bem, não pelo mal.

---

da *criança* depende de encontrarmos as chaves do carro, isso não elimina por completo a repugnância do ato de torcer seu braço para obtê-las. [Consentimento informado, ou consentimento livre e esclarecido, é a autorização concedida por um paciente ou sujeito para ser submetido a uma cirurgia ou experimento médico após receber todas as informações sobre o que envolve os procedimentos. (N. do T.)]

Mas o eu assim guiado é o eu objetivo, que observa o mundo de maneira impessoal como um lugar que contém TN e suas ações, entre outras coisas. Está distanciado da perspectiva de TN, pois vê o mundo de lugar nenhum específico dentro dele. Ele escolhe, e TN, seu instrumento – ou talvez seu agente, como diriam alguns –, executa as instruções da melhor maneira que pode. Pode ser que *TN* tenha de visar o mal, pois a melhor alternativa, do ponto de vista impessoal, talvez envolva a produção de bons fins através de maus meios. Mas ele está apenas cumprindo ordens.

Ver a questão sob essa luz é considerar ao mesmo tempo o apelo da ética conseqüencialista, neutra em relação ao agente, e a força contrária da ética deontológica, relativa ao agente. A visão objetiva, distanciada, abarca tudo e proporciona aos que escolhem um ponto de vista de escolha a partir do qual todos podem concordar acerca do que deveria acontecer. Mas cada um de nós não só é um eu objetivo, mas também uma pessoa particular com uma perspectiva particular; agimos no mundo a partir dessa perspectiva, não somente do ponto de vista de uma vontade imparcial, que seleciona e rejeita estados do mundo. Assim, nossas escolhas não são meramente escolhas dos estados do mundo, mas escolhas de ações. Cada escolha consiste em duas escolhas, e, do ponto de vista interno, o objetivo de fazer mal torcendo o braço da criança ganha vulto. O objetivo imediato é produzir dor, e o fato de que, de uma perspectiva externa, você esteja optando por uma ponderação do bem sobre o mal não encobre o fato de que esse é o caráter intrínseco de sua ação.

Concentrei-me no ponto de vista do agente porque é o que parece apropriado quando se investiga uma restrição relativa ao agente. Mas há algo também a dizer sobre o ponto de vista da vítima. Aí também encontramos problemas relacionados com a integração dos dois pontos de vista, assim como matéria adicional para sustentar a análise. Os princípios morais não se limitam a dizer aos agentes o que podem e não podem fazer. Também dizem às vítimas que tipo de tratamento podem e não podem objetar, rechaçar ou exigir.

Se é justificada minha ação de matar uma pessoa inocente para salvar outras cinco, então ela não teria o direito de objetar e, de um ponto de vista totalmente conseqüencialista, não teria o direito de resistir. As outras cinco, ao contrário, teriam o direito de objetar se eu *não* a matasse para salvá-las. Uma moral completamente impessoal exigiria que as vítimas bem como os atores fossem orientados por valores impessoais, neutros em relação ao agente, em seus juízos sobre como tratar os demais.

Mas essa parece uma demanda excessiva a fazer a indivíduos cuja perspectiva sobre o mundo é inerentemente complexa e inclui um forte componente subjetivo. É claro que nenhuma das seis pessoas nesse dilema deseja morrer, mas somente uma delas tem de enfrentar meu intento de matá-la. De um ponto de vista puramente conseqüencialista e neutro em relação ao agente, não é permitido a essa pessoa rogar por sua vida diante da minha tentativa deliberada de tirá-la. Sua posição especial de minha vítima não lhe dá nenhum crédito especial para apelar a mim.

Naturalmente, a posição deontológica apresenta uma característica paralela. Numa visão deontológica, as cinco pessoas que eu poderia salvar matando a sexta não podem suplicar a mim por suas vidas diante da minha recusa em salvá-las. (Poderiam apelar a *seus* executores, se fosse essa a natureza da ameaça de morte, mas não a mim.) Contudo, isso não torna as duas posições simétricas, pois há uma diferença. A restrição deontológica sempre permite que a vítima se oponha aos que visam prejudicá-la, e essa relação, quando vista da perspectiva pessoal da vítima, possui o mesmo caráter especial de ampliação normativa que quando vista da perspectiva pessoal do agente. Tal restrição expressa o apelo direto ao ponto de vista do agente a partir do ponto de vista da pessoa sobre a qual recai sua ação. Ela opera por meio dessa relação. A vítima se sente ultrajada quando sofre um dano deliberado, ainda que seja para o bem maior dos demais, não apenas em virtude da magnitude do dano, mas por causa do ataque que representa para seu valor o fato de que minhas ações estejam voltadas para prejudicá-la. O que eu faço se dirige imediatamente contra seu bem, não somente a prejudica de fato.

As cinco pessoas que eu poderia salvar matando-a não podem dizer o mesmo caso eu desista. Só podem apelar ao meu reconhecimento objetivo do valor impessoal de suas vidas. Não se trata, decerto, de algo trivial, mas ainda assim é menos premente que o protesto que poderia fazer minha vítima – protesto que ela pode dirigir não às outras, mas a mim, como o dono da vida que pretendo destruir.

Isso simplesmente corrobora a importância da perspectiva interna na explicação do conteúdo das intuições deontológicas; não prova a correção dessas intuições. Confirma, porém, que uma moral puramente impessoal requer a eliminação geral da perspectiva pessoal na motivação moral, não só em sua rejeição das razões de autonomia relativas, mas também em sua recusa em aceitar as restrições deontológicas relativas ao agente. Tais restrições não precisam ser absolutas: podem ser vistas como razões relativas dotadas de certo peso, que estão entre as fontes da moral mas não a esgotam. Quando examinamos as relações humanas objetivamente, não parece irracional admitir essas razões, no nível básico, tanto na perspectiva dos agentes como na das vítimas.

6. PROGRESSO MORAL

Essa exposição da força das razões deontológicas se aplica com especial clareza à restrição contra infligir danos como meio para alcançar seus fins. Uma teoria deontológica mais completa teria de explicar os diferentes tipos de princípios normativos que contrariamos quando quebramos promessas, mentimos, discriminamos injustamente e negamos socorro imediato numa emergência. Também teria de lidar com problemas sobre qual é exatamente o propósito de ações que podem ser descritas de várias maneiras diferentes. Acredito, porém, que a chave para entender qualquer uma dessas intuições morais é a distinção entre a visão interna do agente ou da vítima e a visão externa, objetiva, que tanto o agente como a vítima podem adotar. Dos dois primeiros pontos de vista, as razões para agir apresentam um aspecto diferente que do terceiro.

Estamos diante de uma escolha. Para os propósitos da ética, deveríamos nos identificar com a vontade impessoal, distanciada, que escolhe os resultados totais, e agir com base em razões que são determinadas de acordo com ela? Ou isto significa negar o que fazemos realmente e evitar a gama completa de razões que se aplicam a criaturas como nós? Esse é um verdadeiro dilema filosófico; tem origem em nossa natureza, que inclui diferentes pontos de vista sobre o mundo. Quando nos perguntamos como devemos viver, a complexidade do que somos dificulta uma resposta unificada. Creio que a dualidade humana de perspectivas é profunda demais para que tenhamos alguma razão para esperar que possamos superá-la. Uma moral totalmente neutra não é uma meta humana razoável.

Por outro lado, é concebível que as restrições deontológicas hoje amplamente aceitas possam se modificar sob a pressão do conflito com o ponto de vista impessoal. À luz da importância que têm nossos pontos de partida, as influências sociais que nos afetam e a confusão de nosso pensamento para as crenças morais, não é irracional mostrar um certo grau de ceticismo com respeito a nossas intuições morais correntes. Se almejamos a verdade objetiva nesse campo – isto é, a verdade que independe de nossas crenças –, seria prudente considerar que nossas concepções são menos definitivas do que estamos naturalmente inclinados a admitir. No terreno da ética, mesmo sem contar com o benefício de muitos exemplos claros, deveríamos estar abertos, como fazemos em outras áreas, para a possibilidade de progresso, com o conseqüente efeito de uma confiança reduzida no caráter definitivo de nossa atual compreensão[6].

É evidente que estamos num estágio primitivo do desenvolvimento moral. Mesmo os seres humanos mais civilizados possuem uma compreensão apenas contingente de como viver, como tratar os outros, como organizar suas sociedades. A idéia de que os princípios básicos da moral são *conhecidos* e de que todos os problemas surgem quando de sua interpretação e aplicação constitui uma das mais fantásticas presunções de que se

---

6. Para uma discussão de alguns aspectos em que a moral baseada no senso comum pode ser reexaminada para aproximar-se mais do conseqüencialismo, ver Parfit (2), parte 1.

deixou persuadir nossa presunçosa espécie. (Não é menos presunçosa a idéia de que, se não podemos facilmente conhecer a verdade, ela não existe.) Nem toda nossa ignorância nessas áreas é ética, mas grande parte dela é sim. E a idéia da possibilidade de progresso moral é uma condição essencial do progresso moral. Não se trata de algo inevitável, sob nenhum aspecto.

A busca da objetividade é apenas um método para chegar mais perto da verdade. Não há garantias de êxito, e na ética, assim como em qualquer outro terreno, há lugar para o ceticismo acerca de seus resultados específicos. Não é claro até que ponto podemos avançar além das aparências. A verdade aqui não poderia ser radicalmente inacessível no sentido em que talvez o seria a verdade sobre o mundo físico. Ela se vincula de maneira mais estreita à perspectiva humana e à capacidade motivacional humana porque seu propósito é a regulação da conduta humana. Precisa adaptar-se para governar nossas vidas dia após dia, de um modo que não acontece com o entendimento teórico do mundo físico. E, para fazer seu trabalho, deve ser aceita e internalizada de maneira muito mais ampla que nas áreas em que o público está disposto a acatar a opinião dos especialistas.

Poderia haver formas de moral incomensuráveis com as nossas que fossem apropriadas para os marcianos, mas às quais não tivéssemos acesso pela mesma razão que não temos acesso às mentes de tais criaturas. A menos que pudéssemos entender suas vidas, experiências e motivos a partir de um ponto de vista interno, seríamos incapazes de apreciar os valores aos quais respondem de uma forma que nos permitisse objetivá-los com precisão. A objetividade precisa de material subjetivo para trabalhar, e, no caso da moral humana, este é encontrado na vida humana.

Não se sabe ao certo quanto podemos sair de nós mesmos sem perder contato com esse material essencial – com as formas de vida em que estão enraizados os valores e as justificações. Acredito, porém, que a ética, ao contrário da estética, requer mais que a purificação e a intensificação das perspectivas humanas internas. Requer um distanciamento das perspectivas particulares e a transcendência do tempo e do lugar que ocupamos. Se não tivéssemos essa capacidade, não haveria na ética alternativa para o relativismo. Mas creio que a temos e que não é inevitavelmente uma forma de falsa consciência.

Mesmo esse estágio muito primitivo do desenvolvimento moral a que chegamos só foi possível graças a uma longa e difícil jornada. Presumo que tenhamos pela frente uma jornada muito mais longa, se sobrevivermos. Seria tolice tentar traçar antecipadamente os contornos de um método correto para o progresso ético, mas no presente parece sensato prosseguir com a canhestra busca de objetividade aqui descrita. Isso não significa que um distanciamento maior sempre nos leva para mais perto da verdade. A objetividade certamente nos levará às vezes a considerar nossas inclinações originais equivocadas, e então tentaremos substituí-las ou ressalvá-las como algo impossível de eliminar, mas ilusório. Seria um erro, contudo, tentar eliminar inteiramente a perspectiva de nossa concepção da ética, tanto quanto seria um erro tentar eliminar a perspectiva do universo. Esse próprio fato deve ser objetivamente reconhecido. Embora possa ser igualmente tentador, eliminar todas as razões para agir que não podem ser absorvidas pelo sistema de valores mais externo e impessoal seria tão insensato quanto eliminar todos os fatos que não podem ser absorvidos pela física.

No entanto, ao defender a legitimidade dos princípios relativos ao agente, devemos precaver-nos contra o auto-engano e a intensificação das exigências pessoais simplesmente para resistir às pesadas demandas morais. Nem sempre é fácil dizer, por exemplo, se uma moral que deixa amplo espaço livre na vida de cada indivíduo para a busca de interesses pessoais não é apenas um disfarce para a forma mais simples de maldade: o egoísmo em face das legítimas demandas dos outros. Como todos sabemos, é difícil ser bom.

Suspeito que, se tentarmos desenvolver um sistema de razões que harmonize as exigências pessoais e impessoais, haverá uma tendência a que se alterem os componentes pessoais, mesmo que se reconheça que cada um de nós deve viver, em parte, de acordo com seu próprio ponto de vista. À medida que reconhecemos as exigências da objetividade, estas podem vir a constituir uma parte cada vez maior da concepção que cada um de nós tem de si mesmo, afetando assim o espectro das metas e ambições pessoais, bem como as idéias acerca de nossas relações particulares com os outros e as demandas que elas justificam. Não acho que seja utópico esperar o desenvolvimento gradual de uma universalidade maior do respeito moral, uma internalização da objetividade moral análoga à internalização gradual do progresso científico que parece ser um atributo da cultura moderna.

Por outro lado, não há razão para esperar que o progresso seja redutivo, ainda que aqui, como em outras áreas, o progresso seja facilmente identificado com redução e simplificação. Os diferentes indivíduos continuam sendo os clientes da ética, e sua variedade garante que o pluralismo será um aspecto essencial de qualquer moral adequada, por mais avançada que seja.

Tem de haver princípios da razão prática que nos permitam levar em conta valores que não compartilhamos mas cuja força para os outros devemos reconhecer. Em geral, o problema de como combinar a enorme e diversificada abundância de razões geradas pela objetividade prática, juntamente com as razões subjetivas que permanecem, por um método que nos permita agir e fazer escolhas no mundo, apresenta enormes dificuldades.

Isso nos remete a uma questão final. Não pode haver ética sem política. Uma teoria de como os indivíduos devem agir requer uma teoria – uma teoria ética, não apenas empírica – das instituições sob as quais eles devem viver: instituições que substancialmente determinem seus pontos de partida, as escolhas que podem fazer, as conseqüências de seus atos e suas relações entre si. Como o ponto de vista da teoria política é necessariamente objetivo e distanciado, somos fortemente tentados à simplificação, e é importante resistir a isso. Uma sociedade deve organizar-se, em certo sentido, de acordo com um único conjunto de princípios, apesar de reunir pessoas muito diferentes.

Trata-se de uma inconveniência: pode dar a impressão de que a teoria deve basear-se numa natureza humana universal e que, se não pudermos descobrir tal coisa, teremos de inventá-la, pois a teoria política deve existir. Para evitar essa tolice, é necessário assumir a tarefa muito mais difícil de forjar princípios sociais equânimes e uniformes para seres cuja natureza não é uniforme e cujos valores são legitimamente distintos. Se fossem distintos demais, a tarefa poderia ser impossível – talvez não exista algo como uma teoria política intergaláctica –, mas a variação na espécie humana parece se dar dentro de limites que não excluem a possibilidade de uma solução pelo menos parcial. Esta teria de ser algo aceitável de um ponto de vista externo ao de cada indivíduo e, ao mesmo tempo, reconhecer a pluralidade de valores e razões que surgem a partir de todas essas perspectivas. Ainda que a moral da política seja, com razão, mais impessoal que a moral da vida privada, o reconhecimento dos valores pessoais e da autonomia é essencial mesmo no nível que exija a máxima impessoalidade.

Não há como saber que tipos de transcendência da individualidade resultarão a longo prazo da influência combinada do progresso, ou declínio, moral e político. Uma tomada de controle geral sobre a vida individual a partir da perspectiva do universo, ou mesmo da perspectiva da humanidade, parece prematura – ainda que alguns santos ou místicos possam consegui-la. As razões para agir têm de ser razões aos olhos dos indivíduos, e é lícito esperar que as perspectivas individuais conservem sua importância moral enquanto continuem a existir diferentes indivíduos humanos.

X
Viver moral e viver bem

1. A QUESTÃO DE WILLIAMS

A admissão de uma variedade de elementos motivacionais entre as fontes da moral resulta num sistema que reflete as divisões do eu; ela não resolve nem elimina essas divisões. A discussão até agora não foi detalhada o suficiente para fornecer a base de uma teoria moral substantiva: ocupou-se dos fundamentos e de certos contrastes entre as formas em que os direitos e interesses dos outros podem impingir-se a nós. Embora eu tenha argumentado que as exigências morais têm uma base objetiva, isso não significa que sejam radicalmente impessoais. Como enfatizei, a objetividade requer que reconheçamos elementos substanciais de valor pessoal no raciocínio prático e, portanto, na moral.

Todavia, em qualquer moral objetiva o elemento impessoal será significativo e, dependendo das circunstâncias, pode tornar-se muito exigente: pode ofuscar todos os demais. Neste capítulo, quero discutir a tensão que resulta entre os pontos de vista subjetivo e objetivo quando essas exigências da moral impessoal são dirigidas a indivíduos que têm suas próprias vidas para levar.

Esse é um dos problemas que enfrentamos ao admitir a realidade das demandas morais objetivas, e será tratado de maneiras diferentes de acordo com nossa visão acerca das fontes da moral, as condições da racionalidade prática e a economia motivacional global da alma. Mas trata-se de um problema da vida real, não apenas da teoria filosófica, como a maioria de nós pode atestar pela experiência. Além disso, não depende de uma forma específica de moral impessoal. Para citar um exemplo cotidiano: a conta por uma refeição a dois num restaurante nova-iorquino moderadamente caro equivale à renda anual *per capita* de Bangladesh. Toda vez que saio para comer fora, não porque preciso mas simplesmente porque tenho vontade, o dinheiro que gasto poderia fazer um bem muito maior se contribuísse para aliviar o problema da fome. O mesmo se poderia dizer de muitas despesas com roupas, vinho, ingressos para o teatro, férias, presentes, livros, discos, móveis etc. Tudo termina se somando. Tudo resulta não só em um modo de vida como em uma grande quantia de dinheiro.

Se uma pessoa se encontra próxima do extremo superior no contexto de uma distribuição econômica mundial muito desigual, a diferença de custo entre a vida a que ela provavelmente está acostumada e uma existência muito mais precária mas perfeitamente tolerável é suficiente para alimentar várias dúzias de famílias famintas, ano após ano. As dúvidas sobre a melhor forma de combater a fome e outros males não respondem à questão. É evidente que uma moral fortemente impessoal, com quaisquer requisitos significativos de imparcialidade, pode representar uma séria ameaça ao tipo de vida pessoal que muitos de nós consideramos desejável.

Isso é verdadeiro não só com respeito às morais puramente impessoais como o utilitarismo ou outras visões conseqüencialistas. Uma vez que uma moral admita sólidas razões neutras em relação ao agente provenientes dos interesses dos outros, ela enfrentará esse problema ainda que também conceda peso significativo às razões de autonomia e obrigação relativas ao agente. No capítulo anterior, deixei aberta a questão do grau requerido de imparcialidade. Mas mesmo que os interesses pessoais cujo valor está associado à minha própria perspectiva não tenham de rivalizar, nas minhas deliberações práticas, com os correspondentes valores pessoais dos outros, terão de rivalizar com o valor impessoal que se vincula à satisfação das necessidades mais básicas deles – valor que não posso considerar relativo quando o considero objetivamente. Posso não me preocupar com o fato de que o dinheiro que pago por uma refeição de três pratos permitiria que outra pessoa completasse sua coleção de selos, construísse um monumento a seu deus ou tirasse alguns dias de folga, mesmo que essas coisas tenham mais importância para ela que a refeição para mim. Mas não posso ser igualmente indiferente ao fato de que esse dinheiro poderia salvar alguém da subnutrição, da malária ou talvez, de forma mais indireta, do analfabetismo ou da prisão sem julgamento. A magnitude dos problemas do mundo e a desigualdade no acesso a seus recursos criam uma carga de culpa potencial que, dependendo do temperamento de cada um, pode exigir um considerável talento para não nos deixar prostrados.

Muitos de nós não encontrarão consolo na afirmação de Mill de que "as ocasiões em que qualquer pessoa (salvo uma entre mil) tem a possibilidade... de ser um benfeitor público são excepcionais; e só nessas ocasiões somos chamados a considerar a utilidade pública; em qualquer outra situação, só temos que atender à utilidade privada, ao interesse e à felicidade de algumas poucas pessoas" (Mill, cap. 2, § 19). Somos mais inclinados a concordar com Susan Wolf em que "nenhum argumento plausível pode justificar o fato de que se utilizem os recursos humanos na produção de *pâté de canard en croûte* em vez de colocá-los a serviço de outros fins benéficos possíveis" (Wolf [2], p. 422).

Uma atitude diante desse problema é simplesmente lamentá-lo: ninguém jamais disse que a moral seria fácil. Mas há outra resposta, que encara o problema como base para a crítica das demandas morais impessoais. Um importante desenvolvimento na filosofia moral recente foi a contestação de Williams às demandas da moral impessoal a partir do ponto de vista do agente individual ao qual se dirigem essas demandas. Williams lança objeções não apenas ao utilitarismo e a outras teorias conseqüencialistas, mas também às teorias kantianas[1]. A objeção geral é de que as morais impessoais exigem demais de nós e que, se aceitamos essas demandas e agimos de acordo com elas, não podemos levar uma boa vida. Pretendo discutir as suposições acerca das condições da moral que se acham implícitas nessa crítica. Nem sempre é claro se o argumento de Williams diz respeito ao conteúdo da moral ou a sua autoridade, mas examinarei as duas coisas – tanto a idéia de que a verdadeira moral não pode ser tão exigente como a idéia de que, se a for, devemos nos recusar a obedecê-la.

O problema não é só que uma moral impessoal pode, de tempos em tempos, exigir que tomemos ações contrárias aos nossos interesses. Seu efeito sobre nossas vidas é mais profundo que isso: uma moral impessoal requer de nós não apenas certas formas de conduta, mas também os motivos necessários para produzir

---

1. Ver Williams (4) e (6) e alguns dos outros ensaios que aparecem em (8).

essa conduta. Creio que isso se aplica a qualquer moral bem elaborada. Se é necessário que façamos certas coisas, então é necessário que sejamos os tipos de pessoas que as farão. E a adesão a diferentes versões da moral impessoal requer um conjunto de motivos e de prioridades entre eles que, segundo Williams, são incompatíveis com outros motivos necessários para levar uma boa vida humana. Williams afirma, em particular, que as demandas impessoais excluem o compromisso com os projetos pessoais, que é uma condição para a integridade da nossa vida, e minam o compromisso com outras pessoas particulares, que é uma condição para o amor e a amizade. O custo de afastar-nos de nossos projetos e de nossa vida é alto demais[2].

Aqueles contra os quais se dirige este argumento dificilmente se deixarão convencer. Os utilitaristas poderiam responder, em primeiro lugar, que seu sistema é perfeitamente capaz de levar em conta o valor dos projetos individuais e dos compromissos pessoais na deter-

---

2. Usarei a expressão "boa vida" ao longo de todo o capítulo, embora Williams não formule sua posição nesses termos e ainda que a expressão seja um tanto imprecisa. "Viver bem" talvez fosse melhor, pois não sugere tão fortemente a maximização dos interesses de uma pessoa no decorrer de toda a sua vida. Isso se ajustaria melhor à posição de Williams de que o adequado ponto de vista para as decisões é o *do agora*, não um ponto de vista atemporal que não leva em conta a nossa vida como um todo. Também eliminaria a sugestão de que a única coisa que se opõe à moral impessoal é o interesse pessoal, e não uma série de coisas qualquer que poderia despertar o interesse pessoal do indivíduo num dado tempo qualquer – incluindo os interesses de outras pessoas particulares e excluindo talvez por completo seu próprio interesse pessoal a longo prazo. Mas as questões principais não dependem da escolha entre essas interpretações do viver bem. A oposição geral que nos interessa é a que se dá entre as exigências da moral impessoal e a perspectiva pessoal do agente ao qual elas se dirigem. Expressá-la em termos da boa vida permite-nos vincular a tese de Williams a discussões anteriores.

minação do que é bom para os indivíduos e, portanto, do que é bom para a totalidade dos indivíduos cujo bem-estar constitui o critério da moral. Em segundo lugar, poderiam dizer que o utilitarismo não coloca nenhum obstáculo à integridade da vida de ninguém, desde que as pessoas escolham projetos e compromissos que não entrem em conflito com o bem-estar geral: por exemplo, alguém cujo projeto dominante é maximizar o bem-estar geral obviamente não se sentirá frustrado pelos requisitos utilitaristas. Em terceiro lugar, poderiam dizer que na medida em que qualquer objeção restante não se encaixe no utilitarismo ela incorre em petição de princípio, pois o utilitarismo é uma teoria sobre a maneira correta de viver e não pode ser refutado com base em afirmações independentes acerca de como viver bem.

Essa última réplica, que também poderia ser feita por um kantiano, pode assumir uma de duas formas, conforme reconheça ou não a possibilidade de um conflito entre a moral e a boa vida. A visão que não admite tal conflito sustentaria que uma teoria moral como o utilitarismo ou o kantismo, ao nos dizer o que devemos fazer, revela um aspecto essencial da boa vida que não se pode conhecer independentemente da moral. Deixar de fazer o que, por razões morais decisivas, devemos fazer é, *ipso facto*, viver mal. E, mesmo que a moral exija de nós sacrifícios, o fato de que sejam requeridos implica que seria ainda *pior para nós* se, nessas circunstâncias, não os fizéssemos. Segundo essa visão, uma vez que a melhor vida *é* a vida moral, não é possível refutar uma moral baseando-se em seu conflito com a boa vida.

A outra forma de réplica, ao contrário, admite a possibilidade do conflito. Nessa outra visão se diria que, embora haja uma distinção e uma possível divergência entre viver uma boa vida e fazer o que é correto, uma teoria moral é a que trata da maneira correta de viver e não pode ser refutada com o argumento de que viver dessa maneira torna a vida do homem bom pior do que seria se ele a vivesse de outro modo. Essa refutação presumiria falsamente que a moral deve nos dizer como viver da melhor forma que pudermos. A verdade é que a moral, ao determinar como se deve viver, considera os interesses pessoais do agente somente como um fator entre outros.

Quero explorar essa controvérsia em torno das posições relativas da boa vida e da vida moral – ou do viver bem e do fazer o que é correto – na teoria ética. Não tentarei definir esses termos, pois sua análise faz parte do problema. Mas considerarei que existe uma compreensão rudimentar acerca da distinção *prima facie* entre os conceitos. Esclareço apenas que, quando digo *vida moral*, refiro-me a uma vida que cumpre com os requisitos morais. Mais adiante falarei um pouco sobre a virtude supererrogatória, que extrapola esses requisitos.

A controvérsia apresenta mais de dois lados, pois há várias posições rivais que se distinguem pelo modo em que respondem a três perguntas. (1) Em que medida são logicamente independentes as idéias da boa vida e da vida moral? (2) Se não são independentes, qual delas tem prioridade em determinar o conteúdo da outra? A boa vida deve ser moral ou a vida moral deve ser boa? (3) Na medida em que sejam independentes, qual delas tem prioridade em determinar o que é uma vida razoável ou racional? Deve uma pessoa resistir à moral se esta entrar em conflito com a boa vida, ou deve sacrificar a boa vida pela moral? É razoável fazer as duas coisas, ou a resposta varia segundo a força das demandas em conflito? Precisamos, pois, considerar a relação entre os três conceitos: a boa vida, a vida moral e a vida racional.

O que me interessa especialmente é a suposição de que uma determinada moral deve tentar dizer às pessoas como podem viver uma boa vida ou, pelo menos, como podem viver uma vida moral que não seja ao mesmo tempo uma vida ruim – e que, ao assumir essa responsabilidade, se abre para a possível crítica que surge do ponto de vista de uma idéia mais abrangente acerca do que é viver bem (idéia que inclui algo mais que a moral). Quando o alvo de tal crítica é uma moral impessoal, temos um primeiro exemplo do antagonismo entre o ponto de vista pessoal de cada indivíduo e o ponto de vista mais objetivo e distanciado ao qual naturalmente se vincula essa moral. Esse antagonismo apresenta uma tarefa fundamental para a teoria moral.

2. ANTECEDENTES

O problema de como lidar com a rebeldia individual contra as demandas da moral é antigo. De diferentes maneiras, muitos defensores filosóficos da moral tentaram harmonizá-la com o bem maior de cada indivíduo, seja convertendo-a num elemento do bem humano, seja ajustando-a para evitar conflito. Vejamos alguns exemplos. *A república* de Platão é uma tentativa heróica de conciliar os dois pontos de vista mostrando que a virtude moral constitui parte indispensável do bem de cada pessoa. Kant, por sua vez, diz que a harmonia é algo cuja necessidade não podemos demonstrar mas, por razões morais, devemos postular que tem realidade numênica, ainda que não possamos encontrá-la no mundo da experiência. Assim, podemos esperar que, fora de nossas vidas temporais, em virtude da imortalidade da alma e da existência de Deus, o bem mais elevado se realize e a felicidade tenha perfeita correlação com o mérito de ser feliz[3].

Há também os que negam explicitamente essa correlação – como Nietzsche, cuja rejeição da moral impessoal é uma afirmação da dominância do ideal de viver bem. (Ver, por exemplo, *A genealogia da moral*, primeiro ensaio.) É importante que não se identifique esse ideal apenas com a busca bem-sucedida de nossos interesses a longo prazo ou com nosso prazer. Isso é claro no caso de Nietzsche. Ao pensar nesse conflito, deve-se entender o ideal de viver bem em sentido muito amplo.

Entre os defensores da moral impessoal, Bentham se evidencia ao negar qualquer conexão interna entre o que é correto um indivíduo fazer e o que é bom para ele. Segundo Bentham, cada pessoa é totalmente governada pelo objetivo de buscar seu próprio prazer e evitar sua própria dor, e a única forma em que ela pode ser levada a agir de acordo com o princípio de utilidade é fazer que o que lhe traz felicidade sirva também ao bem-estar geral, recorrendo-se para isso às sanções internas ou externas e às instituições sociais ou políticas (Bentham, cap. 1). Uma vez que se trata de uma questão altamente contingente, não há nenhuma conexão necessária entre fazer o que é correto e viver bem, e, na hora do confronto decisivo, a felicidade do indivíduo automaticamente triunfará, graças às leis férreas da psicologia.

Suspeito que a maioria dos utilitaristas contemporâneos não concordaria inteiramente com Bentham e diria que o princípio da utilidade nos diz não apenas o que seria certo fazer (supondo que tivéssemos alguma ra-

---

3. Kant (3), pp. 110-33; Kant (1), p. B839.

zão adequada para fazê-lo), mas também o que temos razões decisivas para fazer simplesmente *porque* é correto, mesmo que entre em conflito com nossa felicidade individual. Outra questão é saber se eles também rejeitariam a demanda de conciliação ou se a aceitariam afirmando que, de algum outro modo, ainda é melhor para o indivíduo viver dessa maneira. Sidgwick duvidava que se pudesse produzir tal harmonia e achava que, sem ela, a moral ficava numa posição duvidosa[4].

Para os kantianos contemporâneos, a pergunta é se, na falta da esperança de encontrar uma compensação na vida futura, ainda tentariam responder à contestação de Williams sustentando que alguém que obedece à lei moral às custas de seus outros interesses tem uma vida melhor que aquele que a transgride. Se quisessem defender a idéia da conciliação dos dois valores, tanto os utilitaristas quanto os kantianos teriam provavelmente de recorrer ao bem de um eu superior que se expressa por meio da moral impessoal. Essa é também a forma geral da solução oferecida por Platão.

A idéia seria que o reconhecimento das demandas morais impessoais, que levam em conta os interesses de todos ou os requisitos da lei universal, é resultado de um aspecto tão importante de cada um de nós que seu domínio e funcionamento apropriado em nossas vidas eclipsam, quanto ao valor que têm para nós, todos os outros bens e males que possam nos acontecer. Em qualquer visão *há* outros bens e males. Por exemplo, duas pessoas igualmente morais podem não gozar do mesmo bem-estar porque uma tem artrite e a outra não. Mas, segundo a visão conciliacionista, esses outros valores jamais podem fazer que uma vida imoral seja melhor que

---

4. Sidgwick, livro 2, cap. 5 e capítulo final.

uma vida moral. Mesmo que nos seja exigido aceitar a morte, isso apenas demonstra que uma breve vida moral é melhor que uma longa vida imoral.

Suspeito que não é possível tal conciliação e que ela não é necessária para defender a moral. A moral não se desmorona se "o bem mais elevado" de Kant não puder ser alcançado. E embora concorde com Williams em que a tarefa de uma teoria moral é nos dizer não apenas o que moralmente devemos fazer, mas também como levar uma boa vida, não creio que se possa rejeitar uma teoria com base na alegação de que, sob certas condições, ela nos exige viver uma vida menos boa do que a vida que teríamos se ignorássemos suas demandas. Talvez Williams não submetesse a moral a um critério tão estrito, mas ele parece atribuir mais peso ético do que eu ao viver bem que ao fazer o que é correto. Acredito que esses dois aspectos da teoria moral são significativos e que, provavelmente, não se pode eliminar o conflito entre eles a partir de nenhum ponto de vista plausível. Se isso é verdade, então um terceiro aspecto importante da teoria moral será o modo como ela resolve o conflito.

3. CINCO ALTERNATIVAS

Para dar um enfoque sistemático à questão, permita-me distinguir diversas posições referentes à prioridade relativa da boa vida e da vida moral. A concepção que me atrai surgirá ao final, mas poderei embasar melhor sua defesa contrastando-a com as alternativas.

(1) *A vida moral é definida em termos da boa vida.* Essa é, mais ou menos, a posição de Aristóteles. Não significa que as duas idéias sejam equivalentes, mas que o

conteúdo da moral se define em termos das condições necessárias para uma boa vida, na medida em que esta depende de certos aspectos da conduta do indivíduo, como suas relações com outras pessoas, o bom desempenho de seu papel social e a expressão e o controle de suas emoções. O teste dos princípios morais residirá na contribuição instrumental ou constitutiva que fazem à boa vida como um todo; porém, como somos seres sociais, isso pode acarretar algumas das virtudes morais conhecidas.

(2) *A boa vida é definida em termos da vida moral.* Essa é a posição de Platão. Pode-se admitir que haja mais coisas na boa vida além da moral, contanto que se atribua prioridade absoluta ao componente moral; assim, embora duas vidas morais possam não ser igualmente boas (por causa de diferenças nas condições de saúde, por exemplo), uma vida moral é sempre melhor que uma vida imoral, por melhor que seja a vida imoral em outros aspectos.

Essas duas posições sugerem que o conflito entre os dois tipos de vida é logicamente impossível, devido à sua relação interna. As duas posições seguintes admitem a possibilidade do conflito e dizem como resolvê-lo por meio da escolha racional.

(3) *A boa vida prevalece sobre a vida moral.* É a posição de Nietzsche. Também é expressa por Trasímaco em *A república* e, recentemente, passou a ser adotada por Philippa Foot, que a preferiu em vez da posição (1), sustentada por ela anteriormente[5]. Essa posição pode admitir que a moral é *um* bem humano, desde que não se permita que tenha um papel dominante. A visão é de que seria um erro levar uma vida moral se, considerados

---

5. A mudança ocorre entre Foot (1) e (2).

todos os aspectos, esta não se revelasse uma boa vida para o indivíduo. É claro que se pode dizer, como fizeram Trasímaco e Nietzsche, que a moral em si mesma é um mal para quem a possui.

(4) *A vida moral prevalece sobre a boa vida*. Creio que esta seria a posição sustentada pela forma mais natural de utilitarismo e também pela maioria das teorias deontológicas não-religiosas, entre as quais as teorias sobre os direitos. A idéia é que a moral não entrará necessariamente em conflito com a boa vida, mas pode entrar, e, quando acontecer, ela nos dará razões suficientes para sacrificar nosso bem pessoal. No utilitarismo, a possibilidade de conflito decorre diretamente da forma em que se define o direito moral em termos do bem individual. Não à maneira da posição (1), em que se define o que é moral para um indivíduo em termos do que é uma boa vida para esse indivíduo – antes, o que se exige moralmente de cada indivíduo é definido em termos do que é ótimo para a totalidade dos indivíduos. Qualquer coincidência entre isto e o que é melhor para ele em particular será uma questão de sorte ou de arranjo político e social. E, se ele estiver em posição de gerar benefícios satisfatórios para os outros, incorrendo em algum custo para si mesmo, terá de sacrificar sua renda, suas relações pessoais, sua saúde, sua felicidade e mesmo sua vida, se isso tiver mais utilidade que qualquer outra coisa que ele possa fazer. Em outras palavras, a moral pode exigir que ele renuncie a uma boa vida. Algo semelhante pode ocorrer num sistema deontológico se este proíbe que o indivíduo prejudique outra pessoa para salvar-se da ruína ou da morte.

Essa posição, como a (3), pode considerar a moral como parte da boa vida, desde que não diga que uma vida moral é sempre melhor que uma vida imoral. Quando a vida imoral fosse melhor, deveria adotar-se a vida moral, não porque fosse uma vida melhor, mas a despeito do fato de ser pior.

Por último, há uma posição intermediária:

(5) *Nem a boa vida nem a vida moral prevalecem sempre uma sobre a outra.* Presume-se aqui, como nas posições (3) e (4), que não se podem definir os dois tipos de vida em termos um do outro e que cada um deles encontra apoio em razões que podem variar quanto à força relativa.

Minha opinião é que as três primeiras posições estão simplesmente erradas e que a escolha realmente difícil está entre a quarta e a quinta, embora eu me incline para a quarta. É comum o ponto de vista de que prevalecem as considerações morais. Mas, se estiver correto, não se trata de uma questão de definição. Depende antes da verdade acerca da ética.

O que eu penso é o seguinte. Embora fazer o que é correto seja parte do viver bem, não é a totalidade, nem sequer a parte predominante: pois o ponto de vista impessoal que reconhece as demandas da moral constitui apenas um aspecto, entre outros, de um indivíduo normal. E há momentos em que o fazer a coisa certa pode acarretar, em relação aos outros aspectos do viver bem, um custo superior à contribuição que faz, por si mesmo, ao viver bem[6].

---

6. Minha posição é semelhante à de Wolf. Ela discute a relação entre o ponto de vista moral e o ponto de vista da perfeição individual e questiona "a suposição de que é sempre preferível ser moralmente melhor" (Wolf [2], p. 438). Também conclui que, numa teoria moral, não seria necessariamente um defeito que alguém considerado moralmente perfeito segundo os critérios da teoria fosse uma pessoa imperfeita, já que o ponto de vista moral não fornece meios para avaliar de maneira abrangente a vida de uma pessoa. Wolf se concentra nos aspectos desa-

A posição (1) está errada, na minha opinião, porque os requisitos morais têm origem nas demandas de outras pessoas, e a força moral dessas demandas não pode ficar estritamente limitada a sua capacidade de ajustar-se a uma boa vida individual. Isso é inevitável na medida em que a ética inclua alguma condição significativa de imparcialidade.

A posição (2) está errada porque há muito mais com respeito a nós, e, portanto, muito mais com respeito ao que é bom e mau para nós, do que os aspectos diretamente envolvidos na moral. Pode ser que os extremos da imoralidade constituam um mal maior – de que seja tão mal ser horrivelmente mau que não haja nenhum outro tipo de gratificação que possa implicar que tal pessoa estaria pior se não fosse má. Mas em geral não são esses casos que determinam a relação entre a moral e a boa vida.

Viver bem e fazer o que é correto são coisas que temos razões para desejar, e, embora essas razões possam às vezes se sobrepor, em geral são de tipos diferentes e possuem origens diferentes. Ainda que as razões para desejar cada uma dessas coisas levem em conta todos os fatos, nenhuma delas incluiria todas as razões que existem.

Em qualquer concepção que não considere a moral como uma alternativa puramente instrumental ou como um mal positivo, parece certo que a vida moral, no mínimo, faz parte da boa vida. Se existem razões in-

---

gradáveis da perfeição moral, mas sua posição poderia aplicar-se também ao problema da adesão a exigências morais menores (ver Wolf [3]). O ponto em que me afasto dela, como explico mais adiante, é na esperança de que exista alguma forma de preservar a prioridade das exigências morais – se não das considerações morais em geral – na determinação de como seria racional viver, embora não de como seria bom viver.

trínsecas para ser moral, então ser moral será, nessa medida, um bem para o indivíduo, mesmo que ele não busque isso por interesse próprio.

Podemos tornar isso mais específico se considerarmos a afirmação de Williams de que a moral impessoal requer que o indivíduo se afaste de seus projetos e compromissos. Creio que isto é o oposto da verdade. Se o ponto de vista impessoal é um aspecto importante do eu, então este se veria relegado ao papel de mero espectador distanciado de nossas vidas se não pudesse intervir no raciocínio prático e na ação do modo como imagina a moral impessoal.

Essa forma de alienação só pode ser evitada na medida em que seja possível harmonizar os projetos pessoais e a ação individual com os requisitos universais, requisitos apreendidos de um ponto de vista impessoal que se expressam tipicamente mediante certas morais. Afinal de contas, supõe-se que essas morais universalistas respondam a algo muito importante em nós. Elas não se impõem de fora, mas refletem nossa própria disposição de ver a nós mesmos, bem como nossa necessidade de *aceitar* a nós mesmos, de fora. Sem essa aceitação, estaremos alienados de nossas vidas num sentido importante[7].

Contudo, a vida humana não se resume ao ponto de vista impessoal. Há outras partes também, o que torna provável que, sob certas circunstâncias, uma vida moral venha a ser pior que uma vida imoral com outras compensações. As coisas boas na vida de um indivíduo não se resumem a agir de acordo com as razões morais, nem sequer a agir de acordo com a completa e definitiva

---

7. Railton discute essas questões de maneira persuasiva, embora adote uma posição mais conseqüencialista do que posso aceitar.

ponderação de todos os tipos de razões, pois as razões não são tudo. A moral pode oferecer razões preponderantes, derivadas dos interesses dos outros, para que escolhamos uma vida pior, sem que essa escolha realmente melhore nossa vida afinal.

Porém, caso se admita a possibilidade de conflito entre a moral e a boa vida, não se pode presumir que o peso das razões recairá sempre do lado da moral, conforme afirma a posição (4). Em qualquer visão que leve a sério a existência de razões morais independentes, estas com freqüência serão mais decisivas que o bem do indivíduo, ao contrário do que diz a posição (3), que atribui prioridade absoluta à boa vida. Mas haverá ocasiões em que talvez não seja assim: depende da natureza das razões morais e da racionalidade humana. Isso nos leva a escolher entre as alternativas (4) e (5).

É claro como se poderia entender a alternativa (5) em algumas teorias da moral e do bem humano. Por exemplo, se identificamos a moral com a expressão de certos juízos distanciados e imparciais de aprovação e reprovação, tal como fez Hume, ainda permanecem sem resposta questões como (a) que papel desempenha a obediência a esses juízos na boa vida considerada como um todo, e (b) quanto peso devem ter esses juízos nas decisões racionais (presumindo que alguém acredite que exista algo chamado decisão racional). As teorias que apresentam a moral como um sistema de práticas, regras ou convenções sociais também satisfazem a condição (5). Estou mais interessado, porém, em saber se essa condição pode ser satisfeita por morais impessoais com pretensões universais, como o utilitarismo e algumas formas de kantismo.

Essas morais pretendem derivar seu conteúdo de uma visão de nossas próprias ações *sub specie aeterni-*

tatis, embora dêem diferentes interpretações para isso. Um ponto de vista universal que não faça distinção entre nós mesmos e os outros revela princípios gerais de conduta que se aplicam a nós porque se aplicam a todos. Há uma tendência natural a identificar esse ponto de vista superior com o verdadeiro eu, oprimido talvez pela bagagem individualista. Há outra tendência a conceder prioridade absoluta aos seus juízos na condução da vida. Esta se encontra nos ideais de transcendência moral. É possível resistir a essas tendências e manter essa concepção e, ao mesmo tempo, acreditar não apenas que a boa vida abrange mais coisas além da moral e pode entrar em conflito com ela, mas também que, às vezes, se pode rejeitar racionalmente a moral por razões não-morais, inclusive as que têm a ver com a boa vida? Tudo depende do lugar que se atribui ao ponto de vista impessoal numa concepção mais abrangente da vida humana.

Essa pergunta é reconhecidamente, num sentido amplo, uma pergunta da teoria ética, assim como toda pergunta sobre a relação dos requisitos morais com qualquer outra coisa. E se poderia dizer que uma resposta que admite a não-predominância do ponto de vista impessoal será entendida, de maneira mais clara, como uma rejeição da moral impessoal e a sua substituição por uma moral mais complexa. Creio, no entanto, que isso dependeria de que o sistema geral operasse de tal forma que pudesse ser descrito, de maneira plausível, como uma moral alternativa, em vez de uma combinação da moral com outras coisas. Os fatores que prevalecem sobre a moral impessoal, seja na determinação da boa vida ou na orientação da razão prática, podem ser demasiado pessoais e não universais para constituir um sistema moral alternativo. Podem ser razões impossíveis de endossar externamente como válidas para qualquer um.

Por uma questão de convicção moral, tendo a não concordar com essa possibilidade, representada pela posição (5). Sou fortemente inclinado a esperar – e com menos firmeza a acreditar – que a moral correta tenha sempre do seu lado a preponderância das razões, mesmo que não coincida necessariamente com a boa vida. No desejo de garantir a coincidência entre moral e racionalidade, corro o risco aqui de incorrer num erro semelhante ao que condenei nas tentativas de se assegurar a coincidência entre boa vida e vida moral definindo-se a primeira em termos da segunda ou vice-versa. Acho que o importante é que não se deve buscar uma convergência fácil demais entre a racionalidade e a ética e, com certeza, não se deve tentar fazer isso mediante o simples recurso de definir o moral como racional ou o racional como moral. Não estou certo de que possa evitar essa forma de trivialização, mas vou tentar.

4. O MORAL, O RACIONAL E O SUPERERROGATÓRIO

Há uma ambigüidade na idéia do racional que se refere a essa questão. "Racional" pode significar racionalmente requerido ou racionalmente aceitável. Se alguém diz que a moral precisa ser racional, pode estar querendo dizer que ser imoral é sempre irracional ou talvez algo mais fraco: que ser moral nunca é irracional. Estritamente falando, a posição (4) só seria verdadeira no primeiro desses sentidos.

Quando várias razões diferentes e opostas estão presentes em uma decisão, há três resultados possíveis com respeito à racionalidade das alternativas. Ou as razões contrárias são decisivas a ponto de tornar o ato irracional; ou as razões favoráveis são decisivas a ponto de requerer racionalmente o ato; ou há suficiente número de razões contrárias e favoráveis para que, ainda que o ato não seja racionalmente requerido, tampouco seja irracional – em outras palavras, seria racional no sentido fraco: racionalmente aceitável.

Sou fortemente inclinado a aceitar a visão de que a moral deve ser racional pelo menos nesse sentido fraco – não *ir*racional –, embora ficasse mais satisfeito com uma teoria que a revelasse racional no sentido forte.

Creio que uma dessas conclusões, ou ambas, pode encontrar apoio, sem circularidade evidente, num argumento próprio da teoria ética, cujo resultado é uma modificação das demandas impessoais da moral. (Volto aqui ao problema da imparcialidade discutido brevemente no capítulo anterior.) Essa modificação reduz a dimensão do conflito entre a vida moral e a boa vida sem eliminá-lo por completo e, dessa forma, reduz também (talvez até elimine) o hiato entre o que é moralmente requerido e o que é racionalmente requerido. Mesmo, porém, que não se feche totalmente o hiato, o argumento deve tornar mais firme a racionalidade fraca da vida moral – deve assegurar, em outras palavras, que nunca seja irracional preferir a vida moral à boa vida quando houver conflito entre as duas.

O argumento depende da idéia de que os requisitos morais válidos precisam levar em conta as capacidades motivacionais comuns dos indivíduos aos quais se aplicam. O raciocínio moral deve ser aplicado à questão de como tirar conclusões racionais dos conflitos entre as razões impessoais e as razões pessoais.

Poderíamos pensar na moral impessoal como algo que se desenvolve em etapas. Sua origem é o desejo de poder endossar ou aceitar nossas ações e suas justificações a partir de um ponto de vista externo a nossa situação particular, que não seja tampouco o de nenhuma outra pessoa particular. Esse ponto de vista deve ser não apenas distanciado mas também universal e envolver a vontade. De início, pode parecer que o resultado disso consistiria em conceder o mesmo peso ao bem-estar e aos projetos dos outros que aos meus próprios e das pessoas que são importantes para mim: que eu deveria ser tão imparcial entre os outros e eu mesmo quanto seria entre os que não conheço. Mesmo que se façam ajustes para excluir dessa condição certos interesses que talvez continuem a me motivar mas cuja natureza pessoal torna-os objetos inadequados do interesse impessoal, como as ambições individuais de realização ou o amor romântico, na maioria dos casos o peso remanescente das razões impessoais que derivam do bem de todos será muito substancial se comparado com os meus próprios interesses. Devo reconhecer que objetivamente não sou mais importante que ninguém – minha felicidade e meu sofrimento não são mais importantes que os dos outros. E a parte de mim que reconhece isso é central – é tão parte de mim quanto minha perspectiva pessoal.

Na etapa seguinte, o próprio conflito entre essas duas forças se converte num problema ético, a ser resolvido examinando-se qual solução pode ser endossada de um ponto de vista externo. Não me refiro à questão óbvia de que seriam imperfeitos os requisitos morais que piorassem seriamente a vida das pessoas caso fossem amplamente aceitos – não pelas conseqüências das ações resultantes, mas pelo caráter interno das vidas que assim se conduzissem. Isso é conseqüência direta de qualquer moral impessoal elaborada de maneira realista. Ela não exclui princípios que exijam extremo sacrifício pessoal, desde que assim se possa melhorar satisfatoriamente a vida dos outros.

Mas a reflexão sobre os motivos humanos pode produzir uma nova modificação nas demandas da moral impessoal – uma modificação baseada na tolerância e no reconhecimento de limites. Vendo a situação de fora, posso reconhecer que o peso das razões impessoais, não importa quão plenamente encaradas, terá mesmo assim de enfrentar a pressão imediata dos motivos mais pessoais, que permanecem ativos por razões próprias, ainda que, de um ponto de vista impessoal, tenham sido considerados como os desejos de uma pessoa entre outras. Não é só que meus interesses pessoais farão que eu me rebele contra as demandas impessoais, embora isso possa acontecer. O fato é que essa resistência encontrará algum apoio do próprio ponto de vista objetivo. Quando consideramos as pessoas de maneira objetiva e pensamos sobre como devem viver, levamos em conta sua complexidade motivacional. Se estamos tentando responder, do ponto de vista objetivo, à questão de como integrar os motivos pessoais e impessoais, o resultado não será apenas um endosso irrefletido ao predomínio dos valores impessoais, embora seja o ponto de vista objetivo que revela esses valores. Podemos levar de novo ao juízo do ponto de vista objetivo o conflito entre os pontos de vista subjetivo e objetivo. O resultado será provavelmente que, em algum limiar difícil de definir, concluiremos que não é razoável esperar que as pessoas em geral sacrifiquem a si mesmas e sacrifiquem aqueles com quem têm estreitos laços pessoais em favor do bem geral.

Difícil é saber se essa compreensão – essa condição de "razoabilidade" – se manifestará numa modificação dos requisitos morais ou simplesmente na aceitação do fato de que a maioria de nós somos miseráveis pecadores, o que, em todo caso, é provável que seja verdade. Pode-se adotar a linha rígida de que os requisitos morais resultam de uma avaliação correta do peso do bem e do mal, revelados de maneira impessoal; que nossa tarefa é conciliar nossos objetivos com isso; e que, se não podemos fazê-lo em virtude de nossa fraqueza pessoal, isso mostra não que os requisitos são excessivos, mas que somos maus – ainda que possamos abster-nos de ser muito críticos a esse respeito.

Não concordo com isso porque, embora a moral tenha de surgir de um ponto de vista impessoal, esse ponto de vista deve levar em conta o tipo de seres complexos para os quais ela está sendo criada. O impessoal é apenas um aspecto da sua natureza, não a totalidade dela. E isso deve refletir-se no que é razoável pedir-lhes e no que impessoalmente se espera deles. Precisamos, por assim dizer, fazer um acordo entre nosso eu superior e nosso eu inferior para chegar a uma moral aceitável. Dessa forma, pode-se reduzir o hiato entre os requisitos morais e os racionais, entendidos de forma abrangente. Isso significa que existe uma sanção impessoal para alcançar um certo equilíbrio entre as razões pessoais e impessoais.

Wolf diz que o ponto de vista do qual se deve emitir tal juízo não é o ponto de vista impessoal da moral, nem o da perfeição pessoal, mas "uma perspectiva que não esteja atrelada a um compromisso com algum sistema de valores bem ordenado" (Wolf [2], p. 439). Ela acredita que a moral não pode arbitrar sua própria causa e que devemos esperar que haja boas razões às vezes para resistir às suas demandas. Creio, no entanto, que se pode buscar uma resposta a partir do ponto de vista impessoal da moral, o que dará a todos permissão para um certo grau de parcialidade – pelo reconhecimento do fato de que se trata apenas de um aspecto da perspectiva humana. Assim como a razão, o ponto de vista moral deve tentar reconhecer e explicar seus próprios limites[8].

Meu argumento consegue evitar a circularidade? Creio que sim, pelo menos no sentido categórico de definir a moral como o racional ou vice-versa. Ele não define os requisitos morais visando satisfazer algum critério prévio de racionalidade que se possa conhecer de maneira independente do argumento moral. Na verdade, ajusta os requisitos da moral para tornar razoável a adesão a eles, levando em conta o ponto de vista moral – tanto na produção de razões impessoais como na determinação de como alcançar o equilíbrio entre elas e as razões pessoais, ou seja, de quanto se deve exigir de indivíduos racionais. E não define o racional simplesmente em termos do moral, pois as razões derivadas da moral representam apenas um dos fatores que determinam o que se pode razoavelmente requerer que as pessoas façam. Há aqui uma interdependência bastante forte do moral e do racional, mas não se tenta fazê-los coincidir a todo custo, embora se estabeleça uma relação mais estreita entre eles.

Mesmo desconhecendo o conteúdo de tal princípio, podemos observar outra coisa sobre seu caráter. Trata-se de uma tentativa de obter o melhor de uma situação insatisfatória. Na medida em que reduz as exigências da moral impessoal, ele refletirá uma atitude de tolerância e realismo acerca da natureza humana, mais que a convicção de que agir de acordo com um requi-

---

8. Para uma resposta diferente e fascinante a Wolf, ver Adams, que critica a "forte tentação de fazer da moral um substituto da religião e, com isso, converter a moral no objeto de uma devoção absoluta, pelo menos em aspiração, e de caráter virtualmente religioso" (p. 400). Isso, diz ele, seria uma forma de idolatria.

sito mais exigente seria irracional ou errado. A idéia é de que certas demandas que se fazem ao indivíduo comum – de sobrepujar suas próprias necessidades, compromissos e vínculos em favor de demandas impessoais que ele também pode reconhecer – são desprovidas de razoabilidade num sentido que se pode reconhecer impessoalmente.

Mas isso não significa necessariamente que seria irracional para alguém capaz de aceitar essas demandas fazê-lo ou impô-las a si mesmo. Assim, esse aspecto da moral impessoal pode lançar luz sobre o intrigante tema da supererrogação. A virtude supererrogatória se manifesta em atos de excepcional sacrifício em benefício dos outros. Tais atos são louváveis e não se considera que sejam irracionais, mas não são tidos como exigências morais ou racionais. O que há neles que faz que sejam bons, excepcionalmente bons, e apresenta uma razão para realizá-los, sem apresentar, ao mesmo tempo, uma razão para não realizá-los que fizesse dessa omissão algo racionalmente injustificado e pernicioso? Afinal, alguém que não faz esses sacrifícios está deixando de fazer algo para o qual possui uma razão moralmente meritória para fazer. Para a moral não é *indiferente* que se realize ou não o ato. Então, por que a diferença deveria ser desse tipo peculiar, "opcional"?

A resposta, na minha opinião, é que a virtude supererrogatória consiste na adesão às demandas da moral impessoal antes de sua modificação para ajustar-se às limitações normais da natureza humana. Essa modificação assume a forma de um relaxamento desses requisitos pela tolerância, por assim dizer, mais do que pela descoberta de novas razões morais que prevaleçam sobre as razões impessoais originais. Se estas fossem sobrepujadas, haveria razões contrárias ao tipo de sacrifício que exibe a virtude supererrogatória: seria *errado*. Tal como são as coisas, o sacrifício simplesmente não é exigido. E os que, não obstante, ainda assim o fazem são dignos de louvor por submeter-se à força real de razões que não se poderia exigir de forma razoável deles que seguissem à risca, dado o caráter misto dos motivos humanos. A aparição da supererrogação na moral é um reconhecimento, a partir de um ponto de vista impessoal, das dificuldades que esse ponto de vista tem de enfrentar para tornar-se motivacionalmente eficaz na vida real de seres dos quais ele constitui apenas um aspecto[9].

O resultado disso para a relação entre a moral e a boa vida é que alguns dos conflitos mais violentos serão atenuados por essas reduções das demandas morais devidas à tolerância. Mas o conflito certamente não deixará de existir, e isso nos leva de volta ao problema original de saber se, em tais casos, a moral sempre terá a seu favor o saldo líquido das razões, em oposição à boa vida. Acredito que as modificações auto-reguladoras da moral impessoal que admitem a supererrogação fazem que isso seja mais provável, embora não o garantam. Na medida em que as razões são universais, a aplicação repetida de critérios impessoais parece produzir o conjunto mais integrado de requisitos que se pode esperar, levando em conta as razões derivadas de todas as perspectivas.

---

9. Em *Moral Thinking*, Hare oferece uma descrição da supererrogação que, em certos aspectos, é semelhante a essa – exceto pelo fato de que ele acredita que ela seja compatível com o utilitarismo, pois, tendo em vista a natureza humana, os princípios menos exigentes podem ser aqueles cuja fixação tenha a maior utilidade.

5. POLÍTICA E CONVERSÃO

Argumentei que os requisitos da moral podem entrar em conflito com a boa vida e que isso não constitui uma razão legítima para rejeitar a moral. Por outro lado, minha visão pessoal é que se põe em dúvida a correção da moral se há ocasiões em que seria irracional aceitar suas demandas (embora a idéia de uma moral desse tipo não seja incoerente). O próprio ponto de vista moral pressiona para que se ajustem essas exigências a fim de fazê-las aproximar-se da condição de plena racionalidade humana, ainda que não da condição de uma boa vida.

No entanto, resta algo profundamente insatisfatório com respeito ao conflito entre a boa vida e a vida moral e os compromissos entre as duas, o que gera uma necessidade constante de reinterpretar uma ou ambas para garantir que coincidam. Ao dizer que tais conflitos são possíveis, não pretendo tratá-los de maneira despreocupada. Williams assinalou um problema fundamental da ética que tem sido negligenciado. Se a função de uma teoria ética é identificar a vida moral e a boa vida e revelar as razões que temos para levar uma e outra, então uma teoria que lhes permita divergir está afirmando algo difícil de aceitar, dada a importância de cada um desses ideais.

Como não queremos que a vida seja assim, é natural esperar que essas teorias sejam falsas, mas não se pode refutá-las por isso. Só poderiam ser refutadas mediante uma falha mais radical ou uma alternativa melhor. Pode parecer impossível que viver da maneira como temos razões decisivas para viver seja uma vida má, ou uma vida aquém do ótimo, dadas as nossas circunstâncias. Pode parecer impossível que uma vida imoral seja melhor que uma vida moral, ou que uma vida moral seja uma vida ruim. Penso, porém, que o que está por trás dessas afirmações de impossibilidade não é a ética ou a lógica, mas a convicção de que as coisas não deveriam ser dessa forma – de que seria mau se assim fossem. E assim seria. Contudo, não é necessariamente verdade que a melhor vida é sempre aquela em que se faz o que é correto. A racionalidade moral não é uma parte tão predominante assim do bem individual humano. Se ela desempenha um papel predominante na determinação do que devemos fazer, é por causa dos bens que se encontram fora de nós.

Como Williams, considero o utilitarismo exigente demais e espero que seja falso. Mas esses problemas não desaparecerão se rejeitarmos o utilitarismo. A intuição moral básica de que objetivamente ninguém é mais importante que ninguém, e de que esse reconhecimento deve ser de fundamental importância para cada um de nós, ainda que o ponto de vista objetivo não seja nosso único ponto de vista, cria no eu um conflito demasiado intenso para permitir uma solução fácil. Duvido que se possa alcançar uma conciliação convincente entre a moral, a racionalidade e a boa vida dentro dos limites da teoria ética, em sentido estrito. Os dilemas aqui revelados podem surgir na maioria das teorias éticas e, em particular, nas teorias que contêm um significativo elemento impessoal. Que os dilemas sejam não apenas possíveis mas reais dependerá de como é o mundo e de como somos nós.

Isso nos conduz a uma forma diferente de lidar com eles, não em teoria, mas na vida. O choque entre a moral e boa vida é uma condição insatisfatória que nos apresenta um desafio, e embora a teoria talvez seja necessária para a solução desse conflito a solução em si não é apenas uma nova teoria, mas uma mudança nas condições de vida. Mencionarei dois enfoques possíveis.

O primeiro é a conversão pessoal. Alguém que esteja convencido de que é verdadeira uma moral que lhe faz demandas impossíveis – como o utilitarismo, caso se trate de um indivíduo abastado num mundo de desigualdade extrema – poderia ser capaz, graças a um salto de autotranscendência, de mudar sua vida de maneira radical a ponto de fazer do serviço a essa moral – ao bem-estar da humanidade ou de todos os seres sencientes – seu principal interesse ou seu bem maior. Isso poderia ser uma escolha pessoal ou algo que ele considerasse que todos deveriam fazer: uma exigência de transformação humana.

Do ponto de vista de uma pessoa que se vê diante da perspectiva de tal salto, esse parece naturalmente um sacrifício terrível ou mesmo uma forma de auto-imolação. Mas isso se deve aos modelos de boa vida definidos por sua condição anterior à conversão. Se o salto for bem-sucedido, sua concepção de boa vida será diferente quando ele aterrissar do outro lado, e a harmonia será restaurada. O problema é encontrar forças para dar o salto, dados os valores pessoais muito diferentes que ele tem agora. Se o seu sentimento de alienação sobre o conflito entre sua moral e sua vida for agudo o bastante, poderá contribuir para que se crie o ímpeto necessário; mas é evidente que tais conversões, como outras, podem ser muito dolorosas.

A segunda alternativa é política. Falei alguma coisa no último capítulo sobre o papel das instituições políticas em externalizar o choque de pontos de vista. Uma tarefa importante, talvez a mais importante, do pensamento e da ação políticos é ordenar o mundo de modo que todos possam viver uma boa vida sem cometer injustiças, sem prejudicar os outros, sem tirar proveito de seu infortúnio etc. A harmonia moral, não só a paz civil, é a meta certa da política, e seria desejável que se pudesse alcançá-la sem submeter todas as pessoas ao tipo de profunda conversão pessoal necessária para impedir o conflito entre a moral e a boa vida.

É parte legítima da ambição de conciliação por meio da política um certo grau de alteração da personalidade individual, mas esta não precisa ser tão radical como a que se espera que ocorra na conversão pessoal pura e simples, em que todo o trabalho se realiza no interior de uma única alma e pode envolver uma grande dose de renúncia. Em vez disso, consideramos que o choque entre os valores pessoais e a moral impessoal é um conflito entre ideais que não desejamos abandonar, de modo que se apresenta a nós a tarefa construtiva de criar um mundo em que o choque efetivo seja contingencialmente reduzido, se não eliminado, e as instituições sob as quais vivemos nos possibilitem levar vidas pessoais ricas, sem negar as demandas impessoais que derivam das necessidades de nossos bilhões de semelhantes. Isso não constitui ainda uma teoria ética ou política, mas descreve a forma que, na minha opinião, deve adotar uma teoria que harmonize a moral e a boa vida sem renunciar a muitos elementos de uma ou outra.

Se houvesse uma escolha entre os dois métodos de lidar com o confronto de perspectivas, eu escolheria o segundo, que introduz na vida humana uma divisão normativa do trabalho e, portanto, requer uma unificação menos heróica. Contudo, na atual situação do mundo, talvez não tenhamos escolha, pois a tarefa de criar uma ordem política com a desejada harmonia moral parece tão grande e tão urgente que, para começar a realizá-la, talvez fosse necessário que muitos indivíduos passassem por uma conversão pessoal radical.

Ainda assim, faz sentido perguntar qual deveria ser nosso ideal moral, e a essa pergunta eu daria uma resposta pluralista, anticomunitária.

O mundo que, nos meus sonhos, surgiria de um processo de reconstrução política não teria "homens novos" irreconhecivelmente diferentes de nós por estarem dominados por valores impessoais, a tal ponto que sua felicidade individual consistisse em servir à humanidade. Um mundo assim poderia ser melhor que o nosso, mas, deixando de lado a questão de se tal coisa seria possível, seria um mundo mais pobre do que aquele em que a maioria das demandas impessoais fossem satisfeitas por instituições que deixassem os indivíduos – inclusive os que sustentassem e operassem essas instituições – livres para devotar considerável atenção e energia a suas próprias vidas e aos valores que não pudessem ser reconhecidos impessoalmente.

XI

Nascimento, morte e o sentido da vida

1. A VIDA

Mais de dez anos atrás, durante um verão, quando eu lecionava em Princeton, uma aranha grande apareceu no sanitário masculino do edifício Hall 1879, o prédio que abriga o Departamento de Filosofia. Quando o mictório não estava em uso, ela se encarapitava no ralo de metal que ficava na base, e, quando estava em uso, fazia esforços para sair do caminho, conseguindo às vezes escalar uns três ou cinco centímetros pela parede de porcelana até algum ponto que não estivesse muito molhado. Às vezes, porém, a torrente da descarga a fazia cair e ficar encharcada. Ela parecia não gostar disso e sempre que podia se esquivava. Acontece que era um mictório da extensão do piso, com uma base côncava e uma borda saliente e lisa, ou seja, ela estava abaixo do nível do chão e não conseguia sair.

De algum modo ela sobrevivia, provavelmente alimentando-se de minúsculos insetos que se viam atraídos para o mesmo lugar, e quando o período letivo do outono começou ainda estava lá. O mictório devia ser utilizado mais de cem vezes por dia, e ela sempre travava a mesma luta desesperada para sair do caminho. Sua vida parecia miserável e extenuante.

VISÃO A PARTIR DE LUGAR NENHUM

Aos poucos nossos encontros começaram a me oprimir. É claro que podia se tratar de seu hábitat natural, mas como ela estava presa pela borda de porcelana lisa não havia jeito de sair dali mesmo que quisesse, nem de dizer se queria ou não sair. Nenhum dos outros usuários regulares do sanitário fazia qualquer coisa para mudar aquela situação, mas, conforme passavam os meses e se aproximava o inverno, tomei a decisão de libertá-la, depois de muita incerteza e hesitação. Refleti que se ela não gostasse de estar fora dali, ou se não encontrasse o que comer, poderia facilmente voltar. Um dia, perto do final do período letivo, peguei uma toalha de papel e a estendi em direção a ela. Suas patas se agarraram à extremidade do papel e eu a levantei e depositei no chão de ladrilhos.

Ela ficou ali parada, sem mexer um músculo. Dei-lhe uma cutucada de leve com a toalha, mas nada aconteceu. Empurrei-a alguns centímetros sobre os ladrilhos até deixá-la bem próxima do mictório, mas nem assim ela respondeu. Parecia estar paralisada. Senti-me inquieto, mas pensei que, se ela não quisesse ficar ali nos ladrilhos, alguns passos bastariam para levá-la de volta ao mictório. Enquanto isso, estava próxima da parede e não corria o risco de que alguém a pisasse. Saí, mas quando voltei, duas horas mais tarde, ela não havia se movido.

No dia seguinte, encontrei-a no mesmo lugar, com as patas encolhidas daquela forma característica nas aranhas mortas. Seu cadáver permaneceu ali por uma semana, até que finalmente varreram o chão.

Esse exemplo ilustra os perigos de combinar perspectivas radicalmente distintas. Tais perigos tomam muitas formas; neste capítulo final, descreverei alguns que se relacionam com nossa atitude perante nossas próprias vidas.

A busca de objetividade com respeito aos valores corre o risco de deixar os valores totalmente para trás. Podemos chegar a um ponto de vista tão afastado da perspectiva da vida humana que tudo o que podemos fazer é observar: nada parece ter o valor que aparenta do ponto de vista interno, e só o que vemos são os desejos humanos, o esforço humano – as *valorações* humanas, como atividade ou condição. No capítulo 8, mencionei que, se prosseguimos no caminho que leva da inclinação pessoal para os valores objetivos e a ética, podemos cair no niilismo. O problema, presente em algumas das questões filosóficas mais perturbadoras do ponto de vista pessoal, é saber onde e como parar.

A desconfortável relação entre as perspectivas interna e externa, das quais não podemos escapar, dificulta manter uma atitude coerente com relação ao fato bruto de que existimos, à nossa morte e ao sentido ou propósito de nossas vidas, pois a visão distanciada de nossa própria existência, uma vez alcançada, não se incorpora facilmente ao ponto de vista a partir do qual vivemos a vida. A partir de uma posição suficientemente externa, meu nascimento parece acidental, minha vida sem sentido e minha morte insignificante; porém, de uma perspectiva interna, parece quase impossível imaginar que eu nunca tivesse nascido, minha vida tem uma importância monstruosa e minha morte é catastrófica. Embora os dois pontos de vista pertençam claramente a uma só pessoa – esses problemas não surgiriam se não fosse assim –, operam com suficiente independência para que cada um deles resulte numa espécie de surpresa para o outro, como uma identidade temporariamente esquecida.

A visão subjetiva está no cerne da vida cotidiana, e a objetiva se desenvolve, de início, como uma forma de entendimento ampliado: grande parte do que revela pode ser utilizada de maneira instrumental na busca de metas subjetivas. Levada porém a extremos, minará as bases dessas metas: ver a mim mesmo objetivamente como uma bolha orgânica diminuta, contingente e desmedidamente temporária na sopa universal produz uma atitude que beira a indiferença. Dessa perspectiva, minha atitude com respeito à vida de TN é a mesma que com respeito à vida de qualquer outra criatura. Minha atitude quanto a mim mesmo é bastante diferente, e as duas entram em choque. A mesma pessoa que subjetivamente está envolvida numa vida pessoal, com toda a sua riqueza de detalhes, encontra-se ao mesmo tempo distanciada em outro aspecto; esse distanciamento mina seu envolvimento sem destruí-lo, deixando-a dividida. O eu objetivo, ao perceber que como pessoa é idêntico ao objeto de que se distancia, passa a se sentir aprisionado nessa vida particular – distanciado mas incapaz de se desligar e arrastado por uma seriedade subjetiva da qual nem mesmo pode tentar se livrar.

Algumas das atitudes que levam a esses conflitos podem estar equivocadas; outras talvez possam ser modificadas por um processo de conciliação em que se reduza o distanciamento e se modifique o envolvimento para abrandar o choque; alguns conflitos, no entanto, são impossíveis de eliminar. Não há dúvida de que muitos que experimentaram o desconforto do distanciamento objetivo de si mesmos simplesmente se esqueceram dele e vivem no mundo como se não houvesse visão externa. Alguns poderiam rejeitar essas preocupações existenciais classificando-as de fictícias ou artificiais. Considero inaceitáveis essas reações, pois o ponto de vista objetivo, mesmo em seu limite, é uma parte muito essencial de nós para que possamos suprimi-lo sem faltar à honestidade; além disso, o esforço de encontrar uma forma de vida individual que o reconheça e inclua pode ser frutífero, ainda que a integração completa inevitavelmente nos escape.

O desejo de viver, tanto quanto possível, no pleno reconhecimento de que nossa posição no universo não é central contém um elemento que tem a ver com o impulso religioso, ou, pelo menos, um reconhecimento da questão para a qual a religião pretende fornecer uma resposta. A solução religiosa nos confere uma centralidade emprestada ao nos tornar alvo do interesse de um ser supremo. A questão religiosa sem uma resposta religiosa equivale talvez ao anti-humanismo, já que não podemos compensar a falta de um sentido cósmico com um sentido derivado de nossa própria perspectiva. Temos de realizar a conciliação que pudermos dentro de nossas próprias cabeças, e as possibilidades são limitadas. O problema não é meramente intelectual. O ponto de vista externo e a contemplação da morte levam à perda de equilíbrio na vida. A maioria de nós se sente subitamente aturdida ao pensar sobre a extrema improbabilidade de nosso nascimento ou diante da idéia de que o mundo seguirá seu curso depois que morrermos. Alguns de nós têm uma constante sensação de absurdo com respeito aos projetos e ambições que dão impulso a nossas vidas. Esses transtornos dissonantes oriundos do ponto de vista externo são inseparáveis do pleno desenvolvimento da consciência.

Começarei com o problema do nascimento – que atitude tomar perante o fato simples de que existimos. É um problema menos familiar que o da morte e o do sentido da vida, mas sua forma é semelhante. De um ponto de vista objetivo, duas coisas me impressionam acerca do meu nascimento, nenhuma delas fácil de assimilar: sua extrema contingência e sua falta de importância. (O mesmo se pode dizer sobre o nascimento de qualquer outra pessoa; e, quando se trata de alguém que tem importância para mim, muitas das mesmas dificuldades surgirão como resultado.) Discutirei os dois pontos separadamente, começando com a contingência.

Subjetivamente, começamos dando como certa nossa existência: é um dado do tipo mais básico. Quando na infância percebemos pela primeira vez a contingência de nossa existência – mesmo o simples fato de que ela depende de que nossos pais tenham se encontrado – o resultado é uma diminuição da segurança irrefletida que temos de nossa posição no mundo. Estamos aqui por sorte, não por direito ou por necessidade.

A biologia rudimentar revela como é extrema essa situação. Minha existência depende do nascimento de um organismo particular que só poderia se desenvolver a partir de um espermatozóide e de um óvulo particulares, os quais, por sua vez, só poderiam ter sido produzidos pelos organismos particulares que os produziram, e assim por diante. Tendo em vista a contagem-padrão de espermatozóides, as chances de que eu nascesse eram mínimas, dada a situação que existia uma hora antes que eu fosse concebido (para não falar em um milhão de anos antes), a menos que tudo o que acontece no mundo seja determinado com absoluta rigidez – o que não parece ser o caso. A ilusão natural de minha própria inevitabilidade se choca com o fato objetivo de que *quem* existe e tem existido é radicalmente contingente e que minha própria existência em particular é uma das coisas mais inessenciais do mundo. Das pessoas possíveis, quase nenhuma nasceu e jamais nascerá, e é por puro acaso que sou uma das poucas que realmente nasceram.

Os efeitos subjetivos dessa informação são complexos: não se trata apenas de uma idéia que nos faz parar para pensar. Produz uma sensação de perplexidade e alívio, além daquela vertigem ou sobressalto retrospectivo que surge quando, já passado o perigo, nos damos conta de que escapamos por um triz. Pode nos fazer experimentar também uma certa síndrome do sobrevivente, a culpa em relação a todos os outros que jamais nascerão. Ao mesmo tempo, porém, a sensação de inevitabilidade subjetiva não desaparece por completo; esses fatos acerca de mim mesmo, objetivos e indiscutíveis, provocam incredulidade emocional. Posso imaginar-me tendo morrido aos cinco anos de idade, mas não é fácil entender com total consciência o fato de que a história do universo teria seguido seu curso mesmo que eu nunca houvesse existido *em absoluto*. Quando minha mente esquadrinha essa idéia, produz-se em mim uma sensação de naufrágio que revela que um sustentáculo importante, embora imperceptível, foi removido de meu mundo.

Minha própria existência avulta no centro da minha imagem pré-reflexiva do mundo, uma vez que esta vida é a fonte e o caminho do meu entendimento de tudo mais. É desalentador descobrir, ao longo desse caminho, que minha existência é totalmente supérflua – uma das coisas menos "básicas" do mundo. Um mundo sem mim em nenhum momento de sua história parece um mundo ao qual falta uma peça crucial, um mundo que subitamente perdeu suas amarras. Se você se concentrar a fundo na idéia de que poderia nunca ter nascido – na nítida possibilidade de sua eterna e completa ausência deste mundo –, creio que também perceberá que essa verdade perfeitamente clara e direta provoca uma sensação bastante estranha.

Entra em ação aqui uma tendência solipsista que, curiosamente, tem mais a ver com o ponto de vista objetivo que com o subjetivo – como o solipsismo do *Tractatus* de Wittgenstein. O ponto de vista objetivo, que considera tudo *sub specie aeternitatis*, facilmente resvala para a posição de ver a si mesmo como a condição do mundo ou a estrutura de toda existência, mais do que um aspecto de um indivíduo particular dentro do mundo.

Se esqueço quem sou, posso imaginar que TN nunca tivesse existido sem experimentar nenhuma inquietação; mas corro o risco de fazer isso só pela metade, imaginando *meu mundo* sem TN nele – mantendo o eu objetivo na reserva, por assim dizer. Para imaginar totalmente o mundo sem mim, tenho de me livrar também do eu objetivo, e isso começa a despertar em mim a sensação de que estou me livrando do próprio mundo, não de algo que há nele. É como se houvesse uma ilusão natural de que o mundo não pode ser completamente separado da concepção que tenho dele.

O atrativo dessa ilusão é misterioso. Sei muito bem que o mundo não é essencialmente meu mundo: não é uma verdade necessária que ele seja ou pudesse ser capaz de ser referido ou contemplado por mim. Assim como a sala em que estou agora (à qual posso me referir como esta sala) poderia nunca ter tido comigo a relação que torna possível essa referência – porque eu poderia nunca ter estado nela –, o mesmo acontece com o mundo e tudo o que diz respeito a ele. O fato de que eu deva existir no mundo para pensar que poderia nunca ter feito parte dele não torna a possibilidade menos real. Mesmo que alguns dos aspectos em que se pode descrever o mundo objetivamente sejam essenciais a ele, eu, como possuidor particular da visão objetiva, não sou e posso pensar no mundo abstraindo-me da minha conexão com ele.

Mas, ainda que rejeitemos firmemente a suposição solipsista por nos parecer um erro, ela permanece numa versão mais pálida. Embora o mundo não seja essencialmente meu mundo, o reconhecimento objetivo de minha contingência tem de coexistir em minha cabeça com uma representação total do mundo cujo sujeito inevitavelmente *sou* eu. A pessoa cuja contingência reconheço é o epicentro não só do mundo tal como parece ser daqui, mas também de toda a minha visão do mundo. Supor que essa pessoa nunca deveria ter existido é supor que meu mundo nunca deveria ter existido.

Parece, nesse caso, que a existência do meu mundo depende da existência de algo nele. Mas é claro que não é assim. O ser real que eu sou não é meramente parte do *meu* mundo. A pessoa que sou é uma porção contingente de um mundo que não é só meu. Assim, a existência do meu mundo depende de mim, minha existência depende de TN, e TN depende do *mundo* e não é essencial a ele. Esse é outro desconforto que causa ser alguém em particular: a existência do meu mundo depende do nascimento desse alguém, ainda que este também apareça nele como uma personagem. É estranho ver a si mesmo e todo o seu mundo desse modo como um produto natural.

A segunda coisa que surge da visão objetiva de meu nascimento é sua falta de importância. Na seção seguinte discutirei com detalhes a importância e a falta de importância, mas falarei um pouco a respeito disso aqui mesmo.

Deixando de lado as questões mais amplas sobre o valor da existência humana como tal, quando olhamos o mundo de um ponto de vista geral parece que não importa quem existe. Minha própria existência ou a de qualquer outra pessoa particular é inteiramente gratuita.

Talvez haja alguma razão para que minha existência continue, agora que estou aqui, mas não há absolutamente nenhuma razão pela qual eu devesse existir de início: se eu não existisse, o mundo não seria pior; eu certamente não *faria falta*! Pode haver algumas poucas pessoas, como Mozart e Einstein, cuja não-existência representasse uma perda real, mas, de maneira geral, não há razão para que alguma pessoa em particular existisse. Podemos ir além e dizer que não há razão para que os seres humanos e sua forma de vida existissem: se não existissem, não seria necessário inventá-los – de qualquer modo, outros tipos de seres poderiam ter existido em seu lugar. Mas o problema de que estou falando aqui não depende dessa alegação mais ampla. Vamos supor que o mundo seria um lugar menos interessante e valioso se não houvesse pessoas nele. A alegação mais estreita é que objetivamente não importa quais pessoas em particular passaram a existir.

Isso se choca com a visão que naturalmente temos de dentro do mundo. Subjetivamente sentimos que nós e aqueles que amamos pertencem a este lugar – que nada poderia anular nosso direito de admissão ao universo. Não importa o que os outros possam pensar, a última coisa que esperamos é que *nós* venhamos a ver o mundo de um modo que prive de valor o nosso nascimento. À medida que aumenta a objetividade, contudo, o distanciamento se instala e a existência que dá origem a todos os nossos interesses, motivos e justificações se torna algo indiferente. Qualquer outra pessoa serviria tão bem quanto você e eu. E, como quase tudo que importa para cada um de nós depende de vidas que efetivamente existam, o que importa tem raízes firmes em algo cuja não-existência não teria importado nem um pouco.

A resposta óbvia é que uma coisa pode ter importância mesmo que previamente a existir não importasse se existisse ou que não tivesse importado se não tivesse existido: por mais gratuita que seja sua aparição original, uma vez que exista traz consigo seu próprio valor, e sua sobrevivência e bem-estar tornam-se importantes.

Há algo aqui. Quando olhamos o mundo real, até mesmo as árvores particulares que há nele parecem ter um valor que não é anulado por sua intersubstituibilidade ou por sua gratuidade. Mas isso não é o suficiente para conciliar os dois pontos de vista. Se olhamos o universo de fora, abstraindo da própria posição que ocupamos nele, ainda assim não teria importância se nunca tivéssemos existido – e isso não é algo que simplesmente possamos aceitar do ponto de vista da vida real. Essa idéia nos impõe um tipo de visão dupla e uma perda de confiança que se desenvolve de forma mais plena em dúvidas sobre o sentido da vida. É fácil ter esses pensamentos acerca de outra pessoa, e não são perturbadores quando abstraímos de quem somos em particular. Mas quando os dirigimos de volta a nós é impossível assimilá-los. Nem como eu objetivo nem como TN me sinto confortável ao pensar em mim mesmo como algo absolutamente supérfluo.

Há um reconhecível desejo humano de achar que nossa existência é significativa, por mais cósmica que seja a visão que adotamos, e um conseqüente desconforto com o desligamento parcial induzido pela objetividade. Mas isso talvez sejam equívocos, tanto intelectual como emocional. Exigentes demais talvez, conferimos excessiva autoridade ao ponto de vista objetivo ao permitir que sua falta de interesse independente por nossa existência endosse um juízo de insignificância. Talvez o distanciamento do eu objetivo seja vazio, pois as justificações se esgotam dentro da vida, e, se não faz sentido buscá-las fora, não podemos ficar desapontados por não conseguir encontrá-las ali. Talvez, como afirma Williams, a visão *sub specie aeternitatis* seja uma concepção muito pobre da vida humana, e deveríamos então começar e terminar no meio das coisas. Ou, talvez, haja algo a ser dito dos dois lados.

2. SENTIDO

Ao nos vermos de fora, achamos difícil levar a sério nossas vidas. Essa perda de convicção e a tentativa de recuperá-la constituem o problema do sentido da vida.

Devo dizer, antes de tudo, que algumas pessoas são mais suscetíveis que outras a esse problema, e mesmo entre as suscetíveis o grau em que são absorvidas por ele varia com o passar do tempo. É claro que intervêm fatores relacionados com o temperamento e as circunstâncias. Mesmo assim, trata-se de um problema genuíno que não podemos ignorar. A capacidade de transcendência traz consigo uma vulnerabilidade à alienação, e o desejo de escapar a essa condição e encontrar um significado maior pode levar a um absurdo ainda maior. Contudo, não podemos abandonar o ponto de vista externo porque é nosso próprio ponto de vista. A meta de alcançar algum tipo de harmonia com o universo faz parte da meta de viver em harmonia consigo mesmo.

Para a visão subjetiva, as condições que determinam se a vida faz sentido são simplesmente dadas, como parte do pacote. Elas estão determinadas pelas possibilidades de bem e mal, felicidade e infelicidade, realização e fracasso, amor e solidão que vêm com o ser humano e, de maneira específica, com o fato de ser você a pessoa particular que é no contexto social e histórico particular em que se encontra. A partir de um ponto de vista interno, não se pode coerentemente buscar nenhuma justificativa para tentar viver uma vida boa e cheia de significado segundo esses critérios; e, se fosse necessária, não se poderia encontrá-la.

Problemas sérios sobre o sentido da vida podem surgir inteiramente dentro dela, e é preciso distingui-los do problema filosófico completamente geral do sentido da vida, que surge da ameaça de distanciamento objetivo. Uma vida pode parecer absurda, e ser sentida como tal, quando está permeada de trivialidades ou dominada por uma obsessão neurótica ou pela necessidade constante de reagir às ameaças, pressões ou controles externos. Uma vida em que as possibilidades humanas de autonomia e desenvolvimento não possam ser realizadas e experimentadas parecerá desprovida de sentido; alguém que tenha uma vida assim pode perder a vontade de viver que importa por razões puramente internas, não por causa de algum distanciamento objetivo. Mas todas essas formas de ausência de sentido são compatíveis com a possibilidade de haver sentido, caso as coisas fossem diferentes.

O problema filosófico não é dessa natureza, pois ameaça a vida humana, mesmo em sua melhor disposição subjetiva, com a falta de sentido objetivo e com o absurdo, se não puder deixar de se levar a sério. Esse problema é a contraparte emocional da sensação de arbitrariedade que o eu objetivo experimenta pelo fato de ser alguém em particular.

Cada um de nós se vê diante de uma vida para levar. Embora tenhamos algum controle sobre ela, as condições básicas de sucesso e fracasso, nossas motivações e necessidades básicas, bem como as circunstâncias sociais que definem nossas possibilidades são simplesmente dadas. Pouco depois de nascer, temos de começar a correr para evitar as quedas, e a escolha quanto ao que terá importância para nós é apenas limitada. Ficamos preocupados com um mau corte de cabelo ou uma crítica ruim; tentamos melhorar nossos rendimentos, nosso caráter e nossa sensibilidade aos sentimentos dos outros; criamos filhos, assistimos ao programa de Johnny Carson, discutimos sobre Alfred Hitchcock ou o dirigente Mao; preocupamos-nos com a possibilidade de ser promovidos, engravidar ou ficar impotentes – em resumo, levamos vidas muito específicas dentro dos parâmetros de nossa época, lugar, espécie e cultura. O que poderia ser mais natural?

No entanto, há um ponto de vista do qual nada disso parece importar. Quando você olha para seus esforços como se os mirasse de uma grande altura, abstraindo do envolvimento que tem com esta vida pelo fato de ser sua – abstraindo talvez de sua identificação com a raça humana –, você pode sentir certa simpatia por esse pobre miserável, um tênue prazer por seus triunfos e uma leve preocupação com suas decepções. E, é claro, dado que essa pessoa existe, há pouca coisa que ela possa fazer além de seguir em frente até o momento de sua morte e tentar realizar algo de acordo com os padrões internos de sua forma de vida. Mas não teria tanta importância se ela fracassasse, e importaria ainda menos talvez se nem sequer existisse. O conflito entre os pontos de vista não é absoluto, mas a disparidade é muito grande.

Certamente somos capazes desse tipo de distanciamento, mas a questão é saber se ele *tem* alguma importância. O que estou fazendo aí fora, fingindo ser um visitante de outro planeta, olhando para minha vida de uma grande altura e abstraindo do fato de que seja minha ou de que sou humano e membro dessa cultura? Como pode ter alguma importância para *mim* a falta de importância da minha vida a partir desse ponto de vista? Talvez o problema seja meramente um artefato filosófico, não algo real.

Voltarei a essa objeção mais tarde, mas antes apresentarei outra: mesmo que não se possa descartar o problema como algo irreal, talvez seja possível dar-lhe uma solução simples. É assim tão certo que as atitudes são tão antagônicas como parecem ser? Uma vez que os dois juízos surgem de perspectivas diferentes, por que não relativizar, como se deve, seu conteúdo a essas perspectivas, transformando o conflito em algo ilusório? Se isso fosse verdade, o fato de que o curso da minha vida tenha importância da perspectiva interna mas não da externa não seria mais problemático que o fato de um rato grande ser um animal pequeno, ou de que algo parecesse redondo de certa direção e oval de outra.

Não creio que se possa aplicar essa solução, por mais lógica que pareça ser. O problema é que as duas atitudes precisam coexistir numa pessoa individual que de fato leve uma vida em que esteja empenhada e da qual se sinta, simultaneamente, distanciada. Essa pessoa não ocupa um terceiro ponto de vista a partir do qual possa fazer dois juízos relativizados sobre sua vida. Se ela só contasse com dois juízos relativizados, estes a deixariam sem qualquer atitude com respeito a sua vida – só lhe dariam informações sobre a atitude apropriada que corresponde a cada um dos pontos de vista, nenhum dos quais seria seu. Na verdade, porém, ela ocupa os dois pontos de vista antagônicos, e suas atitudes se originam de ambos.

O problema real reside no ponto de vista externo, que não pode permanecer como mero espectador uma vez que o eu tenha se expandido para acomodá-lo. Precisa unir-se ao resto e levar essa vida da qual se encontra dissociado. Como resultado, a pessoa se torna, em grande parte, distanciada do que está fazendo. O eu objetivo se vê arrastado pelo inevitável empenho da pessoa total em viver uma vida cuja forma ele reconhece como arbitrária. Ele gera uma cobrança de justificação que, ao mesmo tempo, garante que não pode ser satisfeita, pois a única justificação disponível depende da visão interna.

Alguns filósofos sustentaram que a alma está aprisionada no corpo. Para Platão, isso significava não apenas que a alma se encontra alojada no corpo, mas que as necessidades do corpo invadem e comprometem a alma, ameaçando dominá-la com sua porção mais vil, os apetites. Estou falando de algo diferente mas análogo, o inevitável envolvimento do eu objetivo numa vida contigente particular, cuja conseqüência não é a depravação, mas sim o absurdo. Não são tanto os aspectos animais da vida que geram o absurdo, pois não é necessário que nenhum juízo importante esteja associado a um esforço instintivo para sobreviver. O problema se dá especialmente com os projetos humanos mais elaborados, que reivindicam importância e sem os quais a vida não seria humana. E é intensificado pelo envolvimento também humano que todos temos com nossas *próprias* vidas e ambições.

Isso pede uma solução rápida para o problema. Talvez possamos evitar o absurdo se nos dedicarmos a satisfazer somente as necessidades básicas de cada um. Há uma grande miséria no mundo, e muitos de nós facilmente poderiam passar suas vidas tentando erradicá-la – acabando com a fome, a doença e a tortura.

Esses objetivos parecem mesmo dar à vida um sentido que é difícil questionar. Mas, embora sejam certamente dignos e talvez imperativos, não podem eliminar o problema. Está certo que uma das vantagens de viver num mundo tão ruim como este é que ele oferece a oportunidade de realizar muitas atividades de cuja importância não se pode duvidar. Mas como o principal propósito da vida humana poderia ser a eliminação do mal? A miséria, a privação e a injustiça impedem as pessoas de buscar os bens positivos que a vida supostamente torna possíveis. Se todos esses bens fossem desprovidos de propósito e a única coisa que realmente importasse fosse a eliminação da miséria, isso de fato *seria* absurdo. O mesmo se poderia dizer da idéia de que ajudar os outros é a única coisa que realmente dá sentido à vida. Se a vida de ninguém tem sentido em si mesma, como pode ganhar sentido por meio da devoção à vida sem sentido dos outros?

Não; ainda que se possa adiar o problema do sentido até que toda a miséria seja erradicada, ele não se afastará para sempre. Seja como for, a maioria de nós o enfrentamos em nossas vidas. Alguns têm egos maiores que outros, e reconhece-se que é absurdo viver obcecado com a reputação ou o sucesso pessoais, mesmo sem contar com o benefício da filosofia. Contudo, qualquer um que não tenha passado por uma transformação mística ou que não seja desesperadamente carente de auto-estima atribui importância a sua vida e seus projetos, e não apenas para si mesmo.

De um ponto de vista externo, tendemos de fato a atribuir a nossos objetivos uma importância apenas relativa. Observar o drama humano é mais ou menos como assistir a uma partida de beisebol das ligas menores: o entusiasmo dos participantes é perfeitamente compreensível, mas não é possível contagiar-se por ele. Ao mesmo tempo, dado que se *é* um dos participantes, fica-se preso no jogo diretamente, de tal forma que não há lugar para uma admissão da relatividade. Quando pensamos em carreira, casamento, filhos, ou mesmo se devemos fazer uma dieta, reler um livro ou comprar um carro, o ponto de vista externo é deixado de lado e abordamos a questão diretamente, do ponto de vista interno da vida comum. A visão externa distanciada só precisa mostrar-se e ajustar-se aos interesses irrestritos que não é capaz de internalizar. Ao mesmo tempo, há a tentação de resistir a esse distanciamento inflando o sentimento de importância objetiva dentro de nossa própria vida, seja supervalorizando nossa própria importância, seja atribuindo uma importância maior a nossas atividades.

Trata-se do mesmo fenômeno que discutimos em outras relações, como na epistemologia, por exemplo. A visão interna rechaça os esforços da visão externa de reduzir seus conteúdos a uma interpretação subjetiva. Mas com isso o ponto de vista objetivo entra em conflito consigo mesmo. Reconheço que minha vida é objetivamente insignificante e, contudo, sou incapaz de me livrar do compromisso absoluto que tenho com ela – com minhas aspirações, com meu desejo de realização, reconhecimento, compreensão etc. A sensação de absurdo é resultado dessa justaposição.

Esse não é um problema artificial criado por um deslize filosófico, não mais do que o é o ceticismo epistemológico. Assim como não podemos fugir ao ceticismo negando as pretensões de nossas crenças sobre o mundo e interpretando-as como se fossem inteiramente relativas a um ponto de vista subjetivo ou pessoal, também não podemos esquivar-nos ao impacto do distanciamento objetivo negando as pretensões objetivas dos propósitos que governam nossas vidas. Isso simplesmente falsificaria a situação. O problema do sentido da vida constitui uma forma de ceticismo que se dá no nível da motivação. Não podemos abandonar nossos compromissos irrestritos, a nosso bel-prazer, mais do que podemos abandonar nossas crenças sobre o mundo em resposta aos argumentos céticos, por mais persuasivos que nos pareçam, como adverte Hume numa famosa observação. Tampouco, creio, podemos evitar qualquer um dos problemas recusando-nos a dar esse passo para fora de nós mesmos que coloca em questão a visão comum.

Poderíamos tomar várias rotas para tentar sair desse impasse. Não creio que haja uma forma de superá-lo, embora possamos fazer alguns ajustes para conviver com o conflito. No entanto, vale a pena examinar o que seria necessário para eliminá-lo por completo. Discutirei duas propostas que tentam encarar o problema de frente e uma que busca dissolvê-lo.

A primeira solução é a mais draconiana: negar as pretensões da visão subjetiva, afastarmo-nos tanto quanto possível das especificidades da vida humana individual, minimizar a área de nosso contato local com o mundo e concentrarmo-nos no universal. Contemplar, meditar, libertar-se das demandas do corpo e da sociedade, abandonar os laços pessoais exclusivos e a ambição mundana – tudo isso permite que o ponto de vista objetivo tenha menos coisas das quais se dissociar, menos coisas que possa considerar fúteis. Eu entendo que essa seja a resposta recomendada por certas tradições, embora não saiba o bastante para ter certeza de que não se trata de uma caricatura: considera-se que a revelação de uma visão impessoal, que tenha precedência sobre a visão daqui, requer a perda do eu no sentido individual. E, aparentemente, é possível que alguns indivíduos alcancem esse estado de encolhimento do ego, de modo que a vida pessoal se reduza a um veículo para o eu transcendente, deixando de ser um fim em si mesma[1].

Não posso falar por experiência própria, mas me parece que esse é um preço alto a pagar pela harmonia espiritual. A amputação de tantas partes de si mesmo para assegurar a afirmação inequívoca do resto parece um desperdício de consciência. Eu preferiria levar uma vida absurda comprometida com o particular do que uma vida transcendental inconsútil imersa no universal. Os que provaram ambas talvez se riam inescrutavelmente diante dessa preferência. Ela reflete a crença de que o absurdo da vida humana não é uma coisa tão ruim. Há limites para o que devemos estar dispostos a fazer para evitá-lo, sem falar na questão de que algumas dessas curas podem ser mais absurdas que a doença.

A segunda solução é o oposto da primeira: uma negação da falta de importância objetiva de nossas vidas que justificará, do ponto de vista objetivo, o envolvimento pleno. Embora essa reação ao distanciamento tenha algum mérito, sua parcela de verdade não é suficiente para resolver o conflito.

Como argumentei no capítulo 8, a perspectiva impessoal não leva necessariamente ao niilismo. É possível que não consiga descobrir razões *independentes* para se preocupar com o que nos interessa subjetivamente, mas muitas das coisas de valor e importância no mundo só podem ser entendidas diretamente a partir da perspectiva interna de uma forma de vida particular, e pode-se reconhecer isso de um ponto de vista externo. O fato de que não se possa entender o sentido de algo a partir unicamente do ponto de vista objetivo não sig-

---

[1]. Ou talvez, como alternativa, cada elemento particular, a despeito de sua natureza, seja visto como uma manifestação do universal.

nifica que se deva considerá-lo objetivamente sem sentido, assim como o fato de que uma pessoa surda de nascença não possa compreender diretamente o valor da música não significa que deva considerá-la sem valor. Seu conhecimento do valor deve depender dos outros. E o ponto de vista objetivo pode reconhecer a autoridade dos pontos de vista particulares quanto ao valor assim como pode fazê-lo com respeito a fatos essencialmente relativos a uma perspectiva. Isso inclui reconhecer o mérito do que tem valor apenas para uma criatura particular – que pode ser a própria pessoa. Poderíamos dizer que o valor absoluto se revela à visão objetiva por meio de dados disponíveis às perspectivas particulares, inclusive a da pessoa em questão. Assim, mesmo que não haja nenhuma razão apreciável, do ponto de vista externo, para a existência de alguma forma de vida particular – entre elas a minha própria –, pelo menos é possível reconhecer externamente alguns dos valores, positivos e negativos, que se definem por referência a ela. Jogar beisebol nas ligas menores, preparar panquecas ou pintar as unhas são coisas perfeitamente boas para fazer. Seu valor não é necessariamente anulado pelo fato de que carecem de justificação externa.

Isso não basta, no entanto, para harmonizar os dois pontos de vista, pois não garante que haja um interesse objetivo particular na vida individual que por acaso é minha, nem mesmo na forma geral da vida humana da qual a minha é um exemplo. Essas coisas me foram dadas e exigem minha total atenção. Para a visão externa, porém, muitos e diferentes valores reais e possíveis devem ser reconhecidos. Os que surgem dentro da minha vida podem despertar simpatia, mas isso não é o mesmo que um verdadeiro envolvimento objetivo. Minha vida é uma entre incontáveis outras, numa civilização que tampouco é única, e minha devoção natural a ela é bastante desproporcional em relação à importância que posso razoavelmente conceder-lhe de fora.

Daí, não posso atribuir-lhe uma importância maior do que a que ela merece numa visão global que põe em situação de igualdade todas as formas de vida e seus respectivos valores. É verdade que, entre todas as vidas, é à minha que estou em melhor condição de dedicar atenção, e pode-se dizer que o princípio tradicional de divisão do trabalho autoriza que eu me concentre nela, da maneira habitual, como o melhor método de contribuir para o reservatório cósmico. Contudo, embora haja alguma verdade nisso, não devemos exagerá-la. O argumento não justificaria, de fato, que nos envolvêssemos totalmente com nossas metas pessoais a partir de um ponto de vista objetivo, e tal envolvimento, na medida em que fosse autorizado, seria permitido graças a um interesse objetivo pela totalidade da qual fazemos parte. Trata-se, na melhor das hipóteses, de um método de conciliação parcial entre as visões interna e externa: podemos tentar evitar atribuir-nos uma importância pessoal grotescamente discrepante de nosso valor objetivo, mas não podemos, de maneira realista, esperar que se feche por completo a lacuna. Assim, embora o reconhecimento de um mérito objetivo dentro da vida humana possa atenuar o conflito entre os pontos de vista, não é suficiente para eliminá-lo.

A terceira possível solução que desejo discutir pode ser considerada um argumento de que o problema é irreal. A objeção é a seguinte: identificarmo-nos com o eu objetivo e ficar perturbados com seu distanciamento é esquecer quem somos. É meio insano olhar para a própria existência de uma perspectiva tão externa a ponto de poder indagar por que ela importa. Se fôssemos realmente espíritos soltos prestes a ser atirados no mundo para encarnar numa criatura particular cuja forma, até então, tivéssemos observado apenas de fora, seria diferente: poderíamos então sentir a ameaça de um cativeiro iminente. Mas não é assim. Antes de tudo e em essência somos seres humanos individuais. Nossa objetividade não é mais que um desenvolvimento de nossa humanidade e não nos permite libertar-nos dela. Deve servir a nossa humanidade, e na medida em que não o faça podemos nos esquecer dela.

A questão aqui é forçar a retirada da demanda externa que dá origem ao problema. Essa é uma resposta natural e, em alguns aspectos, atraente, mas não funcionará como argumento conclusivo. A objetividade não se contenta em continuar a serviço da perspectiva individual e seus valores. Ela tem vida própria e uma aspiração de transcendência que não se aquietará em resposta ao chamado para reassumir nossa verdadeira identidade. Isso se manifesta não apenas no permanente distanciamento afetivo da vida individual que é a sensação do absurdo, mas nas demandas de justificação objetiva que às vezes *podemos* satisfazer, como no desenvolvimento da ética. O ponto de vista externo desempenha na motivação humana um importante papel positivo e um papel negativo, e não é possível separar os dois. Ambos dependem da independência da visão externa e da pressão que esta exerce sobre nós para fazer-se presente em nossas vidas. A sensação do absurdo é apenas uma percepção dos limites desse esforço, limites que tocamos quando, ao subir a escada transcendental, chegamos a um degrau superior ao que nossa individualidade meramente humana pode alcançar, mesmo com a ajuda de um reajustamento considerável. O eu objetivo é uma parte vital em nós, e ignorar sua operação quase independente é desligarmo-nos de nós mesmos tanto quanto o seria abandonar nossa individualidade objetiva. Não há como escapar a um ou outro tipo de alienação ou conflito.

    Acredito, em suma, que não há um modo plausível de eliminar o conflito interno. Contudo, temos um motivo para reduzi-lo, e é possível promover certa harmonia entre os dois pontos de vista sem tomar medidas drásticas. A atitude que temos com respeito a nossa própria vida é dominada inevitavelmente pelo fato de que se trata da nossa vida, diferentemente de todas as outras. Mas o domínio não deveria ser tão completo a ponto de que a visão objetiva representasse uma ameaça aos valores que essa vida definiu como fundamentais. Embora a razão objetiva se coloque naturalmente a serviço das paixões subjetivas, pode manter seu reconhecimento (de maneira mais ou menos solidária) de que são paixões de um indivíduo particular e de que deriva qualquer importância que possam ter. Assim, a própria objetividade se divide em espectador e participante. Devota-se aos interesses e às ambições (inclusive as competitivas) de uma pessoa, ao mesmo tempo em que reconhece que ela não é mais importante que ninguém e que a forma de vida humana não é a materialização de todos os valores.

    Um dos mecanismos pelos quais se combinam essas duas atitudes é a moral, que, ao buscar um modo de vida em que o indivíduo admita o igual valor dos demais indivíduos, torna-se externamente aceitável. A moral é uma forma de restaurar o envolvimento objetivo. Permite a afirmação objetiva de valores subjetivos na medida em que isso seja compatível com as pretensões correspondentes dos outros. Pode tomar várias formas, algumas das quais já discuti. Todas requerem, num grau ou noutro, que ocupemos uma posição suficientemente externa a nossa própria vida para reduzir a importância da diferença que existe entre nós mesmos e as outras pessoas, mas não tão externa a ponto de que todos os valores humanos se dissipem num apagão niilista.

Mas a integração não se reduz a isso. O efeito mais geral da postura objetiva deve ser uma forma de humildade: o reconhecimento de que não somos mais importantes do que somos e que o fato de algo ter importância para nós, ou de que seria bom ou mau se fizéssemos ou sofrêssemos algo, é um fato de alcance puramente local. Essa humildade pode parecer incompatível com mergulhar totalmente na própria vida e na busca dos prazeres e bens que ela torna possíveis. Pode soar como uma forma de autoconsciência entorpecente, ou autodepreciação, ou ascetismo; mas não creio que tenha de ser assim.

A humildade não cria a autoconsciência, simplesmente dá-lhe conteúdo. É nossa capacidade de ter uma visão externa de nós mesmos que suscita o problema; não podemos nos livrar dela e devemos encontrar alguma atitude que a leve em consideração. A humildade ocupa uma posição intermediária entre o distanciamento niilista e a presunção cega. Não exige que se reflita sobre a arbitrariedade cósmica do sentido do paladar toda vez que se come um hambúrguer. Mas podemos tentar evitar os conhecidos excessos de inveja, vaidade, presunção, competitividade e orgulho – inclusive o orgulho por nossa cultura, por nossa nação e pelas conquistas da espécie humana. A raça humana apresenta uma forte propensão para adorar a si mesma, a despeito de seu histórico. É possível, contudo, viver uma vida plena do tipo da que nos foi dada sem supervalorizá-la irremediavelmente. Podemos até resistir à tendência de supervalorizar o presente histórico, seja de maneira positiva, seja de maneira negativa; o que está acontecendo no mundo neste exato momento não tem, por essa simples razão, uma importância especial. O presente é onde estamos, e não podemos vê-lo só numa perspectiva atemporal. Mas podemos esquecê-lo vez por outra, ainda que ele não nos esqueça.

Finalmente, há uma atitude que permeia a oposição entre a universalidade transcendente e a estreita preocupação consigo mesmo: é a atitude do respeito não-egocêntrico pelo particular[2]. Trata-se de um elemento evidente na resposta estética, mas pode ser dirigido a todos os tipos de coisas, inclusive certos aspectos de nossa própria vida. Basta olharmos fixamente para um vidro de *ketchup* para que desapareça a questão da importância a partir de diferentes pontos de vista. As coisas particulares podem ter uma plenitude não-competitiva que seja transparente a todos os aspectos do eu. Isso também ajuda a explicar por que a experiência de algo incrivelmente belo tende a unificar o eu: o objeto nos envolve de maneira tão imediata e total, que as distinções entre os pontos de vista tornam-se irrelevantes.

É difícil saber se poderíamos sustentar com consistência tal atitude perante os elementos da vida cotidiana. Isso exigiria um sentimento e uma atenção imediatos com respeito ao que está presente, o que não combina bem com as aspirações complexas, e voltadas para o futuro, de uma criatura civilizada. Exigiria talvez uma mudança radical no que fazemos, e isso nos faria indagar acerca da validade da simplificação.

Além disso, para a maioria de nós as possibilidades são limitadas. Algumas pessoas não são, de fato, mundanas, mas, se esta não é uma característica natural, a ten-

---

2. Sou grato a Jacob Adler por me fazer perceber isso.

tativa de alcançar essa condição será provavelmente um exercício de desonestidade e autodeformação. A maioria de nós se preocupa com formas de sucesso individual que, de um ponto de vista impessoal, revelam possuir uma importância bem menor do que não conseguimos evitar atribuir a partir da perspectiva interna de nossas vidas. Nossa constitucional preocupação com nós mesmos, junto com nossa capacidade de reconhecer seus excessos, nos fazem irredutivelmente absurdos, ainda que, ao aproximar mais os dois pontos de vista alcancemos uma certa integração do subjetivo com o objetivo. O hiato é grande demais para que qualquer ser inteiramente humano consiga fechá-lo por completo.

Assim, o absurdo faz parte da vida humana. Não acho que se possa lamentá-lo, já que é uma conseqüência de nossa existência como criaturas particulares com capacidade para a objetividade. Alguns filósofos, como Platão, não gostavam do fato de que o eu superior estivesse aprisionado numa vida humana particular, e outros, como Nietzsche, depreciaram o papel do ponto de vista objetivo; acredito, porém, que diminuir significativamente a força ou a importância de algum deles acabaria por rebaixar-nos e não seria uma meta razoável. A repressão pode ter efeitos prejudiciais não só sobre os instintos mas sobre a inteligência objetiva. Essas guerras civis do eu levam a uma vida empobrecida. É melhor estar simultaneamente envolvido e distanciado – e, portanto, ser absurdo –, pois esse estado é o oposto da autonegação e o resultado da consciência plena.

3. MORTE

O desejo de continuar a viver, um de nossos desejos mais fortes, é essencialmente relativo à primeira pessoa:

não é o desejo de que um ser humano particular, publicamente identificável, sobreviva, embora para sua satisfação seja necessário, é claro, que alguém assim sobreviva, o que entra em conflito com a indiferença objetiva com respeito à sobrevivência de qualquer pessoa em particular. Nossa relação com nossa própria morte é única, e se há um lugar em que o ponto de vista subjetivo ocupa uma posição dominante é aqui. Do mesmo modo, o ponto de vista interno prevalecerá de modo vicário em nossa atitude perante a morte daqueles com quem mantemos uma relação tão próxima que vemos o mundo por meio de seus olhos.

Algumas pessoas acreditam numa vida após a morte. Não eu. O que eu disser terá por base a suposição de que a morte é nada e é final. Acho que não há muito a dizer a seu favor: trata-se de uma grande maldição, e quando tivermos de enfrentá-la realmente nada poderá torná-la palatável, exceto a consciência de que, ao morrer, evitaremos um mal ainda maior. Do contrário, dada a simples escolha de viver mais uma semana ou morrer em cinco minutos, eu sempre escolheria viver mais uma semana; e, por uma espécie de indução matemática, concluo que ficaria feliz de viver para sempre.

Talvez eu acabasse me cansando da vida, mas no momento não consigo imaginar tal coisa nem posso entender as muitas pessoas ilustres e, em outros aspectos, razoáveis que afirmam sinceramente não considerar sua mortalidade um infortúnio[3].

Não posso aceitar o tipo de consolo metafísico oferecido por Parfit (que observa que sua visão apresenta

---

3. Por exemplo, Williams (3), cap. 6, "The Makropulos Case; Reflections on the Tedium of Immortality". Será que ele se entedia mais facilmente que eu?

semelhanças com o budismo). Ao derrubar as fronteiras metafísicas entre ele e os outros e soltar os laços metafísicos que o unem agora ao seu eu futuro, Parfit afirma que passou a se sentir menos deprimido com a idéia de sua própria morte, entre outras coisas. Sua morte será o término de uma certa seqüência interligada de atividades e experiências, mas não a aniquilação de um eu subjacente singular. "Em vez de dizer 'estarei morto', devo dizer 'não haverá experiências futuras que se relacionem, de certas maneiras, com estas experiências presentes'. Ao me fazer lembrar o que esse fato implica, essa redefinição torna-o menos deprimente." (Parfit [2], p. 281.) Como disse no capítulo 3, não aceito a revisão metafísica, mas não estou certo de que, se a aceitasse, acharia a conclusão menos deprimente. Na verdade, considero deprimente a descrição de *sobrevivência* de Parfit, mas isso, é claro, porque a comparo com *minha* concepção de sobrevivência. Em comparação com a sobrevivência parfitiana, a morte parfitiana pode não parecer tão deprimente, mas isso talvez se deva tanto às deficiências da primeira quanto às vantagens da segunda. (Considere as observações que ele faz na p. 280.)

Não vou me concentrar agora em explicar por que a morte é algo ruim. A vida pode ser maravilhosa, mas, ainda que não seja, a morte geralmente é muito pior. Se ela interrompe a possibilidade de que a vítima tenha mais bens futuros que males futuros, já é uma perda, não importa quanto tempo se tenha vivido quando acontece. E de fato, como diz Richard Wollheim, a morte é um infortúnio mesmo quando já não vale a pena viver (p. 267). Mas quero dizer alguma coisa aqui sobre o que significa prefigurar nossa própria morte e como podemos, se é que é possível, juntar os pontos de vista interno e externo. O melhor que posso oferecer é uma descrição fenomenológica. Espero que não seja puramente idiossincrásica. Assim como a contingência de nosso nascimento, a inevitabilidade de nossa morte é fácil de entender objetivamente, mas difícil de apreender internamente. Todos morrem; eu sou um deles, portanto vou morrer. Mas não se trata só de que TN morrerá num desastre aéreo ou num assalto, que terá um ataque cardíaco, um derrame cerebral ou um câncer no pulmão, que suas roupas irão para o Exército da Salvação, seus livros para a biblioteca, algumas partes de seu corpo para o banco de órgãos e o resto para o crematório. Além dessas objetivas transições terrenas, meu mundo chegará ao fim, assim como o seu quando você morrer. É isso que é difícil de aceitar: o fato interno de que um dia esta consciência se apagará para sempre e o tempo objetivo simplesmente cessará. Pensar na minha morte como um evento no mundo é fácil; difícil é pensar no fim do meu mundo.

Uma das dificuldades é que a forma própria da atitude subjetiva com respeito ao meu futuro é a expectativa, mas, nesse caso, não há nada a esperar. Como posso esperar o nada *como tal*? Parece que o melhor a fazer é esperar seu complemento: uma quantidade finita mas indeterminada de algo, ou uma quantidade determinada, se me encontro sob uma sentença de morte definitiva. Ora, muito se poderia dizer sobre as conseqüências da finitude do meu futuro, mas são coisas relativamente banais que a maioria de nós automaticamente admite, sobretudo quando se passou dos quarenta anos. O que me interessa é o adequado reconhecimento de minha aniquilação final. Haverá um último dia, uma última hora, um último minuto de consciência, e pronto. Fim da linha.

Para entender isso não basta pensar num fluxo particular de consciência que chega ao fim. A visão externa da morte é tanto psicológica como física: inclui a idéia de que a pessoa que você é não terá mais pensamentos, experiências, lembranças, intenções, desejos etc. A vida interior estará terminada. Mas não estou falando do reconhecimento de que a vida de uma pessoa particular no mundo chegará ao fim. Para entender sua própria morte de uma perspectiva interna, você deve tentar *prefigurá-la* – ter dela uma visão *prospectiva*.

É possível fazer isso? Poderia parecer que a única forma de pensar sobre nossa morte seria por meio de uma visão externa, na qual se retrata a continuidade do mundo após o fim da nossa vida, ou uma visão interna que só considera esse lado da morte – que só vê a finitude de nossa espectativa de consciência futura. Mas isso não é verdade. Existe também algo que se pode chamar de expectativa do nada, e, embora a mente tenda a desviar-se dessa sensação, trata-se de uma experiência inconfundível, sempre atordoante, com freqüência aterradora e muito distinta do reconhecimento comum de que nossa vida terá uma duração apenas limitada – de que provavelmente nos restam menos de trinta anos e, com certeza, menos de cem. A perspectiva positiva do fim do tempo subjetivo, ainda que logicamente inseparável desses limites, é algo diferente.

Qual é o objeto específico desse sentimento? Em parte, é a idéia de que o mundo objetivo e o tempo objetivo continuem sem mim. Estamos tão habituados ao avanço paralelo dos tempos subjetivo e objetivo, que ficamos um pouco chocados ao perceber que o mundo seguirá tranqüilamente seu curso quando tivermos desaparecido. É a suprema forma de abandono.

Mas o sentimento especial de que falo não depende só disso, pois existiria mesmo que o solipsismo fosse verdadeiro – mesmo que minha morte acarretasse o fim do único mundo que existia! Ou mesmo que, invertendo a direção da dependência, minha morte ocorresse *em conseqüência* do fim do mundo. (Vamos supor que eu acreditasse numa teoria científica maluca segundo a qual, como resultado de um aumento espetacular e inexorável das colisões de matéria/antimatéria, o universo se autodestruirá completamente daqui a seis meses.) O que se precisa entender é a perspectiva do próprio nada, não a perspectiva de que o mundo continuará depois que eu deixe de existir.

Nem é preciso dizer que estamos habituados com nossa existência. Existimos desde que nos conhecemos por gente, e esta parece ser a única condição natural das coisas; prefigurar seu fim produz a sensação de estar negando algo que é mais do que uma mera possibilidade. É certo que várias das possibilidades que tenho – coisas que eu poderia fazer ou experimentar – permanecerão irrealizadas por causa da minha morte. Mais fundamental, contudo, é o fato de que deixarão até de ser possibilidades – no momento em que eu, como sujeito das possibilidades e realidades, deixe de existir. É por isso que a expectativa da completa inconsciência é tão diferente da expectativa da morte. A inconsciência inclui a continuação da experiência e, portanto, ao contrário da morte, não oblitera o aqui e o agora.

A consciência interna da minha própria existência traz consigo um sentimento particularmente forte de seu próprio futuro e de sua possível continuação para além de qualquer futuro a que se possa realmente chegar. É mais forte que a sensação de possibilidade futura que acompanha a existência de qualquer coisa particular incluída no mundo objetivamente concebido – de uma força que talvez só seja superada pela sensação que temos da possível continuação do próprio mundo.

A explicação pode ser a seguinte. Em nossa concepção objetiva do mundo, as coisas particulares podem chegar ao fim porque se admite a possibilidade de sua não-existência. A possibilidade tanto da existência como da não-existência de um objeto, artefato, organismo ou pessoa particular é dada por realidades que subjazem às duas possibilidades e coexistem com ambas. Assim, a existência de certos elementos e a verdade das leis da química subjazem à possibilidade de sintetizar um composto químico particular ou decompô-lo. Essas possibilidades repousam em realidades.

Algumas possibilidades, porém, parecem ser elas próprias atributos básicos do mundo e não depender de realidades mais arraigadas. Por exemplo, o número de permutações possíveis de m coisas tomando-se n por vez ou o número de possíveis sólidos regulares euclidianos são possibilidades cuja existência não é condicionada por coisa alguma.

Ora, as diversas possibilidades – algumas das quais compõem minha vida e muitas que eu jamais concretizarei – estão condicionadas à minha existência. Minha existência é a realidade da qual dependem todas essas possibilidades. (Elas também dependem da existência de coisas fora de mim que eu possa encontrar, mas não entrarei nessa questão por enquanto.) O problema é que, quando penso em mim mesmo a partir de dentro, parece não haver nada ainda mais básico que revele a realidade da minha existência como a realização, por sua vez, de uma possibilidade de existência que seja correlativa com uma possibilidade de não-existência que tenha o mesmo fundamento. Em outras palavras, as possibilidades que definem as condições subjetivas da minha vida parecem não poder ser explicadas, dentro de uma visão subjetiva, como a realização contingente de possibilidades mais profundas. Não há nada que se relacione subjetivamente com elas do modo como a existência dos elementos está relacionada com a possibilidade de um composto.

Para explicá-las, temos de sair da visão subjetiva para uma descrição objetiva de por que TN existe e tem as características que determinam suas possibilidades subjetivas. Essas possibilidades baseiam-se numa realidade externa.

Mas isso cria uma ilusão quando pensamos em nossas vidas a partir de dentro. Não podemos realmente fazer que essas condições externas formem parte da visão subjetiva; de fato, não temos a menor idéia de como dão origem a nossas possibilidades subjetivas em qualquer visão. É como se os conteúdos possíveis da minha experiência, em contraste com as realidades, constituíssem um universo, um domínio dentro do qual as coisas podem ocorrer mas que em si mesmo não depende de nada. A idéia da aniquilação desse universo de possibilidades não pode então ser considerada como a realização de outra possibilidade, já dada por uma realidade subjetiva subjacente. A visão subjetiva não admite sua própria aniquilação, pois não concebe sua existência como a realização de uma possibilidade. Esse é o elemento de verdade na falácia comum de que é impossível conceber a própria morte.

Tudo isso é bastante óbvio, mas acho que explica alguma coisa. A sensação interna que cada um tem de si mesmo está parcialmente isolada da visão externa da pessoa que se é e projeta-se no futuro de maneira autônoma, por assim dizer. Sob essa luz, minha existência parece ser um universo de possibilidades que sustém a si mesmo e, portanto, não precisa de nada mais para continuar. Assim, é um choque violento quando esse conceito parcialmente oculto que tenho de mim mesmo colide com o fato patente de que TN morrerá e eu com ele. Trata-se de uma forma muito forte de nada, o desaparecimento de um mundo interno que não se pensava ser, em absoluto, uma manifestação contingente e cuja ausência, portanto, não constitui a realização de uma possibilidade já contida em sua concepção. Resulta que não sou o tipo de coisa que estava inconscientemente inclinado a pensar que era: um conjunto de possibilidades incondicionadas em oposição a um conjunto de possibilidades fundadas numa realidade contingente. A visão subjetiva projeta no futuro sua percepção de que existem possibilidades incondicionais, e o mundo as nega. Não é só que elas não serão concretizadas – elas *desaparecerão.*

Não se trata apenas de uma tomada de consciência com respeito ao futuro. A ilusão subterrânea que ela destrói está implícita na visão subjetiva do presente. De certo modo, é como se eu já estivesse morto ou nunca tivesse de fato existido. Dizem que o medo de voar geralmente tem como objeto não só a possibilidade de um acidente, mas o próprio vôo: aventurar-se num veículo pequeno a vários quilômetros acima da superfície terrestre. É mais ou menos assim, só que, nesse caso, trata-se de algo que você pode repetidamente esquecer e voltar a descobrir: o tempo todo você achava que estava em terra firme e, de repente, olha para baixo e percebe que se encontra de pé sobre uma trave estreita, a trezentos metros do chão.

Não disse nada até agora sobre o aspecto mais intrigante de nossa atitude com respeito à morte: a assimetria entre nossas atitudes perante a não-existência passada e futura. Não vemos do mesmo modo o período anterior ao nosso nascimento e a perspectiva da morte. No entanto, a maior parte do que se pode dizer sobre a última vale também para o primeiro. Para Lucrécio, isso era uma confirmação de que é um erro considerar a morte como um mal. Acredito, porém, que constitui um exemplo de uma assimetria mais geral entre passado e futuro que é inseparável da visão subjetiva.

Parfit analisou essa assimetria em associação com outros valores, como o prazer e a dor. O fato de que imaginemos uma dor (nossa) no futuro e não no passado tem um efeito muito amplo sobre nossa atitude perante ela, e não se pode considerar esse efeito irracional (Parfit [3], seção 64).

Embora não tenha nenhuma explicação para a assimetria, creio que se deve admiti-la como um fator independente na atitude subjetiva com respeito a nossa própria morte. Em outras palavras, não podemos explicá-la em termos de alguma outra diferença entre a não-existência passada e a futura melhor do que podemos explicar a assimetria que ocorre no caso da dor em termos de alguma outra diferença entre as dores passadas e futuras que torne as últimas piores que as primeiras.

É um fato – talvez profundo demais para ser explicado – que a interrupção das possibilidades futuras, seja pelo fato de não se realizarem, seja por se extinguirem até como possibilidades, provoca em nós uma reação muito diferente da produzida pela circunstância paralela da não-realização ou da inexistência de possibilidades passadas. Tal como são as coisas, não poderíamos ter chegado à existência antes do momento em que o fizemos, mas, ainda que pudéssemos, não pensaríamos que a não-existência pré-natal é uma privação do mesmo tipo que a morte. E, mesmo que nossa não-existência duzentos anos atrás nos confronte com o fato de que nossa existência subjetiva é a realização de uma possibilidade fundada em fatos objetivos acerca do mundo, isso não nos afeta tanto quanto a perspectiva de nossa aniquilação o faz. A percepção da possibilidade subjetiva não se projeta no passado com a mesma realidade imaginativa com que encara o futuro. A morte é a negação de algo cuja possibilidade de ser negado parece inexistir de antemão.

É clara a incongruência entre essa afirmação e a visão objetiva da morte; grande parte do que foi dito sobre o nascimento e o sentido da vida se aplica aqui e não será necessário repeti-lo. Minha morte, como qualquer outra, é um acontecimento que se dá na ordem objetiva, e quando penso nela dessa maneira o distanciamento parece natural: o fato de que esse indivíduo desapareça do mundo não é mais notável ou importante que sua aparição altamente acidental nele. Isso vale tanto para a totalidade da vida interior do indivíduo como para o próprio ponto de vista objetivo. Mesmo admitindo que a morte de algo que existe é pior que o fato de que não chegasse a existir, a morte não parece ser um assunto de grande monta, se considerada como parte do fluxo cósmico geral.

Outra razão para não se preocupar demais com a morte é que a mortalidade de cada um faz parte do ciclo geral da renovação biológica que constitui parte inseparável da vida orgânica. As mortes particulares podem ser horríveis ou prematuras, mas a morte humana em si é um dado que, como o fato de que os falcões comem ratos, não faz nenhum sentido lamentar. Para quem está prestes a morrer, isso não serve de consolo mais do que serviria para um rato que está prestes a ser devorado por um falcão, mas é outro obstáculo ao fechamento do hiato entre o subjetivo e o objetivo.

Poderíamos tentar fechá-lo tomando a direção oposta e argumentando que o ponto de vista impessoal deveria formar sua visão acerca de cada morte a partir da atitude daquele de cuja morte se trata. Se, para cada pessoa, sua própria morte é medonha, então toda morte deveria ser considerada objetivamente medonha. A indiferença distanciada seria então uma forma de cegueira àquilo que – de uma perspectiva interna – é claro, e não o único exemplo desse tipo de cegueira.

Há alguma verdade nisso; certamente seria bom se algumas pessoas levassem a morte mais a sério[4]. Contudo, se tentamos fazer jus ao fato de que a morte representa, para todo mundo, a perda derradeira, não fica claro o que o ponto de vista objetivo deve fazer com a idéia dessa torrente perpétua de catástrofes que destroem o mundo centenas de milhares de vezes ao dia. Não podemos considerar essas mortes com o mesmo interesse com que a consideram seus sujeitos: a simples sobrecarga emocional o impede, como bem sabe qualquer um que tenha tentado evocar o sentimento adequado a um enorme massacre. O ponto de vista objetivo simplesmente não pode acomodar, dando a ele o seu integral valor subjetivo, o fato de que todos, inclusive nós mesmos, inevitavelmente morreremos. Não existe ne-

---

4. A disposição generalizada de acreditar que as bombas termonucleares são a arma final exibe uma atitude negligente com respeito à morte que sempre me intrigou. Tenho a impressão de que, não importa o que digam, a maioria dos que defendem essas armas não está plenamente ciente do horror que representa a possibilidade de uma guerra na qual se perderiam centenas de milhões de vidas. Isso se deve talvez a uma monumental falta de imaginação, ou a uma atitude peculiar perante o perigo que leva a considerar que as probabilidades de desastre abaixo de 50% devem ser subestimadas. Ou é possível que se trate de um mecanismo de irracionalidade defensiva que surge em circunstâncias de conflito agressivo. Suspeito, porém, que um fator importante seja a crença numa vida após a morte e que a proporção dos que pensam que a morte não é o fim é muito mais elevada entre os partidários da bomba que entre seus oponentes.

nhum modo de eliminar o conflito radical de pontos de vista com respeito à morte.

Nada disso significa que não podemos subordinar nossas vidas a outras coisas – em alguns casos, seria indecente não fazê-lo. As pessoas estão dispostas a morrer por coisas externas a elas: valores, causas, outras pessoas. Qualquer um que não seja capaz de interessar-se por algo externo a si mesmo a ponto de sacrificar sua vida por isso revela-se uma pessoa limitada. Além disso, esses interesses externos, ainda que possam acarretar a perda da vida, geralmente têm o efeito de diminuir essa perda e podem até ser cultivados com tal propósito. Quanto mais nos importamos com as pessoas e coisas situadas fora de nossas vidas, menor será em contrapartida a perda decorrente da morte, e, até certo ponto, podemos reduzir o mal que a morte representa externalizando nossos interesses à medida que ela se aproxima: ocupando-nos do bem-estar dos que sobreviverão a nós e do êxito dos projetos ou causas que nos interessam, independentemente de se estaremos vivos ou não para ver os resultados. A todo momento notamos esse tipo de desinvestimento na vida individual e mortal – e, de maneira mais ambígua, no desejo pessoal de fama, influência ou reconhecimento póstumos.

Mas não se deve exagerar o efeito dessas medidas. Não há como alcançar uma atitude completamente integrada, por mais que você expanda seus interesses objetivos ou póstumos. A morte objetivamente irrelevante dessa criatura porá fim tanto à experiência do seu fluxo de consciência como à particular concepção objetiva de realidade na qual se insere sua morte. É claro que, do ponto de vista objetivo, a existência ou não-existência de qualquer eu objetivo é desimportante. Mas esse é um consolo limitado. O ponto de vista objetivo pode tentar cultivar a indiferença por sua própria aniquilação, mas haverá algo falso nela: o apego individual à vida o obrigará a recuar mesmo nesse nível. Aqui, por fim, o eu objetivo não se encontra numa posição segura. Podemos ver com mais clareza, mas não podemos erguer-nos sobre a morte ocupando um ponto de vista que a morte destruirá.

Não se pode realmente domesticar o ponto de vista objetivo. Ele não só ameaça deixar-nos para trás, como nos dá mais do que podemos assimilar na vida real. Quando reconhecemos que estamos contidos no mundo, fica claro que somos incapazes de viver sob a luz plena desse reconhecimento. Nesse sentido, nosso problema não tem solução; porém, ao reconhecer isso, nos aproximamos tanto quanto possível de viver à luz da verdade.

Bibliografia

Quando, além da publicação original, se menciona uma reimpressão ou tradução, as referências de página no texto referem-se a estas últimas. Exceto quando há referências de página no texto, não se especificou nenhuma edição dos clássicos filosóficos.

Adams, R. M.
"Saints", *Journal of Philosophy*, 1984.
Anscombe, G. E. M.
    (1) "Causality and Determination", aula inaugural, Cambridge University, 1971, em *Metaphysics and the Philosophy of Mind: Collected Philosophical Papers vol. III*, University of Minnesota Press, 1981.
    (2) "The Causation of Action", em C. Ginet & S. Shoemaker (orgs.), *Knowledge and Mind*, Oxford University Press, 1983.
Aristóteles
Ética a Nicômaco
Austin, J. L.
"A Plea for Excuses", *Proceedings of the Aristotelian Society*, 1956-7.
Bennett, J.
Kant's Dialectic, Cambridge University Press, 1974.
Bentham, J.
An Introduction to the Principles of Morals and Legislation, 1788.

Berkeley, G.
A Treatise Concerning the Principles of Human Knowledge, 1710.
Butler, J.
The Analogy of Religion, 1736.
Carter, B.
"Large Number Coincidences and the Anthropic Principle in Cosmology", em M. S. Longair (org.), *Confrontation of Cosmological Theories with Observational Data*, Dordrecht: Reidel, 1974.
Chisholm, R.
Person and Object, La Salle, Ill.: Open Court, 1976.
Chomsky, N.
Rules and Representations, Columbia University Press, 1980.
Clarke, T.
"The Legacy of Skepticism", *Journal of Philosophy*, 1972.
Davidson, D.
  (1) "Actions, Reasons, and Causes", *Journal of Philosophy*, 1963; reimp. em (4).
  (2) "Mental Events", em L. Foster & J. W. Swanson (orgs.), *Experience and Theory*, University of Massachusetts Press, 1970; reimp. em (4).
  (3) "On the Very Idea of a Conceptual Scheme", *Proceedings and Addresses of the American Philosophical Association*, 1973-4; reimp. em (5).
  (4) *Essays on Actions and Events*, Oxford University Press, 1980.
  (5) *Inquiries into Truth and Interpretation*, Oxford University Press, 1984.
Dennet, D. C.
Brainstorms, Montgomery, Vt.: Bradford Books, 1978.
Descartes, R.
Meditações sobre a filosofia primeira, 1641.
Dummett, M.
  (1) "Wittgenstein's Philosophy of Mathematics", *Philosophical Review*, 1959; reimp. em (3).
  (2) "A Defence of McTaggart's Proof of the Unreality of Time", *Philosophical Review*, 1960; reimp. em (3).

(3) *Truth and Other Enigmas*, Harvard University Press, 1978.

Dworkin, R.
"What Is Equality? Part 1: Equality of Welfare" e "What Is Equality? Part 2: Equality of Resources", *Philosophy & Public Affairs*, 1981.

Evans, G.
The Varieties of Reference, Oxford University Press, 1982.

Farrell, B. A.
"Experience", *Mind*, 1950.

Farrer, A.
The Freedom of the Will, Londres: Adam & Charles Black, 1958.

Fodor, J.
The Modularity of Mind, MIT Press, 1983.

Foot, P.
(1) "Moral Beliefs", *Proceedings of the Aristotelian Society*, 1958-9; reimp. em (3).
(2) "Morality as a System of Hypothetical Imperatives", *Philosophical Review*, 1972; reimp. em (3).
(3) *Virtues and Vices*, Oxford: Blackwell, 1978.

Frankfurt, H.
"The Problem of Action", *American Philosophical Quarterly*, 1978.

Fried, C.
Right and Wrong, Harvard University Press, 1978.

Gould, S. J.
(1) "Is a New and General Theory of Evolution Emerging?", *Paleobiology*, 1980.
(2) "Genes on the Brain", *New York Review of Books*, 30 de junho de 1983.

Hampshire, S.
(1) "Spinoza and the Idea of Freedom", *Proceedings of the British Academy*, 1960; reimp. em (3).
(2) "A Kind of Materialism", *Proceedings and Addresses of the American Philosophical Association*, 1969-70; reimp. em (3).
(3) *Freedom of Mind*, Princeton University Press, 1971.

Hare, R. M.
: (1) *Freedom and Reason*, Oxford University Press, 1963.
: (2) *Moral Thinking*, Oxford University Press, 1981.

Harman, G.
: *The Nature of Morality*, Oxford University Press, 1977.

Harman, P. M.
: *Energy, Force, and Matter: the Conceptual Development of Nineteenth-Century Physics*, Cambridge University Press, 1982.

Hirsch, S. M.
: *My Lai 4*, Nova York: Random House, 1970.

Hobbes, T.
: *Leviatã*, 1651.

Hume, D.
: *Tratado da natureza humana*, 1739.

Husserl, E.
: *Cartesian Meditations*, 1929; trad. Dorion Cairns, Haia: Martinus Nijhoff, 1960.

Jennings, H. S.
: *The Behavior of the Lower Organisms*, 1906; reimp. Indiana University Press, 1976.

Kant, I.
: (1) *Crítica da razão pura*, 1ª ed. (A) 1781; 2ª ed. (B) 1787.
: (2) *Fundamentos da metafísica dos costumes*, 1785; ed. da Academia Prussiana, vol. IV.
: (3) *Crítica da razão prática*, 1788; ed. da Academia Prussiana, vol. V.
: (4) *A religião nos limites da simples razão*, 1794.

Kripke, S.
: (1) "Naming and Necessity", em D. Davidson & G. Harman (orgs.), *Semantics of Natural Language*, Dordrecht: Reidel, 1972; reimp. como *Naming and Necessity*, Harvard University Press, 1980.
: (2) *Wittgenstein on Rules and Private Language*, Harvard University Press, 1982.

Locke, J.
: *Ensaio sobre o entendimento humano*, 2ª ed., 1694.

Lucas, J. R.
The Freedom of the Will, Oxford University Press, 1970.
Lucrécio
De Rerum Natura.
Mackie, J. L.
(1) *Problems from Locke*, Oxford University Press, 1976.
(2) *Ethics*, Harmondsworth: Penguin, 1977.
Madell, G.
The Identity of the Self, Edinburgh University Press, 1983.
McGinn, C.
The Subjective View, Oxford University Press, 1983.
Mill, J. S.
Utilitarismo, 1863.
Moore, G. E.
"Proof of an External World", *Proceedings of the British Academy*, 1939.
Nagel, T.
(1) *The Possibility of Altruism*, Oxford University Press, 1970; reimp. Princeton University Press, 1978.
(2) "Brain Bisection and the Unity of Consciousness", *Synthese*, 1971; reimp. em (4).
(3) "What Is It Like to Be a Bat?", *Philosophical Review*, 1974; reimp. em (4).
(4) *Mortal Questions*, Cambridge University Press, 1979.
(5) "The Limits of Objectivity", em S. McMurrin (org.), *The Tanner Lectures on Human Values, vol. I*, University of Utah Press, 1980.
(6) "The Objective Self", em C. Giner & S. Shoemaker (orgs.), *Mind and Knowledge*, Oxford University Press, 1983.
Neurath, O.
"*Protokollsätze*", *Erkenntnis*, 1932-3; trad. F. Schick, em A. J. Ayer (org.), *Logical Positivism*, Nova York: The Free Press, 1959.
Nietzsche, F.
A genealogia da moral, 1887.
O'Shaughnessy, B.
The Will, Cambridge University Press, 1980.

Parfit, D.
- (1) "Later Selves and Moral Principles", em A. Montefiore (org.), *Philosophy and Personal Relations*, Londres: Routledge, 1973.
- (2) *Reasons and Persons*, Oxford University Press, 1984.

Peirce, C. S.
"How to Make Our Ideas Clear", 1878; em *The Collected Papers of Charles Sanders Peirce*, Harvard University Press, 1931-62, vol. V.

Platão
- (1) *Menão*.
- (2) *A república*.

Popper, K.
Objective Knowledge, Oxford University Press, 1972.

Putnam, H.
- (1) "The Meaning of 'Meaning'", *Mind Language and Reality: Philosophical Papers vol. 2*, Cambridge University Press, 1975.
- (2) *Reason, Truth and History*, Cambridge University Press, 1981.

Quine, W. V.
"Epistemology Naturalized", em *Ontological Relativity and Other Essays*, Columbia University Press, 1969.

Railton, P.
"Alienation, Consequentialism, and the Demands of Morality", *Philosophy and Public Affairs*, 1984.

Rawls, J.
- (1) *A Theory of Justice*, Harvard University Press, 1971.
- (2) "Social Unity and Primary Goods", em A. Sen & B. Williams (orgs.), *Utilitarianism and Beyond*, Cambridge University Press, 1982.

Reid, T.
Essays on the Intellectual Powers of Man, 1785.

Scanlon, T. M.
- (1) "Preference and Urgency", *Journal of Philosophy*, 1975.
- (2) "Rights, Goals, and Fairness", em S. Hampshire (org.), *Public and Private Morality*, Cambridge University Press, 1978.

Scheffler, S.
> *The Rejection of Consequentialism*, Oxford University Press, 1982.

Searle, J. R.
> *Intentionality*, Cambridge University Press, 1983.

Shoemaker, S.
> "Personal Identity: a Materialist's Account", em S. Shoemaker & R. Swinburne, *Personal Identity*, Oxford: Blackwell, 1984.

Sidgwick, H.
> *The Methods of Ethics*, 7ª ed., 1907.

Spinoza, B.
> (1) *On the Improvement of the Understanding* (Sobre o aprimoramento da compreensão); trad. R. H. M. Elwes, em *The Chief Works of Benedict de Spinoza*, vol. II, Nova York: Dover, 1951.
>
> (2) *Ética*, 1677.

Sprigge, T.
> "Final Causes", *Proceedings of the Aristotelian Society*, supl. vol. 45, 1971.

Stanton, W. L.
> "Supervenience and Psychophysical Law in Anomalous Monism", *Pacific Philosophical Quarterly*, 1983.

Strawson, P. F.
> (1) *Individuals*, Londres: Methuen, 1959.
>
> (2) "Freedom and Resentment", *Proceedings of the British Academy*, 1962; reimp. em *Freedom and Resentment and Other Essays*, Londres: Methuen, 1974.
>
> (3) *The Bounds of Sense*, Londres: Methuen, 1966.
>
> (4) "Perception and Its Objects", em G. MacDonald (org.), *Perception and Identity*, Londres: Macmillan, 1979.

Stroud, B.
> *The Significance of Philosophical Skepticism*, Oxford University Press, 1984.

Sturgeon, N.
> "Altruism, Solipsism, and the Objectivity of Reasons", *Philosophical Review*, 1974.

Taylor, R.
Action and Purpose, Englewood Cliffs, N. J.: Prentice-Hall, 1966.

Wachsberg, M.
"Personal Identity, the Nature of Persons, and Ethical Theory", dissertação de PhD, Princeton University, 1983.

Watson, G.
"Free Agency", *Journal of Philosophy*, 1975.

Wefald, E. H.
"Truth and Knowledge: On Some Themes in Tractarian and Russelian Philosophy of Language", esboço da dissertação de PhD, Princeton University, 1985.

Wiggins, D.
(1) "Freedom, Knowledge, Belief and Causality", em *Knowledge and Necessity*, Royal Institute of Philosophy Lectures, vol. III, Londres: Macmillan, 1970.
(2) "Towards a Reasonable Libertarianism", em T. Honderick (org.), *Essays on Freedom of Action*, Londres: Routledge, 1973.

Williams, B.
(1) "Imagination and the Self", *Proceedings of the British Academy*, 1966; reimp. em (3).
(2) "The Self and the Future", *Philosophical Review*, 1970; reimp. em (3).
(3) *Problems of the Self*, Cambridge University Press, 1973.
(4) "A Critique of Utilitarianism", em J. J. C. Smart & B. Williams, *Utilitarianism: For and Against*, Cambridge University Press, 1973.
(5) "Wittgenstein and Idealism", em G. Vesey (org.), *Understanding Wittgenstein*, Londres: Macmillan, 1974; reimp. em (8).
(6) "Persons, Character, and Morality", em A. Rorty (org.), *The Identities of Persons*, University of California Press, 1976; reimp. em (8).
(7) *Descartes: The Project of Pure Inquiry*, Harmondsworth: Penguin, 1978.
(8) *Moral Luck*, Cambridge University Press, 1981.

Wittgenstein, L.
>(1) *Tractatus Logico-Philosophicus*, Londres: Routledge, 1922.
>(2) *Philosophical Investigations*, Oxford: Blackwell, 1953.

Wolf, S.
>(1) "Asymmetrical Freedom", *Journal of Philosophy*, 1980.
>(2) "Moral Saints", *Journal of Philosophy*, 1982.
>(3) "Above and Below the Line of Duty", *Philosophical Topics*, 1986.

Wollheim, R.
>*The Thread of Life*, Harvard University Press, 1984.

Índice remissivo

Absurdo, 14, 351, 358, 362-73
Ação, 49, 59, 184, 192n, 208-9, 225. *Ver também* Razões para agir
Adams, R. M., 338n
Adler, J., 372
Agência, 185; *vs.* responsabilidade, 185n
Agentes, deontologia e, 299-308
Aleatoriedade e evolução, 129
Alma, 53, 67, 69, 362
Alienação, 358, 370
Altruísmo, 252, 266-70
Alucinações, 115
Ambições, 335. *Ver também* Projetos pessoais
Amizade, 319
Amor, 319, 335
Ampliação normativa, 307
Análise lingüística, 14
Anscombe, G. E. M., 191, 235n

Anti-humanismo, 351
Anti-realismo e valores, 237-47
Antiverificacionismo, 180
Antropocentrismo, 26
Aparência, 56, 125, 145, 165, 170, 217; distanciamento objetivo da, 108; valores supostamente aparentes, 244-5. *Ver também* Mundo fenomênico
Aristóteles, 325
Armas termonucleares, 384n
Atribuições mentais, primeira pessoa *vs.* terceira pessoa, 29
Austin, J. L., 276
Autocontrole, 221
Autonomia, 185, 188-99, 204; razões de, 275, 277-84, 300
Autotranscendência, 114, 121-7, 289, 343

Behaviorismo, 31

Agradeço a Nicholas Humez pela compilação deste índice.

Bennett, J., 185n
Bens primários, 285n
Bentham, J., 323
Berkeley, G., 153-4, 156, 238
Biologia, 12, 83
Boa vida *vs.* vida moral, 322-33 *passim*
Budismo, 375
Butler, J., 52-3

Calley, W., 205-6, 228
Carter, B., 134n
Cérebro, 64-78; divisão do, 69-72; num tanque, 117-8
Ceticismo, 144, 145n, 146, 164; sobre o que é concebível, 149; definido, 7; epistemológico, 109-21, 196, 209n; ético, 235, 257; e livre-arbítrio, 188-99 *passim*, 208-9; sobre as intuições morais, 309; motivacional, e o sentido da vida, 365; sobre valores, 246
Cisão cerebral, 69, 80-1
Concepção absoluta da realidade, 20n, 114n
Chisholm, R., 191
Chomsky, N., 137n
Cientismo, 12
Clarke, T., 119n
Cogito, 119n
Comissurotomia, 69. *Ver também* cisão cerebral
Compulsividade, 221
Computadores, 21
Conceitos psicológicos *vs.* conceitos naturais, 74-5

Conceptibilidade, 149-58; como ilusão, 66-75
Condenação, 200
Conflito entre subjetivo e objetivo, 143. *Ver também* Objetividade: limites da
Conhecimento: teorias anticéticas do, 116-21; *a priori*, 100, 112, 114, 136-7, 139n; "visão dupla" epistemológica, 140-7; e teoria evolucionista, 127-34; e racionalismo, 134-40; e autotranscendência, 121-5; ceticismo acerca do, 109-16
Consciência, 32-7; unidade da, 64
Conseqüencialismo, 270-7; *passim*, 306, 316, 318
Consentimento informado, 304n
Conteúdo motivacional, 255-6
Contingência da existência, 4, 11, 113, 352-6, 379
Continuidade: psicológica, 59, 64, 70, 72
Controle, 226
Conversão, 343
Cosmologia, 134n,
Crenças, 144
Crick, F., 129n
Critérios epistemológicos: de realidade, 150; de verdade, 150

Darwin, C., 128
Davidson, D., 46n, 155, 161, 236

Deliberação, 248
Demônio maligno, 115
Dennett, D. C., 102n
Deontologia, 275, 292-9; e 327; agentes, 299-305; e vítimas, 305-8
Descartes, R., 54, 112, 114, 138-9, 145, 216
Desejos, 248, 278
Designadores rígidos, 61-106
Determinação causal, 192n. Ver também Determinismo
Determinismo, 186-207
Deus, 112, 139, 145n, 216
Direitos, 327
Distribuição econômica, 316
Divisão normativa do trabalho, 344
Dor, 33, 78; e prazer, 259-70
Dor de cabeça, 73
Dualismo, 45, 50
Dummett, M., 93n, 175n
Dworkin, R., 285n

Efeito duplo, 298
Ego, encolhimento do, 365
Egoísmo, 257, 269
Einstein, A., 84, 124
Eletrodinâmica, 83
Emoção, 59
Empirismo, 28, 137, 139, 165
Endosso dos motivos, 218-26 *passim*, 232
Envolvimento objetivo, 216-23
Epistemologia (*ver também* Conhecimento):
evolucionista, 127-34
naturalizada, 140
Epistemologias heróicas, 111-2
Espaço-tempo absoluto, 126
Espaço-tempo relativista, 125
Estética, 181, 254, 273
Ética, 9, 255; relatividade quanto ao agente na, 273-7; teorias alternativas da boa vida *vs.* vida moral, 325-33; e deontologia, 292-9; imparcialidade e valores pessoais na, 284-92; e política, 255; progresso na, 308-14; vítimas e agentes na, 299-308
Eu: continuidade do, 52-3; como objeto privado, 50-8; visão simples do (Parfit), 68-73. Ver também Eu objetivo
Eu numênico, 198
Eu objetivo, 101-8, 140, 224, 233, 386
Evans, G., 49, 102n
Eventos mentais, visão da "não-propriedade" dos, 46
Evitação neurótica, 221
Evitação *vs.* prevenção, 297-9
Evolução biológica, 12, 114, 245; e epistemologia, 127-34
Exculpação, 202
Expectativa do nada, 377
Experiência perceptual, 126, 154

Explicação psicológica *vs.*
  razões normativas, 234
Explicações normativas *vs.*
  causais, 240

Fama póstuma, 281, 385
Farrell, B. A., 21*n*
Farrer, A., 191
Fazer *vs.* permitir, 299
Fenomenalismo, 151, 155
Fins e meios, 299
Física, 9, 12, 22, 82-3, 123
Fisicalismo, 8, 22, 31, 39, 45, 48, 234
Fodor, J., 149*n*
Foot, P., 326
Forma subjetiva *vs.*
  conteúdo subjetivo, 174
Formas, teoria das, 112, 239
Frege, G., 61*n*
Fried, C., 298*n*
Funcionalismo, 8, 31

Gebauer, M., 77
Generalidade na teoria moral, 252-9
Gosto pessoal, 259. *Ver também* Preferências
Gould, S. J., 129*n*, 132*n*
Gratuidade, 357

Hampshire, S., 46*n*, 192*n*
Hare, R. M., 271, 340*n*
Harman, G., 240
Harman, P. M., 83*n*
Hedonismo, 218, 274
Hirsch, S. M., 206*n*
Historicismo, 14

Hobbes, T., 226
Hume, D., 235, 257, 331, 365
Humildade, 182, 371
Husserl, E., 101*n*

Idealismo, 12, 39, 150, 153-64, 182, 257
Idealismo transcendental, 101*n*, 166
Identidade, afirmações de, 94-5
Identidade pessoal, 50-5, 87-93; e referência, 58-68, 70; semântica da, 93-8
Idolatria, 338*n*
Igualdade, 285*n*, 286*n*
Imaginação: perceptual, 154; e possibilidade, 67
Imparcialidade e valores pessoais, 284-92
Impessoalidade excessiva, 141
Inclinação *vs.* interesse, 252*n*
Indicativos, 92-5, 104
Indução, 138, 207
Integridade da vida, 319
Intenção, 59
Intersubjetividade e objetividade, 103
Irresistibilidade normativa, 192*n*

Jennings, H. S., 35
Juízos: concordância nos, 174-80; conteúdo motivacional dos, 255; normativos, 230 (*ver também* Valores); de responsabilidade, 199-203

ÍNDICE REMISSIVO

Justiça distributiva, 285n, 286n

Kant, I., 52, 129, 164-74, 198, 225, 227, 322, 325
Kantismo, 320, 324, 331
Kripke, S., 33n, 61, 65-6, 73-8, 146, 175n
Kubrick, S., 132

Libertarismo, 194
Linguagem, 15, 116, 119, 137n, 156, 174-82
Linguagem privada, argumento da, 32-5, 57-8, 174-8
Livre-arbítrio, 145, 183-210; e o "ponto cego", 210-6; e ceticismo, 188-99 *passim*, 208-9
Locke, J., 52
Lorentz, H. A., 83n
Lucas, J. R., 194n
Lucrécio, 381
Lutero, M, 192n

Mackie, J. L., 70n
Madell, G., 53n
Magnetismo, 83
Mal, 227n, 329; e intenção, 302; menor, 293
Materialismo, 73
Matemática, 140n, 178, 379
Maxwell, J. C., 83-5
McGinn, C., 123-4, 143n, 168n
Meios e fins, 298
Mecânica, 83-5

Medida objetiva do valor, 279, 285
Memória, 52-3, 60, 64
Mentes, 8-9; consciência, 32-7; e a insuficiência da realidade objetiva, 37-42; e objetividade mental, 23-7; outras, 27-32; e objetividade física, 17-23; infinitas, 150
Metafilosofia deflacionária, 16
Mill, J. S., 317-8
Moore, G. E., 112n, 239
Morais universalistas, 330
Moral (*ver também* Ética): burguesa, 275; conteúdo da *vs.* autoridade da, 318; como liberdade, 223-8; impessoal, 315-9; como forma de restaurar o envolvimento objetivo, 370; universalista, 330
Morte, 373-86
Motivos, 229, 237, 240, 318
Mundo fenomênico, 167, 169; e cérebro, 81
Mundo numênico, 167-71

Nada, 377, 381
Nagel, T., 21n, 69n, 79n, 93n, 221n, 251, 264
Não-existência pré-natal, 382
Nascimento, falta de importância do, 355
Neurath, O., 134
Newton, I., 83, 137-8
Nietzsche, F., 3, 323, 326

Niilismo objetivo, 243-4
Nomes próprios, 61

Objetivação: falsa, e valores, 237; do mental, 29; dois níveis de, na ética, 285
Objetivação excessiva dos valores, 270-1
Objetividade: definida, 4-9; e intersubjetividade, 103; limites da, 6-16, 41, 56, 78, 105, 142, 151-2, 164, 212-6; mental, 23-7, 56; física, 17-23, 56; e realismo, 3, 229-37; e realidade, 3-5; e sua relação com o ceticismo, 109-10; do valor, 229-37; e a vontade, 210-6
Obrigação, razões de, 275
Observação e ética, 240
Obsessão neurótica, 359
O'Shaughnessy, B., 46n, 80n, 184

Panpsiquismo, 78-82
Parfit, D., 68-72, 221, 224n, 248, 253n, 309n, 374-5
Parmênides, 152
Peirce, C. S., 136
Pensamento, 59-60, 119; e realidade, 149-82 *passim*
Percepção, 18, 49, 59
Permitir *vs.* fazer, 301
"Pessoas em série", 72n
π, expansão de, 178-9
Platão, 112, 136, 322-6 *passim*, 362, 373

Platonismo, 235; *vs.* realismo normativo, 230
Pluralismo, ético, 313; na moral, 312
Política, 225-6, 343-5
Popper, K., 137n
Positivismo, 11, 15, 150
Possibilidade epistêmica *vs.* possibilidade metafísica, 74
Pragmatismo, 16
Prazer e dor, 259-70
Preferências, 218, 278-84
Prevenção *vs.* evitação, 296-7
Prerrogativa centrada no agente, 289
Princípio antrópico, 134n
Princípios relativos ao agente, legitimidade dos, 312
Princípios sociais uniformes, 313
Probabilidade, 191
Problema mente-corpo, 10; teoria do aspecto dual, 43-50; segundo Kripke, 73-8; panpsiquismo, 78-82; e identidade pessoal, 58-65; progresso no, 82-6; e referência, 73-4
Progresso moral, 308-14
Projeção e responsabilidade, 201-4, 227-8
Projetos pessoais, 320
Propriedades protomentais, 79-81
Prudência, 220-1, 224n, 251
Putnam, H., 61, 116n

ÍNDICE REMISSIVO

Qualidades primárias, 19, 123-4, 126, 168-73
Qualidades secundárias, 19, 123-4, 168-73
Quine, W. V., 140

Racionalidade prática, 220, 224*n*
Racionalismo e epistemologia, 134-40
Railton, P., 330*n*
Razoabilidade e moral, 336
Razões de autonomia. *Ver* Autonomia: razões de
Razões impessoais. *Ver* Razões neutras quanto ao agente
Razões neutras quanto ao agente, 253, 264-72
Razões normativas, 235-7
Razões para agir, 191-2, 233-6; neutras quanto ao agente, 253-4, 264-72; relativas ao agente, 254, 264, 301; amplitude das, 253; e desejos, 247-52; idiossincrásicas, 258
Razões pessoais. *Ver* razões relativas ao agente
Razões relativas ao agente, 254, 264, 301
Rawls, J., 285*n*
Realidade: erros derivados do sentido pouco consistente de, 5; objetiva, insuficiência da, 21-2, 37-41; e pensamento, 149-82 *passim*

Realismo, 10, 149-52, 180; e pretensões de objetividade, 3; e epistemologia, 112-5; e objetividade moral, 229-37; científico, 166*n*
Realismo normativo, 230-3
Recursos, 285*n*
Reducionismo, 21, 111-2, 128, 133, 137, 164, 217, 235; psicofísico, 22, 25-7, 44; como antídoto espúrio ao ceticismo, 7-8
Reencarnação, 51
Referência, 163; e ceticismo epistemológico, 116-8; e o problema mente-corpo, 65-78 *passim*; e identidade pessoal, 58-68
Reid, T., 52
Reidentificação do eu, 55-6, 60, 67
Relatividade, teoria da, 124, 137, 158
Religião, 351
Renovação biológica, 383
Respeito pelo particular, 372
Responsabilidade, 185, 199-206, 227-8, 299
Restrições centradas no agente, 301*n*

Scanlon, T. M., 276, 278, 285*n*, 287, 297
Scheffler, S., 290, 301*n*
Searle, J. R., 61*n*
Seleção natural, 127-34. *Ver também* Evolução biológica

Sensações, 57
Ser supremo, 351. *Ver também* Deus
Sidgwick, H., 227, 324
Significado, e medição, 181; e regras, 174-81
Simpatia, 279
Simultaneidade, 125
Solipsismo, 29-31, 91, 101n, 233, 264, 354, 377
Sonho, 115
Spinoza, B., 45, 131, 192n
Sprigge, T., 21n
Stanton, W. L., 80n
Strawson, P. F., 46n, 164-74, 185, 206-10
Stroud, B., 119n, 140, 209n
Sturgeon, N., 265n
Subjetividade da consciência, 8-9, 21, 48-9
Sujeitos da experiência, 62
Supererrogação, 339-40

Taylor, R., 185n, 191
Tempo, 92n, 95-6
Tempo gramatical, 95-6
Teoria do aspecto dual, 43-50, 63-78 *passim*
Teoria heliocêntrica, 245
Teoria Instrumental, 247-52, 263
Teoria quântica, 22
Termos naturais, 62
Tolerância objetiva, 216-9, 223, 233
Tolerância: moral, 335-41; objetiva, 216-9, 223, 233
Tradução, 155-6, 161

Transcendência: da individualidade, 314, 365; e tendência à alienação, 358; do próprio tempo e lugar, 312. *Ver também* Autotranscendência
Trasímaco, 326

Unidade da consciência, 64, 78-82
Universais subjetivos, 30
Utilidade, 316-7; e razões deontológicas, 292-3; medida objetiva da, 278, 285
Utilitarismo, 257, 276, 316-32 *passim*, 343; das regras, 276; dos motivos, 276

Valor de sobrevivência, 128-30
Valores, 223-7, 229-72 *passim*; neutros quanto ao agente, 254; relativos ao agente, 254; condicionados a desejos, 278; idiossincrásicos, 279-80; independentes de justificação, 367; pessoais, e imparcialidade, 284-92; realidade dos, 238-43
Valores externos, 254
Valores impessoais, 284-92
Variação cultural nas crenças normativas, 244-5
Verdade, 11-3; critério epistemológico de, 309;

ética, 231; normativa, 241;
e traduzibilidade, 155
Verificacionismo, 36, 150
Vida, sentido da, 358-73
Vida após a morte, 374,
384n
Vida moral *vs.* boa vida,
322-33 *passim*
Vida pessoal *vs.* moral
impessoal, 316
Vida racional, 322; e vida
moral, 333-40
Visão da "não-propriedade"
dos eventos mentais, 45
Visão dupla epistemológica,
140-8
"Visão incompleta" do eu,
211-6

Visão sem centro: e o eu,
98-108; do mundo, 91-2
Vontade objetiva, 214, 221-3,
256

Wachsberg, M., 52n
Watson, G., 223n
Wefald, E. H., 192n
Wiggins, D., 191, 192n
Williams, B., 20n, 53, 67n,
114n, 154, 174n, 315-22,
330, 341, 358, 374
Wittgenstein, L., 28, 32-3, 47,
54, 57-8, 101n, 147,
174-81, 354
Wolf, S., 192n, 318, 328n,
337, 338n
Wollheim, R., 375

IMPRESSÃO E ACABAMENTO:
YANGRAF Fone/Fax: 6198.1788